La Famille De Beers

*

Willow

Virginia C. Andrews®

La Famille De Beers

*

Willow

ÉDITIONS FRANCE LOISIRS

Titre original : *The DeBeers family/Willow*
Traduit de l'américain par Françoise Jamoul
Published by Pocket Books, a division of Simon & Schuster, Inc., New York

Édition du Club France Loisirs,
avec l'autorisation des Éditions J'ai lu.

Éditions France Loisirs,
123, boulevard de Grenelle, Paris.
www.franceloisirs.com

ISBN : 2-7441-7635-4

Prologue

C'est d'un pas hésitant que je me dirigeai vers ma classe d'anglais, à l'Université de Caroline du Nord où je suivais ma deuxième année d'études. Mon intuition me soufflait qu'il était arrivé un malheur. J'avais conscience du tremblement qui me gagnait, du rythme précipité de mon cœur, et de ce petit froid au bas du dos, qui se répandait peu à peu dans tout mon corps. En m'éveillant ce matin-là, j'avais senti que là-bas, chez nous, quelque chose n'allait pas. C'était comme si un gros nuage errant, sombre et lourd d'orage, venait de s'arrêter au-dessus de moi, le temps de déverser sa pluie glaciale dans mon cœur. À peine avais-je ouvert les yeux que j'avais éprouvé le besoin d'appeler papa, mais je ne l'avais pas fait. Mon petit ami, Allan Simpson, étudiant en droit, se serait encore moqué de moi. Il adorait me taquiner quand j'avais ce que ma nounou portugaise, Isabella Martino, appelait mes « frayeurs » ; ces frissons inquiétants qui vous remontent le long de l'échine, comme le mercure dans un thermomètre. Elle y voyait des signes avant-coureurs du malheur.

— Je n'arrive pas à croire que tu te laisses influencer comme ça par une vieille bonne femme, raillait-il. Des signes ? La capacité de pressentir le malheur ? Franchement, Willow, tu vas avoir dix-neuf ans ! Tu n'es plus une enfant.

Je n'étais plus une enfant, non, mais comment n'aurais-je pas subi l'influence d'Isabella, plus que de toute autre ? J'avais presque dix-sept ans quand elle nous avait quittés pour retourner dans sa famille, au Brésil. Isabella, que j'appelais affectueusement Amou, avait pris plus de part à mon éducation que ma propre mère. Cette mère qui s'était empressée de m'apprendre, dès que j'avais été en âge de comprendre le terme, que j'avais été adoptée. Après quoi, chaque fois qu'elle parlait de moi, elle avait immanquablement placé l'adjectif « adoptive » après le nom de mère. Les autres enfants de mon âge avaient des mères. Moi, j'avais une mère *adoptive.*

Mon père ne faisait jamais cela, et pour moi il avait toujours été comme un vrai père, un papa.

J'avais commencé à appeler Isabella « Amou » pratiquement dès mes premiers mots. En fait, je pourrais même jurer que je proférai ce nom avant toute autre parole intelligible. Chaque fois que je l'appelais comme ça, les yeux d'Amou souriaient, tout pétillants d'étincelles. Et, très vite, elle se désigna elle-même de cette façon.

— Allons, Willow, m'encourageait-elle. Encore une cuillerée, pour Amou.

Et j'avalais une cuillerée de plus.

Elle m'avait tout de suite appelée *amou um,* ce qui en portugais signifie « bien-aimée ». Elle se servait de ce mot quand elle parlait de moi, quand elle me berçait dans ses bras pour m'endormir, en fredonnant une chanson enfantine de son pays. Tout naturellement, j'avais utilisé le même nom pour elle, en l'abrégeant, ce qui le rendait plus facile à prononcer. Ma mère adoptive me corrigeait sans cesse, en particulier lorsque je parlais ainsi devant ses amies. Elles ne comprenaient pas et demandaient en plissant le front :

— Qu'a-t-elle dit ?

Ce qui rendait ma mère adoptive encore plus furieuse.

Je me souviens que lorsque j'avais trois ans, ou guère plus, elle m'empoignait par les épaules et me secouait comme un prunier en glapissant :

— Tu es déjà devenue idiote ou quoi, Willow De Beers ?

Quand ma mère adoptive s'emportait contre moi, elle m'appelait toujours par mon nom complet. Comme si elle voulait me rappeler que, à chacune de mes bêtises, c'était la famille entière que j'offensais. Que je portais son nom. Et que je devais considérer cela comme un don plus précieux que la vie même, moi qui étais née sans nom, sans identité, autrement dit sans ascendance ou presque.

— Tu ne comprends pas ce que je te dis ? Elle s'appelle Isabella. I-sa-bel-la ! Dis-le. Dis-le ! vociférait-elle.

Et je pleurais en me mordant les lèvres, de crainte que le nom d'Isabella ne m'échappe et ne blesse Amou. Ma chère Amou qui retenait son souffle en s'accusant d'être la cause du drame, mais trop effrayée pour prendre ma défense, j'en étais sûre.

— Willow De Beers, c'est Isabella qu'il faut dire. Allez, dis-le. Je veux te l'entendre dire.

Le visage de ma mère adoptive était si proche du mien que je distinguais les petits vaisseaux sanguins sur ses tempes. Je me rappelle avoir pensé que son sang était bleu. Le mien était rouge, mais le sien bleu. Pourquoi étions-nous différentes ? Cela signifiait-il que quelque chose n'allait pas chez moi, comme elle l'affirmait si souvent ?

Elle me secouait de plus belle, et je fixais avec de grands yeux la femme en qui j'avais peine à reconnaître une mère, adoptive ou pas. Je n'en revenais pas de la voir perdre ainsi tout contrôle d'elle-même ; je reculais impulsivement, la gorge nouée, bien incapable de prononcer un mot, et encore moins celui qu'elle exigeait d'entendre.

— Dis-le ou je te fourre dans une malle et je te renvoie dans un de ces pays de misère, où les petites filles dorment sur la paille et n'ont rien à manger. Isabella pourrait t'en parler, elle. Tu aimerais ça ? Eh bien, réponds. Tu aimerais ça ?

Je commençais à pleurer tout bas, le corps aussi convulsé que lorsqu'elle me secouait par les épaules.

Par chance, mon père était souvent là, même si je souhaitais qu'il fût encore plus souvent présent. Car lorsqu'il était à la maison, il prenait toujours ma défense. De sa voix calme et doctorale, il intervenait avec douceur.

— J'ai peur que tu n'arrives à rien avec elle de cette manière, Alberta. Tu lui fais peur, et un enfant effrayé n'est pas capable de recevoir une information, encore moins de l'assimiler.

— Je t'en prie, Claude, épargne-moi ton jargon psy ! Nous ne faisons pas partie des patients que tu dorlotes dans ta clinique pour débiles mentaux ! crachait-elle, comme si elle lui rendait un cadeau en le lui jetant à la figure.

Je revois très clairement l'expression qu'il avait alors. Toutes ses mimiques m'étaient familières, mais celles qu'il réservait à ma mère avaient quelque chose de spécial. J'étais trop jeune pour traduire cela en mots ou en pensées. À présent que j'en suis capable, je me rends compte qu'il la regardait, en certaines occasions, comme il aurait observé une de ses patientes. Ce qui la laissait totalement indifférente, à moins qu'elle n'en eût jamais pris conscience.

Elle l'ignorait tout simplement et me fusillait du regard. Je m'attendais toujours à ce qu'elle me gifle, mais elle tournait les talons en fouettant de la main sa longue jupe ample, quittant la pièce dans un bruyant froissement d'étoffe. Les lourds effluves de son parfum s'attardaient derrière elle, rappel insistant de sa fureur.

J'ai souvent pensé à ces jours de mon enfance, et à l'existence qui devait être celle de mon père. Il n'avait pas dû être heureux avec cette femme, en dépit de sa beauté physique, et malgré sa propre réussite professionnelle. En tant que psychiatre, il s'était acquis une réputation d'envergure internationale. Et il dirigeait sa propre clinique, *the Willows* : les Saules, à laquelle je devais mon prénom. Ma mère adoptive tenait à faire savoir qu'elle n'était pour rien dans ce choix, et c'est sans doute pourquoi je n'osais pas répondre lorsqu'on m'appelait ainsi. Ce qui lui faisait honte alors que c'était elle-même, justement, la cause de mon embarras. Mais sur ce point, elle n'aurait jamais admis ses torts.

— A-t-on idée de baptiser un enfant d'après une maison de fous, s'emporta-t-elle un jour devant moi. C'est insensé, même si c'est là que tu as été conçue et que tu es née.

Où j'avais été conçue, et où j'étais née ?

Je ne fus au courant de rien jusqu'à l'âge d'environ huit ans. Papa ne voulait pas qu'elle me révèle ces choses, et il s'était efforcé de l'en empêcher. Mais ma chère M.A., comme je la surnommai plus tard, quand je pensais à elle ou parlais d'elle avec Amou, ne s'était pas privée de me glisser toutes sortes d'allusions et d'insinuations. Ce petit manège dura quelques années. Puis, un certain après-midi, elle me fit asseoir dans la salle de séjour et vida son sac.

— Fais bien attention, m'ordonna-t-elle.

C'était presque toujours ainsi qu'elle m'adressait la parole, comme si elle redoutait que je regarde ailleurs et l'ignore, ce qui arrivait très souvent à papa. Elle n'entamait jamais sa tirade avant de s'être assurée que mes yeux étaient fixés sur elle.

— Tu devrais savoir comment tu es venue vivre ici, avec nous, commença-t-elle. Cela te rendra peut-être un peu plus reconnaissante, et plus docile. Tu m'écouteras sans doute mieux quand je te parle, car je fais ça pour t'aider, ajouta-t-elle d'une voix soudain beaucoup plus douce.

Bien trop douce : je savais par expérience que ce ton mielleux n'annonçait rien de bon pour moi. Je me préparai au pire.

Elle se redressa et me dévisagea longuement, ses yeux bleus pourtant si beaux rendus presque laids par leur dureté glacée. Son mécontentement n'était que trop visible. Même avec la meilleure volonté du monde, il m'aurait été impossible de m'illusionner, en voulant croire qu'elle tenait tant soit peu à moi. Chez nous, elle seule pouvait se permettre d'entretenir des illusions et des fantasmes. Mes poupées n'avaient pas le droit de me répondre ; les tasses à thé de ma dînette étaient condamnées à rester vides.

Après une courte hésitation, confirmant sa décision d'ignorer l'interdit de mon père, elle approcha son visage du mien et questionna d'une voix âpre :

— Sais-tu comment tu as été fabriquée ? As-tu seulement la moindre idée de ces choses-là ?

Je fis signe que non, bien sûr. Comment aurais-je pu savoir cela ? Tout mon corps se crispa d'appréhension.

— L'un des assistants de ton père, paraît-il, a violé l'une de ses patientes dans sa chère clinique. Et autant pour la qualité si remarquable de son personnel, grinça-t-elle. Tu comprends ce que je te dis, Willow De Beers ? Ta naissance est le résultat d'un viol !

J'ignorais ce que pouvait être un viol, mais elle avait bien l'intention de me le faire comprendre.

— Tu es encore au cours élémentaire, mais les gamins des rues sont très délurés de nos jours. Tu ne crois pas aux bébés apportés par les cigognes, ni à toutes ces fariboles, n'est-ce pas ? Tu sais bien que c'est faux, et je sais que tu le sais.

— Les bébés viennent de l'hôpital, déclarai-je.

— Les femmes normales ont leur bébé dans un hôpital, en effet. Mais avant, elles les ont fabriqués à la maison, ou dans un autre endroit commode. La moitié du pays a probablement été conçue à l'arrière d'une voiture, marmonna-t-elle.

Elle acheva sa phrase en inclinant la tête sur l'épaule droite, comme si elle allait cracher les derniers mots, ce qu'elle faisait toujours quand elle évoquait une chose qui la dégoûtait.

J'étais vraiment perplexe, à présent. Pourquoi me racontait-elle tout cela ? Au début j'espérai que, comme une bonne mère, elle essayait de m'expliquer quelque chose d'important, mais je compris vite qu'elle avait de tout autres intentions.

— L'homme, avec son pipi, dépose quelque chose de lui dans le pipi de la femme, et il y a un œuf qui grandit dans la femme et devient un bébé. Tu n'as pas besoin d'en savoir plus pour comprendre ce que je suis en train de te dire.

Je sais que je fis la grimace à ces propos. Quelle horreur ! Pourquoi une femme permettait-elle à un homme de faire pipi dans son corps ? Ma mère adoptive cherchait sûrement à m'effrayer, une fois de plus. Mais elle n'avait pas fini.

— Quand une femme ne veut pas qu'un homme le fasse mais qu'il le fait quand même, et qu'il la force à avoir un bébé, cela s'appelle un viol. Tu as compris ? s'enquit-elle vivement.

Je hochai la tête, même si tout n'était pas encore très clair pour moi, surtout sur un point. Pourquoi un homme voudrait-il faire un bébé avec une femme qui n'en a pas envie ? Elle poursuivit, impitoyable :

— D'après ton père, cette jeune patiente n'a jamais eu conscience de son état jusqu'à ce que sa grossesse soit trop avancée. Comment personne ne s'est-il aperçu de rien, même s'il s'agissait d'une malade mentale, cela me dépasse. Mais que sais-je du fonctionnement de la maison de fous du Dr De Beers, après tout ?

C'était bizarre pour moi de l'entendre appeler son mari, mon père : le Dr De Beers, comme s'il s'agissait d'un étranger. Pourtant elle le faisait très souvent, même en sa présence, et en particulier le soir à table. Je ne m'expliquais pas non plus qu'elle se moque ainsi de la clinique de papa, qu'il était si fier d'avoir créée.

— Notre Dr De Beers n'a pas le droit d'évoquer ce qui se passe là-bas. Tout est confidentiel. Quant au fameux secret professionnel, dont on fait tout un plat, laisse-moi te dire ce que j'en pense. Ou bien c'est le médecin qui a honte de réclamer de l'argent pour ce qu'il fait, ou c'est le patient qui a honte de ce qu'il ou elle a dit ou fait. Au fond, tout se ramène à ça, conclut-elle sur un ton pontifiant, comme si d'autres personnes que moi écoutaient son discours. Ce que j'ignorais, c'est qu'Amou se tenait juste derrière la porte, tendant l'oreille et tremblant pour moi.

— Je ne sais pas comment j'ai eu la faiblesse de le laisser t'adopter et t'amener ici, mais je l'ai fait. Et c'est pour ça que je dois me montrer si sévère avec toi, Willow, poursuivit-elle en reprenant possession d'elle-même.

Puis elle se pencha sur moi, les yeux agrandis :

— Il se pourrait que tu aies hérité d'une part de cette folie, susurra-t-elle, dramatique.

Ce qui m'inspira une telle terreur que, pendant plusieurs jours, je ne pus ni parler ni dormir. Je pouvais avoir hérité d'une maladie mentale ! Même alors, je comprenais ce que cela signifiait.

Dans les rares occasions où j'étais allée à la clinique de papa, la vue de certains patients, même à distance, m'avait tellement perturbée que j'en avais fait des cauchemars. Disait-elle vrai ? Pouvais-je être comme l'un d'eux ? Finirais-je dans la clinique de papa, moi aussi ?

Je ruminai ces questions pendant des jours, n'osant plus me regarder dans une glace, terrifiée à l'idée de ce que les autres voyaient en moi. De plus en plus, je me retirais dans ce lieu secret de mon esprit où je me sentais en sécurité, même si j'avais l'impression d'être en cage. Et plus je me repliais ainsi, plus je ressemblais à une de ces malades, surtout pour ma M.A.

Papa finit par s'en apercevoir, et voulut savoir pourquoi j'avais l'air si malheureuse depuis quelques jours. Il questionna Amou. Quand elle lui apprit ce qu'avait dit et fait ma mère adoptive, il fut très fâché contre elle et s'efforça de me rassurer, affirmant qu'il n'y avait rien d'anormal chez moi.

— Qui pourrait savoir ça mieux que moi, Willow ? insista-t-il avec un bon sourire. Évaluer l'état mental des gens, savoir s'ils sont malades ou pas, c'est mon métier, non ?

Le raisonnement se tenait, mais papa n'était pas souvent avec moi. Peut-être ne savait-il pas tout, ne voyait-il pas tout de moi. Ce raisonnement-là aussi tenait debout, argumentais-je avec moi-même.

Mais il me dit alors une chose étonnante.

— Cette poupée que tu aimes tant, tu te souviens de ce que je t'ai dit ? Que quelqu'un l'avait faite pour que je te la donne ? Eh bien c'est ta mère qui l'a faite, Willow, et elle est très jolie, non ? Quelqu'un de malade n'aurait jamais été capable de faire ça.

Cela me remonta le moral mais, malheureusement, ses reproches à ma mère adoptive ne changèrent rien pour moi. Elle continuait à se plaindre de moi chaque fois que, selon elle, je ne m'étais pas bien conduite. Elle était décidée à démontrer, à propos de la moindre chose, que j'étais bel et bien atteinte d'anomalie mentale. Je n'aimais pas l'écouter, donc je l'ignorais ; ce qu'elle dénonçait comme un trouble de l'attention, bien que je n'aie jamais eu aucun problème de ce genre à l'école. Mais selon elle, c'était parce que les professeurs étaient surmenés ou, pire encore, incompétents.

Il m'arrivait de parler toute seule, donc pour elle j'étais schizophrène. Elle alla jusqu'à me museler avec du ruban adhésif quand je jouais dans ma chambre, surtout quand elle recevait des amies. Elle craignait tellement que l'on m'entende ! Pour elle, mon langage mêlé de portugais et d'anglais n'était qu'un jargon d'aliéné.

Quand papa découvrit l'histoire de l'adhésif, il y mit fin aussitôt, mais elle n'en continua pas moins de soutenir que j'avais l'esprit dérangé. Parce que j'étais toujours sur le qui-vive en sa présence, ou que je baissais les yeux quand elle me regardait, j'étais paranoïaque. Mais comment n'aurais-je pas eu peur d'elle ? Quand elle me parlait gentiment en me caressant les cheveux, ou félicitait Amou sur ma tenue, je m'attendais toujours à des commentaires malveillants. Même si elle se contentait de secouer la tête avec un soupir tragique, indiquant par là que j'étais un cas sans espoir, et que toute tentative pour me venir en aide était vouée à l'échec. Elle était convaincue que je portais en moi le germe d'une quelconque aberration mentale.

Un matin, elle alla jusqu'à rassembler tous mes dessins et mes cahiers de coloriage pour les montrer à papa. Elle prétendait ainsi lui prouver que mes visages et mes personnages, au tracé tourmenté, révélaient une anomalie cachée. À mon avis, elle devait se douter que certains d'entre eux la représentaient. Et elle ne pouvait pas imaginer que quelqu'un, moi en particulier, puisse ne pas la trouver belle.

— C'est toi qui es censé être le grand expert en la matière, clama-t-elle en surgissant dans le bureau de mon père, une liasse de gribouillages enfantins à la main. Je ne sais pas comment tu peux ne pas voir ça, voir ce que tu as introduit dans cette maison. Elle me fait honte. Je vois bien la façon dont mes amies la regardent. J'ai vraiment été stupide de te permettre ça, même si c'est Isabella qui fait le plus gros du travail.

« Tu devrais la mettre là où on pourrait lui faire suivre un traitement approprié, décréta-t-elle, et non la laisser ici, où elle n'est qu'un fardeau pour moi.

Sur le ton égal qui lui était habituel, papa répliqua :

— Elle n'a besoin d'aller nulle part, Alberta. Il n'y a rien d'anormal dans ses dessins ni dans son comportement. Tu n'as aucune expérience des enfants, voilà tout, sinon tu le saurais.

— C'est ça, continue. Jette-moi à la figure que je n'ai pas pu avoir d'enfants ! glapit-elle en marchant vers la porte.

Et elle la claqua derrière elle, si violemment que toute la maison en trembla.

Il aurait fallu que nous soyons sourdes, Amou et moi, pour ne pas avoir tout entendu. Elle me prit dans ses bras et me chuchota tendrement :

— Ne pleure pas, *pequeninha,* ma toute petite. Amou est là. Personne ne va te renvoyer d'ici.

Savoir que ma mère, même adoptive, ne me désirait pas, me donnait l'impression de vivre dans un château de cartes. Une fragile demeure en carton qu'un coup de vent suffirait à jeter par terre, me laissant nue et seule, ou me précipitant dans un puits sombre et profond où je tomberais interminablement. Exactement comme dans les horribles cauchemars qui me hantaient.

Pourtant, je n'étais pas le seul sujet de plainte de ma M.A. En fait, elle semblait toujours mécontente de quelque chose ou de quelqu'un. De moi, d'Amou, des autres domestiques, des employés qui travaillaient chez nous… bref, de tout et de rien. Elle arpentait souvent la maison en récriminant, suivie par de bruyants éclats de voix, telle une voiture de jeunes mariés par son fracas de ferraille. C'était à cause de cela, sans doute, que mon père passait tellement de temps hors de la maison, et par conséquent loin de moi.

Combien de fois, le soir, n'avais-je pas jeté un regard sur lui par la porte de son sacro-saint bureau, sans qu'il s'en doute. Tourné vers la fenêtre de l'ouest, il contemplait le parc de notre propriété, située juste à la sortie de la petite ville de Spring City, en Caroline du Sud. Comme il avait l'air triste, ainsi, levant sur la lune blanche son regard songeur et mélancolique.

Devenue grande, quand il m'arrivait de l'apercevoir dans son bureau, seul et rêveur, je croyais presque voir flotter autour de lui les images mouvantes et fugitives de ses regrets, de toutes les choses qu'il aurait aimé faire autrement. Je craignais d'en faire partie, bien sûr. Car il se pouvait qu'il donne raison à ma mère adoptive, finalement, et pense qu'il n'aurait jamais dû m'amener chez lui. Mais s'il m'arrivait, plus tard, de laisser percer ne fût-ce qu'un soupçon d'inquiétude à ce sujet, il me rassurait aussitôt. À l'en croire, jamais il n'avait éprouvé le moindre doute ni la moindre hésitation.

D'autres regrets se laissaient deviner sur ses traits expressifs. Les occasions manquées, les moments perdus sans retour, tous les bateaux qu'il avait laissés passer devant lui et vus disparaître dans la nuit. À quel point ces regrets le tourmentaient et l'accablaient, je n'en avais aucune idée.

Et je n'en soupçonnai rien jusqu'à ce que je rentre à la maison ce jour-là, ce jour noir et sinistre qui justifia toutes mes craintes.

1
Adieux

Mme Schwartz, la secrétaire de notre conseillère d'éducation, se tenait à l'entrée de la salle, transférant nerveusement son poids d'un pied sur l'autre. Chaque fois qu'un étudiant franchissait le seuil, elle lui décochait un bref sourire et reportait aussitôt son attention sur le couloir. Je n'en avais encore aucune certitude, mais quelque chose m'avertissait qu'elle était là pour moi. Comme d'habitude, elle arborait la tenue qui constituait plus ou moins son uniforme de travail : tailleur bleu marine, chemisier blanc orné de dentelle et chaussures à talons aiguilles.

Dès qu'elle m'aperçut, elle tendit le bras vers moi et saisit ma main.

— Ah ! mon Dieu, vous voilà ! s'exclama-t-elle en m'attirant à elle. Nous avons reçu un appel de votre tante Agnès Delroy, qui était dans tous ses états. Il semble qu'elle n'ait pas réussi à vous joindre chez vous hier soir, ni ce matin. Elle a failli faire sauter la ligne téléphonique entre ici et Charleston, poursuivit la secrétaire, sur qui le style emphatique de ma tante avait visiblement déteint.

Tante Agnès produisait souvent cet effet-là sur les gens.

Il ne m'était pas possible d'expliquer pourquoi elle n'avait pas pu me joindre : j'avais passé la nuit chez

Allan, et cela ne regardait que moi. Mais j'aurais pu jurer que Tante Agnès s'était doutée de quelque chose, surtout si elle avait appelé tard dans la soirée. Telle que je la connaissais, cet échec avait dû l'exaspérer. Âgée de cinquante ans passés, la sœur de mon père était le genre de personne qui s'attendait à ce que tous ceux qu'elle daignait appeler, d'un mot ou d'un geste, soient prêts à accourir pour se plier à ses moindres désirs. Elle et moi ne nous étions jamais bien entendues, d'ailleurs. Sans l'avoir jamais exprimé aussi nettement, et malgré mes succès scolaires, elle me considérait comme une sorte d'inférieure. J'étais une enfant adoptée, déjà. Et par-dessus le marché, ma mère était en traitement dans une clinique psychiatrique.

Mais même si ma mère adoptive m'avait mise au monde, Tante Agnès aurait trouvé quelque chose à critiquer. Pour elle, je l'avais toujours su, le mariage de mon père était une mésalliance. La femme de mon père appartenait à l'une de ces vieilles familles du Sud qui avaient perdu presque toute leur fortune, mais qui s'accrochaient désespérément à leur patrimoine ancestral. Un héritage insuffisant aux yeux de Tante Agnès. L'argent, la lignée, la position sociale et le pouvoir étaient les quatre piliers sur lesquels elle avait bâti son église ; et si l'un d'eux venait à faiblir, tout l'édifice s'effondrait.

Mon père n'éprouvait pas vraiment de sentiments fraternels pour ma tante : il la supportait, c'est tout ; et il me confia un jour que son mari, l'oncle Darwood, avait accueilli la mort à bras ouverts. Pour lui elle avait été une porte de sortie, même si le passage n'avait pas été facile. Alcoolique invétéré, l'oncle Darwood avait noyé son foie dans son malheur.

Parler de Tante Agnès et d'Oncle Darwood était une des rares choses qui nous valaient de passer de bons moments ensemble, papa et moi. Nos rires nous enchantaient, nous savourions cette chaleureuse intimité où nous pouvions être tout simplement père et fille, seuls et complices, presque comme si chacun découvrait l'autre. Cela commença quelques mois après la mort de ma mère adoptive. Ironie du sort, ce fut cet événement qui nous permit enfin de nous rapprocher. C'était un peu comme si elle avait projeté une ombre pesante qui, pendant tout ce temps ou presque, nous avait cachés l'un à l'autre.

La gorge nouée par l'angoisse, je parvins à demander :

— Qu'est-il arrivé, Madame Schwartz ?

Quelques-unes de mes camarades de classe s'attardèrent près de la secrétaire, dans l'espoir d'entendre sa réponse.

— Votre père a été conduit en urgence au Spring City General Hospital, et il vaut mieux vous y rendre au plus vite, débita-t-elle.

À la façon dont elle pressa la main sur sa poitrine, j'eus l'impression que les mots l'avaient brûlée de l'intérieur et qu'elle se sentait soulagée, à présent qu'ils étaient dits.

— Pourquoi cela ? Mon père a-t-il eu... un accident ?

C'était ainsi que ma mère adoptive était morte, moins de deux ans plus tôt ; alors qu'elle regagnait la maison sous une tempête d'hiver, où le vent charriait de minuscules glaçons aussi coupants que des lames de rasoir. Elle roulait vite, pressée de rentrer se changer pour se rendre à une fête de charité. D'après la police, elle avait dérapé dans un virage et tourné plusieurs fois sur elle-même dans sa petite Mercedes, avant d'aller percuter le parapet et d'entamer une descente sans fin, jusqu'à l'oubli.

Je me souviens d'avoir trouvé cela horrible, mais aussi de n'avoir pas pleuré comme l'aurait fait n'importe quelle autre fille à ma place. Je ne ressentis pas cette douleur qui vous tord les entrailles quand on perd un être cher, et plus tard j'en éprouvai du remords. J'en vins même à penser que cette absence d'émotion révélait chez moi une anomalie mentale, et que ma mère adoptive avait sans doute eu raison depuis toujours.

— Non, je crois qu'il s'agit d'un problème cardiaque, répliqua Mme Schwartz d'un air lugubre, comme si elle assistait déjà aux funérailles de mon père. Votre tante vous fait dire de vous rendre là-bas sans délai. Je suis navrée pour vous, ma chère. J'informerai vos professeurs de la raison de votre absence.

Le corps ne réagit pas tout de suite à l'énoncé d'une mauvaise nouvelle. Il s'écoule toujours un certain laps de temps avant qu'il ne se révolte. On a entendu des paroles brutales qui ont causé un choc. L'information est enregistrée. Mais le cerveau se comporte comme ces machines à faire de la monnaie, qui s'obstinent à vous rendre votre billet parce qu'il est sale, ou déchiré, ou que vous ne l'avez pas introduit dans le bon sens. La mauvaise nouvelle a besoin d'être traitée plusieurs fois de suite avant d'être prise en compte par votre cerveau, qui commande enfin à votre corps de se mettre en branle.

J'eus la sensation que mes poumons se gonflaient d'air brûlant, que j'allais littéralement exploser sur place, devant tout le monde. Tout ce que je pus faire fut de retenir mon souffle et me mordre la lèvre, pour éviter de fondre en larmes.

En m'en allant, j'entendais les talons aiguilles de Mme Schwartz marteler le sol derrière moi. J'eus l'impression que son pas vif et cadencé me poursuivait, me chassait vers la porte, pour m'obliger à sortir et à gagner le parking réservé aux étudiants. Papa m'avait offert la voiture pour ma deuxième année de faculté, une semaine avant la rentrée. J'avais l'intention d'étudier la psychologie, moi aussi, et peut-être de devenir psychologue scolaire. Je souhaitais travailler avec des jeunes. Avec l'enfance et l'adolescence que j'avais eues, il me semblait que je serais bien placée pour les aider, si j'intervenais à temps dans leurs problèmes.

À peine arrivée dans mon appartement, je fis défiler la bande du répondeur, pour entendre la voix grondeuse de Tante Agnès. « Où es-tu ? Pourquoi n'es-tu pas chez toi à cette heure-ci, surtout quand j'ai besoin de te parler ? Rappelle-moi tout de suite, même s'il est très tard. Je n'aurais jamais cru qu'une étudiante traîne dehors à pareille heure. »

Je téléphonai aussitôt à Allan pour l'informer de ce qui se passait.

— J'ai déjà appelé un taxi pour me conduire à l'aéroport, lui affirmai-je.

Ce n'était pas vrai, mais je savais combien il avait horreur d'être dérangé quand il préparait un examen. Il avait cours en fin de matinée, puis tout l'après-midi, avec en plus un important examen pour lequel il devait réviser. Mais quand même... J'aurais bien aimé qu'il propose de me conduire lui-même à l'aéroport, et pas seulement parce que cela m'ennuyait de laisser ma voiture là-bas. Je voulais être rassurée, embrassée, réconfortée avant de monter à bord.

Nous étions ensemble depuis près d'un an, Allan et moi. Nous nous étions connus à une rencontre interuniversitaire, au cours de ma première année. J'avais tout juste dix-huit ans, alors, et mon expérience de la vie n'avait rien de comparable à celle de mes camarades d'études. Les garçons que j'avais pu, à la rigueur, considérer comme mes « petits amis » se comptaient sur les doigts d'une seule main. Cela me tracassait un peu d'être incapable d'entretenir une relation durable. Mais, pour être sincère, la plupart des garçons que j'avais connus m'avaient semblé très immatures. Peut-être étais-je trop exigeante. Peut-être aurais-je voulu qu'ils soient comme une seconde version de mon père, en plus jeune. Sérieux sans se prendre au sérieux, sûrs d'eux-mêmes sans arrogance. Possible.

C'est ainsi que m'apparut Allan à notre première rencontre. En plus de son physique attirant, – visage énergique aux traits parfaits, avec des yeux d'un bleu intense –, Allan possédait une assurance indéniable. Il savait ce qu'il voulait, cela se voyait tout de suite. Et c'est ce qui le distinguait tellement des autres étudiants qui m'entouraient, jeunes coqs peu sûrs d'eux-mêmes et qui se donnaient des airs bravaches. Leur rire bruyant sonnait faux. Quant à leur courage, puisé dans le whisky et la bière, il volait en éclats aux premières lueurs de l'aube, dans la lumière crue de la réalité. Tels des vampires, ils fuyaient les miroirs. S'ils étaient si décevants à leurs propres yeux, raisonnais-je, que seraient-ils aux miens ?

— Bien, appelle-moi dès que tu sauras de quoi il s'agit, dit précipitamment Allan, manifestement pressé de raccrocher.

J'en fus profondément déçue, même si je savais qu'il avait hâte de retourner à ses livres et à son examen. La poursuite de sa carrière, voilà ce qui l'occupait tout entier. Parfois j'aurais préféré avoir à lutter avec une rivale : au moins, j'aurais eu une chance.

— Entendu.

Je ne prononçai qu'un mot mais ma voix se fêla. Les nerfs tendus à l'extrême, je parvins quand même à remplir un sac de voyage et à appeler un taxi. Je devais prendre un avion pour Columbia, en Caroline du Sud. Ce n'était pas un très long voyage, mais j'avais une heure et demie d'attente avant le prochain vol. Et à l'aéroport, ni la lecture, ni la télévision ne parvinrent à calmer ma nervosité. Je consultai ma montre au moins vingt fois, trop secouée pour prendre garde à l'effervescence qui m'entourait. J'étais comme plongée dans un brouillard qui m'isolait de tout. Finalement, j'entendis annoncer le numéro de mon vol et me dirigeai vers la porte, le cœur en tumulte.

Papa, des problèmes cardiaques ? Comment était-ce possible ? Il n'avait que cinquante-neuf ans. À ma connaissance, il n'avait eu aucune alerte jusqu'ici, mais il aurait très bien pu me le cacher. Je l'en savais fort capable. Mais j'étais bien loin de soupçonner combien d'autres choses il avait cachées, et quel homme secret il avait été.

Aussi enfantin et irréaliste que cela puisse être, j'avais toujours vu mon père comme un être invulnérable. Si fort, si puissant que rien ne pouvait l'atteindre, ni le malheur, ni la maladie. Cela, c'était pour le commun des mortels, les gens comme vous et moi. Il était pour moi pareil à un dieu, bien au-dessus des lois de notre monde ordinaire. Je ne me souvenais pas de l'avoir jamais vu malade, vraiment malade. Même avec un mauvais rhume et une toux sévère, il s'arrangeait pour aller travailler.

Dans sa vie, tout était organisé, planifié, méthodique. Au petit déjeuner, il prenait toujours la même chose : un demi-pamplemousse, un mélange de céréales et de fraises, une tasse de café, et de temps à autre une tranche de pain complet. Cela, c'était le menu de la semaine. Pendant les week-ends, il préférait le pain aux noix et aux noisettes cuit par Amou ; et en certaines occasions il mangeait sa fameuse omelette aux champignons et au fromage, accompagnée de fruits cuits.

À la maison, chaque chose avait sa place exacte, et je n'imaginais pas qu'un autre homme puisse être aussi méticuleux que papa. Il se moquait de lui-même et de sa manie de l'ordre, qu'il qualifiait d'obsession compulsive. Sur sa table de travail, si son stylo et son porte-mine étaient déplacés ne fût-ce que d'un centimètre, il s'en apercevait. Amou redoutait de commettre ce genre d'impair, et elle n'entrait qu'avec terreur dans son bureau pour faire le ménage.

En guise d'exercice, papa faisait de longues promenades dans notre parc, le long de chemins forestiers. Notre propriété couvrait près de quatre-vingts hectares en partie boisés, avec deux grands étangs ; et aussi un ruisseau qui serpentait entre les collines et les rochers, avant de se jeter dans un cours d'eau plus grand, affluent de la Congaree River. Papa faisait ces promenades deux fois par semaine, et elles duraient exactement deux heures. J'aurais pratiquement pu régler ma montre sur ses horaires.

D'aussi loin que je me souvienne, je n'ai jamais vu ma mère adoptive l'accompagner. Il préférait marcher seul, et me dit un jour que c'était au cours de ces promenades que lui venaient ses idées les plus créatives. J'aurais plutôt cru, au contraire, que le contact avec la nature l'aurait distrait de son travail, mais non. Il paraissait doué du pouvoir de se couper de ce qui l'entourait, pour se concentrer totalement sur ses pensées du moment.

En tout cas, personne n'était plus doué que lui pour ignorer ma M.A. Quand, pour un oui ou pour un non, elle se lançait dans ses récriminations, il la fixait d'un air impassible, hochant la tête au bon moment sans jamais changer d'expression, sinon pour hausser de temps à autre un de ses épais sourcils. Invariablement, il promettait de faire ce qu'il pourrait pour régler le problème en question, et il arrivait en effet qu'il s'en occupe. Mais le plus souvent le problème se résolvait tout seul, ou disparaissait tout simplement, rayé de la liste des complaintes de ma M.A.

Physiquement, papa n'était pas très impressionnant. Il atteignait à peine un mètre quatre-vingts, et il était resté très mince. Il avait un peu l'allure d'un joueur de tennis, et c'était d'ailleurs le seul sport qu'il ait vraiment pratiqué à l'université. C'était dans ses yeux que résidait son pouvoir. Quand il les fixait sur vous, on aurait pu jurer qu'il était bien plus grand et bien plus fort. Et je me disais que, pour ses patients, ce regard devait faire l'effet d'un projecteur braqué sur un fugitif. On avait beau s'efforcer d'y échapper, c'était impossible.

Ses yeux n'étaient ni très enfoncés, ni particulièrement grands, et pourtant c'était toujours cela qui frappait les gens qui le rencontraient, et dont ils gardaient le plus vif souvenir. Je me moquais de mes amies, que son regard faisait plus qu'impressionner : elles en avaient peur. En tant que psychiatre et psychanalyste, elles le croyaient capable de lire dans leurs pensées.

J'étais toujours très fière de lui, mais avoir pour père un psychiatre célèbre dans le monde entier n'était pas si facile. J'étais soumise à certaines pressions que les autres filles de mon âge n'auraient jamais pu comprendre.

Papa savait manier son monde. Il n'élevait jamais la voix, ne me punissait pas comme le faisaient les autres parents. À présent que j'avais commencé à étudier la psychologie, je comprenais ses méthodes. Depuis mon enfance, mes relations avec lui reposaient sur un système de questions. Questions auxquelles je devais répondre tout de suite, ou dont je devais chercher la réponse en moi-même, et cela depuis l'âge de quatre ans.

— Pourquoi ta mère est-elle en colère contre toi, Willow ? Pourquoi penses-tu que nous sommes fâchés par ce que tu viens de faire ? Pourquoi ce que tu as répondu à ta mère m'a-t-il contrarié, d'après toi ?

Ma mémoire débordait de semblables questions. Mes amies, elles, avaient d'autres raisons de redouter l'expérience psychologique de mon père.

— Comment peux-tu lui cacher quoi que ce soit, Willow ? Il doit savoir tout de suite si tu lui mens, ou si tu inventes une excuse.

— Je ne lui mens pas, répliquais-je.

Elles secouaient la tête avec une moue apitoyée, où perçait l'inquiétude que je leur attire des ennuis.

— Mais je peux donner le change à ma mère, me hâtais-je d'ajouter, et je ne m'en prive pas.

Ce que non seulement elles comprenaient, mais approuvaient. C'était comme si tromper ses parents était l'initiation que nous devions toutes subir, pour devenir des adolescentes à part entière.

Mentir à ma mère, toutefois, ne pesait pas bien lourd sur ma conscience. Sans doute les mensonges étaient-ils trop légers, ou ma conscience endurcie. Alors que mentir à papa... Cela m'aurait fait l'effet de marcher sur une croûte de glace dangereusement mince.

J'ai souvent pensé que ma M.A. fermait les yeux sur les mensonges, tant que ceux-ci lui évitaient des conflits ou des désagréments. Quelqu'un lui avait dit un jour que la tristesse faisait vieillir, et depuis elle redoutait le malheur comme la peste. Sa conviction était entretenue par la vue de certains patients de papa, plus spécialement des femmes. La dépression, croyait-elle fermement, vous ajoutait vingt ou trente ans ; et cela se voyait surtout aux yeux qui devenaient rouges, gonflés et affreusement tristes.

En second lieu sur la liste des destructeurs de jeunesse, elle plaçait la colère, bien qu'elle y succombât plus souvent qu'elle ne l'aurait voulu. Froncer les sourcils vous donnait des rides là où vous n'en aviez pas, tout en creusant celles que vous aviez déjà. Aussi, quand elle avait le choix entre s'illusionner ou faire face à une vérité déplaisante, ma mère adoptive se raccrochait au mensonge comme un naufragé à une bouée de sauvetage.

C'était vraiment une très jolie femme, élégante et toujours très soignée. Elle allait souvent à Paris sans papa, pour faire la tournée des boutiques et découvrir les dernières modes. Presque aussi grande que papa, elle avait une silhouette de mannequin. Pour elle, prendre du poids était également une façon de vieillir. Les femmes qui passaient leur temps à grossir et à maigrir, expliquait-elle, se distendaient la peau non seulement sur le visage, mais également sur le corps.

— Quoi de plus horrible qu'une femme au décolleté tout fripé ? me dit-elle un jour où, tournant sur elle-même devant son haut miroir, elle s'examinait sous toutes les coutures. Même une goutte de transpiration n'oserait pas s'y aventurer. En voyant ces plis et ces rides, elle s'évaporerait sur place !

Toutes mes amies se pâmaient d'admiration devant ma mère adoptive, mais elles ignoraient tout de la vie qu'elle me faisait mener. Elles ne la voyaient que de loin, et la contemplaient comme une célébrité. À les entendre, je devinais que leurs propres mères enviaient la mienne, elles aussi.

Malheureusement pour moi, je n'avais aucune chance d'avoir un jour son allure et sa beauté. Je mesurais un mètre soixante-huit. Mes cheveux avaient la couleur d'un vieux penny terni, alors que ceux de ma mère étaient d'un blond doré, presque lumineux. Elle les portait courts, mais elle avait toute une collection de perruques dans sa penderie, afin de changer de coiffure à sa fantaisie.

Un trait particulier me distinguait d'elle comme de papa : les minuscules taches de son qui parsemaient mes pommettes, et mon teint était nettement plus clair que le leur. Ce qui n'avait rien d'étonnant, puisqu'ils m'avaient adoptée. Mais ma mère adoptive était jalouse de mon nez, qu'elle trouvait parfait et tout à fait en harmonie avec ma bouche et mes yeux. On aurait pu croire qu'elle le regrettait, comme si c'était un pur gâchis sur une fille telle que moi.

Quand j'étais petite, elle me mettait sans cesse en garde contre l'embonpoint, me prédisant que je serais toujours trop ronde puisque je ne tenais pas d'elle.

Mes joues rebondies, affirmait-elle, indiquaient déjà qu'il en serait ainsi.

— Ta vraie mère était probablement une petite boulotte avec un double menton, déclarait-elle. Elle devait avoir de gros seins mous, la figure bouffie et de petits yeux enfoncés dans sa graisse. Les médicaments ont souvent cet effet-là, surtout ceux qu'on donne aux malades mentaux, vois-tu. Et cela se transmet à leurs enfants.

Elle traçait de ma vraie mère des portraits tellement hideux qu'à la fin je l'imaginais comme une sorte de phénomène de foire. Je détestais penser à elle, et je nourrissais l'espoir secret d'avoir été créée en laboratoire. Un jour mon père le révélerait, et ma M.A. serait bien obligée de se taire.

Amou soutenait que ma mère adoptive se trompait, que le fait d'être une fillette potelée ne voulait rien dire. Et elle avait tôt fait de me remonter le moral à chaque fois que ma M.A. faisait ce genre de réflexions.

— Ta mère, qui a tellement peur du malheur et des rides, marmonnait-elle à mi-voix, on pourrait penser qu'elle ferait tout pour t'empêcher d'être triste, non ?

Amou disait beaucoup de choses entre haut et bas, des choses que je n'étais pas censée entendre, et encore moins comprendre. Quelquefois, elle entremêlait ses propos de mots portugais, mais j'avais fini par comprendre ceux-là aussi, même quand elle jurait. Car lorsque sa sœur venait la voir, un samedi sur deux, je restais toujours près d'elles à observer et à écouter. En réalité, quand j'étais petite je comprenais beaucoup plus de choses qu'on ne le croyait, surtout celles qui me concernaient.

Pas tout à fait autant que j'aurais eu besoin d'en savoir, cependant. Pas encore.

Mais cela n'allait pas tarder.

Ces vérités-là m'attendaient dans le bureau de papa, sur une étagère, tel un secret chuchoté dans la tombe.

⁂

À l'aéroport de Columbia, je fus très étonnée de voir que ma cousine, Margaret Selby Delroy, m'attendait dans le hall d'arrivée. Cela devait bien faire trois ans que nous ne nous étions pas vues, et ne nous étions pas non plus téléphoné. Notre dernière rencontre remontait à l'enterrement de l'oncle Darwood. Il était mort d'une crise cardiaque, selon la version répandue par la famille. Pour Tante Agnès, il n'était pas question de reconnaître qu'il était alcoolique. Comme de nombreux amis et proches de mes parents, les Delroy vivaient dans un univers illusoire en passant d'un fantasme à l'autre, refaçonnant la réalité à leur guise. Et si quelqu'un osait les surprendre quand ils forgeaient une de leurs fictions, ils détournaient instantanément les yeux de l'audacieux.

Margaret Selby n'avait que six mois de moins que moi, et il était fatal que l'on nous compare sans cesse l'une à l'autre. En taille, elle me dépassait de cinq centimètres, mais contrairement aux prévisions de ma M.A., ce fut moi qui perdis les rondeurs de l'enfance. Elles fondirent littéralement, comme si un sculpteur me remodelait par magie nuit après nuit, dégageant mes pommettes, affinant le tracé de mes lèvres, dessinant les lignes de ma mâchoire et de mon cou. Ma poitrine se précisa, ferme et haute, ma taille s'amincit. Jusqu'au jour où, devant l'image que me renvoyait le miroir ovale de ma coiffeuse, je sentis mon cœur battre à l'idée que je pourrais devenir assez attirante, après tout.

Amou fut la seule à qui j'osai en parler. Sous forme de question, naturellement.

— Tu crois que je deviens jolie, Amou ? lui demandai-je un après-midi, dans la cuisine où je l'aidais à préparer le dîner.

Elle interrompit sa besogne et m'offrit ce sourire si doux, qui était un peu devenu mon soleil.

— C'est comme si tu avais porté un masque d'enfant et que, peu à peu, il disparaisse et te révèle telle que tu es. Mais ne va pas te mettre à te contempler toute la journée, m'avertit-elle. La pire chose qu'une femme puisse faire, c'est de tomber amoureuse d'elle-même avant qu'un homme ne l'ait fait. Tu sais ce qui arrive, alors ?

Elle laissa la question en suspens, et je sus qu'elle faisait allusion à ma M.A., bien sûr.

Et aux jeunes femmes du genre de Margaret Selby Delroy, dont le visage bouffi trahissait sa complaisance pour elle-même et lui ôtait toute séduction. Sa mollesse lui venait d'avoir été outrageusement gâtée, servie, adulée. Elle avait les hanches trop larges, et des petits doigts boudinés qui formaient des bourrelets entre toutes ses bagues étincelantes. Ses lèvres semblaient toujours gonflées, sans tracé précis. Et ses yeux, d'une jolie nuance noisette pourtant, paraissaient trop enfoncés à cause de ses joues replètes.

Et pourtant, sa mère et elle dépensaient des sommes folles pour sa coiffure, sa toilette et ses produits de beauté. Depuis sa pré-adolescence, sa mère et elle n'avaient eu qu'un objectif : lui trouver un bon parti, à n'importe quel prix. Elle avait même eu droit à un cours de maintien des plus coûteux. Et apparemment, le plan avait fonctionné, car Margaret était fiancée à Ashley Standard Robert, le fils de l'éditeur du *Charleston Times*. Je ne l'avais jamais rencontré, mais j'avais vu leur portrait dans la rubrique mondaine du journal.

Ils me faisaient un peu l'effet d'être frère et sœur, tous les deux, avec chacun leurs cinq à six kilos de surpoids. Lui était de toute évidence un de ces enfants gâtés de la fortune, nés avec une cuiller en argent dans la bouche. Il ne devait pas avoir de plus grand effort à fournir, en une journée, que de s'extraire le matin de son grand lit pour aller à la salle de bains. C'était du moins l'effet qu'il produisait. Il avait sans doute quelqu'un à sa disposition pour l'aider à choisir ses vêtements, faire le ménage derrière lui, et le conduire en voiture où il lui plaisait d'aller. Comme si, en somme, son unique occupation était de profiter de la vie.

— Willow ! appela Margaret Selby avec de grands gestes du bras, bien qu'elle fût juste en face de moi.

Sans doute craignait-elle que je ne la reconnaisse pas, dans son ensemble noir dernier cri surmonté d'un chapeau en velours blanc. Avec son grand bord ondulant et son ruban de satin, ce couvre-chef l'aurait fait remarquer au milieu de n'importe quelle foule. En m'approchant, je notai qu'elle avait encore grossi. Sa veste lui serrait le buste, et donnait l'impression qu'il aurait fallu au moins Superman pour extirper ses bras de ses manches. Ne voyait-elle pas combien elle était ridicule ? Elle raffolait des toilettes de luxe, mais elle n'avait décidément aucun goût.

Nous échangeâmes une accolade.

— Je ne m'attendais pas à te trouver là, observai-je.

— Tu connais ma mère. Elle a horreur de faire face toute seule aux situations déplaisantes, et elle a insisté pour que je l'accompagne. Pour quoi faire, je te le demande ? À part rester là, à me tordre les mains, je ne vois pas ce qu'elle attend de moi. Et j'ai tellement de choses à préparer pour mon mariage ! conclut-elle, avec une moue destinée à m'apitoyer.

Je m'informai un peu sèchement :

— Comment va mon père ?

— Je n'ai rien appris de nouveau, depuis que j'ai quitté l'hôpital pour venir t'accueillir.

— Et que sais-tu, au juste ?

Margaret haussa les épaules.

— Seulement qu'il était chez lui. Pas dans la maison, en fait. Il revenait d'une de ses promenades. Tu n'as pas de bagages à retirer ? s'enquit-elle comme nous nous dirigions vers la sortie.

— Non, je n'ai pris que ça. Je suis partie tellement vite, forcément…

— Ah ! oui, bien sûr. Tu as tout ce qu'il faut pour t'habiller chez toi, naturellement.

— Ma garde-robe est le cadet de mes soucis, Margaret. Que sais-tu d'autre sur l'état de mon père ?

— Ce que je sais d'autre ? Eh bien… Il revenait vers la maison quand il est tombé en syncope, semble-t-il. Heureusement, Miles… c'est bien comme ça qu'il s'appelle, non ?

— Mais oui, mais oui.

Combien d'années lui faudrait-il pour s'en souvenir ? Les snobs de son espèce avaient une curieuse mémoire. La sienne, comme par hasard, refusait d'enregistrer les noms des gens qu'elle considérait comme ses inférieurs. Cela ne l'empêcha pas de remarquer :

— C'est tellement drôle d'avoir un homme pour s'occuper de la maison ! Maman dit qu'il fait la lessive de ton père, et même le ménage et la cuisine, maintenant.

— Miles est au service de mon père depuis près de vingt ans, et il n'est pas seulement là pour tenir sa maison. Il a été son chauffeur et son intendant, c'est lui qui veille à tout dans la propriété, et qui l'a toujours fait. Je pense que tu pourrais le savoir, depuis le temps.

— C'est vrai, admit-elle. Mais… n'était-il pas un de ses patients, avant cela ?

— Margaret, je t'en prie. Que sais-tu d'autre au sujet de mon père ?

— Ah ! oui ! Miles a regardé par la fenêtre, l'a vu couché par terre et s'est précipité vers lui. Il a appelé SOS médecins, ils ont promis de le ranimer et l'ont emmené à l'hôpital. Miles a téléphoné à ma mère, et nous avons tout laissé en plan pour venir au plus vite. En prenant juste le temps de parer au plus pressé, bien sûr. Nous avons dû décommander au moins une demi-douzaine de rendez-vous, traiteurs, fleuristes… enfin, tu vois.

Elle rit, plutôt lourdement pour une femme supposée si distinguée, observai-je à part moi.

— Quand je me plains du travail que me donnent les préparatifs du mariage, Ashley se moque toujours de moi. Il prétend que nous devrions nous marier à la sauvette, sans tambours ni trompettes. Tu imagines, si nous faisions ça, le nombre de gens qui seraient déçus ? Des centaines, au moins. Mais il veut juste me taquiner, bien sûr. C'est la preuve qu'il tient à moi, d'après maman. Les hommes adorent taquiner les femmes qu'ils aiment.

Je m'arrêtai pour la regarder bien en face.

— Quels sont le diagnostic et le pronostic des médecins, Margaret ?

— Il a eu une crise cardiaque, c'est tout ce que je sais. C'est quoi au juste, un pronostic ?

Elle eut une grimace d'appréhension, comme si elle redoutait une critique de ma part.

— Je sais que tu fais des études médicales, Willow. Ou, en tout cas, que tu comptes soigner les malades mentaux, mais tout le monde ne connaît pas le dictionnaire par cœur.

Je rassemblai toutes mes ressources de patience.

— Pas besoin d'avoir potassé le dictionnaire pour comprendre le sens du mot pronostic, Margaret. C'est tout simplement l'opinion des médecins sur l'évolution de l'état d'un malade, et sur ses chances de guérison.

— Ah ! bon. Eh bien je n'en ai pas la moindre idée. Je ne suis pas restée tellement longtemps à l'hôpital, Willow. Nous avons quitté la maison en coup de vent, et cela n'a pas été très drôle de rester assises dans cette salle d'attente. Il n'y avait pratiquement pas de magazines à lire, et maman n'a pu avoir qu'un unique entretien avec un médecin. Elle ne m'a rien dit, excepté d'aller te chercher, et me voilà. J'ai un taxi juste devant l'entrée, mais le chauffeur n'est pas spécialement aimable. Il n'arrêtait pas de répéter qu'il ne pourrait pas rester sur place, qu'on ne le laisserait pas stationner là. Tout le monde s'imagine qu'une bombe va exploser à l'aéroport, ces temps-ci. Ce n'est vraiment pas drôle pour ceux qui sont habitués au confort et aux égards. Ils auraient pu s'arranger pour trouver une solution, je trouve.

— Allons-y, soupirai-je, déjà épuisée par mes vains efforts pour lui arracher ne fût-ce qu'une miette d'information.

— Comment ça se passe pour toi, à la fac ? Tu as rencontré quelqu'un ?

Je pressai le pas sans répondre, mais cela ne découragea pas ma cousine. De toute évidence, elle était de ces gens qui peuvent soutenir une conversation tout seuls.

— Ça ne doit pas être facile pour toi de rencontrer quelqu'un, reprit-elle. Je me demande bien pourquoi tu tiens à devenir psychologue, ou quelque chose comme ça. Les gens ne se sentent pas à l'aise avec les psys, surtout les hommes. Ils s'en méfient, et s'attendent toujours à ce qu'ils analysent et jugent leurs moindres mots, leurs moindres gestes. Tu n'auras jamais de vrais amis, Willow, et encore moins de vraies relations amoureuses. Les gens n'auront pas confiance en toi.

— C'est encore un des sacro-saints axiomes de ta mère ? ironisai-je, comme nous quittions l'aéroport.

— Un sacro quoi ?

Une fois dehors, j'éprouvai un sentiment d'urgence irrépressible.

— Non, rien, oublie ça. Où est ce taxi ?

D'un signe de tête, Margaret indiqua une Lincoln noire.

— Euh… je croyais que c'était celui-ci.

Elle adressa de grands geste au chauffeur, qui n'eut aucune réaction.

— Ce ne doit pas être lui, alors. Je ne fais pas la différence entre toutes ces voitures. Où est-il passé ? Je t'avais bien dit que ce n'était pas quelqu'un d'aimable.

Je me ruai vers la station de taxis.

— Où vas-tu, Willow ?

— À l'hôpital, renvoyai-je par-dessus mon épaule.

— Mais… et notre chauffeur ? Tu ne peux pas prendre une voiture ordinaire, voyons ?

Je montai dans le premier taxi de la file, laissant Margaret me fixer avec effarement, plantée sur le trottoir.

— Tu viens, oui ou non ? l'interpellai-je, le bras tendu pour tenir la portière ouverte. Allez, monte !

Avec une moue pincée elle prit place à mes côtés, comme si elle s'asseyait sur la chaise électrique. Je dus me pencher pour fermer la porte.

— Au Spring City General, aussi vite que vous pourrez, lançai-je au chauffeur.

En moins d'une seconde, son taxi avait décollé du trottoir.

— C'est parti !

— Doux Jésus, murmura ma cousine. Maintenant je sais l'effet que ça fait d'être kidnappée.

Quel homme ayant tous ses esprits pourrait bien vouloir te kidnapper ? commentai-je à part moi. Et, mentalement, je fis des vœux pour que le flot des voitures aille plus vite.

— Mère dit qu'en pareilles circonstances, il est bon de s'occuper l'esprit en pensant à autre chose, babilla ma cousine.

Sa voix n'était pour moi qu'un bourdonnement monotone, tout juste un vague bruit de fond, et je me surpris à sourire. Je ressemblais davantage à mon père que je ne le croyais, finalement. J'apprenais à me brancher sur l'entourage ou à m'en couper, à volonté.

— Ce n'est pas drôle !

Ma cousine m'avait pratiquement hurlé ces mots dans les oreilles.

— Pardon ?

— La forme du gâteau de mariage a beaucoup de signification. Imagine l'allure qu'il aura, avec ces figurines qui nous représenteront tous les deux, Ashley et moi.

— Qui a prétendu que c'était drôle ?

Une moue boudeuse fronça la petite bouche carminée de Margaret Selby.

— Tu avais l'air de le penser. Tu souriais.

— Je pensais à autre chose, en fait. Je n'ai rien entendu de ce que tu as dit à propos du gâteau.

— Comment ? Pourquoi pensais-tu à autre chose ?

— Je suivais ton conseil : je m'occupais l'esprit, répliquai-je, comme le taxi s'arrêtait devant l'hôpital.

Je payai le chauffeur et m'engouffrai dans le hall, Margaret gémissant derrière moi pour ne pas se laisser distancer.

— Où est-ce ? demandai-je en me retournant sur elle, si brusquement que mon fourre-tout faillit la heurter.

Pendant un instant, elle me regarda sans comprendre et je dus insister.

— Où a-t-on conduit mon père ?

— Euh... en cardiologie, je crois. Quelque chose comme ça.

— Montre-moi le chemin.

Elle marcha sans se presser jusqu'à l'ascenseur, sourit au jeune interne qui en émergeait et enfonça le bouton du deuxième étage.

— J'ai toujours eu peur de ton père, m'avoua-t-elle. À cause de cet air désapprobateur qu'il a tout le temps.

— Peut-être qu'il désapprouve, rétorquai-je en sortant de la cabine, pour suivre les flèches indiquant l'Unité de Cardiologie.

À l'entrée de la salle d'attente, je m'arrêtai net. Tante Agnès était assise sur le canapé, la tête levée vers une infirmière. Elle se tamponnait délicatement les yeux avec son mouchoir de soie. Je ne l'avais pas souvent vue pleurer. Mais en de rares occasions, j'avais cru remarquer qu'elle semblait pouvoir contrôler le flot de ses larmes. Elle les laissait s'échapper une par une, un œil après l'autre, et seulement quand la précédente était bien visible. Du coin de son mouchoir, elle pressait chacune d'elles avec précaution, la séchait et déplaçait la main pour attendre la suivante. Je l'observai discrètement.

Elle avait les yeux et la bouche de mon père, mais un menton fuyant, pratiquement inexistant. Sa peau très tirée, blême plutôt que blanche, faisait penser à une très ancienne photographie de teinte sépia, décolorée par le temps. Des taches de vieillesse parsemaient son front, qu'elle tentait de dissimuler. Pour cela, elle coiffait ses cheveux gris en une longue frange pendante, évoquant plus ou moins une serpillière mouillée.

Contrairement à ma mère adoptive, Tante Agnès avait toujours refusé de porter une perruque. Elle jugeait futile et sans dignité de trop chercher à lutter contre l'âge, et un peu de rouge à lèvres et de fard à joues constituaient tout son stock de produits de beauté. Bien peu de chose, à côté de l'arsenal de crèmes, ombres à paupières, pinceaux, crayons et autres cosmétiques avec lequel ma M.A. combattait les outrages du temps.

Tante Agnès avait toujours été mince. Amou l'appelait dans son jargon « la femme oiseau », à cause de son ossature fragile et de son nez, que l'âge avait recourbé tel un bec. Moi-même, à la regarder aller et venir, j'avais l'impression de la voir voltiger comme un moineau. Et quand elle venait chez nous, elle avait une façon bien à elle de frissonner en entrant. On aurait dit qu'elle rejetait, par avance, la sensation de froid qu'elle allait éprouver en présence de mon père.

En m'apercevant, elle toucha le poignet de l'infirmière, qui se retourna.

— Ah, voilà ma nièce. Sa fille, l'entendis-je expliquer. Enfin !

L'expression qui se peignit sur les traits de l'infirmière me serra le cœur, et je n'eus même pas conscience de m'avancer vers elle. Tante Agnès secoua la tête.

— Nous l'avons perdu, annonça-t-elle. Il y a tout juste vingt minutes.

Je baissai les yeux sur elle et souris, comme si elle venait de proférer une ineptie totale. Perdu ? Comment pouvions-nous perdre papa ?

Devant mon incompréhension, l'infirmière crut devoir ajouter :

— Le cœur était trop gravement atteint. Je suis désolée.

Margaret Selby, qui m'avait enfin rejointe, choisit ce moment pour se lancer dans une tirade sur notre trajet de l'aéroport à l'hôpital.

— Il faudra que tu parles à la personne qui t'a recommandé cette compagnie de taxis, Mère. Le nôtre nous a fait faux bond, et Willow était pressée d'arriver ici. Nous avons dû prendre un taxi ordinaire. J'avais dit au chauffeur d'attendre mais c'était un homme très désagréable et…

— Tais-toi ! l'interrompis-je rudement.

Elle recula comme si je l'avais giflée.

— Le père de Willow vient de nous quitter, Margaret Selby, expliqua ma tante.

— Oh mon Dieu !

Je me tournai vers l'infirmière.

— Je veux voir mon père ! lançai-je d'une voix brève.

Comment je parvins à articuler ces quelques mots, je me le demande. J'avais la gorge sèche comme du parchemin. Compréhensive, l'infirmière me prit doucement par le bras.

— Mais bien sûr. Venez, je vais vous conduire.

Je posai mon sac de voyage pour la suivre.

— Je vais entreprendre les démarches nécessaires, ma chère, cria Tante Agnès derrière moi.

Ma cousine eut un gémissement consterné.

— Oh, Mère ! Un enterrement !

Je m'éloignai d'un pas de somnambule. Autour de moi, tout paraissait vague et brumeux. J'avais envie de hurler. Mon cœur battait si sourdement, si faiblement que je l'imaginais en train de se refermer comme un coquillage, tout au fond de ma poitrine. J'avais l'impression de me rétracter sur moi-même, ou plutôt de rapetisser de plus en plus jusqu'à redevenir petite fille. La petite fille d'autrefois que l'on emmenait voir son papa.

Je m'arrêtai dans l'embrasure de la porte, comme si je m'attendais à le voir s'asseoir sur le chariot et me faire signe. Toujours à mes côtés, l'infirmière devait se demander pourquoi j'hésitais ainsi.

— Je suis désolée, murmura-t-elle. C'est toujours une épreuve de perdre un proche, quel que soit son âge. Ma mère avait quatre-vingt-six ans quand elle est morte, l'année dernière, mais j'ai eu l'impression que la terre s'effondrait sous mes pieds.

Je l'approuvai d'un signe de tête.

— J'aimerais rester un moment seule avec lui, s'il vous plaît.

— Bien sûr. Appelez si vous avez besoin de quoi que ce soit, mademoiselle De Beers.

Si j'avais besoin de quoi que ce soit ? J'ai besoin d'une seconde chance, pensai-je amèrement. Je voudrais être arrivée plus tôt, quand il vivait encore. Pouvez-vous arranger cela pour moi, s'il vous plaît ?

Je contemplai papa étendu là, si tranquille. Sa barbe d'un brun fauve était aussi bien coupée et taillée que d'habitude. Il n'était pas mort depuis très longtemps, sa peau n'avait pas encore la pâleur cadavérique. On lui avait fermé les yeux, et je le regrettai. J'avais besoin de plonger une dernière fois mon regard dans ces yeux, même s'ils étaient vides à présent. Au moins, j'aurais pu me rappeler tout ce que j'y voyais avant.

Il me fallut un peu de temps avant de m'approcher pour lui prendre la main. Et en faisant cela, je m'avisai d'une chose curieuse : jamais mon père n'avait levé la main sur moi, ne fût-ce que pour me donner la plus petite fessée. Son mécontentement, sa colère, c'était dans sa voix qu'on les percevait, dans son regard, dans toute son attitude. Et, pour autant que je me souvienne, cela suffisait.

Ma mère adoptive, elle, ne se privait pas de me gifler, même si son geste n'avait souvent pas plus d'effet que si elle avait chassé une mouche. Elle prenait grand soin de ses mains. Ce sont souvent les mains qui trahissent l'âge, elle l'avait observé chez beaucoup de femmes. Et elle s'était promis que cela ne lui arriverait jamais. Avec Amou dans la maison, elle n'avait jamais à laver une assiette ni à épousseter un meuble. La seule chose qu'elle lavait était son corps, et elle y apportait autant de précautions que s'il s'était agi d'un vase de porcelaine.

Des larmes s'amassaient sous mes paupières, et je voyais papa comme à travers un aquarium. Je lui parlai comme s'il pouvait m'entendre.

— Désolée d'être arrivée trop tard, papa, mais ni toi ni moi n'aimions les adieux, n'est-ce pas ? Tu m'as accompagnée à l'université quand je suis entrée en première année. Mais, contrairement aux autres, nous n'avons pas échangé de grandes embrassades, ni soupiré, ni pleurniché. Nous n'étions plus des enfants, pas vrai ? lui demandai-je en souriant. Nous savions contrôler ce que les autres vivaient comme une expérience bouleversante.

« La concentration, tout est là, disais-tu toujours. Tu te souviens ? Tu m'en auras fait des recommandations, pendant le trajet ! Je ne sais pas si tu t'en es rendu compte. C'était sûrement parce que tu redoutais le moment des adieux, papa. Je sais que c'était pour ça. Et même si je n'ai pas versé une larme devant toi, ni prononcé un mot qui risque de t'attrister, moi aussi j'avais peur de te dire au revoir.

Mère était déjà partie, mais elle avait manqué tant de moments importants de ma vie, de toute façon... Un de plus ou de moins, qu'est-ce que cela changeait ?

— Très bien, répétais-tu sans cesse, je pense qu'il est temps de te laisser. Appelle-moi si tu as besoin de quoi que ce soit, insistais-tu, par besoin de te rassurer, je suppose.

Et je t'ai répondu :

— Bien sûr, papa.

Comme toujours. Tant de choses tournaient autour de ce *bien sûr* dans notre vie, papa.

Je le contemplai longuement. Il commençait à prendre l'aspect d'une statue, à présent : une effigie de lui-même. Je m'avisai que je n'avais presque jamais vu mon père endormi. Ni lui ni ma mère adoptive n'aimaient me voir entrer dans leur chambre, même quand je faisais un cauchemar. C'était toujours lui qui venait à moi et, en me parlant, chassait le mauvais rêve. Il me rassurait, mais me laissait dormir seule dans mon lit.

— Je suis désolée d'être arrivée trop tard, papa, répétai-je. Nous avions tant de choses à nous dire. Nous venions à peine de commencer à nous les dire, nous avions tant d'années de silence à rattraper. Qu'est-ce que je vais faire, maintenant ?

Je souris. Même si ses lèvres étaient scellées à jamais, je pouvais entendre sa réponse. Exprimée sous forme de question, naturellement.

— Ce que tu vas faire, Willow ? Qu'est-ce que tu devrais faire, d'après toi ?

— Terminer mes études, je suppose. Épouser Allan ou quelqu'un dans son genre, et peut-être fonder une famille. Je ne suis pas très informée sur l'état de nos finances, mais je ne devrais pas tarder à l'être et j'espère pouvoir garder la maison. Est-ce une bonne réponse, papa ?

— À ton avis ?

— Je pense que oui.

— Alors c'en est une, aurait-il répondu.

Je me dis alors que tout allait bien. Que ce n'était pas grave si je n'avais pas pu arriver à temps pour recueillir son dernier souffle, car il ne me quitterait jamais. Sa voix serait toujours là. J'entendrais toujours ses questions, je serais inspirée par sa sagesse. Ces choses-là ne mourraient pas avec son corps. Il les avait plantées en moi et, telles des semences, elles avaient pris racine et fleuri. Elles seraient toujours ma force, mon soutien, le guide qui me montrerait le chemin.

Je me penchai pour embrasser son front déjà froid. Les baisers étaient aussi rares que les oiseaux en hiver, chez nous. Ma mère adoptive avait toujours peur de gâter son maquillage. Elle gratifiait les gens d'un petit geste aérien, accompagné d'un léger claquement de lèvres. Et quand elle m'embrassait, ce qu'elle était parfois obligée de faire en présence d'autres gens, c'était toujours avec une moue, comme si sa bouche me repoussait.

Papa aussi m'embrassait, mais toujours rapidement, presque furtivement. Comme s'il craignait d'être pris sur le fait, ce que je trouvais plutôt amusant de la part d'un psychiatre. Les médecins comme lui étaient-ils toujours en train de s'analyser eux-mêmes ? Papa se souciait-il de comprendre pourquoi il avait si peur de montrer ses sentiments ?

Je repoussai quelques mèches de son front, ce que je n'avais jamais fait de son vivant. Il nous arrivait de nous observer à travers une pièce, et je ressentais son désir de me prendre dans ses bras. Je surprenais son regard posé sur moi, son sourire plein de chaleur. Je devinais le combat qui se livrait en lui, entre son besoin de me serrer contre lui, de m'embrasser, d'être totalement mon père, et la retenue qu'il s'imposait. Cette contrainte impitoyable qui le faisait brusquement se détourner, soupirer ou s'en aller.

Pourquoi ? D'où lui venait cette inhibition ? Qu'avais-je fait pour la provoquer… ou qu'avait-il pu faire, lui ?

L'idée me vint qu'il avait ses frayeurs, lui aussi. Mon père si fort, qui disposait d'un tel pouvoir, avait peur de quelque chose. Malgré toute sa technique professionnelle, malgré ses méthodes éprouvées, il était comme ses malades : hanté par quelque chose de trop puissant pour qu'il puisse l'ignorer ou y échapper.

Mais quoi ?

Qu'est-ce qui pouvait bien produire un tel effet sur lui ?

J'avais manqué ma chance de l'interroger, comme il savait si bien le faire avec moi. Et cela, je le regrettais.

Mais j'allais bientôt découvrir que je n'avais pas besoin de revenir en toute hâte pour lui poser mes questions.

Les réponses étaient là, qui m'attendaient. Il suffisait de chercher aux bons endroits, parmi les ombres qui durant tant d'années les avaient gardées soigneusement cachées.

2

Une lettre de mon père

— Comment se fait-il, demanda papa un soir à table, que les gens soient plus enclins à se tromper eux-mêmes qu'à tromper les autres ?

Ma mère adoptive levait si souvent les yeux au plafond que je me demandais si elle y voyait vraiment quelque chose. Ou alors quelqu'un, quelque invisible compagnon sans doute, plein de sympathie pour ses tourments quotidiens.

— Je déteste que tu continues à exercer ton métier à la maison, Claude. Ne te sers pas de nous comme cobayes, et ne nous traite pas comme tu traites tes patients. Je suis sûre que tu juges tout le monde fou, sauf toi.

Mon regard passa de l'un à l'autre, mais je n'osai rien dire, et encore moins dévisager ma M.A. J'étais déjà une adolescente alors, mais toujours soumise à la règle d'or édictée par elle. À table, les enfants ne parlent que lorsqu'on leur adresse la parole : surtout à *sa* table.

— Tu sais combien j'ai horreur de ce terme, Alberta, la reprit papa. Les gens ne sont pas fous. Ils souffrent de diverses maladies, psychoses ou névroses. Il est déjà difficile d'empêcher le public d'employer ce terme, mais la femme d'un psychiatre devrait être la dernière à l'utiliser.

Il avait parlé de ce ton mesuré, contrôlé, qui lui était habituel. Personne, avais-je souvent pensé, pas même un moine bouddhiste, ne possédait une pareille maîtrise de soi. Ma mère adoptive fit la moue.

— Très bien, Docteur. Et si vous nous expliquiez vos propos ? Qui donc se trompe lui-même ? railla-t-elle en levant sur lui un regard agressif, comme pour le défier d'oser l'accuser.

— Je ne pensais à personne en particulier, Alberta. Ce n'était qu'une observation sur la nature humaine. J'essaie simplement de soutenir une conversation intelligente.

Ma M.A. haussa ostensiblement les sourcils.

— Une conversation intelligente, c'est vraiment ce que tu veux ? Hier, quand j'ai voulu te parler de refaire la bordure de la piscine, tu t'es contenté de grogner, lui rappela-t-elle.

— Ce n'est pas exactement à ce genre de conversation que je pensais, Alberta.

— Et pourquoi cela ? Elle n'était pas assez intelligente pour toi, sans doute ?

— D'accord, d'accord, concéda-t-il. Je suis désolé, je ne voulais pas te froisser.

Après cela, il ne leva plus le nez de son assiette et un silence tomba, telle une chape de plomb.

Mais je me souvenais de la question qu'il avait posée, ce soir-là. Et elle me revint à l'esprit, clignotant dans ma tête comme une enseigne de cinéma, tandis que nous revenions de l'hôpital à la maison. Sûrement, pensai-je en apercevant les piliers de pierre du portail, je m'étais trompée moi-même en imaginant que je pourrais vivre dans cette maison sans papa. Ma mère adoptive avait eu beau la décorer et la redécorer, c'était la personnalité de mon père qui l'imprégnait, du moins dans toutes les pièces principales.

Sa chaise serait terriblement vide, au bout de la table, et jamais je n'aurais le cœur de m'y asseoir. Son fauteuil préféré, dans le salon, gardait encore son empreinte, et jamais je ne pourrais le regarder sans revoir papa plongé dans un livre ou un journal. Son bureau était, sans conteste, le cœur de la maison. Il était rarissime qu'il reçoive des patients chez nous. Mais des gens très importants venaient le voir, et ils s'y rendaient directement. C'est de là que papa donnait ses ordres à Miles, et aussi à Amou tant qu'elle fut parmi nous. Tous ses diplômes, récompenses et médailles étaient accrochés aux murs, ainsi que les photographies qu'il aimait. Cette pièce était vraiment son lieu, son sanctuaire où tout portait sa marque.

À l'étage, l'appartement principal était celui qu'il avait partagé avec ma mère adoptive. Je ne me voyais pas en train de m'y installer. Qu'allait-il devenir ? Un reliquaire ? Peut-être devrais-je donner les vêtements de papa, comme nous avions donné ceux de ma M.A., mais il y avait tant de ses objets personnels dont je ne pourrais jamais me défaire. Quant au grand lit à baldaquin, pourquoi l'aurais-je vendu ?

Et les sentiers où il aimait se promener ? Je m'attendais toujours à y voir sa haute silhouette dégingandée s'avancer d'un pas lent, au retour d'une de ses longues marches. Chacun des bancs, tout au long des allées, me le rappelait. Comment y jeter un regard sans le revoir en train de s'y reposer, de réfléchir, ou de composer mentalement l'un de ses articles ?

Il aimait tellement la maison et la propriété, en dépit des remaniements innombrables qu'y apportait ma M.A. Elle n'avait jamais cru à cet attachement, d'ailleurs. S'il l'interrogeait sur ce qu'elle voulait faire dans une chambre ou dans le parc, elle secouait la tête d'un air incrédule.

— Pourquoi me le demandes-tu sans arrêt, Claude ? Tu passes le plus clair de ton temps dans ta chère clinique. C'est elle qui est devenue ton vrai foyer ! Je m'étonne même que tu arrives à te rappeler où sont tes chaussettes.

Elle ne le comprenait pas, me disais-je. Il ne passait pas autant de temps à la maison qu'il l'aurait voulu, c'est vrai. Mais elle restait pour lui un lieu de méditation, un refuge, du moins je le croyais. Lui parti, comme elle me semblerait vide ! Elle ne serait plus que la coquille creuse de ce qui avait été une famille, un foyer.

On aurait dit que Tante Agnès lisait dans mes pensées.

— Tu vas devoir prendre une décision au sujet de cette propriété, déclara-t-elle dès que la voiture franchit le portail du parc. C'est une responsabilité bien trop lourde pour une fille de ton âge. Et comme tu n'as pas fini tes études, qui pourrait s'en occuper ?

— Et qui s'en occupe en ce moment ? ripostai-je. Qui l'a fait pendant toutes ces années ?

— Cet employé de ton père ? Franchement, Willow ! Je n'ai jamais compris comment Claude pouvait faire si totalement confiance à un homme pareil.

Cette remarque aigrelette éveilla l'intérêt de Margaret.

— Il a vraiment tué sa propre fille, Willow ?

— Non, il ne l'a pas tuée. Elle a été victime d'un accident de la route.

— Mais c'est lui qui conduisait, et il avait bu, non ?

— Il n'avait pas l'intention de lui faire du mal. L'alcoolisme est une maladie, expliquai-je.

— Comment peut-on dire ça ? L'alcoolisme ne peut pas s'attraper, n'est-ce pas, Mère ?

— Les gens qui ne peuvent pas résister à leurs mauvaises habitudes les qualifient de maladies, trancha Tante Agnès. C'est très commode.

— Ce n'est pas vrai. Il est scientifiquement prouvé…

— Je n'ai jamais compris pourquoi ton père s'est lancé dans la psychiatrie, d'abord. (J'avais déjà entendu cela cent fois plutôt qu'une.) Notre père souhaitait qu'il soit médecin cardiologue et chirurgien. Un praticien célèbre pour ses pontages, ce genre de réussites dont on parle… Avec ça au moins, on a des résultats à montrer pour vous récompenser de vos efforts.

Tant de suffisance me hérissa. Pardonne-moi, papa, m'excusai-je en pensée. Il y a des choses qu'on ne peut tout de même pas ignorer. Je contre-attaquai.

— Votre frère, mon père, était l'un des psychiatres les plus estimés du pays, Tante Agnès. Le moment est mal choisi pour tenter de le rabaisser et de déprécier son œuvre, lançai-je comme le chauffeur freinait devant le perron.

Je bondis de la voiture comme si je m'échappais de prison. J'avais l'impression de manquer d'air.

Miles ouvrait déjà la porte. Et de le voir dans son attitude familière, la tête légèrement inclinée, libéra mes larmes. Elles roulèrent à flots sur mes joues, et je vis sur les traits de Miles qu'il avait pleuré, lui aussi.

Il allait sur ses soixante-cinq ans, à présent. Mais si ma M.A. l'avait vu, elle l'aurait cité comme exemple à l'appui de sa théorie, selon laquelle les troubles mentaux accéléraient le vieillissement. On lui donnait soixante-quinze ans, au bas mot. Et malgré sa haute taille, il paraissait moins grand que la moyenne tellement il se tenait voûté, poitrine creuse et tête basse.

Papa n'avait jamais renoncé à ses efforts pour lui rendre confiance en lui-même.

Ma cousine n'avait pas tout à fait tort dans ses accusations. Miles se croyait responsable de la mort de sa fille, ce qui l'avait conduit à une tentative de suicide, et ensuite à la clinique de papa. Sa femme l'avait quitté, sa famille l'avait désavoué. C'est papa qui l'avait aidé à remonter le courant. Il avait su le convaincre que sa chère petite disparue aurait voulu le voir reprendre goût à la vie.

— Willow, proféra-t-il avec effort, les lèvres tremblantes.

Nous échangeâmes une accolade affectueuse et je perçus la désapprobation de ma tante, comme celle de ma cousine. Comment pouvais-je me montrer si familière avec un domestique ?

— Je suis arrivé aussi vite que j'ai pu, affirma-t-il. À l'instant où j'ai découvert qu'il était tombé.

Je le rassurai d'un sourire.

— J'en suis sûre, Miles.

Il me sourit en retour, presque timidement.

— Je vais vous faire du thé, annonça-t-il quand nous entrâmes dans la maison. Il va falloir faire livrer des provisions si nous avons du monde. Votre père et moi nous contentions de peu, ces derniers temps.

Tante Agnès se rapprocha vivement de nous. Les épaules rejetées en arrière, elle parla sur un ton de commandement quasi militaire.

— Je m'occuperai de tout ça, Miles. Veillez à ce que les draps soient changés dans nos chambres, et à ce que nous ayons du linge de toilette en suffisance.

— Combien de temps allons-nous rester ici, Mère ? s'enquit aussitôt Margaret.

— Tant que les circonstances l'exigeront. En attendant, va te reposer un moment dans ta chambre et faire un brin de toilette. Les gens vont sûrement venir présenter leurs condoléances. Je m'occupe des rafraîchissements, ajouta ma tante à mon intention. Mais d'abord, je tiens à inventorier le contenu de la maison.

Sur ce, elle partit d'un bon pas en direction de la cuisine et des réserves. Miles et moi la suivîmes d'un regard absent, presque en spectateurs indifférents. Avec un petit gémissement larmoyant, Margaret posa la main sur mon bras.

— Quand je me serai un peu relaxée, je resterai avec toi aussi longtemps que tu voudras, Willow. Je n'ai pas oublié la mort de mon père, ni combien cette épreuve a été dure pour nous. Mais Mère est si précieuse dans ces moments-là ! Tu peux te reposer entièrement sur elle, comme je le fais.

Là-dessus, ma cousine déposa un baiser sur ma joue et s'engagea rapidement dans l'escalier. Miles et moi échangeâmes un regard, luttant tous les deux contre l'envie de rire. Margaret était si peu convaincante, dans ses efforts pour paraître sincère et compatissante.

— Je serai dans le bureau de papa, Miles, annonçai-je.

— Très bien, Willow. Je vous apporterai du thé et des biscuits. Ceux que votre père aime tant, vous savez ?

Instantanément, il prit conscience qu'il nous faudrait parler de papa au passé, désormais.

— Ceux qu'il aimait tant, s'empressa-t-il de rectifier.

— Merci, Miles.

En passant devant la cuisine, j'entendis s'ouvrir et se fermer les placards : Tante Agnès procédait à son inventaire. Pour certaines personnes, toute occasion de prendre en charge la vie des autres est la bienvenue, pensai-je. Elles sont comme les pompiers, qui apprécient l'ardeur de l'action et la difficulté du combat, oubliant parfois que le théâtre de leurs exploits est aussi pour d'autres celui de leur détresse. Quand Miles entra dans la cuisine, ma tante l'apostropha.

— Ma parole, on pourrait croire que mon frère vivait de l'aide sociale ! Je n'ai jamais vu de placards aussi vides, sauf quand je faisais du bénévolat, et que je portais des repas à domicile aux vieillards impotents.

— Le Dr De Beers ne manquait de rien, releva Miles avec fermeté. Il avait tout ce qu'il désirait.

Ma tante émit un grognement mécontent, qui n'impressionna aucunement Miles. De toute évidence, il n'avait pas l'intention de baisser pavillon devant elle. Souriant toute seule, je gagnai le cabinet de travail de papa, tout au fond du couloir.

Notre maison était une vaste demeure de style néogothique, trop austère au goût de ma mère adoptive.

— Quand je rentre, disait-elle souvent, j'ai toujours l'impression qu'elle me regarde de travers. J'ai beau changer les rideaux, rien n'y fait.

Si cela avait été en son pouvoir, elle aurait fait raser la maison pour en rebâtir une autre, mais la nôtre était dans la famille de mon père depuis près d'un siècle et demi. Ce qui offrait au moins un avantage aux yeux de ma mère adoptive. Elle pouvait se sentir supérieure à ses amies qui habitaient des immeubles modernes, ou dont les maisons n'avaient aucun cachet historique.

La nôtre avait un étage et un grenier, qui courait sur presque toute la longueur du bâtiment, un pignon central et un de chaque côté. Des avancées protégeaient les fenêtres du ruissellement de la pluie. Et l'auvent qui coiffait notre porche, en façade, était soutenu par une colonnade voûtée.

Ma mère adoptive cherchait par tous les moyens à faire remplacer la porte d'entrée, dont l'ogive sévère la rebutait. « Elle a un aspect maléfique, affirmait-elle. On dirait la porte de l'enfer. » Mais cette ouverture en pointe était typique du style d'époque et, malgré son désir d'en instaurer un autre, elle n'osait pas. Elle redoutait trop de se rendre ridicule, et de faire perdre à la maison tout son caractère.

Nous avions cinq chambres à coucher, un logement de service qu'avait occupé Amou et où s'était installé Miles, un séjour-salon et une très grande salle à manger, avec une table où douze convives auraient tenu à l'aise. Et naturellement, le cabinet de travail de papa.

Au seuil de la pièce, je fis halte. Il était tacitement admis que je ne devais jamais me risquer à l'explorer ou à y jouer quand papa ne s'y trouvait pas. Ma M.A. elle-même évitait d'y entrer en son absence. Elle n'avait jamais exprimé les choses ainsi, mais elle donnait l'impression de croire que les maladies mentales étaient contagieuses ; que les rares patients reçus chez lui par papa pouvaient, d'une façon ou d'une autre, la contaminer. Comme si la paranoïa, ou les maladies obsessionnelles, se transmettaient par des microbes. Je savais qu'elle ne s'était jamais assise dans un fauteuil qu'avait occupé l'un des patients de papa, ni étendue sur le divan des consultants.

Si papa était conscient de tout cela, il ne fit rien pour y changer quoi que ce soit. Je crois qu'il appréciait beaucoup d'avoir chez nous un endroit bien à lui, où il pouvait s'isoler.

De ma place, je contemplai longuement son grand bureau de merisier, le fauteuil de cuir à haut dossier où il s'asseyait, et une pensée m'amusa. Je me souvenais de ma mère adoptive quand elle avait quelque chose à lui dire ou à lui demander. Elle se tenait là, dans l'embrasure, se gardant bien de franchir sa ligne de démarcation imaginaire. Je savais qu'il parlait plus bas qu'à l'ordinaire, car elle lui demandait sans arrêt de répéter, et finalement c'était elle qui élevait la voix. Frustrée, elle s'en allait d'un pas rageur.

Une fois, j'arrivai à temps pour surprendre un petit sourire sur les lèvres de papa. Il m'adressa un clin d'œil. Et ce fut comme s'il m'avait transmis un message secret, à garder précieusement enfoui dans un de mes tiroirs.

Dix ans plus tôt, papa avait fait construire par un ébéniste de nouveaux rayonnages sur le mur gauche de son cabinet. Tout en haut s'alignait une rangée de classeurs. Sur les étagères, il rangeait ses livres, des papiers, des dossiers. Sur celle du milieu se dressait une pendule en forme d'horloge de parquet en miniature, cadeau d'un Anglais dont il avait guéri la fille. Le père y avait fait graver l'inscription : « La maladie est humaine, la guérison divine », adaptation fantaisiste du mot célèbre de Pope : « L'erreur est humaine, le pardon divin. »

Sur le cadran, des pierres précieuses soulignaient chacun des chiffres romains. Le tic-tac de cette pendule, aimait à dire papa, avait un léger accent anglais. Et rien qu'à entendre ce petit bruit qui l'amusait, je croyais sentir sa présence dans la pièce.

Tant d'autres choses me produisaient le même effet, de toute façon. La porte de sa penderie bâillait légèrement, et j'apercevais sa veste de tweed avec ses pièces en cuir aux coudes. Papa ne fumait pas, mais son eau de Cologne avait un discret arôme de tabac fin, très masculin. En m'avançant dans la pièce, je m'aperçus qu'il y flottait toujours.

Je contournai lentement le bureau en étudiant au passage, comme si je les voyais pour la première fois, les diplômes accrochés aux murs, ses divers prix et distinctions. Et, tout particulièrement, les photos qu'il avait choisi d'exposer. Il y en avait plusieurs de lui en compagnie de personnalités politiques, y compris le gouverneur de l'État et un sénateur. Mais dans un emplacement central figuraient deux photographies de moi. L'une prise quand je devais avoir cinq ans, au cours d'une fête donnée par ma mère adoptive pour l'anniversaire de leur mariage. L'autre, le jour de mon brevet d'études du premier cycle, et sur celle-là je me trouvais entre papa et ma M.A. Elle tournait la tête de côté d'un air soucieux, comme si elle cherchait à attirer l'attention de quelqu'un. Papa, lui, me regardait avec une expression de tendresse infinie, telle que je ne lui en avais jamais vu. J'avais complètement oublié cette photo.

Je m'arrêtai près de son fauteuil, intimidée à la seule idée de m'y asseoir. Je ne l'avais jamais fait. Sur son bureau, je remarquai un bloc-notes jaune dont la première page était presque entièrement couverte de son écriture. Un rapide coup d'œil m'apprit qu'il s'agissait de notes pour son prochain article. Je découvris qu'il comptait y discuter des bienfaits de la nature. Une fois de plus, il mettait en avant l'influence de ses fameuses promenades sur la méditation, et leur pouvoir de guérison. Quel dommage qu'il n'ait pas pu terminer ce travail, me désolai-je. Il avait encore tellement à donner !

La sonnerie du téléphone me tira de ma rêverie, et pendant un moment je regardai fixement l'appareil. Je n'avais jamais pris de communication sur ce poste, mais la sonnerie persistait, insistante. Finalement, je décrochai et dis « allô ».

C'était M. Bassinger, l'avocat en même temps que l'avoué de la famille. Je ne l'avais rencontré que rarement, surtout en société. Il allait vers ses soixante-dix ans, ce qui lui faisait à peu près dix ans de plus que papa, mais à ma connaissance ils avaient toujours été très liés.

— Je suis profondément navré, Willow, commença-t-il. Mes sincères condoléances.

— Merci, monsieur Bassinger. C'est encore trop récent et trop brutal pour me sembler tout à fait réel, vous savez.

— Je comprends. J'appelle parce que votre tante vient de téléphoner à mon bureau pour annoncer la nouvelle, et demander que j'entame immédiatement les formalités qui s'imposent.

— Tante Agnès a une façon bien à elle d'aller à l'essentiel, je sais.

— En effet, commenta-t-il sans se compromettre.

Ce n'était plus l'ami qui parlait, mais l'homme de loi, et cela sous la pression de ma tante. De toute évidence, elle l'avait contraint à endosser ce rôle.

— Je tenais simplement à vous rassurer, reprit-il aussitôt. Je m'occupe de cela tout de suite, et je reverrai tout en détail avec vous en temps voulu. Je peux déjà vous dire, toutefois, qu'à part ce que votre père lègue à sa clinique, tout vous revient ; y compris la maison et la propriété.

— Merci, monsieur Bassinger.

— Ah, encore une chose. J'ai dans mon coffre-fort une enveloppe contenant des documents, que j'avais pour consigne de ne vous remettre qu'après la mort de votre père. Je les apporterai demain, si cela vous convient.

— Oui, bien sûr. De quoi s'agit-il ?

— Willow, croyez-moi sur parole, cette enveloppe m'a été remise scellée. Je ne l'ai jamais ouverte, et votre père ne m'a jamais donné d'informations ni d'instructions ultérieures à son sujet.

Mon cœur s'accéléra, même si je n'avais pas la moindre idée de ce que pouvait contenir cette enveloppe.

— Je vois, dis-je simplement.

— Je suis vraiment désolé, Willow. Je lui disais toujours que je partirais avant lui. Vous êtes beaucoup trop jeune pour avoir perdu vos deux parents, et lui aussi était trop jeune pour mourir.

— Oui, soupirai-je. J'ignorais totalement qu'il avait des problèmes cardiaques.

— C'est l'histoire classique du cordonnier mal chaussé. Il se souciait davantage des autres que de lui-même. Un grand bonhomme, vraiment. À demain, conclut-il.

Je le remerciai encore et raccrochai, au moment où Tante Agnès se montrait à l'entrée de la pièce. Exactement comme l'aurait fait ma mère adoptive, elle s'arrêta sur le seuil.

— L'enterrement est prévu pour après-demain, Willow. Je m'attends à ce qu'il vienne beaucoup de monde, aussi ai-je engagé un traiteur et du personnel auxiliaire. Miles ne pourrait pas faire face à la situation, cela dépasserait ses compétences. De ton côté, tu n'auras aucune démarche à faire. J'ai téléphoné aux pompes funèbres et ton père avait tout prévu. Tout petit déjà, c'était la personne la plus organisée, la plus ordonnée de la famille. Ma mère n'a jamais eu un reproche à lui faire à ce sujet.

Ma tante s'interrompit à l'arrivée de Miles, qui m'apportait du thé et des gâteaux secs sur un plateau. Mais quand il le déposa sur la table basse, près du canapé de cuir, elle s'étonna.

— Pourquoi te fais-tu servir ici ?

— Merci, Miles, dis-je en évitant de répondre.

Quand il fut sorti, je tournai ma cuiller dans ma tasse et annonçai sans lever les yeux :

— J'aimerais être seule un moment, s'il vous plaît, Tante Agnès.

Lèvres serrées, elle émit un petit sifflement méprisant et s'en alla.

Je lançai un regard en direction du fauteuil de papa, comme s'il était toujours là. Je le revis en train de me décocher ce clin d'œil. Ce rappel m'arracha un sourire, puis je fondis en larmes.

***

Les mauvaises nouvelles voyagent à la vitesse du vent. On dirait que chaque personne qui les apprend se sent obligée de les transmettre à une autre. Ou alors de s'en débarrasser au plus vite, avant qu'elles ne l'affectent elle-même et, par-dessus le marché, sa vie. C'est l'histoire de la pomme de terre chaude : on se dépêche de la passer à quelqu'un d'autre, avant de se brûler la main.

Le téléphone se mit à sonner, sonner sans cesse, et Tante Agnès se chargea de répondre aux appels. Je ne m'en formalisai pas, au contraire. Je lui étais reconnaissante d'éponger ce flot de sympathie qui menaçait de tourner à l'inondation. Papa avait de très nombreux amis, et non seulement dans toutes les branches de sa profession. À la clinique, une grande quantité de gens étaient sous le choc.

Je me souvenais de la foule qui avait afflué à la maison, après l'accident de ma mère adoptive. À entendre le téléphone sonner, il semblait qu'il y aurait encore plus de monde. Tante Agnès veillait à tout, hurlait des ordres à Miles, exigeait du personnel supplémentaire pour nettoyer immédiatement la maison qu'elle jugeait négligée.

— Je ne sais pas à quoi pensait ton père en congédiant les autres domestiques, juste après la mort de ta mère. Il a dû croire, puisque tu étais à l'université, qu'il n'aurait plus les mêmes besoins qu'avant. Comme si c'étaient les femmes qui causaient le désordre et la saleté dans cette maison, grommela-t-elle. Tu as vu ces couches de poussière dans le salon ? Ni ton père ni Miles n'ont dû y mettre les pieds depuis la mort de ta mère, Willow. Et si tu voyais les chambres d'amis !

— Je ne pense pas que les gens viendront ici pour inspecter le mobilier, Tante Agnès.

— Mais bien sûr que si ! aboya-t-elle. Les gens adorent fourrer leur nez dans les affaires des autres. Ne t'inquiète pas, je m'en charge. Mais où est passée Margaret Selby ? J'ai des choses à lui faire faire, ajouta-t-elle, en sortant précipitamment pour aller chercher ma cousine.

Laquelle, à mon avis, devait être en train de papoter au téléphone avec ses amies de Charleston, en se plaignant d'être piégée dans la maison de la mort.

Je me sentis enfin capable d'appeler Allan, et pour cela je me rendis dans ma chambre. J'obtins son répondeur et laissai mon triste message. Puis je m'efforçai de me reposer un peu, car je savais que

Tante Agnès avait raison. Dès qu'ils le pourraient, les gens afflueraient à la maison, et je devais à la mémoire de papa de les accueillir décemment.

Environ une heure plus tard, le téléphone me réveilla. J'avais mon numéro personnel, aussi Tante Agnès ne prit-elle pas la communication avant moi. C'était Allan.

— Bonjour, toi, commença-t-il. Je suis désolé, pour ton père. Il allait sûrement plus mal qu'on ne te l'avait dit.

— On ne m'avait rien dit du tout, Allan.

— Ah ! C'est vraiment dommage. Il était relativement jeune, non ?

— Il allait avoir soixante ans.

— Ah ! bon. Et quand ont lieu les funérailles ?

— Après-demain.

— Ah ! bon, répéta-t-il, comme s'il pensait à tout autre chose. Eh bien… tu sais que je viendrais si je le pouvais, Willow, mais j'ai cet examen de droit constitutionnel, et Heller est un vrai tyran. Il n'excuse aucune absence, sauf si on est mort, et encore… il vaut mieux se dépêcher de ressusciter, gloussa-t-il. N'empêche que je le respecte, et je veux qu'il soit content de moi.

Il continua ainsi, parlant de son travail comme si la mort de mon père n'était qu'un événement banal dans une journée normale. Peut-être essayait-il de me distraire un moment ? C'était ce que cherchaient à faire les gens qui venaient vous voir en pareilles circonstances, non ? Il devait simplement s'efforcer d'alléger mon chagrin. Finalement, il demanda :

— Est-ce que tu comptes rentrer tout de suite après ?

— Dès que j'aurai réglé tout ce qui doit l'être, oui.

— Et… Y a-t-il quelque chose que je puisse faire pour toi ici, Willow ?

— Non.

— Alors courage, tiens le coup. Tu me manques, mais je vais me tenir occupé jusqu'à ton retour. Appelle-moi si tu as besoin de quoi que ce soit, d'accord ?

— D'accord, acquiesçai-je.

J'en attendais plus. Je voulais l'entendre dire combien il tenait à moi, combien il aurait voulu être à mes côtés pour me serrer dans ses bras, me réconforter. J'attendais qu'il me dise : « Je t'aime ».

— Moi aussi, je t'aime, m'entendis-je ajouter.

J'éprouvai un tel vide intérieur quand j'eus raccroché ! Son appel aurait dû me réchauffer, m'aider à faire face à ce qui allait suivre. Je restai immobile, le regard au plafond, jusqu'à ce que j'entende frapper à la porte.

— Willow ? appela Margaret. Tu es réveillée ?

Je me redressai en position assise.

— Oui. Entre.

Elle s'était changée. Elle portait à présent une veste courte en crêpe noir sur une robe assortie, à jupe évasée. L'ensemble aurait pu être très seyant… à un détail près. Comme toujours, on avait l'impression qu'elle l'avait acheté avant de grossir de cinq kilos, pour ne pas dire plus. Elle pirouetta sur elle-même.

— Mère trouve cette tenue très appropriée. Qu'en dis-tu ?

— Quelqu'un qui pense à sa toilette en un moment pareil est mûr pour la clinique de mon père, marmonnai-je à mi-voix.

Sur quoi, je me levai pour passer dans la salle de bains. Sans prendre la peine de refermer la porte, je commençai à me déshabiller.

— Mère m'a envoyée te dire que le comptable de ton père et sa femme sont arrivés, cria Margaret en s'approchant. Elle pense que tu devrais descendre. Et quoi déjà ? Ah oui. Les frères de ta mère viennent aux obsèques avec leurs femmes, et aussi tes cousins. Lucille Ann, Merrilou, Branson et Lance. Lance, c'est bien celui qui est si beau garçon, non ?

Je ne répondis pas. J'entrai dans le bac à douche, ce qui fit reculer ma cousine, mais elle continua de jacasser. Quand je coupai l'eau et sortis de la cabine, elle était au beau milieu d'une phrase, décrivant comment elle avait eu jadis un béguin fou pour mon cousin Lance. Je m'enroulai dans une serviette et sortis de la salle de bains.

— Les noces et les enterrements rassemblent les familles, conclut-elle. Ils viendront tous à mon mariage dans trois mois, j'en suis sûre. Nous les avons tous invités, même les parents de ta mère.

« Y a-t-il quelqu'un que je doive inviter de ta part ? s'enquit-elle, s'efforçant toujours de découvrir si j'avais un amoureux à l'université.

Je pivotai pour lui faire face.

— Margaret Selby, j'ai conscience de tout ce que représente pour toi ce mariage, et de l'excitation que tu en éprouves, mais, crois-moi, la seule chose à laquelle je sois capable de penser, c'est qu'après-demain j'enterrerai mon père aux côtés de ma mère, dans le sol glacé d'un cimetière.

Elle me dévisagea un instant et fondit en larmes.

— J'essayais seulement de te distraire de tout ça. Je ne voulais pas dire que mon mariage était plus important que ton père. Je suis désolée. Je...

— Margaret.

Elle tourna les talons et sortit de ma chambre en courant. Je gardai un moment les yeux sur la porte, puis je me dirigeai vers ma penderie pour trouver une toilette appropriée, moi aussi. Papa m'aurait dit que je m'étais montrée trop dure avec ma cousine, j'en étais sûre. Il avait cette capacité remarquable d'envisager toute chose du point de vue de l'autre. Si j'avais l'intention de réussir dans les domaines où il excellait lui-même, j'étais mal partie, m'avouai-je. Comme début, ce n'était pas fameux, et j'avais de sérieux progrès à faire. Je m'habillai et je descendis.

Tante Agnès tenait sa cour au salon, assise dans le grand fauteuil victorien à haut dossier, arborant l'attitude de la reine qu'elle croyait être. Lester McRoe, le comptable de papa qui travaillait aussi pour sa clinique, était là en effet avec sa femme. À voir son expression, cependant, il me sembla qu'il avait été convoqué. À mon entrée, la conversation s'interrompit brusquement. Mme McRoe vint m'accueillir la première en m'embrassant, puis son mari me serra la main et me présenta ses condoléances.

— Cette nouvelle a été un tel choc pour nous, Willow. Si mon aide peut vous être utile, sachez que je suis à votre disposition. Je détiens toutes les informations dont vous avez besoin au sujet des biens, des fonds…

— Je vous remercie, monsieur McRoe.

— Votre père était un homme très organisé, insista-t-il.

— Je sais. J'apprécie votre offre, croyez-le, mais je ne suis pas encore prête à parler de tout cela.

Je regardai Tante Agnès, qui de toute évidence y était prête, elle. Pour le moment, le réalisme n'était pas de mise, même celui de mon père. Chacun avait le droit d'être pleuré convenablement, estimais-je, au moins par ceux qui l'avaient aimé.

— Il s'agit là de questions très sérieuses, Willow, déclara Tante Agnès.

— Les funérailles de mon père aussi sont une question très sérieuse, Tante Agnès.

— Personne ne dit le contraire, mais...

— Merci. Et merci à vous pour vos attentions, monsieur McRoe, ajoutai-je brièvement, coupant court à toute discussion.

Le comptable regarda sa femme, dont la mimique semblait lui rappeler qu'elle lui avait déconseillé cette intervention. Et maintenant, son hochement de tête signifiait clairement : « Je te l'avais bien dit. »

Il recula, un peu honteux d'avoir mis tant d'empressement à accomplir ses obligations professionnelles. Heureusement, le silence embarrassé fut bientôt rompu par l'arrivée de nombreuses personnes plus proches de mon père, de bons amis et des associés.

Les dispositions prises par Tante Agnès paraissaient très satisfaisantes, et j'appréciai que tout fût si bien organisé. Margaret Selby réapparut, les yeux rouges d'avoir pleuré. C'était parce que je l'avais brusquée, mais tout le monde mit cela sur le compte du chagrin, ce qu'elle s'empressa de laisser croire. Et elle fit part à qui voulait l'entendre de la tristesse qui l'accablait. J'en fus presque amusée. Papa n'aurait pas manqué de souligner son côté infantile, en me faisant remarquer que c'était la faute de Tante Agnès.

Une heure plus tard, M. Bassinger arriva en compagnie de sa femme, Thelma. Quand il eut salué ma tante et Margaret, M. Bassinger vint me donner l'accolade. Puis il me demanda si nous pouvions nous retirer un moment, lui et moi, pour avoir un entretien en tête à tête. J'acquiesçai, et nous nous excusâmes auprès des personnes présentes. Après quoi, sous le regard soupçonneux de ma tante, il me suivit dans le cabinet de travail de papa. Il portait la grande enveloppe de papier kraft qu'il avait mentionnée au téléphone.

Pendant un moment nous gardâmes le silence, les yeux fixés sur le bureau de papa, puis M. Bassinger parla.

— J'ai du mal à croire qu'il soit parti, Willow. Il avait une présence tellement intense. En entrant, je m'attendais vraiment à le voir assis là, nous souriant, en se demandant la raison de tout ce remue-ménage.

— Je sais, monsieur Bassinger.

Après un nouveau silence, il prit une grande inspiration et se tourna vers moi.

— Sans l'insistance de votre père, je ne vous aurais pas imposé si tôt le fardeau que représentent toutes ces informations, Willow. Mais il tenait absolument à ce que je vous remette ceci le plus vite possible après sa mort. Il était rare qu'il dramatise les choses ainsi, lui toujours si pondéré. Quoi qu'il en soit...

L'avoué me tendit l'enveloppe.

— Voici ces papiers. J'ai été chargé de vous les remettre avec les recommandations suivantes : lisez-les quand vous aurez un moment de tranquillité, en vous assurant d'être absolument seule. Votre père a instamment souligné ce dernier point.

Je baissai les yeux sur l'épaisse enveloppe.

— Depuis quand gardez-vous ces documents dans votre coffre, monsieur Bassinger ?

— Il me les a remis environ six mois après vous avoir emmenée chez lui, pour vivre à son foyer.

— Vous les détenez donc depuis près de dix-neuf ans ?

Il le confirma d'un hochement de tête.

— J'ai moi-même laissé une note sur l'enveloppe à l'intention de mon associé, pour qu'il la rende à votre père à mon décès. J'étais certain de mourir avant lui. Nous plaisantions souvent à ce sujet, mais apparemment… Il était beaucoup plus clairvoyant que je ne l'aurais cru, acheva-t-il avec émotion.

Je rangeai la pochette dans le tiroir du bureau avant d'accompagner M. Bassinger au salon. L'assistance avait déjà grossi, j'allais devoir attendre avant de découvrir le contenu de l'enveloppe. Mais, durant les quelques heures qui suivirent, elle ne cessa pas d'occuper mon esprit, et pendant tout ce temps je me sentis surveillée par ma tante. Je la voyais fréquemment tendre le cou, à la manière d'un oiseau, guettant le plus petit signe de communication entre M. Bassinger et moi.

Quand il prit congé avec sa femme, l'avoué me dit à mi-voix :

— Si vous avez besoin de la moindre précision au sujet de vous-savez-quoi, appelez-moi.

Il s'écoula encore une heure jusqu'au départ du dernier visiteur. Tante Agnès, dévorée de curiosité, se précipita aussitôt sur moi.

— Que voulait donc M. Bassinger de si urgent ? Ça devait l'être pour qu'il n'ait pas pu attendre un jour ou deux.

— Nous prenons des dispositions pour régler ce qui doit l'être, répondis-je évasivement.

— Je croyais que tu étais encore trop ébranlée pour t'occuper de tout cela ? N'est-ce pas ce que tu as dit à M. McRoe ?

Je choisis d'ignorer ce commentaire.

— Merci pour tout ce que vous avez fait, Tante Agnès. Il est grand temps d'aller nous reposer, tout le monde en a besoin.

Margaret avait déjà les yeux qui se fermaient tout seuls.

Je quittai le salon et me rendis dans le cabinet de travail de papa. Je refermai soigneusement la porte derrière moi, tirai le verrou, m'approchai de son bureau. Et pour la première fois de ma vie, je m'assis dans son fauteuil. J'ouvris le tiroir, posai l'enveloppe sur le sous-main. Et pendant de longues secondes, je me contentai de la regarder. Toutes ces instructions et recommandations m'avaient effrayée. Que contenait donc cette enveloppe ?

Avec le coupe-papier en ivoire de papa, je la décachetai soigneusement. J'en tirai une liasse de feuillets couverts de son écriture.

Je respirai à fond et commençai à lire la première page. C'était une lettre pour moi.

Chère Willow,

Avant tout, laisse-moi te demander pardon. Ce que tu vas apprendre, tu aurais dû le savoir depuis toujours, comme n'importe quel enfant le sait ou devrait le savoir. Garder ce secret a été pour moi le plus lourd fardeau de ma vie. La vérité, c'est que ta mère non plus ne savait rien. À plusieurs reprises j'ai craint qu'elle n'ait des soupçons, mais non. Ironie du sort, l'intérêt qu'elle portait à sa personne, sa dévotion envers elle-même l'ont aveuglée. « Nul n'est plus aveugle que celui qui ne veut pas voir », dit le proverbe. Ces révélations, elle n'a pas cherché à les connaître. Elle ne les aurait pas vues même si elles lui avaient crevé les yeux. Peut-être était-ce mieux pour elle. Quelquefois, il vaut mieux ne pas tout savoir.

Je ne le nierai pas, j'ai été tenté de te laisser dans l'ignorance, mais j'avais l'intime certitude que cela aurait été injuste. Là où j'ai manqué de courage, c'est en ne te révélant pas tout cela de mon vivant. Je pourrais trouver toutes sortes de raisons pour expliquer ma lâcheté, je suppose, mais aucune qui la justifie.

Malgré cela, j'implore ton pardon. Tu dois me croire, Willow, j'ai souffert plus que tu ne souffriras toi-même, et ma principale raison d'agir ainsi a été de préserver ton bonheur. J'espère que tu seras heureuse, Willow, je le souhaite de toute mon âme.

Je sais que je ne l'ai pas assez dit, qu'on ne peut jamais assez le dire, mais je veux que tu abordes ces choses en sachant bien ceci :

Je t'aime, Willow.

Je t'aime.

Papa

Mes larmes roulaient sur le papier. Je l'écartai et les essuyai de mes joues à mesure qu'elles ruisselaient. Pendant un long moment je restai là, immobile, tentant de retrouver mon souffle, d'alléger la douleur que je ressentais dans la poitrine. Finalement, elle s'apaisa. J'avalai la boule qui m'obstruait la gorge et me redressai. Mes doigts tremblaient quand j'ôtai le premier feuillet pour lire la page suivante.

Elle commençait ainsi :

Si quelqu'un m'avait dit qu'un jour je tomberais amoureux d'une de mes patientes, je lui aurais prescrit un traitement dans ma clinique.

À présent, il me faut admettre que cet événement hautement improbable s'est produit…

3
Révélations

J'ignore combien de fois l'horloge miniature de mon père sonna l'heure. Absorbée dans la lecture de son journal, je ne l'entendais plus. J'étais hypnotisée, fascinée au point d'oublier le temps et la fatigue. Clouée au fauteuil, je lus durant presque toute la nuit, en m'arrêtant de temps à autre pour reprendre haleine, pleurer, ou sourire. Je levais souvent les yeux de ma page en me demandant, inlassablement, si c'était bien mon père qui s'exprimait ainsi. Ces mots, ces descriptions, ces déclarations, appartenaient-ils réellement à l'homme que j'avais connu ?

L'auteur de ces lignes n'observait pas le monde avec le regard clinique d'un praticien. Ce n'était pas l'homme méthodique, peu émotif et d'apparence parfois presque insensible près de qui j'avais grandi. Celui qui n'osait pas me serrer dans ses bras, me prendre par la main, m'embrasser sur la joue ; celui que je n'avais jamais vu pleurer, pas même à l'enterrement de ma mère adoptive.

Ces pages me révélaient un homme qui ressentait intensément les choses, qui passait de la mélancolie profonde à l'exaltation, un homme dont les déclarations d'amour me faisaient rougir, et qui s'exprimait comme un auteur de romans.

Il en arrivait très vite à décrire, en termes brûlants et fourmillants de détails, comment il était tombé amoureux de sa patiente Grace Montgomery, et même comment il en avait fait sa maîtresse. Du coup, ma vision de la clinique changea du tout au tout. Ce lieu, que j'imaginais si froid et si nu, se mua pour moi en un univers romantique. *Chaque matin,* écrivait papa, *je me rongeais d'impatience d'arriver là-bas. C'était comme si j'avais trouvé la porte du paradis...*

Il décrivait la rivière qui courait derrière la clinique, les soirées dans les salles de loisir et les chambres, la musique dont il se servait pour calmer ses patients. Et tout cela prenait une beauté, une chaleur inouïes, dont j'ignorais totalement qu'elles existaient pour lui.

Quand on est avec quelqu'un qu'on aime, notait-il, *les choses les plus anodines deviennent soudain merveilleuses.*

J'en vins presque à tomber amoureuse de mon père à travers sa façon enchanteresse de parler d'amour, sa joie si évidente, son ardeur et son sentiment de jeunesse retrouvée.

Papa expliquait comment il avait gardé Grace Montgomery dans sa clinique bien au-delà des délais nécessaires, et combien elle était heureuse. Non seulement parce qu'elle était aussi éprise de lui qu'il l'était d'elle, mais elle avait de bonnes raisons de ne pas être pressée de retourner à Palm Beach, en Floride. Sur ces raisons, papa n'entra jamais dans les détails.

Au début, je m'étonnai qu'il n'ait pas pris de précautions pour lui éviter d'être enceinte. Mais l'histoire d'amour qu'il racontait, les moments qu'ils passaient ensemble, tout cela trahissait une spontanéité, une impulsivité qu'on se serait attendu à trouver chez des gens beaucoup plus jeunes. C'était vraiment comme si leur amour les avait rajeunis, tous les deux, pour les ramener au temps de leur adolescence.

Ils envisagèrent l'interruption de grossesse, mais Grace Montgomery désirait ardemment donner naissance à l'enfant qui devait, à ses yeux, incarner leur amour. Papa y fut d'abord opposé, mais il en vint très vite à partager son point de vue. Et il échafauda aussitôt ses plans pour adopter l'enfant, c'est-à-dire moi, bien sûr.

Il mit au point la supercherie, puis révéla qu'il avait conclu un arrangement à l'amiable avec sa femme. Elle acceptait qu'ils adoptent l'enfant abandonné, en échange de quoi il lui accordait une autonomie complète, dépenses comprises. Elle pourrait aller où il lui plairait, faire tout ce qu'elle voudrait, acheter tout ce qui lui ferait envie. En fait, toutes ces discussions qu'ils avaient au sujet de changements dans la maison, ou même dans leur vie, n'avaient pas beaucoup de réalité. C'était plus de la mise en scène qu'autre chose, car l'issue en était connue d'avance : ma mère n'en ferait qu'à sa tête. Papa pouvait tout au plus lui suggérer quelques bonnes raisons de changer d'avis, ce qu'elle faisait rarement.

L'éloignement qu'elle avait pour moi, et les critiques dont elle m'accablait, me devenaient plus compréhensibles à présent. Elle ignorait que papa était mon vrai père, mais cela ne changeait rien à son ressentiment envers moi. Pas plus qu'à la volonté de papa de me garder chez lui, et de m'intégrer à la famille. Au début, elle se montra prête à essayer de faire de moi ce qu'elle estimait être une enfant acceptable et une jeune fille comme il faut. Ce fut, selon mon père, quelque chose comme un traité de paix provisoire.

Il avait beau la rassurer sur ma santé mentale, elle ne démordait pas de l'idée que je finirais par donner des signes de déséquilibre. C'est pourquoi il contribua si activement à l'arrivée d'Amou chez nous. Il savait qu'elle serait bien davantage une mère pour moi que ma M.A. ne pourrait ou ne voudrait jamais l'être.

Il se lançait ensuite dans une longue explication sur les raisons de son mariage. Malgré ce que j'avais pu connaître de ma mère adoptive à la maison, je devais admettre – tout comme lui, je pense –, qu'elle pouvait se montrer vraiment charmante. Apparemment, ils avaient eu quelques années heureuses, dans les débuts.

Peu de temps après ma naissance et mon adoption, ma véritable mère quitta la clinique. En lisant la description que donnait papa de leur séparation, je pleurai à chaudes larmes. Ils savaient tous deux que c'était la seule solution. Sinon, la carrière de papa, son œuvre entière, tout ce qu'il avait construit risquait de s'effondrer.

J'étais épuisée quand j'achevai ma lecture, à la fois d'émotion et de fatigue. Je replaçai les feuillets dans l'enveloppe et la cachai sous une pile de dossiers, dans l'un des classeurs de mon père. La seule idée qu'elle pourrait tomber entre les mains de Tante Agnès me faisait frémir.

C'est dans un état de trouble extrême que je regagnai ma chambre. Quand je posai enfin ma tête sur l'oreiller, j'eus la sensation de sombrer dans une mer en furie. Les peines, les joies, les peurs et les plaisirs que je venais de découvrir et de ressentir, toutes ces émotions déferlaient en moi comme une marée. Je me tournais et retournais sans cesse dans mon lit, comme dans un canot secoué par la tempête. Je m'éveillai plus lasse encore que je ne m'étais couchée.

Tante Agnès ne montra guère de considération pour mon repos. Toute la maison résonnait des ordres qu'elle vociférait au personnel temporaire. Un vrai branle-bas de combat. À entendre ce vacarme, on aurait juré qu'elle faisait déplacer les meubles. Des portes claquaient, des pas montaient et descendaient lourdement l'escalier. Le poids de cette journée m'accablait d'avance, mais il me fallait trouver la force d'y faire face. Je me levai.

Juste après le petit déjeuner, le défilé des visiteurs commença, et leur flot continu ne cessa que vers neuf heures du soir. Parmi eux, une personne en particulier retint mon attention : le Dr Renaldo Price, administrateur en chef de la clinique. La cinquantaine, les cheveux déjà presque blancs, il avait été aux côtés de mon père depuis le début. Et si quelqu'un connaissait les secrets que recelait l'enveloppe si bien cachée par mes soins, c'était sûrement lui.

Je ne l'avais pas rencontré souvent. Ma mère adoptive ne tenait pas vraiment à fréquenter les confrères de papa, surtout ceux de la clinique. Et elle ne se gênait pas pour le lui dire.

— Que peut-il y avoir de plus ennuyeux qu'un dîner avec une brochette de psychiatres ? Tout le monde décortique tout le monde, je serais sur des charbons ardents toute la soirée. J'aimerais encore mieux inviter quelques-uns de tes patients, concluait-elle avec désinvolture.

Au début, il dut trouver cela drôle, mais je suis sûre qu'avec le temps il regretta les limitations qu'elle imposait. Il aimait son équipe et appréciait la compagnie de ses confrères. Peu à peu, pierre à pierre, ma

M.A. démantelait le havre de bonheur qu'il avait édifié. Peut-être est-ce pour cela qu'il se montra si vulnérable aux surprises de l'amour, même dans sa clinique, même avec sa propre patiente.

Dans les rares occasions où j'avais pu m'entretenir avec le Dr Price, il m'était apparu comme un homme plein de bonté, courtois, paternel. Quand il attachait sur moi le regard de ses yeux noisette, je savais qu'il me voyait vraiment, qu'il m'écoutait aussi. Alors que la plupart des adultes se montraient tout juste polis, voire ennuyés, persuadés qu'un enfant ne méritait pas leur attention. Mais lui ne prenait jamais l'air supérieur avec moi. Il s'adressait à moi comme si j'étais une grande personne, et me donnait l'impression que je comptais, moi aussi ; que mes paroles avaient beaucoup d'importance et de signification.

Aujourd'hui, des années plus tard, ni lui ni moi n'étions d'humeur très bavarde. Néanmoins, nous nous parlâmes pendant un moment dans le salon. Le brouhaha des voix avait augmenté de volume, pour devenir carrément bruyant. C'était presque toujours le cas dans ce genre de réunions, où je m'étais déjà rendue en compagnie de mon père. D'anciennes amitiés se renouaient, les conversations s'écartaient de la tragédie pour dériver vers des sujets plus attrayants. Les gens se mettaient volontairement des œillères, évitant de tourner la tête, de peur de surprendre quelqu'un en train d'essuyer une larme.

Margaret Selby, par exemple, aidait indubitablement la jeunesse à se sentir à l'aise. Elle s'étendait à plaisir sur son mariage imminent, passant en revue chaque détail comme si elle préparait une campagne militaire. Elle fonça sur mon cousin Lance dès qu'il entra dans le salon, sans même lui laisser le temps de venir nous saluer, Tante Agnès et moi. Pauvre Lance.

Je me mordis les lèvres en voyant les efforts qu'il faisait pour lui échapper, mais elle fut impitoyable. Et ce qu'elle lui disait, je le vis de loin, le fit rougir d'embarras plusieurs fois de suite.

Je dois reconnaître que Tante Agnès avait bien fait les choses. Malgré la tristesse des circonstances, la réunion ne tarda pas à prendre un air de fête. Cela me déplut, mais je comprenais que les gens aient envie d'échapper à cette atmosphère funèbre. Et cela au plus vite, surtout les parents.

La plupart des membres de la famille étaient presque des étrangers pour moi, des noms et des visages entraperçus dans un album de photos. Ils me laissaient aussi indifférente que s'ils avaient figuré, tous autant qu'ils étaient, dans un catalogue de vente par correspondance.

— Vous tenez vraiment bien le coup, Willow, me félicita le Dr Price. Votre père aurait été fier de vous.

Sur ce, il se tourna vers la fenêtre pour que je ne voie pas ses yeux s'emplir de larmes.

— Que diriez-vous d'aller faire quelques pas dehors, Docteur ?

Ma proposition le surprit mais lui fut agréable. Une fois de plus le regard de Tante Agnès me suivit, tel un projecteur, jusqu'à ce que nous quittions la pièce.

Je conduisis le Dr Price jusqu'à la porte de derrière, et nous empruntâmes l'un des sentiers favoris de mon père. Le temps était particulièrement doux pour l'automne. Quelques petits nuages crémeux glissaient dans le ciel bleu fixe, une brise légère soulevait à peine les feuilles et faisait remuer les herbes. Ce n'était pas une journée pour pleurer les morts, me surpris-je à penser, mais pour célébrer la vie.

— Votre père était très fier de votre travail à l'université, Willow, commença le Dr Price avec un bon sourire. Je l'entends encore plaisanter : « Je n'étais pas sur la liste des meilleurs étudiants dès le premier semestre, moi. Je ne peux même pas dire qu'elle a de qui tenir. »

Je le scrutai d'un regard aigu.

— Comment l'aurait-il pu, d'ailleurs ? Je suis une enfant adoptée, n'est-ce pas, Docteur Price ?

Il détourna les yeux, feignant un intérêt subit pour le vol d'un moineau. Je revins à la charge.

— N'est-ce pas ?

— Votre père ne vous aurait pas traitée différemment si vous ne l'aviez pas été, Willow. Croyez-moi.

— Oh, je vous crois, Docteur Price. Mais c'est peut-être parce que je n'étais pas vraiment une étrangère pour lui, n'importe quelle orpheline sans liens de sang avec lui.

Les traits soudain figés, Renaldo Price me dévisagea, les yeux agrandis.

— Asseyons-nous un moment, suggérai-je en m'arrêtant devant un banc de pierre.

Après un bref coup d'œil en direction de la maison, il s'assit à côté de moi, et un long silence régna entre nous. L'oiseau qu'il avait observé vint se percher sur une fontaine, juste en face de nous, et nous regarda d'un air plein de curiosité. Puis quelque chose d'autre capta son attention, et il s'envola de nouveau. Enfin, la question vint.

— Comment avez-vous su ?

— Il me l'a dit.

Renaldo Price se retourna vivement vers moi.

— Il vous l'a dit ? Mais il m'avait juré qu'il ne le ferait jamais !

— De son vivant, peut-être, mais il me l'a dit après sa mort.

— Je ne comprends pas, murmura-t-il, déconcerté.

— Il m'a laissé son journal, docteur Price.

L'étonnement du médecin redoubla.

— Son journal ? Claude tenait un journal personnel ? Ah ! ça, par exemple !

— Vous saviez depuis le début, n'est-ce pas ?

C'était plutôt une constatation qu'une question, mais il répondit quand même.

— Peut-être pas tout à fait depuis le début, non. J'ignore ce qu'il a écrit, mais d'après ce qu'il m'a raconté ce n'est pas arrivé comme ça, d'un seul coup. Naturellement, personne ne savait rien, même si l'une de nos infirmières soupçonnait quelque chose. Nadine Gordon se posait des questions au sujet du traitement de cette patiente. En fait, je crois qu'elle était elle-même très amoureuse de votre père. Environ cinq mois avant votre naissance, elle est partie, sans fournir aucune raison ni explication. Elle a donné son préavis, c'est tout. Et pour ce que j'en sais, ni votre père ni personne d'autre à la clinique n'a plus jamais entendu parler d'elle.

Le Dr Price marqua une pause, comme s'il hésitait à poursuivre, puis se décida :

— Écoutez, Willow. Je ne prétendrai pas que ce qui s'est passé n'a pas frôlé le manquement à l'éthique médicale et au devoir professionnel. S'il s'était agi d'un autre que votre père, je n'aurais pas employé le mot « frôlé » pour décrire sa conduite. J'aurais appelé carrément les choses par leur nom. Et si le praticien en question avait été mon subordonné, je l'aurais renvoyé sur-le-champ, mais…

— Mais quoi, Docteur Price ?

— Mais je suis convaincu que votre père a lutté de toutes ses forces pour ne pas en arriver là. Il a même essayé de me confier le traitement de sa patiente. Malheureusement, elle s'est mise à régresser dangereusement, et nous avons dû prendre la décision de la remettre sous sa responsabilité. J'ajouterai qu'ils souffraient autant l'un que l'autre de la situation, d'ailleurs. Le médecin montrait les mêmes symptômes que la malade.

— Quels symptômes, Docteur Price ?

Le médecin haussa les sourcils.

— Voyons, Willow, vous savez ce que signifie le secret professionnel.

— Mais c'est différent, cette fois. La femme dont nous parlons était ma véritable mère !

— Biologiquement, c'est tout. Vous n'avez eu aucune relation avec elle, et tout cela est si ancien ! Elle a une nouvelle vie. Ce ne serait pas juste d'aller déterrer son passé maintenant, n'est-ce pas ?

Je laissai mon regard glisser à travers la vaste pelouse, jusqu'à l'orée des bois.

— J'ignore si vous savez beaucoup de choses de ce qu'a pu être mon enfance ici, Docteur Price. Ma mère adoptive ignorait que j'étais réellement la fille de mon père. Mais elle savait que j'étais née à la clinique et que ma mère biologique, comme vous l'appelez, était soignée dans cette clinique. Pendant toute ma croissance, elle a guetté chez moi des symptômes d'anomalie, s'attendant toujours à me voir piquer une crise de nerfs, danser nue dans la rue ou je ne sais quoi du même genre. Tous les enfants ont des amis imaginaires. Mais pour elle, c'était chez moi un signe de schizophrénie. Si je pleurais, j'étais paranoïaque. Si j'étais timide, elle me disait dépressive. Elle a continué comme ça jusqu'à ce que…

Je m'interrompis de moi-même, et le docteur dut m'inciter à continuer.

— Jusqu'à ce que quoi ?

— Jusqu'à ce que je commence à me poser des questions sur moi-même. Je sais que certaines formes de maladie mentale sont transmissibles. J'ai le droit de savoir pourquoi ma véritable mère se trouvait dans cette clinique. De quoi souffrait-elle ? Quel était le pronostic des médecins ? Comment va-t-elle, à présent ? Est-elle dans une autre clinique, par exemple ?

Le Dr Price se pencha en avant et contempla le sol devant lui.

— Je n'ai pas consulté son dossier depuis des années, Willow.

Les funérailles de mon père avaient lieu le lendemain. Je suggérai :

— Est-ce qu'après-demain vous semble trop tôt pour le faire ?

Il releva vivement les yeux.

— Vous retournez tout de suite à l'université ?

— Je l'espère, oui.

— Bien. Et maintenant, si nous rentrions ? proposa-t-il en se levant.

J'en fis autant, il m'offrit son bras, et nous repartîmes vers la maison. Au moment d'y entrer, j'insistai encore :

— Alors ?

— C'est entendu, Willow. Après-demain, je consulterai son dossier.

— Je m'arrêterai à la clinique en partant, dans ce cas.

Renaldo Price eut un sourire fugitif.

— Aucun doute, vous êtes bien la fille de Claude De Beers. Vous avez son courage et sa détermination, impossible de le nier.

— Je crois que, dans le secret de mon cœur, je l'ai toujours su, avouai-je. Pendant toutes ces années, je le savais. Il me l'a dit par l'expression qu'il avait parfois pour m'observer. Par la façon dont il me regardait jouer ou travailler. Je crois qu'il avait peur de me le dire tant que ma mère adoptive était en vie. Et ensuite...

Je marquai un léger temps d'arrêt.

— Ensuite je crois qu'il a eu peur pour une autre raison : celle-là même qui me fait vous demander de lire le dossier de ma mère. Peur que si j'apprenais quels étaient ses problèmes, je passe ma vie à guetter la mauvaise surprise, à attendre de savoir ce qui ne tourne pas rond chez moi non plus. Et peut-être, à cause de cela, à ne pouvoir jamais nouer de véritable relation avec qui que ce soit.

— Alors peut-être vaut-il mieux vous contenter de ce que vous savez, Willow. C'est déjà bien assez.

— Pas pour moi, Docteur. Cela ne me suffit pas.

Cette fois encore, Renaldo Price me sourit.

— D'accord, Willow, confirma-t-il. C'est entendu.

***

Cette journée-là aussi fut épuisante pour moi, mais pas pour Margaret Selby. Ma cousine exultait. À l'en croire, tout le monde était enthousiasmé par son futur mariage et enchanté d'y être invité. C'est tout ce dont elle fut capable de parler, une fois que tout le monde fut parti. Ma Tante Agnès elle-même en fut gênée pour elle, et lui conseilla d'aller se coucher. J'en profitai pour me retirer, moi aussi, et je pris le chemin du bureau de papa. Tante Agnès s'élança sur mes traces.

— Un instant, Willow ! cria-t-elle derrière moi.

Je me retournai pour attendre qu'elle m'eût rejointe.

— Oui, Tante Agnès ?

— J'ai eu un bref entretien avec M. Bassinger, et un autre beaucoup plus long, bien sûr, avec M. McRoe. Ton père a pris toutes sortes de dispositions financières, placements, comptes épargne, assurances et autres... Tout ça est très compliqué. Je tenais à te dire que je resterai quelques jours ici, pour décortiquer tout ça avec toi.

— Je ne compte pas rester plusieurs jours ici, Tante Agnès.

— Quoi ?

— Le lendemain des obsèques, je consacre quelques heures à M. Bassinger et je rentre à l'université, expliquai-je, évitant de mentionner ma visite à la clinique.

Ma tante poussa les hauts cris.

— C'est hors de question, voyons ! Il reste encore beaucoup trop de choses à régler ici !

— Miles s'occupera de la maison, et toutes les démarches seront exécutées dans les délais. Je fais entièrement confiance à M. Bassinger, vous n'avez pas à vous inquiéter. Tout ce que mon père vous aura légué, vous l'aurez.

Elle eut un haussement d'épaules outragé.

— Comme si je comptais sur ce qu'il pourra me laisser ! Je ne suis pas un de ces parasites qui rôdent autour des os de leurs défunts, comme des vautours. J'ai largement de quoi vivre, crois-moi. Toutefois, certaines choses ici viennent de ma famille et j'aimerais les récupérer, si tu n'y vois pas d'objection. Elles sont à moi, maintenant. Il est normal qu'elles reviennent aux parents qui ont de véritables droits sur elles, ajouta-t-elle, afin de bien me rappeler que j'avais été adoptée.

D'un geste du bras, je balayai l'espace autour de moi.

— Servez-vous, je vous en prie. Mais ne touchez à rien de ce qui appartenait à mon père, surtout.

J'eus le temps de l'entendre étouffer un hoquet surpris et la laissai plantée au milieu du hall, figée comme une statue de glace. À peine entrée dans le cabinet de papa, je m'enfermai au verrou, cette fois encore. Puis j'entrepris une inspection plus approfondie de ses papiers et dossiers, dans l'espoir de trouver de plus amples détails sur Grace Montgomery.

Inventorier cette masse de notes, rapports, articles et autres documents, accumulés au cours des années, risquait de durer des heures, mais j'avais un espoir. Ce que je cherchais devait forcément être très bien caché, dissimulé entre d'autres dossiers, peut-être entre deux pages d'une revue. Avec ce fil conducteur, je me mis à la tâche.

Deux heures plus tard, j'étais sur le point d'abandonner quand, entre deux articles médicaux, je découvris une enveloppe jaunie par le temps. Elle avait été adressée à papa à la clinique et ne comportait pas d'adresse d'expéditeur. Au verso, cependant, figurait la mention : *Personnel*.

Mon cœur s'affola. Je m'assis à même le sol, en face du classeur, et contemplai fixement l'enveloppe. Des pas, dans le couloir, me firent hésiter un moment à l'ouvrir. Puis on frappa à la porte.

— Oui ?

— Je monte me coucher, m'informa Tante Agnès. Y a-t-il quelque chose que tu aimerais savoir, à propos de demain ?

— Non, répondis-je très vite, un peu trop sèchement peut-être.

Il y eut un silence, puis ma tante ajouta :

— Si tu penses à quoi que ce soit, tu pourras me le demander demain matin. Je me lèverai tôt.

— Merci, Tante Agnès.

Une fois de plus, elle laissa planer un silence, puis j'entendis ses pas s'éloigner dans le hall.

Je détestais avoir à me cacher ainsi, dans ma propre maison. Mais j'avais découvert, à mes dépens, que cette maison-là recelait des secrets qu'elle gardait jalousement dans ses recoins d'ombre. Ses murs étaient pareils à des éponges. Ils s'imprégnaient de soupirs, de tristesse, qu'ils retenaient au plus profond d'eux-mêmes. J'avais l'impression d'arracher les faux-semblants couche après couche, me rapprochant toujours plus de la vérité. Allait-elle me libérer ? Ou allait-elle m'enchaîner à une identité si lourde, si perturbée que je serais happée par les ombres moi aussi, enfouie dans leurs profondeurs ténébreuses ?

J'ouvris l'enveloppe d'une main tremblante et en tirai une lettre, écrite sur un papier très fin. Je l'ouvris avec mille précautions, craignant de la voir — sous l'effet de je ne sais quel maléfice — tomber en poudre entre mes mains. L'encre avait pâli, je dus me rapprocher de la lampe pour déchiffrer ce qui suit.

Cher Claude,

Je sais que selon notre accord je ne dois ni t'écrire ni t'appeler, mais je voulais te remercier pour les photos de Willow et la lettre où tu me la décris.

Tu avais raison, elle est vraiment très belle.

Je m'inquiétais à son sujet, bien sûr. Tu connais mes craintes mieux que personne. Mais ce que tu me dis me rassure, je sens que je n'ai plus de raisons d'avoir peur. Et cette femme dont tu me parles, Isabella (ou plutôt

Amou, comme l'appelle Willow) me paraît merveilleuse. Je suis si contente qu'elle soit chez toi.

Naturellement, j'ai caché les photos, là où personne ne pourra les trouver.

Cela me paraît si insensé de te dire à quel point je regrette les Willows *! Nous en avions fait un monde chimérique, et je connais ton opinion sur ceux qui fuient la réalité.*

Je tiens à t'assurer que je vais très bien.

J'ai mon cher océan pour me réconforter, pour m'inspirer.

Et j'ai nos souvenirs.

Je suis à nouveau une femme en parfaite santé.

Avec tout mon amour

Grace

Je lus et relus cette lettre, quatre fois en tout. Quand on lit ce qu'écrivent des gens que l'on connaît, on croit entendre leurs voix. C'est comme s'ils vous parlaient. Moi, je n'avais pas la moindre idée de la femme que pouvait être ma vraie mère. Je me disais que si je continuais à lire en scrutant chaque mot, je pourrais y détecter un indice, une inflexion, n'importe quel signe. J'avais désespérément besoin de savoir tout ce qui la concernait.

Frustrée, mais fascinée, je glissai la lettre dans le journal de mon père et le remis en place, aussi soigneusement caché qu'il l'était jusque-là. Puis je montai me coucher, mon angoisse croissant à chaque marche. J'avais terriblement conscience que chaque pas que je faisais me rapprochait du lendemain… et des funérailles.

⁂

L'assistance fut encore plus nombreuse que je ne l'avais supposé. La longue notice nécrologique parue dans la presse avait alerté non seulement les confrères et associés de papa, ses relations de longue date, mais aussi les familles de ses patients. Jusque-là, je ne m'étais pas vraiment rendu compte qu'il était à ce point aimé et respecté. C'était effarant de voir cette file de voitures presque interminable, et tous ces gens qui se répandaient sur le parvis de l'église. On avait placé des haut-parleurs à l'extérieur, afin que ceux qui ne pourraient pas entrer suivent le service, et entendent l'éloge funèbre que prononcerait le Dr Price.

Quand papa eut été déposé dans sa dernière demeure, aux côtés de sa femme, les assistants revinrent à la maison pour nous exprimer une dernière fois leur sympathie et faire leurs adieux. À entendre la famille de ma mère adoptive, frères et sœurs, nièces et neveux, parler de la cérémonie, on aurait pu croire qu'il s'agissait d'une grande soirée mondaine. Ils éprouvèrent le besoin de passer en revue chaque détail, depuis la décoration florale de l'église jusqu'à l'ordonnance du cortège.

En fin d'après-midi, quand j'eus dit au revoir à tout le monde, Tante Agnès, Margaret Selby et moi nous retrouvâmes au salon avec M. Bassinger, qui nous exposa les grandes lignes du testament. Il nous expliqua comment papa, très pertinemment, avait su protéger la propriété en instituant un fidéicommis. J'héritais de beaucoup plus d'argent et de biens que je n'avais imaginé, au grand dam de Tante Agnès. À l'annonce de chaque nouvelle somme, ses yeux s'arrondissaient un peu plus, au point que je m'attendais à les voir jaillir de ses orbites. Margaret Selby, par contre, s'ennuyait ferme. Elle finit d'ailleurs par demander la permission de se retirer, sous prétexte qu'elle avait un coup de fil à donner.

Je fus heureuse de voir que, pour la clinique, tout continuait comme avant ; papa avait soigneusement préparé une transition en douceur. M. Bassinger m'informa qu'un successeur était prévu pour le poste de mon père. Bien que personne, se plut-il à souligner, ne puisse jamais remplir ces fonctions aussi bien que lui.

Ce fut sans grande surprise que je vis s'allonger la liste des objets que, selon Tante Agnès, mon père aurait souhaité lui voir prendre. Une liste impressionnante, comprenant même certains meubles. Quand elle eut fini de la réciter, elle leva les yeux sur M. Bassinger, comme pour guetter sa réaction. Celui-ci déclara tranquillement que la décision m'appartenait, et que légalement, elle n'avait aucun droit sur ce qu'elle réclamait.

Elle préparait déjà une argumentation solide quand je lui annonçai, le sourire aux lèvres :

— Aucun problème. Prenez tout ça et profitez-en bien.

Elle en resta sans voix.

M. Bassinger prit congé, promettant de tenir prêts les documents nécessaires, et nous nous quittâmes sur une brève accolade. Moins d'une demi-heure plus tard, Margaret Selby et Tante Agnès se tenaient à la porte d'entrée, prêtes à partir. La voiture qui devait les conduire à l'aéroport les attendait.

— J'enverrai une camionnette chercher ce que j'ai noté sur ma liste, me prévint ma tante.

Histoire de m'amuser un peu, et pour lui montrer que je pouvais être aussi froide et distante qu'elle-même, je la fis attendre pendant que je recopiais sa précieuse liste.

— Je remettrai ceci à Miles, expliquai-je en regagnant l'entrée. Il veillera à ce que tout soit mis de côté pour vous.

Elle reprit sa liste, la plia, la rangea dans son sac et lança d'un ton sec :

— Si j'ai un conseil à te donner, c'est de mettre cette maison en vente.

— Merci, Tante Agnès. Merci d'avoir été là et d'avoir fait tout ce que vous avez fait.

Elle sentit que j'étais sincère, et son regard se dégela un peu.

— Alors, maman, on s'en va ? geignit ma cousine. Il nous reste encore tellement de choses à faire !

— Mais oui, mais oui. Nous partons.

Margaret allait passer la porte quand sa mère la rappela.

— Tu pourrais dire au revoir à ta cousine, Margaret Selby. Je crois t'avoir enseigné la politesse.

— Oh ! Désolée, Willow, s'excusa Margaret. Je suis tellement occupée…

Sur quoi, elle m'embrassa du bout des lèvres et sortit en courant. Ma tante me fit ses ultimes recommandations.

— Surtout, appelle-moi si tu as le moindre problème, Willow.

— Je n'y manquerai pas. Merci.

Sur le seuil elle se retourna et, pendant un moment, je fus triste pour elle. Il y avait de vraies larmes dans ses yeux.

— C'est dur d'être la dernière personne en vie de sa famille. Tous ces souvenirs font si mal…

— N'y en a-t-il pas de bons, Tante Agnès ? Des souvenirs qui vous soient chers ?

— Si, mais ils ne servent qu'à nous rappeler

combien nous sommes seuls, vraiment seuls. Au revoir, Willow.

Elle me serra dans ses bras, plus étroitement qu'elle ne l'avait jamais fait, puis se détourna et se hâta d'aller rejoindre sa fille.

J'étais libre d'aller rechercher le journal de mon père, à présent, avec la lettre qu'il contenait. Je les emmenai dans ma chambre, pour les emballer avec les effets que j'emporterais avec moi. Tard dans la soirée, Allan appela, et je lui fis un compte rendu détaillé de ma longue journée. Il m'écouta patiemment, et m'assura qu'il serait là le lendemain soir pour m'accueillir.

Avant d'aller nous coucher, Miles et moi fîmes un léger repas de restes. Depuis ces douze dernières années, plus particulièrement, il était devenu pour mon père un compagnon très proche, celui en qui il avait le plus confiance. Il parlait de lui avec tant d'affection que je me demandais s'il pourrait vivre ici sans lui.

— Ne vous en faites pas pour moi, me rassura-t-il. En ce qui me concerne, le Dr De Beers est simplement absent, et il compte sur moi pour retrouver tout parfaitement en ordre à son retour. Et ne vous inquiétez pas non plus de ce que je deviendrai, Willow. Quand vous voudrez vendre cette maison, vendez-la. Tout ira bien pour moi. Le docteur a pourvu lui-même à mon avenir.

— Je ne peux pas imaginer cette maison sans vous, Miles, quel que soit son propriétaire.

— Et moi, je ne supporte pas l'idée de voir des étrangers ici, et quelqu'un d'autre dans son bureau. Je ne pourrais pas rester, même s'ils m'offraient une fortune.

— Je sais, dis-je en laissant errer mon regard autour de moi. Tante Agnès avait peut-être raison, après tout. Revenir à la maison en sachant qu'il ne sera plus là pour m'accueillir ne sera pas facile.

Miles hocha gravement la tête.

— Je comprends. Il a fait beaucoup pour moi, et pour la mémoire de ma pauvre petite fille.

— Je sais que vous aussi, vous avez fait beaucoup pour lui, Miles.

— J'aimerais bien le croire.

Il fut surpris par mon élan quand je le serrai dans mes bras pour l'embrasser, avant de monter me coucher. Surpris et heureux. Il avait été en contact étroit avec papa. Leurs mains s'étaient touchées. D'une certaine façon, à travers tous ceux qui avaient eu de tels contacts avec papa, j'avais l'impression de le toucher lui-même.

Pendant que je me préparais à me mettre au lit, le téléphone sonna. Je crus que c'était Allan qui me rappelait, pour savoir si j'allais bien, mais je me trompais. Ce fut une bien plus grande surprise, et bien meilleure.

C'était Amou, qui m'appelait de Rio de Janeiro.

— Willow, commença-t-elle, ma cousine Tina vient de me téléphoner, elle a appris la nouvelle par les journaux. Je suis désolée. C'était vraiment quelqu'un de très bien. Un grand monsieur.

— Amou, comment vas-tu ?

— Pas trop mal pour une vieille bonne femme.

J'éclatai de rire.

— Tu ne seras jamais une vieille dame pour moi, Amou.

— Si mes os pouvaient t'entendre ! riposta-t-elle. Mais pour toi, Willow, comment ça va ?

— Ça va aller, Amou. Je retourne à l'université.

— Je regrette de n'avoir pas été près de toi, tu sais.

— Tu y étais, Amou. Tu es toujours dans mon cœur, lui dis-je en portugais, comme elle me l'avait appris dans mon enfance.

Je l'entendis rire tout bas.

— Peut-être qu'un jour, quand tu auras tous tes diplômes, tu viendras au Brésil ? Tu parles déjà la langue, enfin... presque.

— Je viendrai, Amou. Je viendrai.

— Ce sera un beau jour pour moi, celui-là. Je sais comme ça doit être dur pour toi, maintenant, sans maman ni papa.

J'hésitai un instant, puis je le lui dis.

— Je n'ai pas perdu ma mère, Amou.

Elle resta muette.

— Tu l'as toujours su, n'est-ce pas, Amou ?

— Qui t'a dit ça ? fut sa réponse.

— Mon père m'a laissé des lettres et son journal. Il voulait que je sache. Il devait avoir vraiment confiance en toi.

— Il avait peur pour toi. Il faut que tu sois très prudente, Willow. Une vérité si longtemps cachée risque de ne pas répondre à tes espoirs. Tu t'attends à voir fleurir une rose, mais attention. Il y a des graines qui devraient rester enfouies sous terre, m'avertit-elle.

— Tu as peut-être raison, Amou. Et peut-être pas.

— Je m'inquiète pour toi, dit-elle encore.

— Et moi pour toi, répliquai-je.

Elle eut un petit rire attendri.

— Dieu te garde, ma toute petite.

— Dieu te garde, toi aussi, renvoyai-je.

Quand j'eus raccroché, toutes les larmes que j'avais si longtemps contenues jaillirent, torrentielles. Je crus que j'allais tremper mon oreiller.

Sans bien savoir comment, j'achevai de me déshabiller, je me glissai sous les couvertures, j'éteignis la lumière. Et juste comme l'avait prédit Tante Agnès, j'entamai la nuit la plus solitaire de ma vie dans la maison de mes souvenirs.

4

Une décision fatale

Les *Willows* furent l'œuvre de papa dès le tout début. Il exerçait comme psychiatre depuis cinq ans lorsqu'il entendit parler d'une maison de repos qui allait fermer ses portes. Un établissement de premier ordre, situé à moins de cinquante kilomètres de Spring City. Il y emmena les actionnaires pour visiter les installations.

Ce qui le séduisit d'emblée fut la situation de la résidence, au sommet d'une colline dominant la Congaree River. Les bâtiments étaient entourés de prairies, mais aussi de quatre cents hectares de bois, où abondaient les fruits et les fleurs sauvages.

Une des grandes idées de papa, en matière de thérapie, était que la nature et l'environnement avaient un effet déterminant sur l'équilibre mental de ses patients. L'atmosphère de paix, le calme et la tranquillité qui régnaient aux *Willows* expliquaient son attirance pour le domaine.

Il devait son nom, et son caractère unique, aux six grands saules pleureurs plantés devant l'établissement, dont les longues branches pendaient jusqu'au sol en rideau ondulant.

Derrière eux se profilait une construction à deux étages, d'un style éclectique dû aux agrandissements successifs réalisés au cours des ans. Dans l'ensemble, il évoquait plutôt la Renaissance italienne. Son curieux porche en retrait me donnait toujours l'impression d'entrer dans un tunnel ou de pénétrer dans un monde obscur et mystérieux.

Parce que ma M.A. qualifiait volontiers la clinique de « maison de fous », j'avais toujours eu un peu peur d'y aller. Dès que j'approchais du parc, mon cœur battait la chamade. Papa veillait soigneusement à ce que je n'aie aucun contact direct avec ses patients gravement atteints. Et malgré ce que pouvait dire ma M.A., les gens que je voyais se distraire au salon ne me donnaient pas l'impression d'être dérangés mentalement. Ils regardaient la télévision, jouaient aux cartes ou à d'autres jeux, ou bien lisaient ; mais ils ne me paraissaient pas plus bizarres que ceux que je pouvais voir au-dehors. Malgré tout, j'appréhendais de laisser mon regard s'attarder sur eux, et j'évitais de le faire. Une fois, je remarquai une jeune fille d'environ quinze ans qui arpentait le hall d'un air furibond, ses longs cheveux noirs en désordre, les bras tendus et les poings serrés. Comme si elle s'était sentie observée, elle tourna la tête vers moi avec une telle expression de rage que le souffle me manqua. Un surveillant l'emmena et elle s'éloigna en gesticulant de fureur.

J'en eus des cauchemars cette nuit-là, je m'éveillai en hurlant. Ma mère adoptive s'en prit à papa, affirmant qu'il ne pourrait que développer les troubles mentaux qui me menaçaient s'il me replongeait dans cet univers. Elle adorait cette expression : « Me replonger dans cet univers », comme si je pouvais effectivement me souvenir de ma naissance à la clinique.

Maintenant encore, après toutes ces années, je me sentis trembler de tout mon corps quand je me garai sur le parking. J'avais du mal à respirer, je dus rester un moment dans la voiture après avoir coupé le contact. J'inspirai une longue gorgée d'air avant de sortir. Tête basse, exactement comme je le faisais quand j'étais petite, je me dirigeai vers l'entrée.

D'aussi loin que je me souvienne, Edith Hamilton avait siégé derrière le bureau en fer à cheval de la réception, maintenant encombré de matériel informatique. Âgée d'environ soixante ans, elle avait des yeux couleur de café, des cheveux désormais presque gris qu'elle portait très courts, comme un casque. Ma mère adoptive prétendait qu'elle était amoureuse de mon père, qui d'après elle profitait de l'aubaine. Papa niait énergiquement tout cela, bien sûr. Maintenant, j'étais en mesure d'apprécier l'ironie de la situation. Accuser papa d'avoir une aventure à la clinique... si elle avait su !

Edith Hamilton sourit à mon approche.

— Comment vas-tu, ma chère petite ?

Elle contourna son bureau pour me serrer dans ses bras, et en lui voyant les larmes aux yeux je sentis les miens s'embuer.

— Je vais bien, Edith. Merci.

Elle avait toujours insisté pour que je l'appelle par son prénom, même quand je n'avais que six ou sept ans. Divorcée après un an de mariage, elle ne s'était jamais remariée. Ma mère adoptive avait peut-être eu raison, finalement, quoi qu'en ait pensé papa. Edith avait très bien pu s'adresser à lui en tant que psychologue, s'amouracher de lui, et fantasmer sur lui pendant tout le reste de sa vie.

Je réprimai un sourire. Est-ce que j'allais me mettre à jouer les psychologues amateurs, moi aussi ?

— Le Dr Price va vous recevoir, annonça Edith. Vous savez où se trouve son nouveau bureau ?

— Oui.

Le Dr Price avait, depuis quelques années, emménagé dans le bureau contigu à celui de papa. Je m'y rendis sans hésitation, frappai et entrai. Campé devant la fenêtre, Renaldo Price se retourna et me sourit.

— Quand vous êtes arrivée dans la voiture de votre père, à l'instant, j'ai presque cru que ce qui est arrivé n'était qu'un cauchemar, et qu'il allait descendre de cette voiture.

— J'aimerais tellement que ce soit vrai ! m'exclamai-je.

Renaldo Price eut un signe de tête compréhensif.

— Vous retournez à l'université aujourd'hui même ?

— En principe, oui.

— C'est une bonne chose. Replongez-vous tout de suite dans le courant, changez-vous les idées, occupez-vous. C'est ce que je fais, que cela me plaise ou non, ajouta-t-il en désignant la pile de dossiers sur le coin de son bureau. Nous affichons complet, vous savez.

— Quant à savoir si c'est une bonne chose ou pas... je n'oserais pas me prononcer.

Renaldo Price eut un petit rire forcé.

— Vous avez raison, un médecin sans patients mourrait de faim. La police a besoin de truands, les garagistes de voitures en panne, les médecins de malades. Je dirais qu'il y a deux sortes de gens : ceux qui vivent de la misère et du malheur des autres, et ceux qui exploitent leurs extravagances. Je devrais vendre des bijoux, plaisanta-t-il, avec une gaîté qui sonnait faux.

Nous étions aussi nerveux l'un que l'autre, c'était visible. Mais il ne pouvait pas éviter plus longtemps d'en venir au fait. Il plaqua les mains sur une chemise cartonnée posée au milieu du bureau.

— Bon, je vous laisse lire ceci. J'ai quelques patients à voir, ce qui va prendre un certain temps. Quand je reviendrai, j'essaierai de répondre aux questions que vous pourriez avoir, et j'espère qu'ensuite vous laisserez tout cela derrière vous, Willow. Consacrez-vous à vous-même, désormais, c'est le meilleur conseil que je puisse vous donner. Et je suis certain que votre père vous aurait dit la même chose.

— Merci, Docteur Price.

Il me dévisagea pendant quelques secondes, puis me tendit le dossier de ma mère. Mon cœur se mit à cogner contre mes côtes, et je m'assis sur le canapé de cuir. Après m'avoir jeté un dernier coup d'œil, le Dr Price quitta la pièce. J'étais seule avec la vérité.

Je me souviens que, lorsque j'avais onze ou douze ans, j'avais trouvé le dossier d'un patient de papa sur une table, dans son cabinet de travail. Je savais que ce genre de document était confidentiel. Le consulter, c'était comme lire dans la tête de quelqu'un, connaître ses pensées, ses rêves, ses souvenirs et ses fantasmes. Nos pensées étaient la chose la plus intime qui soit. Il fallait beaucoup de confiance, ou alors de désespoir pour les exposer franchement à un autre. Tout révéler de soi-même à un étranger, entraîné à ne pas réagir comme feraient les autres, ne pas rire de vos bizarreries ni vous donner l'impression d'être ridicule. C'était comme se mettre nu.

Je mourais de peur d'être découverte, mais la tentation fut la plus forte. Ma mère adoptive me répétait sans cesse que je finirais dans la clinique de papa, avec les autres patients. Qu'avais-je de commun avec eux ? C'était l'occasion ou jamais de le savoir.

En prenant bien soin de m'assurer qu'on ne pouvait pas me voir, j'ouvris le dossier et commençai à lire. Le style était terriblement technique, je ne compris pas tout, loin de là. Il s'agissait d'un garçon de dix-sept ans, présentant certains symptômes de schizophrénie. Il croyait que ses parents avaient conspiré avec les producteurs de télévision, de radio et de cinéma pour le contrôler, ce qui provoquait chez lui des troubles psychosomatiques de l'ouïe. En d'autres termes, il était sourd.

Cette lecture me terrifia au point que je refermai le dossier en toute hâte, comme si les pages me brûlaient les doigts. Une chose aussi horrible pouvait-elle, allait-elle m'arriver ? Ma mère adoptive avait-elle raison ? De quelle anomalie avais-je hérité ? Quelle maladie mentale, tapie en moi, attendait-elle l'occasion de s'emparer de moi, et de me réduire à un nom dans un dossier comme celui-ci ?

J'avais peur d'interroger papa, peur de lui avouer mon indiscrétion, et pourtant j'avais tant besoin d'être rassurée ! Je suis sûre qu'il le sentit à travers mes questions. Des années plus tard, après la mort de ma M.A., je lui avouai enfin ma faute au cours d'une de nos longues promenades. Cela le fit rire.

— Je me doutais que tu avais été mettre ton nez dans ce dossier, figure-toi. Tu t'inquiétais pour ton ouïe, pour ta vue, et tu avais peur de te réveiller un matin en ayant perdu la parole.

— Qu'est-il arrivé à ce garçon, papa ? voulus-je savoir.

— Nous avons pu le faire admettre dans un internat spécialisé, où il a continué à progresser lentement vers une vie normale. C'était un garçon très intelligent, et quel défi pour un médecin ! Il devra suivre certains traitements pour le reste de sa vie, je le crains ; mais c'est une chance qu'il existe des médicaments pour aider les gens comme lui.

J'aurais voulu lui poser des questions sur ma véritable mère, mais j'avais réellement peur des réponses. J'ignorais qu'il était mon père, bien sûr. Si je l'avais su, j'aurais peut-être osé l'interroger. Mais à ce moment-là, je ne cherchais pas à connaître quels risques recelait mon avenir. Et si j'avais su la vérité sur ma mère, je me serais toujours attendue à ce qu'il m'arrive quelque chose de terrible. Mieux valait laisser cela dans l'ombre, décidai-je, en contemplant le dossier que je tenais à présent dans mes mains. C'était exactement le conseil qu'Amou m'avait donné la veille.

Cependant j'étais allée trop loin, et l'histoire d'amour de papa me rassurait. Il n'aurait pas pu s'éprendre d'une femme aussi malade que ce jeune homme, quand même ? Elle avait quitté la clinique. Elle avait guéri. Et elle avait été capable de vivre une grande aventure amoureuse. Non, maintenant je n'avais plus peur. J'ouvris le document et appris comment Grace Montgomery, atteinte de dépression mélancolique, était entrée dans la clinique de papa quand elle avait tout juste vingt-cinq ans.

Elle lui avait été adressée par un certain Dr Donald Anderson, psychanalyste, qui exerçait à Palm Beach en Floride. Après un certain nombre de séances d'analyse, elle avait révélé la conduite indécente de son beau-père envers elle. Les choses s'aggravèrent au point qu'il alla jusqu'au viol et elle tomba enceinte.

Il semble qu'elle ait dissimulé son état, à la fois par honte et par un sentiment d'indignité. Vers la fin de sa grossesse, elle fut pratiquement séquestrée par sa mère. Puis elle accoucha et tomba dans une dépression profonde. Elle fut pendant un certain temps traitée par divers médicaments, puis elle fut adressée à papa.

Elle présentait tous les symptômes de la mélancolie aiguë : manque d'estime de soi, incapacité à trouver du plaisir à quoi que ce soit, insomnie, tendances suicidaires. Ses progrès furent très rapides dès que papa eut mis au point son traitement. Elle quitta la clinique peu de temps après ma naissance. Après ces informations, il était simplement noté qu'elle était retournée dans sa famille à Palm Beach, pour y être suivie si nécessaire par le Dr Anderson.

Le reste du dossier consistait en données très techniques, liste de médicaments, dosages et autres. À part ce bref résumé de son histoire, il n'y avait pas grand-chose qui puisse me fournir la moindre indication sur elle. Pas une seule photo. Quelques développements et commentaires sur ce qu'elle avait révélé au cours de séances d'analyse, mais aucune déclaration personnelle. J'aurais aussi bien pu lire le dossier médical de n'importe quel autre patient.

J'étais toujours plongée dans mes réflexions quand le Dr Price revint.

— Que pouvez-vous me dire d'autre sur elle, Docteur Price ? questionnai-je aussitôt.

— Pas grand-chose. Elle était la patiente de votre père, rappelez-vous. Pas la mienne.

— Et depuis, avez-vous eu d'autres nouvelles d'elle ? Par son médecin de Palm Beach, je veux dire.

— Non. À mon avis...

Renaldo Price me reprit le dossier et s'assit derrière son bureau.

— C'est une décision que votre père et elle ont prise d'un commun accord, Willow. Et cela s'est passé il y a très longtemps.

— Je sais. Je vais avoir dix-neuf ans.

Il tapota le dossier de la main.

— Au moins, vous voilà rassurée. Aucune maladie ne vous guette. Les problèmes de Grace Montgomery venaient de la conduite de son entourage, vous, c'est différent. Vous avez été élevée d'une tout autre façon.

Je haussai les sourcils.

— Ma mère adoptive aurait envoyé beaucoup de monde dans votre établissement, s'il y avait eu de la place.

Les yeux du Dr Price pétillèrent.

— Oui, mais votre père était là, et aussi cette merveilleuse gouvernante qui était plus qu'une mère pour vous. Comment s'appelait-elle, déjà ?

— Amou.

— En effet, c'est le nom que vous lui donniez. Amou, qui vous aimait. L'amour était présent dans votre foyer, un amour que cette jeune femme n'avait jamais connu. Retournez à l'université, Willow. Vivez votre vie, et je vous en prie, ne me laissez pas sans nouvelles.

Je me levai.

— Merci, Docteur Price.

Il m'accompagna jusqu'à la porte et là il s'arrêta.

— Le jour où elle est partie… commença-t-il.

— Oui ?

— Votre père se tenait sous les saules et ne la quittait pas des yeux. Il a vu arriver la voiture qui venait la chercher. J'étais à ma fenêtre, et je l'observais. Je pouvais voir à quel point le chagrin le torturait, même à cette distance. C'était presque palpable. La voiture est sortie du parc, il s'est retourné et s'est éloigné. Il n'est pas revenu à son bureau avant plusieurs heures.

— C'est papa tout craché, ça. Lui et ses chères promenades...

— En effet. Mais ce que j'ai toujours admiré chez lui, c'est cette capacité de repartir après avoir tout perdu, de poursuivre son œuvre et de trouver un but à sa vie. Vous devez faire la même chose, Willow.

— Je le ferai, affirmai-je.

— C'est bien.

Nous échangeâmes un baiser d'adieu et je quittai la clinique, sans oublier de dire au revoir à Edith. En repartant dans la voiture de papa, je l'imaginai debout sous les saules, le jour où ma mère l'avait quitté pour toujours. Et moi aussi elle m'avait quittée, bien sûr.

Mais je n'étais pas piégée comme papa l'avait été. Je ne serais pas celle qu'on laisse derrière soi pour toujours, j'y étais bien déterminée. J'avais pris cette décision à la clinique, à l'instant même où j'avais ouvert le dossier.

Je poursuivis résolument ma route.

***

Le soir tombait quand j'arrivai en Caroline du Nord, et je me rendis tout droit à mon appartement de Chapel Hill. Une fois installée, je téléphonai à Allan.

— J'arrive, annonça-t-il dès qu'il entendit ma voix.

Son empressement me mit la joie au cœur. J'avais plus que jamais besoin de lui, et il se hâta comme il l'avait promis. Moins d'un quart d'heure plus tard, il sonnait à ma porte. Dès que je l'eus ouverte il me prit dans ses bras, et nous nous embrassâmes. Il me serrait à m'étouffer, caressait mes cheveux, me disait combien il avait pensé à moi. Comme j'aurais voulu qu'il se montre aussi présent et aussi tendre avant que je ne m'en aille !

— Mon pauvre bébé, chuchota-t-il en me ramenant à l'intérieur de mon petit séjour.

Après ma première année de faculté, j'avais souhaité habiter seule. La vie au pavillon-dortoir n'était pas désagréable, mais j'éprouvais le besoin de travailler davantage que la plupart des filles qui m'entouraient. Sous bien des rapports, je me sentais plus mûre qu'elles. J'avais pensé à prendre une colocataire pour partager les frais, mais j'y avais vite renoncé. J'avais déniché un deux-pièces acceptable, et pour l'instant j'utilisais la seconde chambre comme cabinet de travail. Sans doute étais-je d'une prudence excessive, mais je ne voulais pas cohabiter avec n'importe quelle fille. Il fallait une étudiante aussi déterminée à réussir sa carrière que je l'étais moi-même.

C'était ce souci de réussite et le sérieux que je montrais dans mes études qui avaient d'abord plu à Allan. Il affirmait que nous étions aussi décidés l'un que l'autre à réaliser nos ambitions. Les autres filles n'étaient que des écervelées à ses yeux. Il disait qu'elles avaient de la barbe à papa dans la tête, et qu'on les oubliait aussi vite qu'un verre de soda.

Il pressa son front contre le mien en me retenant par les épaules, un geste familier qui m'avait toujours fait rire.

— Ça va, toi ?

— Oui, murmurai-je d'une toute petite voix.

Nous allâmes nous asseoir sur le canapé.

— Perdre ses deux parents avant d'avoir vingt ans, c'est terrible. Même pour quelqu'un qui a été adopté, compatit Allan en me prenant la main.

Nous ne sortions pas ensemble depuis très longtemps, quand je lui avais confié que j'étais une enfant adoptée. Mais je ne lui avais pas dit que ma mère était une patiente de la clinique, ni que j'étais née là-bas. Jusque-là, j'avais trop peur de voir les choses en face, et peur de ce qu'Allan penserait de moi. J'aurais d'ailleurs très bien pu ne rien lui dire du tout, rien ne m'y obligeait. Ce n'était sans doute pas très diplomate, mais je m'étais toujours efforcée d'être honnête. J'avais horreur de ces demi-vérités et petits mensonges qui, peu à peu, tissent autour de vous un filet dans lequel on se retrouve ligoté. Je devais tenir cela de papa, de son refus obstiné de fuir la réalité en se réfugiant dans l'illusion. Sous ce rapport, il avait une façon bien particulière de m'apprendre à réagir comme lui. En général cela consistait en une simple question, posée d'une voix très calme : « Ce n'est pas vraiment ce que tu as vu, n'est-ce pas, Willow ? » Ou bien : « Ce n'est pas ainsi que les choses se sont passées, n'est-ce pas ? »

Qui, sinon un homme aussi résolu que lui à s'en tenir à la réalité, aurait renvoyé loin de lui l'amour de sa vie, refusant de s'aveugler sur leur avenir à tous deux, même si cela leur eût permis de vivre un peu plus longtemps ensemble ?

Je pris mon parti et annonçai comme on se jette à l'eau :

— Il s'est passé beaucoup de choses pendant que j'étais à la maison, Allan.

— Je m'en doute. Tu n'aurais pas quelque chose de frais à boire ? demanda-t-il, m'écoutant à peine. J'ai le gosier sec comme un vieux croûton de pain.

Il se leva pour aller dans la cuisine, ouvrit le réfrigérateur et me cria de loin :

— Je vais prendre une bière. Tu veux quelque chose, Willow ?

— Non.

Il se servit et revint tout souriant, le verre en main.

— J'ai fait des étincelles à l'examen de Heller. Il a affiché les résultats ce matin. J'ai décroché un A ++, et tu sais comme il en est avare. Il ne doit pas en donner plus de deux ou trois par semestre, se rengorgea-t-il.

Quelques mèches couleur de lin lui barraient le front. Il les repoussa en arrière, s'installa confortablement sur le canapé, les jambes étendues sur mes genoux. Puis il but une longue gorgée de bière et je le vis sourire.

— Qu'est-ce qui t'amuse, Allan ?

— Je m'attendais plus ou moins à t'entendre annoncer que ta nounou portugaise avait bien raison. À propos de ces frayeurs, je veux dire, où elle voyait des signes et des présages.

— Mais elle avait raison, non ?

Il haussa les épaules.

— Pure coïncidence. Tout ce que nous attribuons à des pouvoirs surnaturels n'est pas autre chose que ça, si tu veux mon avis. Enfin, tout ça, c'est fini. Tu es là, et je vais m'employer à te faire rattraper le temps perdu. Je tiens à ce que tu restes sur la liste d'honneur.

Il téta une nouvelle gorgée de bière et j'ôtai ses jambes de mes genoux. Elles commençaient à me peser.

— Je n'ai pas l'intention de m'y remettre tout de suite, Allan.

Il se redressa, les sourcils froncés.

— Oh si, tu vas t'y remettre. J'y veillerai. Je travaillerai avec toi, je t'aiderai pour tes démarches et tout ça. Il n'y a aucune raison pour que tu ne reprennes pas le collier, au contraire. Dans les moments difficiles, il n'y a que l'action qui sauve.

Sur ces mots fermement assenés, il engloutit le reste de sa bière.

— Ce qu'il te faut, c'est un bon petit câlin, décréta-t-il en m'entourant les épaules de son bras. Tu as besoin d'être dorlotée, crois-en un spécialiste en la matière.

Il m'attira tout contre lui, m'inonda le cou de petits baisers, puis ses mains descendirent jusqu'à mes seins. Paumes en avant, je le repoussai fermement.

— Tu ne comprends pas ce que je suis en train de te dire, Allan.

— Bon, alors qu'es-tu en train de me dire ? s'enquit-il, une note d'irritation dans la voix.

— Que je quitte la faculté. Je l'ai décidé sur le chemin du retour.

Il eut une mimique perplexe.

— Hein ? Tout ça parce que ton père est mort ? Laisse-moi te dire une chose, Willow. Je ne l'ai vu qu'une fois, mais je suis certain qu'il n'aurait pas aimé te voir faire ça. Pleure-le tant que tu voudras, mais le jour viendra où tu auras épuisé toutes tes larmes, et tu sais quoi ? Tu t'apercevras que tu ne sais pas quoi faire de toi, en tout cas rien d'intelligent. Non, non, tu vas continuer tes études, tu m'entends ? Ton père est mort, alors c'est moi qui dois m'occuper de toi et te guider comme il l'aurait fait lui-même.

— Je n'ai pas besoin d'une image de père, Allan. Je suis capable de prendre mes décisions toute seule.

— Bien sûr que tu l'es, mais…

Il se pencha de nouveau pour se rapprocher de moi.

— … pas pour le moment, acheva-t-il avec un sourire gourmand.

Une fois de plus, je le repoussai de la main.

— Je ne prends pas ce congé pour pleurer la mort de mon père, Allan.

Il eut l'air plus perplexe que jamais.

— Je n'y comprends rien. Pourquoi quitter la fac maintenant, au beau milieu d'un semestre ? Et pourquoi… (sa voix monta d'un ton). Pourquoi me quitter, moi ?

Je me renversai sur le dossier du canapé.

— Je te l'ai dit, beaucoup de choses se sont passées là-bas, chez moi. Mon père avait laissé des instructions à l'avoué de la famille pour qu'il me remette son journal qu'il avait écrit depuis déjà des années.

— Un journal ?

— Oui, un journal. Une histoire d'amour, en fait. Il y révélait l'identité de ma véritable mère.

Allan afficha un sourire amusé.

— Tu me fais marcher, c'est ça ?

— Non.

Le sourire s'effaça si vite du visage d'Allan que j'eus l'impression de le voir glisser par terre.

— Je n'aurais jamais cru cela de la part d'un psychiatre comme lui. Ce n'est pas très professionnel.

— Cela n'a rien à voir avec sa profession, en fait.

— Et comment a-t-il su qui était ta mère ? Il s'est adressé à une agence ?

— Non. Ma mère était une de ses patientes.

Allan se redressa, le visage soudain fermé.

— Tu plaisantes, je suppose. Une de ses patientes ?

— Oui, et cela je l'ai toujours su.

— Je ne me souviens pas de te l'avoir entendu dire.

— J'ai toujours été très sensible sur ce point. Je ne t'ai pas menti, j'étais simplement incapable d'en parler. Ma mère adoptive me le rappelait sans arrêt, en laissant entendre que j'aurais des problèmes un jour, moi aussi.

— Je vois, dit machinalement Allan.

Et brusquement, il prit vraiment conscience du sens de mes paroles.

— Mais pourquoi ton père a-t-il écrit un journal entier là-dessus ?

— Pour que je sache qu'il était mon véritable père, répondis-je précipitamment.

Cette fois encore, Allan eut besoin d'un certain temps pour digérer l'information.

— Si je comprends bien... ton père a eu des relations sexuelles avec une de ses patientes ?

— Il ne s'agissait pas simplement de cela, Allan. Ils s'aimaient.

Il eut une grimace qui frisait le mépris.

— Je n'aurais jamais cru ça de lui. Un homme si connu et si estimé...

— Cela ne s'est pas passé comme tu parais l'insinuer. Il n'a pas abusé d'une de ses patientes, absolument pas. Ils sont tombés amoureux. Cela n'a pas été l'affaire d'une fois. C'est la vérité, insistai-je devant son regard sceptique.

— Sa vérité, oui.

— La vérité ! m'écriai-je. Mon père ne supportait pas le mensonge. Il en était incapable.

— Il a menti à ta mère adoptive, non ? Ou lui a-t-il avoué ce qu'il avait fait, à elle aussi ?

Je sentis mes joues s'enflammer.

— C'était différent. Ce n'était pas exactement un mensonge.

— Alors comment appelles-tu ça ? Il avait un terme médical pour ça, peut-être ?

— Tu ne comprends pas, m'obstinai-je. Depuis des années, leurs relations avaient changé.

Allan haussa les épaules.

— Je ne juge personne. Je suis étonné d'entendre ça, c'est tout.

Il réfléchit pendant quelques instants, puis me regarda d'un air bizarre.

— Qu'y a-t-il, Allan ?

— Qu'est-ce qui n'allait pas chez ta mère, au juste ? Elle était schizophrène ou quoi ?

— Non. Elle souffrait de dépression mélancolique aiguë. Mais elle s'est suffisamment rétablie pour retourner dans sa famille, et c'est pourquoi je prends ce congé provisoire.

— Je ne comprends toujours pas.

— J'ai décidé d'aller là-bas, de la trouver, de faire sa connaissance, expliquai-je.

Il haussa les sourcils.

— Et pourquoi ne pas faire ça plus tard, quand l'année scolaire sera finie ?

— Parce que je n'arrêterais pas d'y penser, voilà pourquoi. Je ne pourrais pas me concentrer sur mon travail.

— Alors prends un week-end et va te présenter à elle, suggéra-t-il.

Décidément, il ne voulait pas comprendre. Je persévérai.

— On ne fait pas connaissance avec sa mère et sa famille en un week-end, Allan.

— C'est déjà un début.

— Je sens que c'est ce que je dois faire, Allan. J'espérais que tu te montrerais plus compréhensif, et que tu m'apporterais ton soutien.

Ses yeux se rétrécirent.

— Tu ne devrais peut-être pas céder à ces impulsions, Willow. Peut-être que c'est malsain.

— Qu'entends-tu par là ?

— Les maladies mentales peuvent être héréditaires, non ? Tu pourrais avoir les mêmes tendances, les mêmes déséquilibres que ta mère. Peut-être devrais-tu consulter un psychiatre, toi aussi.

Je le dévisageai avec effarement. Était-il vraiment sérieux ?

— Qui d'autre déciderait sur une simple impulsion d'interrompre ses études, de compromettre sa carrière, pour partir à la recherche d'une malade mentale ? poursuivit-il.

— Je ne pars pas à la recherche d'une malade mentale, Allan. Je cherche ma mère, la femme que mon père aimait de toute son âme. L'homme qui a écrit ce journal était presque un autre homme. Je voudrais l'avoir connu sous ce jour-là. Et je veux passer un certain temps avec ma mère, parce qu'à travers elle, je pense que c'est possible.

— Il est mort. Qu'est-ce que ça pourra changer, maintenant ?

— Tout, affirmai-je, les yeux brûlants de larmes.

Allan secoua ostensiblement la tête.

— C'est insensé ! Qu'est-ce que je suis censé faire ? Attendre ici pendant que tu joueras les détectives psy à travers tout le pays ? Je croyais que nous avions une relation amoureuse, accusa-t-il d'une voix geignarde.

Comme il me paraissait petit, à présent, l'homme que j'avais jadis comparé à mon père. Que j'avais cru fort, lui aussi, digne de confiance, intelligent.

Je chassai mes larmes de mon poing serré.

— Je ne peux pas croire que tu ne comprennes pas, Allan. Tu me déçois.

— Moi, je te déçois ? Ça, c'est la meilleure !

Il se leva, marcha de long en large pendant un moment puis s'arrêta devant moi.

— Tu verras les choses autrement demain matin, décida-t-il. Pour l'instant tu es encore sous le choc, c'est normal.

— Je ne crois pas, Allan.

— Nous verrons bien.

Je reconnus le petit sourire en biais, qui, chez lui, accompagnait toujours le désir sexuel. Il se rapprocha et tendit les bras vers moi.

— Je suis vraiment très fatiguée, Allan.

— Et alors ? Je vais te remettre en forme, moi !

— Tout ce qu'il me faut, c'est une bonne nuit de sommeil.

— Tu dors toujours mieux après l'amour, Willow, me rappela-t-il.

J'allais protester mais il saisit ma main, la tira pour me mettre debout et me serrer dans ses bras.

— Allan, s'il te plaît…

Il étouffa mes mots sous un baiser, écrasant ma bouche sous la sienne pour empêcher toute résistance de ma part.

— Allons, murmura-t-il d'une voix pressante en m'entraînant vers la chambre. Laisse le Dr Love Machine diriger les opérations.

Le Dr Love Machine, comme il s'était surnommé lui-même, m'entraîna d'une poigne ferme.

— Je ne suis pas d'humeur à ça pour l'instant, Allan, c'est encore trop tôt.

— C'est absurde. La seule façon de renouer avec la vie, c'est de vivre.

— Je n'aurai pas le cœur à ça, je t'assure.

— Aucun problème, renvoya-t-il avec suffisance. D'autres parties de toi-même apprécieront.

— Arrête ce petit jeu, Allan. Je ne t'aime pas du tout quand tu te conduis comme ça.

— Comme quoi ? Comme quelqu'un qui t'aime ? Qui te désire ? Mais qu'est-ce que tu as, enfin ?

Il cessa son manège et je dégageai mes mains des siennes.

— Je n'ai rien, sauf que je viens de perdre mon père et que c'est affreusement éprouvant. Il faut du temps pour surmonter un chagrin pareil. Heureusement pour toi, tu ne sais pas ce que c'est. Tu as encore toute ta famille.

— Tu joues déjà les psychologues amateurs avec moi ? grinça-t-il. Exerce-toi plutôt sur toi-même. Reconnais combien tu as besoin de ça, besoin de moi, combien tu as envie de moi et allons-y.

Il me reprit dans ses bras, m'embrassa dans le cou, souleva mon sweater et plaqua les mains sur mes seins. Puis, avec un gémissement sourd, il abaissa les bras et me souleva, pour me porter comme un enfant.

— Allan, non…

Il me déposa sur mon lit et, sans me laisser une chance de l'éviter, s'assit près de moi et chercha la fermeture à glissière de ma jupe. Je lui saisis le poignet.

— Je n'ai pas envie de ça maintenant, Allan.

Il m'ignora et voulut m'embrasser, mais je me détournai. Il se figea.

— Très bien, dit-il soudain en s'écartant de moi.

Il se leva, lissa d'un geste vif sa chemise et son pantalon.

— À ta guise. Roule-toi dans ton malheur et tes larmes si ça te chante, et ne me laisse surtout pas essayer de t'aider.

— J'apprécie ton aide, Allan, mais pourquoi ne pas nous asseoir tranquillement pour parler, et…

— D'accord. Asseyons-nous et parlons de mères adoptives, de véritables mères et de mères détraquées.

— Allan !

— Tu sais, Willow, que tes pires craintes sont peut-être justifiées ? Tu pourrais très bien avoir hérité de certaines tendances de ta mère. Peut-être même que cela te plaît d'être comme ça. Au fond, je trouverais plutôt inquiétant d'avoir des enfants de toi, ajouta-t-il en guise de conclusion.

Ce fut comme s'il m'avait lacérée au rasoir. Je sentis le sang affleurer à la surface de tout mon corps, en particulier au niveau de mon cou et de mes joues. Je m'assis et le foudroyai du regard.

— Ne te tracasse pas pour ça, Allan. Tu n'auras jamais à t'en soucier. Toi et moi, nous n'aurons jamais d'enfant ensemble.

Il eut un hochement de tête appuyé, plein d'ironie.

— Très bien. Va-t'en. Abandonne tes études, et cours après ta folie à travers tout le pays.

Il quitta ma chambre en coup de vent. Quelques secondes plus tard, j'entendis la porte de l'appartement s'ouvrir, puis claquer. Ensuite vint le silence, profond et lourd.

Combien d'autres portes seraient-elles ainsi claquées sur moi au cours des jours, des mois et des années qui allaient suivre ? Cette pensée n'avait rien de réconfortant.

Je me laissai retomber sur l'oreiller, le regard au plafond. L'attitude d'Allan m'avait bouleversée, mais je faisais ce que j'avais à faire, méditai-je. Et d'ailleurs, ce que je redoutais de voir arriver quand il saurait la vérité à mon sujet, cela venait d'arriver.

C'était sans doute mieux ainsi. C'était peut-être une chance pour moi d'avoir découvert qui il était vraiment, avant qu'il ne soit trop tard.

Cela semblait raisonnable, certes, mais ne m'aidait pas à me sentir mieux. Je pleurai comme si, une fois de plus, je venais de perdre un être cher, puis je me préparai à me mettre au lit.

Je passai presque toute la nuit éveillée à peser sans fin ma décision, et ensuite à me demander comment j'allais m'y prendre pour rechercher ma mère. Le lendemain matin, j'étais hagarde, littéralement exténuée. Même la douche ne put rien pour moi. Mais ma décision était prise et j'allai voir le doyen de ma discipline, Anthony Thorne. Mme Schwartz s'arrangea pour qu'il dispose d'un moment pour moi.

Le doyen Thorne, un bel homme brun de haute taille, plein de charme et de personnalité, possédait toutes les qualités que requérait sa position. Il semblait fait pour elle. Affable, doué d'un grand sens politique, il était aussi à l'aise en complet-cravate, derrière son bureau, qu'il l'aurait été dans un bain chaud. Personne ne possédait à un tel degré le don de sourire avec les yeux, ni l'art de charmer les étudiantes.

— Willow, dit-il en se levant pour m'accueillir. Mes sincères condoléances. J'ai lu la nécrologie de votre père dans le journal, l'autre jour. Quel homme remarquable il était ! Bien des gens le regretteront, j'en suis certain.

— Merci.

— En quoi puis-je vous aider, Willow ? s'enquit-il, en me désignant le siège qui faisait face au bureau.

— Je souhaiterais prendre un congé momentané, Doyen Thorne. Je compte m'absenter.

Il acquiesça d'un signe de tête et alla reprendre sa place. Il était confronté à tellement de problèmes et de plaintes, avec ses étudiants, qu'il donnait l'impression de se retrancher derrière son bureau comme derrière un rempart.

— À la fin du semestre, je suppose ?

— Non, tout de suite. J'ai besoin d'une autorisation de manquer les cours sans encourir de pénalité.

— Je vois. Nous ne sommes qu'à la moitié du trimestre, mais si vous avez des affaires de famille à régler…

— En effet, me hâtai-je d'affirmer.

— Eh bien, vous m'en voyez désolé. Vous obtenez de si bons résultats. Je suis fâché de voir tout cela s'interrompre, quelle qu'en soit la raison. Il n'y a aucun moyen de faire autrement ?

— Non, rétorquai-je avec fermeté.

Il attacha sur moi un regard soutenu puis se renversa en arrière, avec un sourire qui révéla ses dents éblouissantes.

— Si vous ressentez le besoin d'un soutien psychologique, Willow, je peux vous trouver quelqu'un.

— Je crois que je saurais m'occuper de cela moi-même si j'en avais besoin, Doyen Thorne, répliquai-je un peu rudement.

Une légère crispation de ses traits montra qu'il accusait le coup.

— Effectivement, c'est tout à fait logique. Eh bien, si votre décision est arrêtée, je préviendrai vos professeurs, et je compte vous revoir au prochain trimestre.

— Merci, dis-je en me levant.

Il en fit autant et se pencha en travers du bureau pour prendre ma main, qu'il retint dans la sienne.

— Vous êtes vraiment décidée ? Je dois insister, expliqua-t-il avec son célèbre sourire, sinon je ne fais pas le travail pour lequel on m'a engagé.

— Je le suis.

Je regardai ostensiblement sa main. Il libéra la mienne et recula, souriant toujours. Il souriait encore quand je quittai la pièce et refermai sans bruit la porte derrière moi.

Et voilà, c'était fait.

J'étais en route pour rencontrer ma mère pour la première fois de ma vie. Le seul fait d'y penser me paraissait déjà étrange.

Et effrayant.

Je me demandais si cela serait tout aussi effrayant pour elle.

5

Bienvenue à Palm Beach

Tout ce que je savais, c'est qu'elle avait vécu à Palm Beach, en Floride. J'ignorais si elle s'y trouvait toujours. Si c'était le cas, je me voyais mal sonnant à sa porte pour annoncer tout à trac : « C'est moi, votre fille perdue depuis si longtemps. » Il faudrait que je procède par étapes, avec lenteur et bon sens. Sinon le choc serait trop grand pour elle, tout autant que pour moi.

Je ne connaissais personne à Palm Beach, et encore moins quelqu'un sur qui je puisse compter pour m'aider. Mais j'avais l'intention de me présenter dès mon arrivée au Dr Anderson, le psychanalyste qui avait recommandé ma mère à mon père. J'avais mis au point une histoire qui me servirait de couverture. Et maintenant, je me demandais si je saurais jouer mon rôle avec vraisemblance. J'étais censée mener des recherches dans le cadre de mes études, pour un sujet de mémoire. J'espérais ainsi l'amener à m'aider sans avoir à lui révéler la vérité ni trahir le secret de papa. J'allais vite découvrir à quel point j'étais bonne actrice : un savoir que je devais, supposai-je, à l'exemple de ma mère adoptive.

Nous n'habitions pas tellement loin de la Floride, mais je n'étais jamais allée à Palm Beach. Ma mère adoptive y avait été, elle, avec des amis. Elle voyageait souvent sans papa. Elle lui reprochait de travailler trop, de n'avoir jamais de temps libre, et n'entendait pas se priver de quoi que ce soit pour autant. Elle ne m'emmenait jamais nulle part, d'ailleurs, sauf dans ses tournées d'achats. Les rares fois où nous avions passé des vacances en famille, quand j'étais petite, c'était pour aller aux Caraïbes, à part un unique séjour à Hawaï. Mais Amou nous accompagnait toujours, pour s'occuper de moi, et c'était presque comme si nous prenions des vacances séparées. Nous ne mangions pas à la même table que mes parents, et nous visitions les endroits où les enfants pouvaient s'amuser.

Pour prendre mes billets d'avion et réserver une chambre à l'hôtel, j'appelai l'agence de voyages de papa. Chaque fois que je parlais avec des gens qui l'avaient connu, et qui bien sûr avaient appris la nouvelle, je discernais la même note de surprise et de curiosité dans leur voix. Comment, mon père venait juste de mourir, et je me préparais à partir pour un des lieux de villégiature les plus courus de la planète ? La personne qui me prit en charge ne fit pas exception à la règle. C'était la gérante elle-même, avec qui papa traitait toujours directement, et qui me connaissait bien. Toutes ses questions visaient à satisfaire sa curiosité.

— Combien de temps comptez-vous rester ? C'est très cher. Tenez-vous à séjourner à Palm Beach même ? Je peux vous trouver quelque chose de très bien à West Palm Beach, suggéra-t-elle. À moins que vous ne vouliez être à proximité de gens que vous allez voir, ou une raison de ce genre.

— Non, je tiens à être à Palm Beach.

Je jugeais important de me plonger tout de suite dans ce qui était, ou avait été, l'univers de ma mère.

Papa disait toujours qu'on pouvait apprendre beaucoup de choses sur les gens, en étudiant d'abord leur cadre de vie. Pour lui, l'environnement social et physique exerçait une influence sur le caractère et la personnalité. C'est pourquoi il passait tellement de temps à se renseigner sur les familles de ses patients, et allait les voir chez eux quand c'était possible.

— Eh bien, reprit la jeune femme, je peux vous trouver un hôtel qui offre plusieurs formules de location. Vous pourriez avoir un petit appartement, avec votre propre cuisine. Ce serait très économique, si cela ne vous ennuie pas d'être un peu loin de la plage et de Worth Avenue.

Elle attendit un avis de ma part et, faute de réponse, poursuivit ses suggestions.

— Mais si vous tenez à être au cœur du vrai Palm Beach, bien sûr, je vous proposerai plutôt une chambre à l'hôtel des Brisants, aux Quatre Saisons ou au Palm Beach Hilton. Le dessus du panier, si vous voyez ce que je veux dire. Mais c'est très onéreux, je vous préviens. C'est pourquoi je dois savoir combien de temps vous comptez rester, ce que vous voulez faire, etc.

Cet interrogatoire me contraignit à réfléchir. Qu'étais-je en train de faire, au juste ? De succomber aux fantasmes de mon imagination ? D'inventer un rêve où je voyais cette femme, ravissante bien sûr, tellement transportée par mon apparition qu'elle m'invitait aussitôt à partager sa vie, dans sa luxueuse propriété de Palm Beach ? Nous passerions nos journées entières ensemble, en apprenant à nous connaître. Nous prendrions le petit déjeuner en tête à tête, puis le déjeuner, nous irions dîner dans des restaurants quatre étoiles. L'après-midi, nous resterions assises au bord de sa piscine à bavarder, bavarder sans fin, jusqu'à nous en lasser.

Le soir, nous ferions de longues promenades sur la plage. Devant l'océan paisible aux eaux argentées, elle me raconterait toutes sortes d'anecdotes sur mon père, ressuscitant leur histoire. Elle me ferait rire et me ferait pleurer. Nous boirions du vin en écoutant de la musique, et en parlant de lui comme je n'aurais jamais cru pouvoir le faire. Et après tout cela, nous nous aimerions, comme une mère et une fille devraient s'aimer. Ce serait comme un miracle. Je rattraperais tout le temps perdu loin d'elle, et cela compenserait la pénible existence que m'avait fait mener ma mère adoptive. Ma vraie mère en éprouverait un regret affreux, et reconnaîtrait que mon père et elle avaient commis une erreur.

— Nous n'aurions pas dû nous cacher, dirait-elle. Nous aurions dû défier tout le monde et rester ensemble. Il aurait obtenu le divorce, et serait peut-être venu s'installer ici, pour tout recommencer à zéro. Nous aurions formé une famille, une vraie famille.

— Cela viendra, lui dirais-je, en me hâtant d'évoquer le nouveau bonheur qui balaierait tous nos malheurs passés. Elle sourirait. Et, la main dans la main, nous continuerions notre promenade, transportées de joie, protégées, sauvées. C'était le plus bel héritage que m'ait laissé papa, finalement ; le plus beau cadeau qu'il m'ait fait en partant : une nouvelle famille et une nouvelle vie.

— Non, répondis-je à l'employée de l'agence, un petit appartement ne m'intéresse pas. Réservez-moi une chambre aux Brisants pour une semaine.

C'était là, je m'en souvenais, que ma M.A. descendait quand elle venait à Palm Beach. Pourquoi me serais-je privée de ce qu'elle s'accordait à elle-même ? J'ajoutai sur un ton décidé :

— Je verrai par la suite ce dont j'aurai besoin.

— J'essaierai, Willow, mais je dois vous rappeler que c'est la pleine saison, là-bas. Même les hôtels quatre étoiles se remplissent en un clin d'œil.

— Vous vous êtes toujours arrangée pour satisfaire mon père ou ma mère, non ? Je suis sûre qu'en en prenant la peine, vous arriverez à me trouver ce que je veux, insistai-je.

La jeune femme hésita un instant, avant d'oser en arriver où elle voulait en venir.

— Bien entendu, mais... je croyais que vous étiez à l'université. Il y a des vacances de demi-semestre ou quelque chose comme ça ?

— Voici mon numéro de téléphone, renvoyai-je en guise de réponse. Rappelez-moi d'ici une heure, s'il vous plaît.

La vie des gens était-elle donc si terne qu'ils aient besoin d'aller fourrer leur nez dans celle des autres, et dans la mienne en particulier ? Ils me faisaient l'effet de porcs trempant leurs groins dans une fosse à commérages.

— Je m'en occupe tout de suite, répliqua-t-elle d'un ton bref, un peu rafraîchie par la rebuffade.

Elle rappela vingt minutes plus tard, apparemment tout étonnée d'avoir réussi à me caser à l'hôtel.

— Quelqu'un a dû annuler sa réservation au dernier moment, Willow. Vous avez de la chance.

— Oui, j'ai de la chance, commentai-je avec sécheresse. Retenez-moi également une voiture, s'il vous plaît.

— Désirez-vous une décapotable ?

Elle me proposait le grand luxe maintenant,

presque comme pour me punir d'oser être heureuse aussi vite.

— C'est sans importance, rétorquai-je avec indifférence.

Mes dispositions prises pour le voyage, j'appelai le Dr Anderson pour lui demander un rendez-vous. Il savait qui j'étais, bien sûr. Et, à en croire sa secrétaire, il avait modifié son emploi du temps pour me recevoir.

Il me vint à l'idée, après avoir raccroché, qu'il pensait sans doute que j'avais besoin d'un soutien psychologique. Il devait certainement savoir que mon père était mort, et prenait la peine de déplacer des rendez-vous par courtoisie professionnelle. Et si j'avais besoin de soutien ? me demandai-je. Allan n'avait peut-être pas entièrement tort. J'étais en droit de me poser des questions sur ma santé mentale, après avoir déterré tous les secrets enfouis dans notre maison et dans le passé de mon père. J'étais comme un passager à bord d'un bateau qui a été tellement secoué par la tempête qu'il continue à sentir le tangage, même revenu en eaux calmes.

J'ignorais combien de temps j'allais rester à Palm Beach, et je ne savais pas ce que je devais emporter comme bagages. Finalement, je remplis deux valises. Ce fut seulement à la toute dernière minute, en quittant mon petit appartement, que je pris conscience de tout ce qui allait peser sur mes épaules. Allais-je me couvrir de ridicule en revenant en toute hâte, trop tard pour reprendre le cours de mes études ? Comment pourrais-je demander une chose pareille, d'ailleurs ? Je veux, je ne veux plus, je reveux... Tout le monde allait-il croire que j'étais devenue folle ? Le doyen Thorne avait paru le penser. Allan, lui, le pensait certainement.

Je ressentais toujours vivement ma déception. Mais c'était comme lorsqu'on se fait une égratignure, après avoir été grièvement blessé. J'étais encore sous le choc de ce qui venait de se produire, trop ébranlée pour souffrir vraiment du comportement d'Allan, même si j'avais compté sur son soutien. Au lieu de l'aide espérée, j'avais eu droit à des menaces et à un ultimatum. Il me quittait parce qu'il me croyait peu équilibrée, psychologiquement instable ; ce qui sapait ma confiance en moi-même et me laissait vulnérable, sans appui, juste au moment où j'en avais le plus besoin.

⁂

Le vol n'était pas long jusqu'à Palm Beach, et la gérante de l'agence avait raison. La saison battait son plein. L'aéroport grouillait de touristes, tant européens qu'américains. Il me fallut presque une demi-heure pour récupérer mes bagages, et davantage encore pour obtenir ma voiture de location. Quand je pris la direction de la ville, du vrai Palm Beach, il n'était pas loin de sept heures du soir.

Je suivis les instructions que l'employé de l'agence de location m'avait données. Elles n'étaient pas compliquées du tout. Mais quand je parvins à Flagler Bridge, je cherchai vainement un panneau indicateur. Je me garai sur le côté de la voie pour héler une femme qui promenait ce qui ressemblait à un hippopotame en miniature. Cette chose avait une peau épaisse qui formait de gros plis, surtout sur le front. Je devais apprendre plus tard que c'était un sharpeï chinois, un chien très en vogue dans la localité. Son collier, – qui avait l'air d'être en vison, comme sa laisse –, était surchargé de pierreries.

La dame au chien se retourna sur moi et s'arrêta. C'était une soirée humide et chaude, du moins selon moi ; pourtant cette femme portait un ensemble pantalon tricoté, un châle et des chaussures à hauts talons très élégantes, une tenue surprenante pour aller promener son chien. Elle rejeta la tête en arrière, comme si ma voiture sentait mauvais, et s'enquit d'une voix haut perchée :

— Vous désirez ?

— Je voulais m'assurer que j'étais bien à Palm Beach.

— Bien sûr que vous êtes à Palm Beach. On voit bien que vous n'êtes pas d'ici ! me lança-t-elle avec arrogance.

Sur quoi elle me tourna le dos et s'éloigna, sans chercher davantage à savoir si j'avais besoin d'aide.

Un peu éberluée, je repris la direction des Brisants qui m'avait été indiquée à l'aéroport, et je roulai bientôt dans de larges artères bordées de cocotiers. Si la richesse avait une odeur, me dis-je alors, elle flotterait dans l'air de Palm Beach et on ne sentirait plus qu'elle. Je ne comptais plus les limousines avec chauffeur garées au bord des trottoirs ou circulant autour de moi. Je pris subitement conscience de conduire une voiture de location bon marché, de dimensions tout à fait ordinaires. C'était un peu comme aller à une soirée en jeans et en chemisier, pour découvrir que tout le monde s'était mis sur son trente et un. Quelques piétons me regardaient d'un air offusqué, me semblait-il. Était-ce l'effet de mon imagination ? De ma nervosité ? Les deux, sans doute. En tout cas c'est ce que je m'efforçai de croire.

Enfin, l'hôtel des Brisants fut en vue. On aurait plutôt dit un château qu'un hôtel, avec ses tours jumelles illuminées et ses oriflammes flottant au vent. De part et d'autre de l'entrée, des spots de couleur étaient allumés dans les palmiers. Peut-être était-ce l'entrée d'un monde imaginaire, après tout. Un monde où j'allais pénétrer par un quelconque tunnel, comme Alice au Pays des Merveilles.

Gardiens de parking et porteurs convergèrent sur moi quand je me garai. Quelques instants plus tard, j'étais à la réception, regardant autour de moi et me demandant ce que je venais faire là. Comment avais-je pu quitter mon petit appartement où régnaient le chagrin, la tristesse, et me précipiter dans cet endroit fascinant ? De toute évidence, la Renaissance italienne avait fortement influencé les décorateurs de l'hôtel. Les plafonds peints, les lustres en cristal de Venise et les tapisseries du XVe siècle en témoignaient avec éclat.

Quelle opulence ! m'étonnai-je. Les Brisants pouvaient rivaliser avec les plus grands complexes hôteliers du monde. Des femmes en robe du soir éblouissantes de luxe, des hommes en tailleur du bon faiseur ou en smoking allaient et venaient dans le hall. C'étaient leurs voix et leurs rires légers qui créaient cette atmosphère d'excitation si agréable autour de moi. À présent, je m'expliquais mieux la curiosité de la gérante de l'agence. Que je vienne dans ce lieu prestigieux, si tôt après la mort de mon père, il y avait de quoi surprendre. Ce n'était certainement pas le genre d'endroit qui se prêtait au recueillement ni au deuil.

Ma chambre donnait sur l'océan. Quand le porteur m'eut laissée seule, après avoir déposé mes valises, je restai en contemplation devant la fenêtre. J'étais totalement fascinée par l'océan. Et voir déambuler quelques vacanciers sur la plage, entendre la musique provenant d'en bas, me donnait l'impression d'être invisible. Je ne pouvais pas faire partie de ce que je voyais et entendais, c'était impensable. Et pourtant, j'étais là.

J'avais faim, mais je ne tenais pas à descendre. Je me fis servir dans ma chambre et j'allumai la télévision pour me changer les idées. Peine perdue. Mes craintes et mes interrogations ne me laissèrent pas un moment de répit. Avais-je commis une erreur monumentale ? Était-ce une folie d'avoir quitté la faculté en plein semestre ? Avais-je eu tort d'ignorer les conseils d'Amou, du Dr Price et d'Allan ? Qu'est-ce que j'étais venue faire ici ?

L'angoisse me dévorait intérieurement, mon estomac se révoltait. Je regrettai d'avoir mangé, si peu que ce fût, et je ne tardai pas à vomir. Après cela, je me roulai en boule dans mon lit et pleurai, jusqu'à ce que la fatigue ait raison de moi. Je sombrai dans le sommeil.

Je m'éveillai plusieurs fois au cours de la nuit. La dernière fois que mes yeux s'ouvrirent, il faisait jour, mais j'étais si fourbue que je m'obligeai à rester au lit. Je me rendormis, d'un sommeil de plomb cette fois-ci. À mon réveil, quand je consultai la pendule, je découvris qu'il ne me restait plus qu'une demi-heure pour me rendre au cabinet du Dr Anderson.

La panique s'empara de moi. Je me levai, pris ma douche, me coiffai et m'habillai en moins d'un quart d'heure. Il n'était même pas question de petit déjeuner, j'eus tout juste le temps d'avaler un verre d'eau. En toute hâte, je quittai ma chambre et descendis dans le hall. Il me fallut plus de temps que prévu pour obtenir ma voiture. BMW, Mercedes et Rolls-Royce défilèrent devant moi, comme si leurs passagers de marque se dépêchaient de s'éloigner avant d'être contaminés.

Enfin, ma voiture arriva. Je demandai qu'on m'indique le chemin, en m'efforçant désespérément de mémoriser les explications. Je me perdis, de toute façon. Heureusement, je repérai une voiture de police garée au bord du trottoir, et les officiers de service me donnèrent des renseignements clairs et précis. J'arrivai chez le Dr Anderson avec seulement cinq minutes de retard.

De toute évidence, on avait fait l'impossible pour que les locaux n'aient pas l'air d'être ce qu'ils étaient, et l'on y avait parfaitement réussi. L'immeuble avait un aspect résidentiel, aucun panneau ne signalait la destination des bureaux. Seules de discrètes plaques près de la porte d'entrée renseignaient l'arrivant. Je trouvai le bureau du Dr Anderson à droite en entrant.

La réceptionniste, une femme très séduisante d'environ trente-cinq ans, aux cheveux châtains lisses et fluides, était vêtue comme pour un dîner en ville. Elle siégeait derrière un ordinateur, mais elle portait un tailleur de jersey très élégant, et des diamants d'une eau très pure ornaient ses oreilles. Elle leva sur moi ses yeux d'un bleu suave.

— Willow De Beers ? s'enquit-elle en souriant.

— Oui. Je suis désolée d'être en retard, mais je me suis perdue.

— En retard ? (Le sourire de la jeune femme s'épanouit.) La plupart des patients du Dr Anderson estiment que vingt minutes, ou même une demi-heure de retard, ne valent pas la peine d'être signalées. Nous en tenons compte dans notre emploi du temps, expliqua-t-elle. Laissez-moi prévenir le docteur de votre arrivée. Il sera certainement surpris que vous soyez déjà là.

Elle se leva pour aller frapper à la porte intérieure, l'ouvrit, se pencha et m'annonça.

Mon cœur battit si fort que je me crus incapable de faire le moindre pas en avant. Le Dr Anderson était-il aussi clairvoyant que papa ? Un coup d'œil lui suffirait-il pour percer à jour mon stratagème ? Je ne pouvais quand même pas lui révéler ce que mon père n'avait confié qu'à ses confrères les plus proches, et à moi par le moyen de son journal. Comment prévoir sa réaction ? Si ma mère suivait toujours un traitement, il pourrait très bien rendre mon père responsable de son état, juger sa conduite non conforme à l'éthique professionnelle. Et qui pourrait l'en blâmer ?

Je serais effondrée si je n'avais réussi qu'à causer du tort à mon père, même s'il était mort. En fait, ce serait encore pire, car il n'était plus là pour se défendre.

— Faites-la entrer, je vous prie, dit le Dr Anderson de sa voix de baryton.

La réceptionniste inclina la tête et s'effaça devant moi.

En voyant le docteur contourner son bureau de chêne, je ne pus m'empêcher de penser à Amou. Il était grand et mince, un mètre quatre-vingt-dix au bas mot, « long comme un jour sans pain » aurait dit ma chère nounou. Le front haut, des yeux bruns très enfoncés, il avait un long nez droit et une bouche plutôt charnue. Sa petite moustache brun-roux, soigneusement coupée, me rappela celle de mon père. Il me tendit la main.

— Comment allez-vous ? m'aborda-t-il, en me dirigeant d'autorité vers le moelleux fauteuil de cuir qui faisait face au bureau. Je vous en prie...

Il attendit que je sois assise pour poursuivre.

— Je n'ai appris la triste nouvelle que depuis peu, quelques heures avant que vous n'appeliez à mon cabinet. J'en suis sincèrement désolé, il a vraiment été un mentor, pour moi. J'ai lu tout ce qu'il a écrit. Quelle perte pour la communauté de la médecine psychiatrique.

— Merci, Docteur Anderson.

— En quoi puis-je vous aider ? s'informa-t-il, toujours campé devant son bureau, les bras croisés sur la poitrine.

Et voilà, ça y était. Plus moyen de reculer, cette fois. Je me trouvais dans la même situation qu'un étudiant en art dramatique, juste avant son premier lever de rideau. Je me jetai à l'eau.

— Mon père m'a appris que le seul moyen de surmonter les déboires, la tristesse et les grandes épreuves de la vie, c'était de se lancer dans une activité utile. Il n'aurait certainement pas voulu me voir rester chez moi pour le pleurer, me couper de toutes mes relations et abandonner mes études. Il disait que c'était souffler sur les flammes pour entretenir les braises de son malheur.

Le Dr Anderson sourit, avec attendrissement me sembla-t-il, comme si ces propos lui rappelaient quelque chose. Il passa derrière son bureau, où tout était disposé dans un ordre presque géométrique. Je parcourus du regard le reste de la pièce, en la comparant mentalement au décor sévère du cabinet de papa. Ici, on se serait cru dans un salon. Moquette, meubles, rideaux, tout y était en parfaite harmonie de couleurs, y compris les œuvres d'art soigneusement choisies, les vases et même les fleurs artificielles qu'ils contenaient. Tout y était étudié pour qu'un patient se sente à l'aise, comme chez lui. Le bureau de papa, en revanche, était dédié au travail et à ses goûts personnels.

— Alors, interrogea le Dr Anderson, quelle est votre façon de vous tenir occupée ?

— Je suis étudiante à l'Université de Caroline du Nord. Je travaillais à un projet personnel quand mon père est mort.

Le Dr Anderson m'observa un long moment sans mot dire, ce qui finit par me rendre nerveuse. À ma connaissance, papa n'avait jamais donné à ses patients l'impression d'être des spécimens curieux, étudiés au microscope. « On ne se rend même pas compte qu'on lui confie ses pensées les plus intimes », avait dit une de ses patientes à son père, qui l'avait répété à papa. Il avait l'art de donner aux entretiens le ton d'une conversation anodine, où l'on se sentait à l'aise. C'était loin d'être mon cas.

Je fis un effort pour rompre le malaise.

— C'était un projet... enfin je veux dire : c'est un projet pour un mémoire, et c'est très important pour moi.

— Quelle est votre matière principale ?

— Oh ! pardon, je ne vous l'ai pas dit. J'étudie la psychologie.

— J'aurais dû m'en douter, commenta-t-il d'un ton presque amusé. Et quel est le sujet de votre mémoire ?

— Eh bien, en fait... il s'agit d'une étude sur le comportement des riches, et comment ils perçoivent la réalité ; comment leur apparaît, dans les événements de leur vie, ce qui est réel ou non, important ou pas. Leurs critères de distinction, en somme.

Je me tus, retenant mon souffle. N'allait-il pas trouver mon histoire un peu tirée par les cheveux ?

Apparemment, pas du tout. Souriant toujours, il m'encouragea d'un signe de tête, et je me sentis obligée de fournir des détails.

— Mon propos est de savoir si l'argent, à un tel degré de richesse, augmente la tendance à l'illusion. Et si cela influence et diminue la perception de la réalité quotidienne, c'est-à-dire la vie de tous les jours.

— Cette bonne vieille tour d'ivoire, c'est ça ?

— Exactement, confirmai-je.

— Eh bien, vous avez eu raison de venir à Palm Beach pour cette enquête. Comme capitale de la richesse, je ne vois pas mieux. Mais si vous êtes là pour découvrir si l'argent corrompt ou non, ma chère Willow, croyez-moi : c'est oui.

— Je vous crois, mais je doute que cela suffise à mon directeur de mémoire, même si cette affirmation vient d'une autorité en la matière, répliquai-je.

Le Dr Anderson se renversa dans son fauteuil.

— Je suis soulagé de voir que vous n'êtes pas ici pour une thérapie classique du deuil, reconnut-il. Je n'aurais été que trop heureux de vous aider, d'ailleurs. Mais en ce qui concerne votre projet, je ne vois pas très bien ce que je peux faire.

— C'est très simple. Étant donné ma discipline et mon sujet d'enquête, j'ai pensé que personne ne pourrait mieux me recommander, ou me donner des lettres d'introduction, que l'un des plus éminents psychanalystes de Palm Beach. Les gens sont naturellement très réticents avec les inconnus ; surtout quand il s'agit de leur donner le genre de réponses sincères et véridiques dont j'ai besoin.

Le Dr Anderson prit le temps de réfléchir. J'avais remarqué qu'il appréciait les petites pauses dans la conversation. De toute évidence, c'était un homme pondéré, qui ne parlait pas à la légère. Il savait trop bien quelle importance pouvait prendre un simple mot, dans l'entretien le plus banal en apparence. Il se décida enfin.

— C'est entendu, je serai heureux de faire cela pour vous. Dans la mesure du possible, bien sûr, cela dépendra de qui vous souhaitez rencontrer. Dans certains cas, il pourrait s'avérer préférable que mon nom ne soit pas associé à votre projet. Certaines personnes continuent à croire que la psychanalyse est une sorte de rituel vaudou.

— C'est juste, approuvai-je. Et c'est pourquoi j'aimerais mener cette enquête incognito.

— Incognito ?

Mon alibi ne risquait-il pas de paraître un peu rocambolesque ? Je pesai soigneusement mes mots.

— Mon père s'était acquis une réputation internationale, il avait beaucoup publié, d'importantes personnalités lui rendaient hommage. Les gens pourraient associer tout naturellement mon nom au sien et refuser de me parler de crainte d'être psychanalysés.

— Intéressant, admit le Dr Anderson. C'est en effet possible, mais avec les gens d'ici... Je doute que la plupart d'entre eux aient jamais entendu parler de lui.

Je dus insister.

— Malgré tout, il serait prudent de ma part de prendre un pseudonyme, vous ne croyez pas ?

— Peut-être... Et quel nom choisiriez-vous ?

— Isabel Amou.

Je n'avais pas hésité un instant. Il me semblait que ce nom ne pourrait que me porter bonheur.

— Isabel Amou ? C'est un nom peu commun. Au fait, votre père vous a-t-il aidée à mettre ce projet sur pied ?

— Nous en avons parlé, oui. Et il a mentionné qu'il avait de temps en temps des patients de Palm Beach. Il pensait que ce serait l'endroit idéal pour mener mon enquête.

Le Dr Anderson souriait volontiers, mais cette fois ce fut avec un humour manifeste. Je me hâtai d'en profiter.

— Il se souvenait d'une certaine famille en particulier. Je me rappelle lui avoir entendu dire que vous lui aviez vous-même adressé une jeune femme, débitai-je en hâte, craignant de trébucher sur les mots.

— Ah bon ?

— Et je me suis demandé si elle vivait toujours à Palm Beach, si elle suivait toujours une thérapie avec vous, et si elle serait un bon sujet d'étude pour mon projet.

Le Dr Anderson eut l'air totalement pris de court.

— Eh bien... voilà une requête assez inhabituelle, je ne sais pas comment réagir à cela. Je croyais que vous vouliez simplement des lettres d'introduction auprès de certaines personnalités. Mais de vrais patients ou leurs familles...

— Je ne vous demande pas de me parler d'elle, m'empressai-je de préciser. Pas plus que mon père ne l'a fait. Il a seulement cité le nom de cette famille, Montgomery. Je crois l'avoir entendu dire qu'elle appartenait au *nec plus ultra* de la société locale, selon son expression.

— En effet, confirma le Dr Anderson. Ces familles-là sont les premières à s'être établies dans la région, elles forment une sorte d'aristocratie. Sur ce point, il avait raison.

Je me sentis encouragée à poursuivre.

— Je crois qu'il avait l'intention de vous appeler pour vous parler de moi, juste avant sa mort. Et maintenant que j'y pense, je me demande si cette famille vit toujours à Palm Beach ?

— Effectivement, mais la personne en question n'est plus en thérapie, en tout cas pas avec moi. De toute manière...

Le Dr Anderson eut une moue réprobatrice.

— J'estime qu'il ne serait pas très bienvenu de ma part d'envoyer des étudiants au domicile de mes patients, même sous un pseudonyme. J'espère que vous comprenez.

— Bien sûr, et je vous prie de m'excuser. Je ne voulais pas vous placer en position délicate à cause de mon projet.

— Mais pas du tout, votre père a eu tout à fait raison de vous adresser à moi. Laissez-moi réfléchir...

Il demeura quelques instants songeur et poursuivit :

— Ce que je peux faire, c'est vous présenter tout simplement pour ce que vous êtes. Quelqu'un qui écrit un article sur la société de Palm Beach. Beaucoup de gens seront ravis de s'exprimer sur ce sujet. Je suis sûr qu'après avoir parlé à deux ou trois d'entre eux, vous trouverez sans peine vos propres pistes de recherche.

— Je suppose que oui, dis-je sans cacher ma déception.

— Mais je crois voir pourquoi votre père vous a suggéré de rencontrer cette famille, ajouta-t-il.

— C'est vrai ?

Mon cœur se mit à cogner sous mes côtes. Le docteur était-il, pouvait-il être au courant de quelque chose ? Bien sûr que oui. Grace Montgomery avait pu se faire suivre par lui en quittant la clinique, et tout lui raconter.

— Mais oui, surtout à la lumière de vos recherches. C'est une famille qui a perdu sa fortune et son standing, mais qui s'est arrangée pour continuer à vivre ici.

— Ah oui ? Et comment cela ?

— Ils ont loué leur résidence à une autre famille. Et celle-là serait pour vous un sujet d'étude idéal, se plut-il à préciser.

— Vraiment ?

— Oh ! oui. Je suis sûr qu'ils ne verront pas d'objection à vous recevoir, ajouta-t-il avec assurance. Je vais les appeler pour arranger cela.

— Je vous remercie, Docteur.

Beaucoup plus à l'aise, maintenant qu'il n'était plus question de son ancienne patiente, il se montra tout disposé à m'aider.

— Y a-t-il quoi que ce soit que je puisse faire pour vous, sous ce rapport ? J'ai vécu ici pendant presque toute ma carrière, voyez-vous, et je pourrais vous citer quelques cas intéressants. Des gens tellement effondrés par la mort de leur caniche, par exemple, qu'ils ont réellement tenté de se suicider. Ou encore cette patiente, la femme d'un milliardaire très connu, qui avait la conviction de ne pouvoir jamais acheter, ni porter quoi que ce soit d'original. Elle était si obsédée par cette idée qu'elle n'osait plus sortir. Elle vivait cloîtrée dans sa maison, vêtue d'une vieille robe de bal de sa mère. C'était un défi à relever, pour moi. Je suis allé la voir chez elle. Où donc ailleurs qu'à Palm Beach verrait-on un psychanalyste donner des consultations à domicile ? Normalement, elle aurait dû être placée en maison de santé, mais elle se serait retrouvée enfermée dans une chambre, là aussi.

« Donc, conclut le Dr Anderson avec satisfaction, sentez-vous libre de me demander tout ce que vous voulez.

Il se carra dans son fauteuil, attendant les questions brillantes que j'étais censée poser, et la panique s'empara de moi. J'en tremblais presque.

— Je crois que j'aimerais d'abord avoir un aperçu de la société d'ici, avançai-je prudemment. Me familiariser avec elle, afin de ne pas vous faire perdre de temps en généralités.

Il m'approuva d'un signe de tête, mais parut déçu.

— J'aimerais revenir vous voir dès que j'aurai entrepris mon étude, m'empressai-je d'ajouter. Si c'est possible.

— Tout à fait, je trouverai le temps de vous recevoir. Je serai heureux de faire cela pour votre père, Willow. Il était toujours disponible quand j'avais besoin de ses conseils, et je lui dois beaucoup.

— Merci.

Nous nous levâmes presque en même temps, et il contourna son bureau pour me rejoindre.

— Je vais dire à ma réceptionniste de vous donner l'adresse dont vous avez besoin, et prévenir ces gens de votre visite, comme je vous l'ai promis. Je tâcherai de trouver une ou deux autres personnes qui pourraient vous intéresser, ajouta-t-il. Le reste dépendra de votre talent et de vos aptitudes.

— Comme il se doit, Docteur Anderson.

Il me sourit avec bienveillance.

— Je vois que le Dr De Beers a exercé une saine influence sur sa fille. Vous avez beaucoup de chance d'avoir été élevée par un père tel que lui.

— Beaucoup de chance, en effet.

Il ouvrit la porte et dit à la réceptionniste de noter l'adresse de la résidence, qui se nommait Joya del Mar.

— C'est un hôtel ? demandai-je à la jeune femme, tandis qu'elle inscrivait le nom sur un feuillet.

Elle leva les yeux sur le Dr Anderson, que ma question parut amuser.

— Non. À Palm Beach, vous savez que vous êtes chez des gens du grand monde quand leur maison a un nom. Celui-ci veut simplement dire : Joyau de la Mer. La propriété a sa plage privée. Mais je ne vous en dirai pas plus, Willow. Vous allez découvrir une autre Amérique, un autre monde qui, comme vous pouvez l'imaginer, me fournit plus de travail que je ne pourrais en désirer.

La réceptionniste rit de sa boutade, et je jugeai poli d'en faire autant. Je les remerciai tous les deux et sortis, serrant le précieux papier dans ma main.

J'avais découvert ce que j'étais venue chercher.

Ma mère vivait toujours ici. Elle n'était plus en traitement. Elle était quelque part, près d'ici, attendant ce qui remplirait le vide de sa vie ; à cent lieues de soupçonner, sans doute, ce qu'elle attendait vraiment. Serait-elle déçue quand je me présenterais à sa porte ? Serait-elle fâchée parce que je serais une menace pour sa nouvelle vie, pour sa santé peut-être ? Apporterais-je trop de souffrance avec moi ?

À part cette unique lettre où elle évoquait les photos de moi envoyées par mon père, rien ne prouvait qu'elle ait cherché à s'informer sur moi. Peut-être avait-elle fini par se faire une raison, et laissé derrière elle sa tristesse et ses regrets. De quel droit l'aurais-je replongée dans ce passé ?

6

Joya del Mar

Je décidai de retourner aux Brisants pour prendre un petit déjeuner. Je n'avais pas vraiment faim, j'étais bien trop nerveuse pour cela. Mais je savais qu'avant d'entreprendre quoi que ce soit, il me fallait manger un peu. Je restai un moment à siroter mon café, en grignotant un petit pain, les yeux fixés sur le papier où figurait l'ancienne adresse de ma mère. Que pourraient bien m'apprendre d'intéressant les gens qui vivaient là maintenant ? À quoi bon me préoccuper d'eux ?

Et cette comédie d'enquête sur la société de Palm Beach, n'était-ce pas une perte de temps ? Ne valait-il pas mieux découvrir l'adresse de ma mère et me rendre directement chez elle, au risque de lui causer un choc ? N'étais-je pas en train de faire traîner les choses, tout simplement ? J'étais au pied du mur, à présent, et ma tension était telle que mes doigts en tremblaient. À deux reprises, je faillis renverser mon café.

Un véritable combat se livrait en moi, entre deux parties de moi-même. L'une me pressait de quitter immédiatement cet hôtel et de retourner à l'université. L'autre me reprochait de tergiverser.

« Rentre tout de suite, m'ordonnait la première. Le doyen arrangera les choses pour toi. Tes professeurs, tes amis, Allan lui-même sans doute, attribueront ton geste impulsif à la violence de ton chagrin. Cette femme que tu cherches à connaître n'est pour toi qu'une étrangère, après tout. Et ce que tu t'apprêtes à lui faire n'est pas bien. Apparaître ainsi devant elle, sans crier gare, comme une bombe qui lui explose à la figure... Et si tu provoquais chez elle une autre dépression ? Sa famille t'en rendrait responsable, te haïrait pour cela, et ce serait justifié. À qui auras-tu été utile, à quoi ton acte aura-t-il servi ? Que peux-tu en attendre, d'ailleurs, sinon la satisfaction de ta curiosité ? »

Avec autant de conviction passionnée, l'autre moitié de moi-même argumentait :

« Ta lâcheté te rend égoïste. Bien sûr que tu dois y aller. Pourquoi ne devrait-elle pas te voir, apprendre à te connaître, découvrir tout ce qui s'est passé pendant toutes ces années ? Une relation unilatérale, cela n'existe pas. Tu lui apporteras autant, sinon plus, qu'elle ne te donnera elle-même. Peut-être souffre-t-elle de ne pas t'avoir, de ne pas avoir de famille. Peut-être se sent-elle affreusement seule et brisée. Tu as le pouvoir d'arranger cela, de donner un sens à sa vie. N'est-ce pas ce que ton père souhaitait te voir faire un jour ? Sinon, pourquoi t'aurait-il laissé son journal ?

« Pour qui te prends-tu ? protestait la partie adverse. Il n'est pas en ton pouvoir de faire cela, de rendre un sens à la vie de quelqu'un. Tu as déjà bien assez de mal à en trouver un à la tienne, alors pour quelqu'un d'autre... Tu as trop étudié la psychologie, voilà ce qui ne va pas. Tu es comme une personne handicapée qui se jetterait à l'eau pour sauver quelqu'un qui se noie.

« Absurde ! intervenait mon autre moi. N'écoute pas ces fadaises. Tu es la fille de ton père, tu as sa force de caractère. Tu peux y arriver. »

— Je vous demande pardon, fit une autre voix, bien réelle celle-là. Je ne voudrais pas être indiscret, mademoiselle, mais... est-ce que tout va bien ?

Je relevai la tête, et croisai le regard le plus bleu que j'eusse jamais vu de ma vie. Ce regard intense et profond étincelait d'intelligence. Mais la façon dont mon vis-à-vis arquait le sourcil, tout en relevant le coin de sa bouche au dessin ferme, indiquait que quelque chose l'amusait. Ses yeux remarquables, son beau visage au hâle uni et son sourire éblouissant rendaient cet homme jeune absolument fascinant, presque magnétique. La coupe de ses cheveux bruns était juste à la limite entre le sérieux distingué de l'homme d'affaires et une sorte d'insouciance, juvénile et désinvolte.

Carré d'épaules, étroit de hanches, il ne dépassait pas de beaucoup le mètre quatre-vingts. Mais son complet gris anthracite, de toute évidence fait sur mesure, soulignait sa silhouette athlétique. Par hasard, j'entrevis un bouton de manchette en or, avec un minuscule diamant au centre. Il scintilla dans le rayon de soleil qui tombait sur nous, tel un spot, nous isolant l'espace d'un instant dans un éclairage de scène.

Toujours campé devant moi, l'inconnu adressa un clin d'œil à un autre homme, assis à une table voisine. Lui aussi était en complet-cravate, et je leur donnai le même âge à tous deux, la trentaine environ.

— Qu'y a-t-il ? questionnai-je, intriguée malgré moi.

La petite grimace moqueuse devint un franc sourire.

— Mon associé et moi n'avons pas pu nous empêcher de remarquer votre air préoccupé, expliqua-t-il. Je dois vous dire que je suis avocat, et donc entraîné à lire sur les visages des gens, surtout ceux des témoins et des jurés. Je suis très doué pour ça. Puis-je vous aider en quoi que ce soit ?

— Non, rétorquai-je avec sécheresse.

Le fait qu'il ait deviné mon trouble m'irritait, tout à coup. Je n'aimais pas que l'on m'observe, surtout à mon insu. Je me sentais gênée. Est-ce que j'avais parlé toute seule ? Mes lèvres avaient-elles remué ? Me prenaient-ils pour une sorte de détraquée ? La façon dont ma mère adoptive s'en prenait à moi, dès que je parlais à mes amis imaginaires ou à mes poupées, me revint brusquement. Je reportai mon regard sur cet homme et son ami. Quel toupet ils avaient, tout de même !

— Il est rare que je me trompe, insista l'inconnu, lassé d'attendre une réponse qui ne venait pas.

Le ton acerbe de ma voix s'aiguisa encore.

— Eh bien, vous n'êtes pas au tribunal, cette fois. Et vous vous êtes trompé.

L'humour et la chaleur de son regard s'éteignirent instantanément. Les yeux bleus eurent cette expression rageuse et glacée, propre aux gens qui viennent de subir une rebuffade. Le changement fut si rapide que j'en eus presque peur.

— Je ne voulais pas être importun, s'excusa l'inconnu en reculant d'un pas. Je suis désolé.

Il tourna prestement les talons et regagna sa table. Son associé lui parla, comme pour l'interroger, mais il secoua la tête et posa sa carte de crédit sur l'addition. Je m'efforçai de ne pas regarder de leur côté, mais j'étais affreusement mal à l'aise, à présent. Je fis signe au garçon pour avoir mon addition, la signai et me levai avant même qu'ils aient réglé la leur.

Moins d'une minute plus tard, j'étais dehors et j'attendais ma voiture. Du coin de l'œil, je vis les deux hommes arriver, mais ils n'eurent pas à attendre, eux. Ils montèrent dans la Rolls-Royce Corniche décapotable, garée non loin de là, brillant de tous ses feux au soleil tel un carrosse d'or. Ce détail, ajouté à leur mine satisfaite, mit le comble à mon irritation.

Quelques minutes après leur départ, à bord de ma voiture de location, je mis le cap sur la résidence de ma mère. J'ignorais ce qu'avait pu lire sur mes traits cet arrogant inconnu, mais j'espérais que personne d'autre ne pourrait s'en apercevoir aussi aisément.

La réceptionniste du Dr Anderson avait noté quelques indications sur le papier, en plus de l'adresse. En parcourant la carte remise par l'agence de location, je trouvai facilement South Ocean Boulevard. Les demeures majestueuses se succédaient, à l'abri de leurs hauts murs et de leurs haies, tout à fait comme dans le magazine que j'avais feuilleté dans ma chambre, à l'hôtel. Ces maisons-là étaient, à mes yeux, des monuments dédiés aux plaisirs de la vie privée.

Je ne fus pas moins impressionnée en atteignant Joya del Mar, dont les murs semblaient bâtis pour isoler à jamais ses habitants de l'extérieur. Je freinai devant le portail et réfléchis, perplexe. Comment s'y prenait-on pour s'annoncer ? Placée à l'un des angles supérieurs de la grille, je vis bien une caméra de télévision, mais qu'étais-je censée faire ? Attendre que quelqu'un jette un coup d'œil au moniteur et s'aperçoive que j'étais garée dans l'allée ? Finalement, je découvris ce qui semblait être un interphone, presque entièrement dissimulé dans le feuillage d'une bougainvillée. Je dus sortir pour presser le bouton, et au bout d'un moment, une voix irritable bougonna :

— Oui ?

— Je m'appelle Isabel Amou, me présentai-je. Le Dr Anderson était censé appeler pour…

— Oui, oui, coupa la même voix impatiente.

Le portail gémit et ses deux moitiés commencèrent à s'ouvrir. Je me hâtai de regagner ma voiture et regardai les battants s'écarter lentement l'un de l'autre, comme à contrecœur. Quand ils le furent suffisamment pour me permettre de voir au-delà, je crus entrer dans ce qui, parmi les créations humaines, ressemblait le plus au paradis.

L'allée pavée de dalles roses était d'une propreté irréprochable, comme si on la balayait et la récurait après le passage de chaque véhicule. Elle continuait sur une distance de cinq ou six cents mètres au moins, en direction d'une grande maison blanche de style méditerranéen, profilée sur l'azur du ciel. Contre les murs du parc, à ma droite et à ma gauche, de hauts buissons de lauriers offraient toute une palette de couleurs, rose saumon, rouge, blanc, éclatante marée de fleurs. Le contraste était saisissant avec le vert uni des pelouses, tondues avec un soin méticuleux. On croyait voir se dérouler un immense tapis, doux et soyeux.

Une vaste pièce d'eau s'étendait sur ma droite, avec une fontaine jaillissant de grosses pierres rondes. Tout près de là, se tenait une aigrette perchée sur une patte, si parfaitement immobile que je la pris d'abord pour une statue. Puis elle remua, et je souris toute seule de ma méprise.

Plus près de la maison, de grands palmiers bordaient l'allée, telles des sentinelles montant la garde.

Quatre pavillons aux lignes gracieuses, reliés entre eux par des arches, s'ajoutaient au bâtiment principal. L'entrée se trouvait sous une loggia, longue terrasse de pierre à arcades. D'où j'étais, je pouvais voir l'océan derrière la résidence et, plus bas, une autre maison au bord de la plage.

Mon cœur battait à grands coups, je dus m'accorder quelques instants pour me calmer, avant même de couper le contact et de descendre. J'étais ici sous un faux prétexte. Et si ces gens me perçaient à jour et me priaient de m'en aller ? S'ils faisaient un éclat ? Non seulement je n'aurais pas vu ma mère, mais je l'aurais mise dans une fausse situation, sans même qu'elle soit avertie de ma présence. J'avais la sensation d'être prise dans un ouragan que j'aurais déclenché moi-même, emportée en tourbillonnant d'une sottise à l'autre. Une fois de plus, je fus tentée de faire demi-tour et de m'en aller, avant qu'il ne soit trop tard.

Un coup frappé à la fenêtre du passager me fit sursauter. Je poussai un cri de surprise, tellement j'étais perdue dans mes pensées. Un petit homme grassouillet, aux cheveux bouclés en bataille, se pencha vers moi en s'abritant les yeux d'une main boudinée. Ses grosses lèvres étaient si rouges qu'on les aurait crues fardées. Avec cela, il portait une veste de smoking et un nœud papillon.

Il me fit signe d'abaisser la vitre, ce que je fis.

— Merci, dit-il en s'épongeant le front du dos de la main. Désolé, mais il faut vous dépêcher d'entrer si vous voulez voir M. et Mme Eaton. Ils ont envie d'aller se coucher.

— Je vous demande pardon ?

— Isabel Amou, c'est bien vous ?

— En effet.

— Alors descendez et entrez, ou allez-vous-en, rétorqua-t-il impatiemment.

Sur ce, il tourna les talons et repartit vers l'entrée principale, ses larges hanches écartant à chaque pas les pans de sa veste.

Je mis pied à terre et le suivis. À la porte, il se retourna, pinça les lèvres et me fit signe de pénétrer dans la maison. Je fis halte dans le grand vestibule dallé de marbre. Sur le mur de droite, s'étalait une magnifique tapisserie, montrant des seigneurs et des dames célébrant Bacchus, le dieu du vin. Elle devait remonter au XVe siècle, au moins. Le temps avait usé sa trame et fané ses couleurs.

— Par ici, dit mon guide avec un geste vers la droite.

Je lui emboîtai le pas. Le long des murs, étaient suspendues des armoiries familiales gravées sur fond d'or, qui m'intriguèrent. Je me demandai si elles venaient de ma famille maternelle ou de celle des locataires.

Juste devant nous éclata un rire de femme, puis une voix d'homme demanda :

— Elle a vraiment dit ça ? C'est tout simplement débile !

Mon regard papillonnait partout, effleurant les tableaux, les statues, les figurines de Lalique, les lustres de cristal et les médaillons sculptés avec leurs chérubins qui semblaient jaillir des murs. Nous passâmes devant deux ravissantes urnes d'albâtre, avant d'entrer dans un salon spacieux au plafond à caissons, littéralement bourré d'œuvres d'art. Devant moi se dressait une grande cheminée en arrondi, entièrement recouverte de mosaïques. J'étais tellement captivée par tout ce qui m'entourait que, pendant un moment, je ne vis pas le couple affalé sur le canapé en arc de cercle. À leurs pieds, sur une table de marbre, deux bouteilles de champagne dans leurs seaux à glace voisinaient avec un plateau d'argent, plein de crackers tapissés de caviar.

L'homme se redressa sur son séant. Il portait un smoking gris d'une élégance extrême, avec un diamant là où aurait dû se trouver sa cravate. Très beau, avec une épaisse chevelure châtain clair à peine grisonnante aux tempes, je lui donnai dans les cinquante ans. Son teint était légèrement hâlé, assez toutefois pour faire ressortir avec éclat ses yeux noisette. Et malgré un visage étroit, plutôt maigre, on voyait nettement apparaître chez lui l'amorce d'un double menton. Sans être gros, il accusait sept ou huit kilos de surpoids. Un sourire curieux, presque insolent, pétilla dans ses yeux avant d'atteindre ses lèvres.

— Bonjour, ma chère. Bienvenue à Joya del Mar.

Toujours à demi étendue près de lui, les pieds nus, la femme gloussa. Elle avait envoyé promener ses chaussures. Sa robe en crêpe de soie mauve, aux bretelles filiformes, était fendue sur le côté, laissant voir une très attirante jambe gauche. Elle me regardait fixement, les traits figés dans un sourire inepte.

Je lui donnai quarante-cinq ans, bien sonnés. Mais, grâce à la magie de la chirurgie esthétique, sans doute, elle avait conservé une apparence de jeunesse. Des mèches écarlates striaient ses longs cheveux bruns, qu'elle portait rejetés en arrière pour dégager son visage. Un ravissant petit visage de poupée, aux yeux d'un bleu porcelaine.

— Je suis désolée, m'excusai-je. J'ignorais que vous alliez sortir. Peut-être devrais-je revenir à un moment mieux choisi.

Ils éclatèrent de rire tous les deux en même temps.

— Sortir ? Certainement pas, s'égaya le maître de maison. Nous venons juste de rentrer.

— Ah...

— Nous étions à un bal de bienfaisance, à Mar-a-Lago. Vous venez juste d'arriver à Palm Beach, j'imagine, sinon vous sauriez qu'il a eu lieu hier soir.

— Et ce matin, ajouta sa femme.

Ce qui les fit pouffer de rire, une fois de plus, et le mari ajouta :

— Oui, il s'est prolongé assez tard. Nous nous préparions à prendre le petit déjeuner, comme vous voyez.

— Asher, si tu faisais les présentations, suggéra sa femme. Tu pourrais aussi offrir à cette jeune dame un verre de shampoing.

— De champagne, rectifia le dénommé Asher. Je suis Asher Eaton, et cette écervelée, à côté de moi, est ma femme. Hope.

— S'il vous plaît, appelez-moi Bunny, implora Hope en se décidant enfin à s'asseoir.

Je lui souris et me présentai à mon tour.

— Isabel Amou.

— Oui, nous le savons. Nous venions juste de recevoir un coup de fil du Dr Anderson quand vous êtes arrivée.

— Vraiment, je ne voulais pas faire irruption chez vous de cette façon.

— C'est très bien comme ça, me rassura aimablement Asher. En tout cas pour dix minutes. Après cela nous devrons, comme des vampires, aller nous coucher. Je crains que nous n'ayons fait quelques excès la nuit dernière.

— Et ce matin, lui rappela Bunny.

— Et ce matin, en effet. Alors, je vous sers ? offrit-il en inclinant la bouteille de champagne au-dessus d'un verre.

— Non, merci. C'est un peu tôt pour moi.

Il tendit la main vers le canapé qui faisait face au leur.

— Asseyez-vous, je vous en prie. Êtes-vous reporter ou écrivain ? s'enquit-il dès que j'eus pris place.

— Ni l'un ni l'autre. Je suis encore à l'université.

Ils échangèrent un regard étonné, puis Asher enchaîna :

— Nous avions cru comprendre que vous écriviez sur la haute société de Palm Beach.

— C'est exact, mais il s'agit d'un travail universitaire, une étude sociologique en fait.

Aussi vite que l'air s'échappe d'un ballon qu'on dégonfle, l'excitation de Mme Eaton disparut de ses traits. Elle retomba dans sa position antérieure, tassée sur elle-même.

— C'est donc ça ! Je me demandais pourquoi vous n'aviez pas apporté de caméra. Vendredi dernier, notre photo est parue dans le *Palm Beach Daily News*, m'apprit-elle avec orgueil.

— Ah bon ? Et à quelle occasion ?

— Nous avons donné une grande soirée, afin de récolter des fonds pour les femmes battues. Nous avons réuni deux cent soixante-quinze mille dollars. Vraiment, je ne vois pas pourquoi vous nous avez choisis pour votre... comment appelez-vous ça ? Votre étude sur la société de Palm Beach.

— Et si tu lui donnais une chance de s'expliquer, Bunny ?

— Très bien, acquiesça-t-elle, la mine un peu boudeuse.

Et presque aussitôt, comme si une idée lui traversait l'esprit, elle demanda :

— Ce n'est pas le Dr Anderson qui vous a adressée à nous, n'est-ce pas ? Je n'ai jamais suivi de thérapie chez lui, Asher non plus, ni aucun de nos enfants. Je veux dire… ce n'est pas parce que nous louons la propriété de Grace Montgomery que nous devons être associés à… à ses problèmes. N'ai-je pas raison, Asher ?

— Tu ne laisses aucune chance à cette fille de s'expliquer, répéta-t-il, avant d'enfourner un cracker au caviar.

Je m'informai du ton le plus détaché possible :

— Qui est Grace Montgomery ?

— Notre propriétaire. Nous avons conclu avec elle un…

Asher échangea un sourire avec sa femme et acheva :

— … un arrangement mutuel qui profite aux deux parties.

— En fait, tint à préciser Bunny, sans nous elle vivrait probablement dans une de ces communautés de retraités, à Boca ou à Delray Beach. Vous savez, la Floride n'est pas, comme tout le monde se l'imagine, la salle d'attente du Bon Dieu. Beaucoup de gens d'ici sont encore jeunes et vigoureux, et notre vie sociale peut se comparer à celle de n'importe quel endroit chic, y compris Monte Carlo. C'est là que la moitié de mes amis vont passer l'été, d'ailleurs.

— Et tu recommences, fit remarquer Asher, après avoir bu quelques gorgées de champagne. Cette jeune fille n'a toujours pas eu l'occasion de s'expliquer.

Bunny prit un ton geignard d'enfant gâté.

— Je suis fatiguée, mais fatiguée… je ne me rendais pas compte à quel point je pouvais l'être.

— Peut-être pourrais-je m'entretenir avec Mme Montgomery, suggérai-je avec diplomatie. Savez-vous où elle habite ?

Pendant quelques secondes, le couple parut se figer, puis Bunny éclata de rire.

— Où elle habite ? Mais là en bas, près de la plage, dans les anciennes dépendances où logeaient les domestiques. Où pourrait-elle aller, sinon ? Nous devrions lui demander un loyer, Asher.

— Nous avons conclu avec elle un accord très avantageux, Bunny. Tu le sais très bien.

— Je le sais, mais c'est quand même assez gênant, quelquefois. Surtout quand je donne une garden-party. J'ai toujours peur qu'ils entrent en contact avec mes invités, elle ou son fils, ce garçon si déprimant.

— Son fils ?

J'avais lu dans le dossier de Grace Montgomery qu'elle avait été enceinte de son beau-père, et je ne l'avais pas oublié. Mais j'aimais mieux laisser croire aux Eaton que j'ignorais tout du passé de la famille.

— Oui, confirma Bunny. Elle a eu un fils de son beau-père, Kirby Scott. C'est la vérité, quelle que soit l'histoire qu'on puisse vous raconter, elle ou n'importe qui d'autre.

— Quel genre d'histoire ?

Cette fois, la réponse me vint d'Asher.

— Une pure fiction, selon laquelle Linden, son fils, serait en réalité l'enfant de sa mère, Jackie Lee Houston Montgomery.

— Cette pauvre chère Jackie Lee, s'apitoya Bunny. Elle n'a pas eu d'enfant de Winston, bien sûr. Il avait vingt-cinq ans de plus qu'elle. Mais avec une fille de seize ans d'un premier mariage, une femme n'a pas vraiment le choix. C'était un bon parti, d'ailleurs. Il descendait d'une des plus vieilles familles de la région. Le premier mari de Jackie était un officier de marine, Roland Houston. Il a été tué dans un accident d'hélicoptère, et Jackie est venue à Palm Beach avec sa fille pour refaire sa vie. Et même si Winston avait vingt-cinq ans de plus qu'elle…

— Vingt-sept, interrompit Asher.

— Vingt-sept, si tu veux. Qu'est-ce que ça change ? Il est mort cinq ou six ans après leur mariage, et elle a épousé Kirby, qui a séduit Grace. Une fille plutôt dépressive, entre nous soit dit. Elle a passé des années dans une clinique psychiatrique.

— Laissant Jackie Lee Houston Montgomery Scott élever son enfant comme si c'était son propre fils, et non son petit-fils, compléta Asher. Kirby l'a ruinée et les a abandonnés tous les deux, elle et son fils. Et maintenant…

Asher bâilla à s'en décrocher la mâchoire.

— Je vais me coucher. Nous avons le bal Alzheimer ce soir. Tu te souviens ?

Il rit tout seul de sa plaisanterie.

— Tu saisis ? Alzheimer : je te demande si tu te souviens.

— J'ai saisi, affirma Bunny en se redressant.

Il ne me restait plus beaucoup de temps pour glaner d'autres informations. Je me hâtai d'en profiter.

— Alors cette Grace Montgomery et son fils vivent ici, dans la maison de la plage ?

— Oui. C'est généralement sur la plage qu'on trouve Linden, en train de peindre. Il se prend pour un artiste, mais il faut être au fin fond de la dépression pour acheter une de ses peintures, ironisa Bunny. Elles ressemblent à des cauchemars, le genre de ceux qu'on fait après un repas trop épicé.

Asher parut reprendre intérêt à la conversation.

— Je voudrais être sûr de comprendre. Vous êtes ici pour étudier la société de Palm Beach à la façon de... d'un sociologue qui étudierait les mœurs d'une tribu primitive ?

— Quelque chose comme ça, répliquai-je en riant.

— Intéressant.

— Oui, très intéressant, dit une voix.

Nous nous retournâmes tous vers le seuil de la pièce, où se tenait l'homme si arrogant – et si beau – que j'avais rabroué à l'hôtel. Je ne m'expliquais pas sa présence ici. Est-ce qu'il m'avait suivie ?

Asher Eaton parut ravi de le voir.

— Thatcher, tu tombes à pic pour nous éviter d'être disséqués au microscope sociologique.

— Vraiment ? Mais c'est mon métier de venir au secours des gens, dit l'arrivant, qui n'avait pas cessé un instant de me sourire.

Je ne pouvais rien faire d'autre que le dévisager à mon tour, et ce fut encore Asher qui intervint.

— Bien, si je faisais les présentations ? Isabel, voici notre fils, Thatcher Eaton.

J'allais parler, mais Thatcher me devança.

— Nous nous sommes déjà rencontrés. Enfin... si l'on peut dire.

— Vraiment ? Dans quelles circonstances ? interrogea Bunny, dont l'intérêt pour moi se ranima soudain. Vous avez dû aller au Palais de Justice, alors. C'est là qu'il passe sa vie, ou enfin presque.

— Mère, je t'en prie.

— Mon fils est un véritable drogué du travail, poursuivit-elle. Vous n'en trouverez nulle part de plus enragé que lui pour son métier, pas même à New York.

— Mère...

Le reproche implicite n'arrêta pas Bunny, qui reprit avec une sorte de fureur :

— Cela fait des années que je lui dis de se calmer un peu et de prendre un peu de bon temps. On croirait qu'il descend d'une de ces familles puritaines, bourrées de principes moraux et religieux. Il devrait épouser une bibliothécaire, et encore ! Il faudrait qu'elle soit spécialisée dans les ouvrages de droit.

Thatcher libéra un soupir affligé.

— Regardez-vous, tous les deux. Je parie que vous venez juste de rentrer. Je suis passé exprès pour voir si vous aviez été raisonnables et, comme je le craignais, ce n'est pas le cas. Une fois de plus, conclut-il sévèrement.

Asher se leva.

— Tu connais ta mère, non ? Elle ne sait pas s'arrêter.

— C'est ça, tout est toujours ma faute avec toi. Heureusement que j'ai le dos large, commenta Bunny avec une emphase théâtrale.

Sur ce, elle émit un bâillement interminable.

— Allons nous coucher, Asher. Mademoiselle… veuillez m'excuser, votre nom m'échappe.

— Isabel Amou.

— Amou, Amou… curieuse consonance.

— C'est un nom portugais.

Elle haussa exagérément les sourcils.

— Connaissons-nous quelqu'un à Palm Beach qui soit portugais, Asher ?

— Uniquement l'ambassadeur du Brésil, Bunny.

— Ah bon ? Il est portugais ?

— On parle portugais au Brésil, Bunny. Et la famille de l'ambassadeur est d'origine portugaise.

— Comment veux-tu que je me rappelle tout ça ?

gémit-elle. Et pourquoi ne parle-t-on pas brésilien au Brésil ? Ce serait tellement plus simple !

Asher regarda sa femme avec des yeux ronds et renonça aux explications.

— Je suis mort de fatigue, moi aussi. Bunny ?

Elle se leva et le suivit.

— Bonne nuit, Thatcher, dit-elle en s'arrêtant près de son fils pour l'embrasser sur la joue.

Puis elle se retourna sur moi pour ajouter :

— J'espère vous revoir quand je serai un peu plus réveillée, Isabel.

— Moi aussi, renchérit Asher. Revenez demain, disons... pour un brunch, cela vous va ?

— Je ne suis pas certaine de pouvoir...

— Bien sûr que vous pourrez, décida Thatcher à ma place. J'y veillerai, papa.

— Nous aurons du homard grillé, promit Asher. Et nous pourrons parler des maladies spécifiques à la société de Palm Beach. J'essaierai d'inviter quelques criminels.

Bunny éclata de rire, passa le bras sous celui de son mari et posa la tête sur son épaule. Je les regardai sortir, après quoi je me retrouvai face à face avec Thatcher. Pendant quelques instants nous restâmes simplement ainsi, les yeux dans les yeux, puis ses traits s'éclairèrent.

— Vous voyez, nous étions destinés à nous rencontrer. Je vous demande pardon pour mon numéro de ce matin, c'était pour éblouir mon associé.

— Vous aviez parié que vous alliez me draguer, c'est ça ?

— Quelque chose comme ça, oui.

— Navrée de vous avoir fait perdre votre pari, dans ce cas.

Il se rapprocha de moi.

— Oh ! mais je ne l'ai pas perdu. En tout cas pas encore.

— C'est ce que vous croyez, lançai-je en marchant vers la porte.

— Attendez ! Ne partez pas encore. Dites-m'en plus au sujet de votre travail. J'y tiens vraiment, je ferai ce que je pourrai pour vous aider. J'en sais long au sujet des gens d'ici. Beaucoup d'entre eux sont mes clients. Y compris notre propriétaire, Mme Grace Montgomery, ajouta-t-il, persuasif.

Je gardai le silence, assez longtemps pour qu'il y voie un encouragement.

— Allons, venez vous asseoir un moment. Désirez-vous boire quelque chose de plus raisonnable, un jus de fruit, de l'eau glacée ?

— De l'eau glacée me conviendrait tout à fait.

— À moi aussi. Jennings ! appela-t-il.

Le serviteur qui était venu me chercher apparut instantanément, comme s'il se tenait à portée de voix.

— Soyez assez bon pour nous apporter deux grands verres d'eau fraîche, s'il vous plaît.

— Très bien, monsieur.

Thatcher s'assit à la place qu'avait occupée son père, et je repris la mienne sur le canapé d'en face.

— Alors, attaqua-t-il, en quoi consiste exactement votre enquête ?

J'hésitai. Mon instinct m'avertissait qu'il serait beaucoup plus difficile à tromper que ses parents ou même le Dr Anderson. Il semblait sceptique alors que je n'avais pas encore dit un mot.

— J'effectue une recherche sur les différentes couches de la société, sous la direction de mon professeur de sociologie. J'ai choisi Palm Beach comme sujet d'études parce que c'est un univers à part. Très différent du reste de l'Amérique, il me semble. Enfin, d'après tout ce que j'ai pu lire.

Thatcher éclata de rire.

— Ceci, ma chère Isabel, est encore très au-dessous de la vérité. Il semble très différent, dites-vous ?

Je me sentis rougir jusqu'à la racine des cheveux.

— C'était une façon de parler, rien de plus.

— Non, non, vous avez raison, vous ne pouvez pas savoir à quel point. C'est bien plus qu'un autre univers : c'est une autre planète. La semaine dernière, j'ai eu à défendre en justice un hôtel de Palm Beach, poursuivi par une cliente à propos de son chien. Elle avait laissé son sharpei sur le parking, dans un camping-car. Elle a fait tourner le moteur toute la nuit, pour avoir l'air conditionné, et le moteur a calé. Le chien a souffert pendant plusieurs heures de la chaleur et elle l'a conduit chez un vétérinaire, qui l'a trouvé complètement déshydraté. Sur quoi, madame a poursuivi l'hôtel en justice.

— Et ensuite ? ne pus-je m'empêcher de questionner.

— À votre avis ? L'hôtel a proposé de payer la note du vétérinaire, et versé à cette femme une somme astronomique pour la dédommager de son angoisse. Et avant cela, j'ai dû recueillir la déposition du vétérinaire, celle des surveillants du parking, sans compter celle d'un expert en mécanique automobile, pour le moteur et l'air conditionné. Pour tout dire...

Thatcher eut un petit rire et conclut :

— Ce n'était pas exactement ce que je pensais faire quand j'ai passé l'examen du Barreau.

— Alors pourquoi l'avez-vous fait ? renvoyai-je.

Sur ces entrefaites, Jennings apporta nos verres et je le remerciai. Il inclina la tête, puis entreprit de débarrasser les seaux à champagne et le plateau de caviar. C'est seulement quand il fut parti que Thatcher répondit :

— Pour l'argent, je suppose.

— En somme, vous êtes une sorte de mercenaire ?

Il eut à nouveau son petit rire amusé.

— Ne me dites pas que vous êtes de ces donneurs de leçons, pour qui les avocats sont responsables de tous les maux de la société.

Je bus une longue gorgée d'eau fraîche.

— Peut-être pas de tous, non. Mais de soixante-dix à quatre-vingts pour cent.

Cette fois, il éclata de rire pour de bon.

— Quel âge avez-vous ? me demanda-t-il, riant encore.

— Pourquoi voulez-vous le savoir ?

— Vous me semblez bien sûre de vous pour une étudiante. En quelle année êtes-vous, m'avez-vous dit ?

— Je ne vous l'ai pas dit.

— Eh bien, dites-le.

— Je suis en troisième cycle, je prépare mon diplôme.

J'avais à peine proféré ces mots que je souhaitai pouvoir les ravaler. Combien d'autres mensonges celui-ci allait-il engendrer ?

— En troisième cycle, répéta pensivement Thatcher. Votre projet cadre bien avec ce niveau d'études, en effet. À quelle profession vous destinez-vous ?

— J'aimerais devenir psychothérapeute.

— Alors vous êtes venue au bon endroit, déclara-t-il, une lueur moqueuse dans le regard.

Il posa son verre et se leva.

— Aimeriez-vous visiter la propriété ?

J'hésitai, mais il insista.

— Vous pourrez me poser des questions sur la société de Palm Beach, et je vous répondrai en toute franchise. Enregistrez-moi, si vous voulez. Vous avez un magnétophone, bien sûr ?

— Non.

— Je ne vois pas non plus de carnet de notes. Vous vous fiez entièrement à votre mémoire ?

— C'était censé être une entrevue préliminaire, improvisai-je à la hâte.

— Bonne idée. En premier lieu, établir des contacts. Très intelligent, mademoiselle Amou. Amou... ce nom a un rapport avec l'amour, n'est-ce pas ? Un nom peu commun, vraiment, à moins qu'il n'exprime votre personnalité profonde ?

Ma réponse fut une dérobade.

— Peut-être ne devrais-je pas abuser de votre temps.

— Mais vous n'en abusez pas. Je suis entre deux affaires, et j'ai besoin d'une pause après le procès que je vous ai décrit. Allons, venez. Nous sortirons par la terrasse qui donne derrière la maison.

Je me levai et le suivis.

— Ici, la plupart des habitations sont construites dans le style méditerranéen, colonial britannique ou français, ou géorgien, m'expliqua-t-il en chemin. Comme vous pouvez le voir d'après cette maison, – ce manoir devrais-je dire –, elles cherchent toutes à profiter au maximum de l'air du large et du soleil. Celle-ci, avec son côté disparate, ses ailes rajoutées aux toits de différentes hauteurs, a plutôt l'air d'un petit village, vous ne trouvez pas ?

— Si. Vous semblez en savoir long sur Palm Beach, fis-je observer.

— J'y suis né et j'y ai grandi, comme ma grande sœur Whitney. Elle a épousé Hans Shugar, le richissime héritier des détergents Shugar. C'est une compagnie allemande, mais leurs produits sont vendus dans toute l'Europe et l'Extrême-Orient. Ils vivent à El Vedado, une des trois Ells.

Devant mon regard perplexe, Thatcher expliqua :

— Ce sont trois rues qui suivent un tracé parallèle, entre Ocean Boulevard Lake Worth... le quartier de l'élite locale. Hans a acheté un hôtel particulier pour quatre millions de dollars, et l'a démoli pour construire leur résidence géorgienne à la place, conclut-il avec une grimace de mépris.

— Vous semblez désapprobateur. Je me trompe ?

— Ma sœur est outrageusement gâtée. Elle voulait vivre à Palm Beach, mais aucune maison ne lui plaisait. Vous découvrirez vite qu'ici, les gens ont une notion très particulière de l'argent. C'est presque une corvée pour eux d'aller en chercher à la banque ou d'aller acheter ce qu'on désire. On a l'impression qu'ils se croient capables de tout obtenir en agitant la main ou même une baguette magique, pourquoi pas.

— Je retire ce que j'ai dit. Vous n'êtes pas désapprobateur, vous êtes amer. Pourquoi ?

Nous arrivions sur la loggia. Pendant quelques instants, Thatcher parut sur le point de me confier quelque chose d'effrayant, mais cela ne dura pas. Il se reprit aussitôt et sourit.

— Non, je ne suis pas amer. Amusé, c'est tout. Et voilà, c'est lui, annonça-t-il en balayant d'un geste l'espace qui se déployait devant nous. L'océan. Nous avons environ soixante mètres de côte à usage privé. Mais comme la plage de droite n'est pratiquement pas utilisée, c'est comme si nous en avions trois cents, si ce n'est plus.

Je contemplai l'océan, puis mon regard dériva vers la piscine toute proche ; elle avait sa propre terrasse, avec un coin repos et une table de jardin. Il devait y avoir de par le monde, j'en aurais juré, des rois et des reines qui n'en avaient pas autant, et sans doute pas une aussi belle demeure.

Comme s'il lisait dans mes pensées, Thatcher ajouta :

— Avant que les Montgomery n'achètent la propriété, elle a appartenu à un comte français ; il a bâti la maison sur le modèle d'une de celles qu'il possédait là-bas, sur la Côte d'Azur. Winston Montgomery a procédé à des ajouts et fait construire cette grande bâtisse, là en bas, pour loger les domestiques. Ce qui explique sa taille inhabituelle pour un pavillon de plage.

Je regardai sur ma gauche, en direction de la maison où vivait à présent ma vraie mère avec son fils. Partout ailleurs en Amérique, elle aurait paru très belle. Mais ici, à l'ombre de cette demeure exquise et somptueuse, elle paraissait presque triste.

— Que fait-elle ? questionnai-je presque malgré moi.

— Qui cela ?

— Grace Montgomery.

— Elle entretient la maison pour elle et pour son fils, je crois que c'est tout. C'est une femme charmante, calme et réservée. Elle n'a pas eu la vie facile.

— Vous disiez que vous représentiez la famille. Qu'avez-vous fait pour elle ?

Thatcher eut une grimace évasive.

— Oh... des démarches concernant la propriété, auprès d'autres membres de la famille qui voulaient la gérer à sa place, sous prétexte qu'elle n'était pas apte à prendre de décisions. Des querelles de famille classiques chez les riches, en somme. Mais j'ai fait taire les loups, conclut-il avec une certaine fierté.

Je risquai d'une voix qui s'entendit à peine :

— J'aimerais bien la rencontrer.

— Ce ne sera pas facile. Elle est bien trop timide pour faire l'objet d'une étude quelconque. Mais je pourrais vous recommander d'autres personnes, qui seraient pour vous des sujets parfaits. De ces gens qui aiment tellement parler d'eux-mêmes qu'ils vous dévoilent tous leurs secrets de famille, y compris les détails les plus embarrassants.

Je n'avais pas quitté des yeux la maison de la plage, et Thatcher suivit mon regard.

— Elle s'éloigne rarement de la propriété. C'est Linden qui fait les courses.

— Elle me semble répondre parfaitement à ce que je cherche, observai-je.

Thatcher m'examina d'un œil dubitatif.

— Quel est exactement le sujet de votre enquête ?

— Les implications psychologiques et morales de l'extrême richesse, débitai-je sans hésiter.

— Elle ne cadre plus avec cette description. C'est une propriétaire dont les biens sont lourdement hypothéqués, déchue de son statut social. Elle n'assiste plus aux galas de bienfaisance, ne figure plus sur la liste A des cercles mondains et n'est plus invitée nulle part. Sauf aux soirées que mes parents donnent ici, rectifia-t-il. Elle ne passe pas l'été en Europe, ne met jamais les pieds dans les boutiques et les restaurants de Worth Avenue. Elle n'est plus une vraie résidente de Palm Beach, en fait. Elle vit en véritable ermite.

Thatcher s'interrompit, comme s'il m'avait suffisamment prouvé que Grace Montgomery n'était pas la personne qu'il me fallait.

— Continuez, insistai-je. C'est très intéressant.

Je vis se relever le coin de sa bouche.

— Nous sortons carrément du sujet, je vous préviens. Grace Montgomery est un peu notre clocharde, ici. Elle n'a pas de bijoux de valeur. Sa garde-robe, si on peut appeler cela ainsi, remonte à Mathusalem. Elle se promène en robe d'intérieur et en sandales, ce qui fait pitié, car c'était autrefois une femme très séduisante. Ici, pour toute la haute société, c'est un peu comme si elle était morte, et pas seulement parce qu'elle a été en clinique psychiatrique. Beaucoup de gens suivent une psychothérapie, c'est même très bien porté. Elle est indésirable simplement parce qu'elle est pauvre.

— Vous la rendez de plus en plus intéressante, affirmai-je. Et même parfaite pour moi.

— Elle ne voudra pas vous parler, croyez-moi.

— Peut-être qu'une simple rencontre…

— Seigneur, quelle obstination ! Très bien, dit-il avant que j'aie pu placer un mot, voilà ce que je vais faire. Je vais passer un marché avec vous.

— Je vous demande pardon ?

— Je vous présente à Grace si vous acceptez de dîner avec moi ce soir, voilà.

— Ce n'est pas un marché, m'indignai-je. C'est du chantage !

Il arbora son petit sourire conquérant.

— Tout est permis en amour, comme à la guerre.

— Faites-vous tout ça pour gagner un pari avec votre associé ?

— Non. Pour gagner un pari avec moi-même, répliqua-t-il. D'ailleurs, après notre rencontre, j'ai décidé que j'en avais très envie. Alors ?

Je respirai un grand coup.

— Entendu. Présentez-moi.

Il sourit et, d'un mouvement de la tête, désigna la maison de la plage.

— Prête ?

Je me sentis si faible, tout à coup, que je doutai de pouvoir aller jusque-là. Je laissai échapper un gémissement et Thatcher se retourna. Ma pâleur soudaine l'effraya.

— Hé là, vous êtes sûre que ça va ? Venez vous asseoir un moment, suggéra-t-il en me guidant vers une chaise.

— Ce n'est rien, je vous assure. Je vais très bien.

— Vous n'en avez pas l'air. J'ai vu que vous n'aviez presque rien mangé au petit déjeuner. Vous êtes malade ?

— Je vais très bien, répétai-je. C'est seulement la fatigue du voyage et le manque de sommeil.

— Je vais vous chercher un jus d'orange. Ça fera remonter votre taux de sucre, c'est ça qu'il vous faut. Et pas de discussion. Je suis presque médecin, après tous les cas d'erreurs médicales que j'ai traités. Restez assise, je reviens tout de suite, promit-il en repartant vers l'intérieur de la maison.

Je fermai les yeux et m'efforçai de me reprendre. C'était bien le moment de tomber en faiblesse, vraiment ! Je respirai à nouveau longuement, profondément. Et quand je rouvris les yeux pour regarder vers la plage, j'aperçus un jeune homme en chemise blanche et en jean qui avançait péniblement dans le sable, la tête basse. Il portait un chevalet sous le bras et une mallette en cuir noir dans la main gauche. Il était pieds nus.

Ses cheveux blonds brillaient tellement dans le soleil qu'ils paraissaient couverts de givre. Ils lui arrivaient presque aux épaules et encadraient souplement son visage. Il ne me fut pas possible de voir ses traits, car il ne releva jamais la tête. Il restait assez près de l'eau pour marcher dans l'écume des vagues, quand elles se brisaient sur le sable et se retiraient.

— Ah, fit Thatcher qui revenait, et qui avait suivi la direction de mon regard. Linden rentre déjà chez lui. D'habitude, il trouve un coin qui lui plaît et y reste presque toute la journée. Il doit avoir faim. Tenez, dit-il en plaçant le jus d'orange devant moi. Tout frais pressé, j'y ai veillé moi-même.

— Merci.

Je bus à longues gorgées. C'était bon.

— Linden ! appela-t-il à pleine voix. Hé, Linden !

Le jeune homme ne releva même pas la tête.

— Il m'entend, affirma Thatcher, mais ça lui est complètement égal. Vous êtes bien sûre de vouloir que je vous présente à cette famille de timbrés ?

— Oui, dis-je après avoir fini le jus d'orange. S'il vous plaît.

Je reposai mon verre et me levai.

— Très bien. Par ici, indiqua Thatcher, en me pilotant vers les marches de la terrasse.

Nous passâmes derrière la piscine. L'eau courait sur un fond d'ardoises et paraissait délicieuse, c'était très tentant.

— C'est une piscine d'eau de mer, expliqua Thatcher. C'est meilleur pour la peau. Quand vous aurez envie de vous baigner…

— Je vous remercie.

— Il n'y a pas de quoi. Les riches sont généreux dès qu'il s'agit d'étaler leur richesse, vous verrez. Si vous leur montrez à quel point vous savez l'apprécier, bien sûr.

— Mais si vous trouvez ces gens tellement superficiels, éprouvai-je le besoin de demander, pourquoi restez-vous ici ?

Thatcher s'arrêta, plongea son regard dans le mien, puis le laissa s'échapper vers la mer.

— Je ne suis pas sûr de pouvoir vivre ailleurs, dit-il rêveusement. Peut-être suis-je un lâche, après tout. C'est ce qui m'a attiré vers vous, ce matin.

— Quoi donc ?

— Vous aviez l'air…

Il esquissa un geste en direction de l'horizon.

— L'air d'appartenir à tout ça.

— À tout quoi ?

— Cet endroit. Le monde réel, précisa-t-il.

Puis il ajouta quelque chose qui me bouleversa : ce fut comme si des cloches se mettaient à sonner à toute volée dans mon cœur.

— Grace Montgomery est comme vous, pour ça. Elle ne fait plus partie de cette ville. Peut-être qu'elle vous parlera, conclut-il.

Et nous repartîmes vers la maison de la plage, les cloches carillonnant toujours dans mon cœur. J'en étais ébranlée jusqu'à la moelle des os.

7
Thatcher

Le chemin bordé de haies menait à une terrasse, nettement moins grande que celles d'en haut, et à l'entrée de la maison de la plage. Apparemment, elle avait dû jadis être peinte du même blanc nacré que le manoir. À présent, les murs étaient décolorés par l'air marin. À l'étage, deux balcons faisaient face à l'océan, bordés tous deux de palmiers en pot. Et des plantes grimpantes, qui tapissaient les deux côtés de l'habitation, montaient jusqu'à son toit de tuiles.

— Le personnel ne manque de rien, ici, observa Thatcher. Il y a vingt chambres, sans compter les deux salons et la salle à manger. Les domestiques de mes parents y habitent également, bien sûr. Et cela aussi contribue à rendre les Montgomery intouchables, commenta-t-il amèrement. Vivre avec les domestiques, pensez donc ! Bon, allons-y, décida-t-il en pressant le bouton de la sonnette.

Et comme personne ne répondait, il recommença.

— Ils pourraient très bien ne pas répondre du tout, me prévint-il. Mais ça compte quand même pour notre marché.

Cette repartie m'arracha un sourire, juste au moment où la porte s'ouvrait. Linden se tenait devant nous et nous dévisageait. C'était un jeune homme d'allure fragile, dont les traits prirent aussitôt un air farouche. Ses cheveux blonds, que j'avais trouvés brillants comme du givre, paraissaient jaunes et bien pâles, loin du soleil. L'expression de ses yeux noirs, le pli de sa lèvre, la façon dont il se raidissait, les poings serrés, lui conféraient une allure résolument agressive.

— C'est pour quoi ? demanda-t-il, ignorant délibérément la plus élémentaire politesse.

Thatcher répondit avec le plus grand calme.

— Nous avons une visiteuse intéressante, qui serait ravie d'avoir l'occasion de parler à votre mère. Si elle est disponible, naturellement.

— Pour quoi faire ? s'enquit Linden.

Il s'avança vers nous en tâchant de garder les yeux fixés sur Thatcher, mais son regard tomba sur moi. Je crus y déceler un certain intérêt, prenant le pas sur sa méfiance, et je me sentis encouragée à lui sourire.

— Voici Mlle Isabel Amou, reprit Thatcher, elle prépare son diplôme de troisième cycle. Elle pense que parler à ta mère serait intéressant pour elle et l'aiderait dans son enquête en cours. Il n'y a là rien qui doive t'inquiéter, Linden. Je pense qu'à présent, tu sais que je ne ferais jamais rien qui risque de l'ennuyer, bien au contraire. Tu sais cela, non ?

Thatcher lui parlait comme à un enfant querelleur, en essayant de s'y prendre avec lui comme papa aurait pu le faire, pensai-je. Mais Linden restait cloué sur place, le visage durci et d'une froideur soupçonneuse.

— Nous t'avons vu tout à l'heure sur la plage, reprit Thatcher, pour rompre un silence qui devenait pesant. Je t'ai appelé mais, avec le bruit du ressac, tu n'as pas dû m'entendre.

Linden lui jeta un regard dont le sens était on ne peut plus clair. Il l'avait parfaitement entendu, mais n'avait pas eu la moindre envie de lui parler. Cela ne découragea pas Thatcher, bien résolu à ne pas laisser le silence s'installer.

— Pourquoi es-tu rentré si tôt, aujourd'hui ? insista-t-il. Tu n'as rien trouvé qui t'inspirait ?

Il se retourna vers moi pour expliquer :

— Linden m'a dit un jour qu'il se servait de son coup d'œil d'artiste comme d'une canne à pêche, pour tirer son inspiration de la mer. N'est-ce pas ainsi que tu t'es exprimé, Linden ?

— Je ne vous l'ai pas dit pour que ça vous serve à amuser les gens, en tout cas.

— Oh ! mais ce n'est pas du tout ce que je suis en train de faire. Cela m'a beaucoup impressionné, au contraire. Et Mlle Amou aussi, à en juger par son expression. Est-ce que je me trompe, mademoiselle Amou ?

— Non, admis-je en reportant mon regard sur Linden.

Celui qu'il attachait sur moi était d'une perspicacité surprenante, comme s'il me sondait jusqu'au fond de l'âme. Apparemment, ce qu'il vit ne dut pas lui déplaire. La tension de ses épaules se relâcha et sa bouche s'adoucit quand il demanda :

— Quelle est cette enquête dont il vient de parler ?

— Comme il vous l'a dit, je suis étudiante et je rassemble des matériaux pour une étude sociologique. Le sujet que j'ai choisi nécessite une enquête sur la société de Palm Beach.

— Nous ne faisons pas partie de la société de Palm Beach, répliqua instantanément Linden, un pli amer aux lèvres.

— Mais bien sûr que si, s'interposa Thatcher. On ne peut pas vivre ici et ne pas en faire partie.

— Eh bien nous, nous pouvons. Ce serait une perte de temps que de discuter avec ma mère. Elle ne joue aucun rôle social et ne fraie pas avec les grands de ce monde.

Cette fois encore, la bouche de Linden s'était durcie en proférant ces paroles acerbes. Mais Thatcher ne se laissa toujours pas démonter.

— Elle a une histoire ici, malgré tout. Pourquoi ne lui laisses-tu pas décider par elle-même ? Mlle Amou n'est pas là dans l'intention de nuire. Elle n'écrit pas pour les journaux à sensation. Elle travaille à un projet d'études tout ce qu'il y a de plus réglementaire, et très intéressant. Ta mère serait peut-être ravie de discuter avec elle, Linden.

— Franchement, ça m'étonnerait.

— Eh bien alors, pourquoi ne pas lui laisser le choix ? s'obstina Thatcher.

Il n'était pas habitué à ne pas avoir gain de cause, c'était clair. Je n'aurais pas su dire si son insistance venait de là ou s'il cherchait à entrer dans mes bonnes grâces. En tout cas, sa détermination produisit son effet sur Linden. Il se détendit un peu.

— Vous perdez votre temps, je vous préviens. Attendez ici, nous jeta-t-il en repartant vers l'intérieur de la maison.

Thatcher me sourit, pas mécontent de lui.

— Un jeune homme difficile, ma foi. Il fait peur à beaucoup de monde, ici, et pas seulement à cause de ses tableaux, qu'il arrive quand même à vendre de temps en temps. Je pourrai vous en montrer dans une galerie de Worth Avenue, si vous voulez.

— J'en serais ravie, m'empressai-je d'accepter.

— C'est bien ce que je pensais. Aujourd'hui tout ce qui est sombre, dangereux, tourmenté, attire bien plus que ce que l'on pourrait appeler normal et équilibré.

C'est pour cela que, dans l'*Othello* de Shakespeare, le ténébreux Iago est plus intéressant qu'Othello lui-même. Vous n'êtes pas de cet avis ? s'enquit-il, avec son petit sourire insolent.

J'avais beau m'en défendre, il me tenait sous le charme. Je ressentais cela physiquement. Dans chaque fibre de mon corps s'éveillait une sensation de chaleur excitante, émoustillante, y compris en des endroits où je n'aurais jamais cru cela possible. Pendant quelques instants, j'en oubliai presque la rencontre capitale que j'étais sur le point de faire. J'étais surexcitée, sur le qui-vive, effrayée, tout cela à la fois. La voix de Thatcher me ramena sur terre.

— Il a raison, toutefois. Comme je vous le disais, ils ne font plus partie du cercle social de Palm Beach. J'ai peur que tout cela ne vous apporte pas grand-chose.

Pas grand-chose ? me répétai-je en pensée. Si seulement il savait !

Un bruit de pas dans le hall me fit tressaillir de tout mon être. Je crus sentir un étau me broyer le cœur, étouffant ses battements jusqu'à me les rendre imperceptibles. Elle apparut.

Ses cheveux, de la même nuance que les miens mais légèrement striés de gris, étaient noués en une épaisse queue-de-cheval. Elle avait le teint clair et, quand elle s'approcha, je pus voir que mes taches de rousseur me venaient d'elle. Nous avions le même nez, les mêmes yeux turquoise, mais la forme de mon visage rappelait davantage celui de mon père.

Malgré l'extrême simplicité de sa coiffure, son refus de tout maquillage, le bleu fané de sa robe d'intérieur, elle possédait une beauté sereine, vraiment angélique. Elle avait le nez fin, des traits délicats et presque juvéniles. Ce qui me frappa le plus fut l'expression innocente et vulnérable de ses yeux.

J'imaginai la déception de ma mère adoptive, si elle avait pu la voir. Malgré les tourments et les épreuves de sa vie, ma vraie mère semblait relativement épargnée par l'âge. À peine marquée par une légère patte-d'oie au coin des yeux, sa peau était d'une blancheur crémeuse, éclatante. Elle ne portait ni bijoux ni boucles d'oreilles, pas même un bracelet-montre.

— Bonjour, Grace, l'aborda Thatcher. Comment allez-vous ?

Elle esquissa ce qui chez elle devait être un sourire : les coins de sa bouche se relevèrent à peine, un rayon de lumière traversa son regard. On aurait dit qu'elle évitait d'afficher trop longtemps la moindre joie, n'osant pas s'y fier ou redoutant déjà la déception qui la suivrait. Campé derrière elle, Linden nous observait, non sans une certaine hostilité.

Grace parla d'une voix assourdie, juste assez audible pour que j'en perçoive la douceur.

— Très bien, Thatcher ! En quoi puis-je vous être utile ?

— J'ai avec moi quelqu'un qui aimerait vous rencontrer, dit-il en se tournant vers moi.

Elle en fit autant et ses yeux s'agrandirent, pas seulement sous l'effet de la curiosité. Son regard intense, profond, scrutait avidement mes traits comme si elle m'avait cherchée depuis des années, comme si elle savait. J'en restai sans souffle. Je m'attendais presque à ce qu'elle me demande si j'étais bien celle qu'elle croyait. J'espérais vraiment qu'elle le ferait, pour que je puisse crier la vérité, mettre fin à cette pitoyable tentative pour leur cacher mon véritable objectif, à Linden et à elle.

— C'est Isabel Amou, poursuivit Thatcher. Elle procède à une étude sur la société de Palm Beach, dans le cadre d'un projet universitaire.

— Amou ? répéta Grace en haussant les sourcils, sans me quitter du regard.

Je ne pouvais plus me dispenser de parler.

— Oui, articulai-je, d'une voix aussi étouffée que l'avait été la sienne.

Ses yeux se rétrécirent, trahissant sa méfiance, et mon pouls s'accéléra.

— Qu'attendez-vous de moi ? acheva-t-elle.

Thatcher me sourit comme pour me signifier : « J'ai fait ma part, à vous de jouer, maintenant. »

— Je désirais seulement parler avec vous de votre expérience de la vie d'ici, débitai-je précipitamment. Avoir grandi dans une pareille richesse et…

— Expérience, avez-vous dit ?

— Votre histoire est unique et je pensais… (Les mots avaient du mal à sortir, je dus faire un effort pour aller jusqu'au bout). Je pensais que votre vision de l'univers de Palm Beach m'apporterait… des informations utiles pour mon travail. Il n'est pas facile de trouver des gens qui aient des opinions vraiment personnelles et une tout autre vision des choses.

Elle m'étudia avec une intensité accrue, et mon cœur battit à grands coups. Elle commençait à deviner, je le sentais à la façon dont ses yeux fouillaient mon visage, dont ses lèvres s'entrouvraient, prêtes à dessiner à nouveau ce tendre sourire. Je retins ma respiration. Allait-elle demander tout à trac si j'étais la fille de Claude De Beers ? Sa fille ?

Elle n'eut pas le temps de répondre. Linden bondit en avant.

— C'est ridicule ! rugit-il en la poussant pratiquement de côté. Qu'est-ce que nous sommes, selon vous ? Une espèce nouvelle, intéressante à disséquer ? Sommes-nous devenus un genre à part, simplement à cause de notre situation matérielle ? Qui vous a mis cette idée en tête ?

C'était à moi que la question s'adressait. Je bafouillai :

— Personne ! J'ai simplement pensé... Je veux dire, quand j'ai entendu parler de vous...

— Nous y voilà. Vous avez entendu parler de nous. Les gens clabaudent à notre sujet, c'est ça ? Et vous vous êtes dit que ce serait intéressant de venir ici, pour exploiter le filon.

— Linden, s'interposa Thatcher. Calme-toi.

— Non ! Combien de fois va-t-on encore nous ridiculiser dans la presse ou dans les salons ? Combien de fois devrons-nous encore nous sentir humiliés, simplement parce que nous ne sommes pas invités à tel bal ou à telle fête de charité ?

— Je ne sais strictement rien de tout cela, me hâtai-je d'affirmer. Je suis venue ici pour un entretien avec M. et Mme Eaton, et quand j'ai appris votre situation...

— Vous voyez bien ! triompha Linden, en brandissant un index rageur sous le nez de Thatcher. Vos parents l'ont aiguillée sur nous. Ils nous ont désignés comme une sorte d'espèce curieuse, en captivité dans cette propriété.

— Allons, Linden, tu sais bien que mes parents ne font jamais cela. Et personne, parmi nous, ne voudrait vous causer le moindre ennui.

— Alors sortez, riposta Linden. Et laissez-nous tranquilles.

Il était tout rouge, maintenant. Les yeux lui sortaient de la tête et les veines de son cou se gonflaient.

— Je t'en prie, Linden, implora ma mère. Ne te mets pas dans des états pareils.

— Alors dis-leur de s'en aller !

— D'accord, Linden, d'accord, capitula Thatcher. Nous sommes navrés de vous avoir dérangés, Grace. Comme elle vous l'a dit elle-même, cette jeune fille cherchait simplement à recueillir différents points de vue sur la société de Palm Beach. Sans aucune mauvaise intention, croyez-le bien. Je me souviens d'avoir eu ce genre d'enquête à mener, quand j'étais étudiant. Ce n'est jamais facile de dépendre de la bonne volonté des gens. Surtout quand ils vous sont étrangers, conclut-il en prenant mon bras.

— Je m'étonne qu'on ne nous ait pas proposé un salaire, bougonna Linden.

Thatcher riposta du tac au tac :

— C'est ça que tu veux, Linden ?

Le visage de Linden parut se vider de son sang.

— Pour qui me prenez-vous ? Pour un avocat qui fait payer aux gens chaque minute de son temps de parole ?

Thatcher éclata de rire.

— D'accord, je vois. Désolé, Grace, s'excusa-t-il encore en m'entraînant hors de la maison.

Pendant tout ce temps, ma mère ne m'avait pas quittée des yeux, et les miens aussi étaient restés fixés sur elle. Une expression douloureuse assombrit ses traits, et elle eut un élan vers nous comme pour nous retenir. Mais instantanément, Linden se retrouva entre elle et nous. À peine étions-nous sortis que la porte claquait dans notre dos, me coupant de ma mère sans que nous ayons pu échanger un seul mot de plus.

— Je vous avais prévenue, me rappela Thatcher, sans plus chercher à dissimuler sa colère. C'est lui qu'on aurait dû envoyer en maison de santé, pas elle. Ça me désole pour elle de lui voir ce boulet à traîner.

Il cracha ces mots en direction de la porte fermée, puis se retourna sur moi.

— Hé là, ça ne va pas ? On dirait que vous tremblez ?

— Si, murmurai-je en étreignant mes épaules, pour quitter précipitamment la terrasse.

Il me rejoignit dans l'allée.

— Allons, du calme, dit-il en me prenant par le bras. Ne vous laissez pas démonter pour si peu. Je vous trouverai des interlocuteurs on ne peut plus coopératifs. Vous aurez du mal à les faire taire, ceux-là, et ils vous raconteront leur vie par le menu. Ici, les gens arborent leurs problèmes de famille comme une distinction spéciale ou une médaille, vous verrez.

Je gardai la tête basse tandis que nous remontions vers la grande maison, laissant Thatcher discourir tout seul.

— Prenez Helen Krescan, par exemple. Elle sait que son mari a installé sa maîtresse dans son yacht, au beau milieu du port. Elle s'en plaint sans arrêt à l'institut de beauté, mais a-t-elle demandé le divorce ? Non. Elle préfère s'apitoyer sur elle-même, ou tirer une certaine notoriété de la situation. Vous apprécierez sa conversation, et elle ne vous parlera pas seulement de son mari. Elle connaît les faiblesses de tous les maris de la ville. Vous pourrez la rencontrer demain, si vous voulez.

« Hé bien ? s'inquiéta-t-il soudain de mon silence. Vous êtes sûre que ça va ?

— Oui. Je ne sais pas. Peut-être que ce projet n'était pas une bonne idée, finalement.

— Je ne suis pas de cet avis. Je crois que cela pourrait donner quelque chose de très bien. Ne vous laissez pas décourager par ça, me réconforta-t-il, en pointant le menton vers la maison de la plage.

— Je crois que je ferais aussi bien de partir.

J'avais parlé entre haut et bas, plutôt pour moi-même que pour lui. Je reportai mon regard sur l'océan. Il y avait quelques voiliers à l'ancre, et aussi un grand yacht blanc, tellement immobiles contre l'horizon que cela paraissait irréel. On croyait voir un tableau. L'illusion était si forte que j'en devins toute songeuse.

Comme il était facile de glisser dans les fantasmes et l'imaginaire, ici ! C'était vraiment un lieu trop dangereux pour moi, surtout en ce moment, où j'étais plus vulnérable que jamais.

— Pas question, trancha Thatcher. Vous ne pouvez pas partir. Vous avez un engagement à tenir, et n'oubliez pas : je suis avocat. Je passerai vous prendre à sept heures. Laissez passer un jour ou deux, me conseilla-t-il. Quand vous aurez eu un entretien valable, vous retomberez sur vos pieds, vous verrez. D'ailleurs, demain, vous êtes attendue au brunch de mes parents. Un couple du plus pur style Palm Beach, je vous l'affirme. Authenticité garantie. Ils sont gâtés, pleins de complaisance pour eux-mêmes, vaniteux, farcis de préjugés, mais totalement inoffensifs, ajouta-t-il.

J'attachai sur lui un regard intrigué, qui l'étonna.

— Eh bien, qu'y a-t-il ?

— Vous n'éprouvez aucun respect pour vos parents, alors ?

Il s'accorda quelques secondes de réflexion.

— Je n'ai jamais dû les prendre assez au sérieux pour cela, en fait. Quand on est élevé au milieu de tout ça…

Il embrassa du regard la propriété tout entière.

— On risque de perdre de vue le véritable sens des relations. Ce n'est pas facile à exprimer, mais je vais essayer. Presque partout ailleurs, l'amour ne pose aucun problème car il est déjà là, autour de vous, tout naturellement. Ici, c'est à vous de le trouver, de le découvrir sous un monceau de richesses et de luxe. Quelquefois il est là, quelquefois non. Et quand il n'y est pas, eh bien... vous achetez une nouvelle Rolls ou vous prenez l'avion pour Paris.

Je le dévisageai, surprise par sa sincérité sans détour. Cet examen finit par le mettre mal à l'aise.

— Désolé d'avoir tant insisté, s'excusa-t-il. J'ai été un peu lourd.

— Pas du tout. Vous êtes peut-être le meilleur sujet d'études que je puisse trouver, finalement.

Cette réponse directe amena un sourire sur ses lèvres.

— J'espérais vous l'entendre dire. Je me mets entièrement à votre disposition.

— Un avocat aussi occupé que vous ? le taquinai-je. Et vos affaires en cours ?

— Voyons...

Le menton pincé entre le pouce et l'index, il fit mine de réfléchir.

— Le dossier le plus urgent que j'aie à traiter en ce moment, c'est la défense de Harry Stevens, le multimilliardaire dont le yacht a endommagé la jetée. La ville veut l'obliger à la reconstruire entièrement, et il menace de la poursuivre. Je crois que cela devrait me laisser un peu de temps libre.

Je fus obligée de rire. Nous étions arrivés tout près de la maison, à présent. Il me la fit retraverser pour me ramener à ma voiture.

— Reposez-vous un peu, dit-il quand je fus assise au volant. Je tiens à vous faire passer une bonne soirée, d'abord, et à vous faire goûter à la vie nocturne de Palm Beach. La vraie.

Il referma la porte pour moi et me suivit des yeux quand je m'éloignai. Les grilles parurent s'ouvrir d'elles-mêmes, comme dans un conte des Mille et Une Nuits. Je les franchis et les regardai se refermer derrière moi. J'étais de retour dans le monde réel, et ma mère restait derrière ces murs. Mais surtout, pensai-je avec un soupir, derrière les murs de sa tristesse, et aussi de sa déception.

J'avais commis une énorme erreur, m'avouai-je. J'aurais dû être sincère dès le début. Aborder ma mère en toute vérité, au lieu de me cacher derrière cette fable qui ne l'avait pas trompée une seconde. Elle était prête à m'accueillir à bras ouverts, j'en étais sûre. Je l'avais lu dans son regard.

Et puis il y avait Linden, qu'il allait falloir affronter. Gagner sa confiance allait être encore plus difficile, à présent. Quand je dirais la vérité, si je la disais, il pourrait croire que c'était un mensonge de plus, ou que je donnais de fausses raisons. M'accueillerait-il, pourrait-il jamais m'accueillir comme sa demi-sœur ? Jamais je n'avais vu autant d'angoisse et de souffrance dans les yeux d'un jeune homme, pas même à la clinique de papa.

Qu'était-ce donc qui le torturait ainsi ? Quelque chose qu'il avait hérité de ma mère ? Le saurais-je un jour ? Ces secrets étaient-ils encore plus noirs, plus profonds que les autres, ceux que je connaissais déjà ?

Thatcher avait raillé l'empressement des gens à révéler leurs ennuis, mais je me posais des questions. Était-ce réellement pour protéger les résidents de l'extérieur que les murs étaient si hauts, ici… ou pour garder cachées certaines vérités à l'intérieur ? Après tout, plus les gens étaient riches et mieux les portes étaient fermées, plus solides étaient les serrures, plus épais les coffres-forts. Et plus ténébreuses et profondes les ombres qui s'amassaient, telles des toiles d'araignées, dans les recoins de leurs demeures.

⁂

La faim et le besoin de me détendre me ramenèrent à l'hôtel, où je me changeai, avant de descendre déjeuner au bord de la piscine. Après quoi, j'allai m'acheter un maillot de bains, puisque je n'en avais pas emporté, et me changeai une fois de plus. Puis je cherchai une chaise longue dans un coin tranquille, pour m'étendre à l'ombre et réfléchir en paix. Pendant un moment, je réussis à m'isoler des sons qui me parvenaient, bruits de voix, rires d'enfants, musique… et je m'endormis.

Je me réveillai en sursaut, avec la sensation d'une présence toute proche. Quand j'ouvris les yeux, je vis un homme d'un certain âge debout près de ma chaise longue et qui me dévorait du regard. Je lui donnai largement soixante ans, pour ne pas dire soixante-dix. Il tenait un grand verre, avec une petite ombrelle en papier jaune qui dépassait. En me voyant ouvrir les yeux, il me sourit comme si j'étais une parente, depuis longtemps perdue de vue, qu'il venait juste de retrouver.

— Vous désirez ? m'informai-je poliment. Puis-je faire quelque chose pour vous ?

— C'est moi qui espérais pouvoir faire quelque chose pour vous. J'étais assis là, sur le transat juste en face de vous, et je vous ai vue vous endormir. Vous avez dormi une heure et demie, précisa-t-il en consultant sa Rolex. Et avec tout ce bruit. Vous deviez être fatiguée, j'imagine.

Je me redressai sur mon siège et rejetai mes cheveux en arrière.

— En effet.

— C'est l'épuisement de la nuit, alors. Pas vrai ?

— Non, renvoyai-je sèchement, pas très sûre d'apprécier les sous-entendus que recelait la question.

Il gloussa comme si je ne lui disais pas la vérité.

— Dès que j'ai vu battre vos paupières, j'ai commandé ceci pour vous. Tenez, dit-il en me tendant le verre.

— Non, merci.

— Vous devriez, insista-t-il, le bras tendu. Un piña colada… c'est divin.

Qui pouvait être cet homme et qu'est-ce qu'il me voulait ? Il était à peu près de ma taille, avec au moins dix kilos de trop. Ses cheveux gris et rares laissaient voir un crâne semé de taches brunes, et une ligne de poils gris descendait à travers sa poitrine jusqu'à son ventre proéminent. Deux gros cigares étaient glissés dans la ceinture de son short de bain, d'où surgissaient deux jambes sèches aux veines saillantes. Une énorme chaîne d'or encerclait son cou fripé.

— Je ne raffole pas des boissons sucrées, déclarai-je sans aménité.

Sur quoi il finit par retirer son bras.

— Pas étonnant que vous ayez une silhouette pareille. Moi, je ne peux pas résister à ces trucs-là.

Il avala goulûment la moitié du cocktail et ajouta :

— Je parie que vous êtes ici toute seule. Je me trompe ?

— Non.

— Comment se fait-il qu'une jolie fille comme vous soit toute seule ? reprit-il avec un sourire entendu, suggérant qu'il connaissait la réponse.

Je n'étais pas spécialement d'humeur à discuter avec un grand-père, mais je ne voulais pas me montrer impolie.

— Je ne suis là que pour un court séjour, je fais un travail de recherche.

— Un travail de recherche, hein ? Celle-là, je la retiens. C'est la première fois que je l'entends mais elle est bonne.

— Je vous demande pardon ?

— Allons, s'esclaffa-t-il en s'asseyant sur la chaise longue voisine de la mienne. Je n'ai jamais demandé à une femme d'être franche avec moi, que ce soit à propos de son poids, de son âge ou de ses amours.

Je ne pus que le regarder vider son verre, abasourdie. Est-ce que ce vieux bonhomme flirtait avec moi, par hasard ? Cette seule idée me donnait la nausée.

Je repris ma serviette posée sur le bras de mon siège.

— Excusez-moi, murmurai-je en glissant les pieds dans mes sandales. Il faut que j'y aille.

— Allons, ne vous fâchez pas ! Vous êtes libre ce soir ?

— Vous dites ?

— Si vous n'avez rien en vue, nous pourrions dîner ensemble ? J'ai un ami qui donne une soirée sur son yacht, un peu plus tard. Vous avez peut-être entendu parler de lui, Michael Thomas ?

— Non.

J'esquissai un sourire incrédule, mais il dut y voir un encouragement.

— C'est le petit-fils des usines Thomas, vous savez, les fermetures de portes automatiques ? Au fait, je m'appelle Gordon Lauer, annonça-t-il pompeusement.

Il attendit vainement ma réaction et précisa :

— Les parfums Breston-Lauer, vous voyez ?

— Ah !

— Eh oui, confirma-t-il béatement. Je vous donnerai une provision de nos meilleurs produits pour toute votre vie.

Il me fut impossible de ne pas sourire franchement.

— C'est très gentil, mais je crains que vous n'ayez commis une erreur. Je ne suis pas ici pour prendre du bon temps. Merci pour votre invitation, ajoutai-je en me levant.

Il en resta bouche bée de surprise. Comment un homme de cet âge pouvait-il croire que je voudrais sortir avec lui, si riche fût-il ? Je ne savais pas si je devais trouver cela drôle ou déprimant. Tout ce que je savais, c'est que j'avais hâte de me retrouver dans ma chambre, loin de tout ça.

Un message du Dr Anderson m'y attendait. Il avait fait le nécessaire pour que je puisse rencontrer deux autres familles, si je le souhaitais. Il m'avait également laissé leurs adresses et leurs numéros de téléphone, et cela réveilla mon sentiment de culpabilité. J'étais furieuse contre moi-même d'avoir mis sur pied cette comédie. Je devais à tout prix trouver un moyen de dire la vérité, en particulier à ma mère, et cela sans tarder.

Mais pour l'instant, il fallait que je m'apprête pour aller dîner avec Thatcher Eaton. Une partie de moi-même se sentait affreusement coupable d'éprouver une certaine surexcitation à cette perspective, si peu que ce fût, et de chercher à être attirante. La mort de papa était encore trop récente. Avais-je le droit de goûter à ces petits plaisirs ? Et d'ailleurs, qu'est-ce que tout cela avait à voir avec ma véritable raison de venir ici ?

Une fois de plus, je me trouvais engagée dans une discussion entre moi et moi. Une moitié de moi-même tentait de justifier ma conduite avec ses arguments logiques.

« Il t'aide à approcher ta mère. Rappelle-toi toutes les difficultés qu'a faites Linden. Tu devrais être reconnaissante à Thatcher d'être là et de s'intéresser à toi. »

À quoi une autre voix intérieure, ressemblant fortement à celle de ma mère adoptive, répliquait aussitôt :

« Ne te mens pas à toi-même, Willow De Beers. Sois franche, au moins. Tu es attirée par cet homme. Tu t'es laissé charmer par lui, et maintenant cet attrait se change en autre chose. Rencontrer ta mère et apprendre à la connaître sont passés au second plan. »

— Non, ce n'est pas vrai ! répliquai-je, en criant presque à mon image dans le miroir.

Je crus entendre le petit rire ironique de ma mère adoptive et me détournai du miroir pour me laisser tomber sur le lit, toute songeuse. Fallait-il appeler Thatcher et me décommander ?

« Et pour faire quoi, ensuite ? Retourner là-bas et te précipiter à la maison de la plage ? Imagine la réaction de Linden. Tu pourrais tout gâcher, définitivement. Et à quoi cela te mènerait-il de rentrer chez toi, avec Allan furieux, ton semestre gâché ? Tu risquerais de plonger dans ce maelström de folie dont tu as eu peur toute ta vie, Willow De Beers. »

— C'est ridicule ! m'écriai-je en me levant d'un bond, pour aller prendre une douche et me laver les cheveux. Une fois secs, je les brossai avec tant de force que je faillis en arracher quelques mèches. Je ne mis qu'un soupçon de rouge à lèvres et choisis la plus jolie des robes que j'avais emportées. Personne n'avait jamais dû s'habiller si vite et avec tant de fureur, me dis-je avec humeur. J'étais toujours furieuse contre moi d'avoir accepté ce marché avec Thatcher.

J'en étais encore à me demander si, oui ou non, j'accordais trop d'importance à ce dîner, quand le téléphone sonna. Je décrochai instantanément.

— Je peux monter vous chercher, offrit Thatcher. J'ai préféré appeler pour savoir dans combien de temps vous seriez prête. La plupart des femmes de Palm Beach n'ont aucun respect de l'heure, du moins celles que je connais.

— Vous devriez sortir plus souvent de ce trou, ripostai-je, ce qui non seulement ne le rebuta pas, mais le fit rire. Je suis prête. Je descends.

— Fantastique, fut sa réponse.

Pourquoi lui en voulais-je à ce point ? Parce que je craignais que cet homme jeune et brillant ne perce à jour mon stratagème et n'en soit fâché ? Ou était-ce à moi que j'en voulais, parce que je me sentais comme une collégienne à son premier rendez-vous ?

Tâche de ne pas trop parler, me recommandai-je à moi-même. Moins on en dit, mieux ça vaut. Ce qui était plus facile à décider qu'à faire, surtout avec un homme comme Thatcher Eaton.

Quand je fis halte dans le hall, il se détourna du comptoir de la réception où il avait bavardé avec une des employées, qui paraissait totalement sous le charme. Il était difficile de ne pas l'être, d'ailleurs. Son complet vert olive et sa chemise blanche formaient un contraste heureux avec son hâle mordoré.

Le regard tout pétillant d'étincelles, il me sourit et s'avança vers moi.

— Désolée, dis-je en désignant ma petite robe noire toute simple. Je n'ai pas non plus de bijoux. Je ne suis pas venue ici pour sortir et je n'ai rien apporté de spécial.

— Ne vous excusez pas, je vous trouve sublime, au contraire. Une femme qui ne se fait pas remarquer, c'est plutôt rafraîchissant de nos jours.

— Qui ne se fait pas remarquer ? Très diplomatique, comme formule. On voit que vous êtes avocat !

Il m'offrit son bras en riant et j'eus l'impression que tout le monde nous regardait. Nous approchions de la sortie quand le vieil homme de la piscine entra, toujours en short et en polo. Il m'adressa un signe de tête.

— Vous tenez votre prise, je vois, me lança-t-il en nous croisant.

Thatcher arqua le sourcil.

— Qu'est-ce qu'il a dit ?

— Je n'en sais rien. C'est un vieux monsieur plutôt spécial. Tout à l'heure, à la piscine, il m'a carrément demandé de l'accompagner à une soirée sur un yacht. Curieuse idée, tout de même. Je me demande ce qui lui a pris.

Une lueur de gaieté traversa le regard de Thatcher. Il fit signe au groom qui se hâta d'aller chercher la Rolls, et dès qu'elle fut là, m'ouvrit lui-même la portière.

— Qu'est-ce que j'ai dit de si drôle ? demandai-je en prenant place sur le siège du passager.

Il referma la portière et vint s'asseoir au volant.

— Ce vieil homme a simplement pensé qu'une jeune femme seule ici ne pouvait s'y trouver que pour une seule raison. Pratiquer le grand jeu de Palm Beach.

— De quel jeu parlez-vous ?

Thatcher se mordilla le coin de la lèvre et démarra.

— Si vous saviez combien de séduisantes jeunes femmes viennent ici avec une seule idée en tête : devenir la maîtresse d'un vieillard fortuné ou, si possible, sa femme. Nombre d'entre elles descendent dans cet hôtel, justement parce que c'est un bon terrain de chasse.

— Eh bien je n'en fais pas partie, ripostai-je aigrement.

Il éclata de rire et me regarda en secouant la tête.

— Qu'est-ce qu'il y a encore ? me hérissai-je.

— Je ne sais pas. Pour l'instant je dois réserver mon jugement. Vous correspondez à la première moitié de la définition, en tout cas.

Je ne cachai pas mon exaspération.

— C'est-à-dire ?

— Vous êtes jeune et séduisante, c'est certain.

— C'est bien d'un homme riche et arrogant de croire que toutes les jeunes femmes en veulent à son argent.

Le rire de Thatcher redoubla.

— J'ignore quelles sont vos théories sur l'une des plus riches communautés de toute l'Amérique, mais...

Il ne riait plus, maintenant, et une nuance d'avertissement perça dans sa voix quand il acheva :

— Vous risquez d'avoir une ou deux surprises.

Merci beaucoup, ironisai-je à part moi. J'ai eu assez de surprises comme ça pour toute ma vie.

— Et voici Worth Avenue, annonça Thatcher. Une des rues commerçantes les plus riches du monde, comme Rodeo Drive à Beverly Hill ou El Paso à Palm Desert, en Californie.

Je vis défiler boutiques de luxe et grands magasins, vitrines prestigieuses, hôtels et restaurants. Tout semblait flambant neuf et presque étincelant, à l'égal des bijoux qu'arboraient tous les résidents fortunés de cette ville.

— C'est tout juste un centre commercial, observai-je.

— J'ignore ce que vous pouvez savoir sur Palm Beach, mais les gens sont toujours surpris d'apprendre que c'est tout simplement un long ruban d'une vingtaine de kilomètres. On peut dire que c'est Henri Morrison Flagler qui l'a créée en ouvrant son hôtel, le Royal Poinciana, en 1894. Sa maison est devenue un musée, le Flagler Museum. Vous devriez passer y jeter un coup d'œil, si vous avez le temps.

— J'irai peut-être, répondis-je évasivement.

Apparemment, Thatcher prenait très au sérieux son rôle de mentor.

— C'est Addison Mizner, le plus célèbre architecte de Floride, qui a inventé le style mauresque-méditerranéen de la région. Entre autres demeures, il a bâti celle des Montgomery, en tout cas il a commencé.

— Ah oui ?

Encouragé par cette marque d'intérêt, Thatcher poursuivit :

— L'exemple le plus connu de son style mauresque est Mar-a-Lago, qui appartient maintenant à Donald Trump. La résidence compte une centaine de chambres, et le domaine couvre environ trente-cinq hectares. Il comporte un terrain de golf, une tour, des cottages, des serres, une plantation de citronniers et un tunnel qui conduit à la plage. Trump l'a transformé en club privé. Je vous y emmènerai si vous voulez.

Comme je ne répondais pas, Thatcher insista :

— Je sais que vous n'êtes pas venue ici pour faire la fête, mais on a le droit de s'amuser un peu tout en travaillant, non ?

— Ça dépend.

— De quoi ?

— Du temps qu'on passe à s'amuser et de la quantité de travail qu'on fait, répliquai-je, ce qui me valut un nouvel éclat de rire.

Le restaurant devant lequel Thatcher se gara se nommait le Ta-Boo. Le maître d'hôtel le reconnut et vint aussitôt l'accueillir. J'enregistrai d'un regard la longue file de clients alignés devant le bar, buvant, bavardant et riant. La plupart des femmes étaient très séduisantes, et leurs toilettes provocantes devaient coûter les yeux de la tête.

— Et qui peut bien être cette ravissante créature ? s'enquit le maître d'hôtel.

— Prenez garde, mademoiselle mène une enquête sur la société de Palm Beach.

L'homme sourit et nous conduisit à une table en terrasse.

— Tous les gens importants de cette ville se montrent ici au moins une fois par semaine, me renseigna Thatcher. Réunie, la richesse de tous ceux qui sont ici ce soir doit atteindre…

Il embrassa du regard la foule élégante et conclut :

— Le produit national brut de la plupart des pays du tiers-monde, je dirais.

C'était également mon avis.

— Mais malgré tout, les prix restent raisonnables, ajouta-t-il comme le garçon nous apportait le menu. Vous prendrez un cocktail ?

J'hésitai. Thatcher commanda un Cosmopolitan et, comme si je savais ce dont il s'agissait, je commandai la même chose.

— Et à part l'incident du don Juan sénile à la piscine, interrogea-t-il, vous avez pris un peu de repos ?

— Oui, mais je ne suis pas ici pour me reposer.

— Vous êtes encore déçue par la réception des Montgomery, c'est ça ?

— Oui. Et je n'arrête pas de me demander comment ils ont pu en arriver là.

Il haussa les épaules.

— Tout ce que je sais d'eux, ou presque, je l'ai appris par ouï-dire. J'étais encore enfant quand Grace Montgomery est revenue de Caroline du Sud, où tout le monde savait qu'elle était en clinique psychiatrique.

« Au début, sa mère, Jackie Lee, a essayé de faire croire que sa fille souffrait d'une tumeur au cerveau et devait subir une opération délicate. Elle a raconté ça partout. Mais avec le temps, la réalité a pris le pas sur la fiction et Jackie a été rayée de la liste A.

— Qu'est-ce que cela signifie, au juste ?

— À Palm Beach, c'est à peu près comme si on était lépreux. Elle n'était plus invitée aux manifestations mondaines, bals, soirées, dîners. Elle avait déjà rencontré Kirby, dont tout le monde pense qu'il a séduit Grace et l'a mise enceinte, ce qui pourrait avoir aggravé sérieusement son état. Quand Jackie s'est retrouvée ruinée et perdue de réputation, il a choisi d'aller chercher ailleurs de plus verts pâturages.

Je restai un instant songeuse.

— Quand Linden est-il né ?

— Environ un an avant le départ de Grace pour la clinique. L'histoire de Jackie Lee a tenu debout pendant un certain temps, à cause du caractère renfermé de Grace. Elle vivait en véritable recluse. Les jeunes gens de sa génération pouvaient rester des mois sans la voir, au point qu'on finissait par l'oublier. Ce n'est donc pas surprenant qu'elle soit tombée enceinte à l'insu de tout le monde.

— Pourquoi l'a-t-on laissée avoir cet enfant ?

— D'après Bunny, ma mère, Grace a dissimulé sa grossesse, et même porté des gaines pour ça. Elle pense que cette honte explique en partie sa maladie mentale. Il n'est pas rare qu'une femme s'accuse elle-même de ce qu'un homme lui a fait subir. J'ai pu le vérifier auprès de certaines de mes clientes, quand le cas s'est présenté.

Plus j'obtenais de réponses, plus je me posais de questions.

— Et qu'a fait Jackie Lee pour simuler une grossesse ? Elle a porté un oreiller sous sa robe ?

— Exactement.

— C'est assez difficile à croire.

— Pas vraiment, je suis bien placé pour le savoir. À Palm Beach, inventer des fantasmes est presque un jeu de société. Même quand vous savez qu'il s'agit d'une affabulation, vous jouez le jeu. C'est même très bien vu de le faire.

Ma curiosité n'était pas encore satisfaite.

— Et Linden, que fait-il ? Je veux dire… il se contente de peindre, ou est-ce qu'il poursuit des études pour avoir un métier ?

Le rire de Thatcher m'exaspéra.

— Qu'y a-t-il de si drôle ? Vous disiez vous-même qu'il ne vendait pas assez bien sa peinture pour en vivre.

— On voit tout de suite si quelqu'un n'est pas de Palm Beach, s'égaya-t-il. Ici, les gens ne font rien, ma chère. Ils vivent pour dépenser, pas pour gagner. Si vous ne savez pas ça, c'est que vous n'êtes pas de Palm Beach.

— Mais je croyais que les Montgomery étaient dans le dénuement ?

— Selon les critères de Palm Beach, oui, mais pas en réalité. La location du domaine leur fournit de bons revenus et ils touchent les intérêts de différents placements. Linden se contente d'être artiste peintre, ou du moins c'est ce qu'il croit. Comme je vous le disais, on lui achète une toile de temps à autre, plutôt par amusement d'ailleurs. Ses tableaux sont déprimants, c'est vrai. Mais au cours d'un cocktail mondain, ils pimentent agréablement la conversation. Si cela vous intéresse vraiment, je vous emmènerai à la Galerie Hanson, sur Worth Avenue. Vous pourrez en voir quelques-uns.

— Vous prétendez que les gens ne vivent que pour dépenser, mais vous travaillez, lui fis-je observer.

— Il me plaît de penser que je suis différent, répliqua-t-il. À vos yeux aussi, j'espère.

— Je ne vous connais pas encore assez pour avoir une opinion, ni dans un sens ni dans l'autre.

Thatcher n'eut pas le temps de répondre : le garçon apportait nos cocktails. Il attendit son départ pour riposter :

— Eh bien, voici l'occasion d'apprendre à mieux nous connaître. Buvons au succès de ce projet.

Nous trinquâmes et, tout en buvant, il me regarda par-dessus le bord de son verre, les yeux brillants de pur plaisir.

Qu'es-tu en train de faire, Willow De Beers, m'entendis-je penser. Arrête ça tout de suite, et reviens-en à ton objectif avant de…

Avant de quoi ?

La question n'avait rien de bien sorcier. La réponse flottait dans chaque sourire de Thatcher, et reposait douillettement au fond de mon cœur.

Sois prudente avant de t'embarquer dans quelque chose dont tu ne pourrais plus, ou ne voudrais plus te libérer.

8

Flagrant délit

Nous commandâmes tous deux un dîner léger, et Thatcher choisit une bouteille de vin blanc. Quand il me lut la carte des vins, je m'efforçai d'avoir l'air de m'y connaître, au moins un peu. Ni ma mère adoptive ni papa ne buvaient beaucoup, à la maison. Ma M.A. adorait le champagne, mais elle le réservait pour ses grands dîners. Mon ignorance du monde allait sûrement me trahir, je le craignais. Thatcher ne tarderait pas à comprendre que j'étais plus jeune que je ne le prétendais, et en tout cas pas en troisième cycle.

— Et si nous parlions un peu de vous ? suggéra-t-il. D'où êtes-vous ?

L'idée d'ajouter un mensonge à un autre me faisait horreur, et je décidai de m'en tenir le plus possible à la vérité.

— Je viens d'une petite ville de Caroline du Sud, Spring City, pas loin de Columbia.

— Je ne vois pas de bague de fiançailles à votre doigt. Aucun amoureux n'attend votre retour ?

— Plus maintenant, non.

— Ah ah ! La rupture est toute fraîche, alors ?

— C'est une enquête pour les potins mondains du journal local ?

Thatcher s'esclaffa.

— Pas du tout. Avez-vous eu beaucoup de relations sérieuses avec des garçons ?

— Non.

— Trop occupée ? Trop prise par votre travail ?

— Non. Je ne vais pas à l'université pour trouver un mari, éprouvai-je le besoin de préciser. Et je n'ai pas peur de rester seule.

— Une femme indépendante, bien. Avez-vous beaucoup voyagé ?

J'aurais pu m'irriter de ce feu roulant de questions, mais non. Il les posait avec une telle aisance que je trouvais naturel d'y répondre.

— Non, pas vraiment. Ma mère n'aimait pas voyager avec un enfant.

— N'*aimait* pas ?

— Elle est morte dans un accident de la route, il y a un peu plus de deux ans.

— Oh ! Désolé. Que fait votre père ?

— Il est médecin.

En voyant le sourire entendu de Thatcher, je sentis le souffle me manquer. Ce fut pire encore quand il enchaîna :

— Spécialisé en médecine psychiatrique, je parie.

Cette fois, j'eus vraiment peur.

— Qu'est-ce qui vous fait dire ça ?

— Votre intérêt pour le sujet. Il n'est pas rare que les enfants veuillent suivre les traces de leurs parents.

— Votre père est-il avocat ? ripostai-je.

— Pas du tout. Mon grand-père a lancé la chaîne de grands magasins Eaton en Nouvelle-Angleterre. Mon père a étudié les Beaux-Arts à l'Université de Pennsylvanie, et c'est dans cette branche qu'il a obtenu son diplôme. Le lendemain, il était nommé à un poste de direction, sans la moindre formation commerciale. Sa première décision a été de nommer quelqu'un de qualifié pour être son assistant, et il est retourné jouer au golf.

— Il n'a pas l'accent de la Nouvelle-Angleterre, fis-je observer.

— Toute sa jeunesse il a fréquenté des écoles privées, ici ou en Europe. Peu de temps après son mariage avec ma mère, mon grand-père est mort. Ma grand-mère était morte l'année précédente et papa était l'unique héritier. Il a vendu la majorité de ses parts dans les magasins, et ma mère et lui ont pris l'habitude de passer la saison à Palm Beach, puis l'hiver sur la Côte d'Azur. Ma sœur et moi avons été inscrits dans des écoles privées dès que nous avons eu l'âge. J'ai grandi en pensant que les parents étaient des gens qu'on voyait aux vacances.

Le ton chaleureux de ses révélations m'encouragea moi-même à parler.

— J'ai été confiée à une nourrice presque toute ma vie, avouai-je. Ma mère non plus n'avait pas la fibre maternelle.

— Alors vous voyez, nous avons pas mal de choses en commun, finalement.

— Je me demande souvent si je serai ce genre de parent moi-même. Pas vous ? Je suis sûre que si. C'est pour ça que vous ne vous êtes jamais engagé dans une relation durable, sans doute.

Il eut une petite grimace railleuse.

— C'est une séance d'analyse, on dirait ? Magnifique ! Qu'est-ce qui vous rend si sûre que je n'ai aucune liaison ?

— Vos parents l'ont plus ou moins dit, déjà. Et vous m'avez invitée dans un endroit où tout le monde vous connaît. N'ai-je pas raison ?

Son sourire énigmatique m'apparut comme un masque, destiné à dissimuler ses véritables sentiments.

— C'est beaucoup plus intéressant et excitant, pour un homme et une femme, de laisser planer un certain mystère entre eux, vous ne trouvez pas ? Si nous nous analysons l'un l'autre d'un peu trop près, nous risquons de rouvrir de vieilles blessures.

— Entendu, acquiesçai-je en sautant sur l'occasion. Plus de révélations, plus de questions personnelles.

Il versa le reste du vin dans nos verres.

— Buvons à cet accord, dit-il très vite.

Un peu trop vite, et presque trop conciliant tout à coup. Mais comme dit le proverbe : « À cheval donné, on ne regarde point la bouche. » Cette décision m'arrangeait, moi aussi.

Nous choquâmes nos verres, et quelque chose changea dans le regard qu'il posait sur moi. Le plaisir juvénile de charmer fit place à un intérêt plus viril, qui me rendit soudain consciente de mes propres sentiments. À cause de ma tension émotionnelle, sans doute, le vin me montait à la tête plus rapidement qu'il n'aurait dû. J'avais presque peur de moi-même, de l'excitation joyeuse de mon cœur, de la façon dont elle se répandait peu à peu dans ma poitrine et jusqu'au creux de mon estomac.

J'avais vraiment cru aimer Allan, mais peut-être m'étais-je seulement convaincue que je devais l'aimer ? Il était parfait, correct, sûr de lui, autant de qualités que j'espérais trouver chez un homme. Mais après quelques heures passées avec Thatcher, j'éprouvais ce que je n'avais jamais éprouvé jusque-là. C'était comme si ses yeux, ses sourires, ses doigts touchant ma main, avaient éveillé quelque chose d'animal et de sauvage qui dormait en moi. J'avais conscience de la façon dont je secouais mes cheveux, dont mes yeux brûlaient de désir. Le même désir qui gonflait mes lèvres et me faisait monter le sang au visage, avec une délicieuse sensation de chaleur. Thatcher voyait-il tout cela ? Rien que d'y penser, j'en rougissais de honte.

— Tout va bien ? demanda-t-il en me voyant baisser le nez sur mon assiette.

— Pour être franche, je n'ai pas l'habitude de boire beaucoup, pas même de vin au dîner.

— Tant mieux. L'addition sera plus douce.

— Sans doute vaudrait-il mieux que je rentre à l'hôtel, hasardai-je.

— Ah, non ! J'ai promis de vous faire connaître la vie nocturne de Palm Beach, rappelez-vous. J'ai prévu de vous emmener au Leopard Lounge, le salon-bar de l'hôtel Chesterfield. Il doit y avoir de l'ambiance, à l'heure qu'il est. Et ne vous inquiétez pas pour la boisson. Vous mettrez du soda tonic dans une flûte à champagne, comme font certaines femmes dans les dîners d'affaires. Personne ne verra la différence.

Thatcher ne me laissa pas le temps d'élever la moindre objection. Il appela le garçon avant que j'aie pu ouvrir la bouche et, moins d'un quart d'heure plus tard, nous nous garions devant le Chesterfield, sur Coconut Row. Tout le monde semblait le connaître, dans cet hôtel. Nous ne pouvions pas faire un pas sans que quelqu'un vienne lui serrer la main, ou qu'une jeune femme ne tente de l'embrasser sur la joue. La musique jouait à plein volume, tout le monde parlait haut et fort pour essayer de se faire entendre.

Il n'était pas difficile de voir à quoi le salon-bar du Leopard devait son nom. Tout y était tacheté de marques noires : rideaux, nappes, tapis, fauteuils, papiers muraux, et jusqu'aux vestes des garçons. Sur le plafond peint, des satyres écarlates batifolaient avec de voluptueuses beautés nues. Je crus repérer une célèbre chanteuse pop, assise au bout du bar. Et un peu plus tard, je fus certaine d'avoir reconnu un acteur qui jouait dans un des films à succès du moment. L'argent, la célébrité, le luxe et la surexcitation se mêlaient en flots électriques dans ce club, et Thatcher s'y trouvait parfaitement à l'aise, comme un poisson dans l'eau.

Il me désigna un milliardaire saoudien, deux romancières auteurs de best-sellers et un lord anglais. Partout où se tournait mon regard, se trouvaient de séduisantes jeunes femmes en toilettes suggestives, on ne peut plus déshabillées. On aurait dit qu'autour de moi se livrait un concours de bijoux et d'élégance, où s'exhibaient les griffes les plus prestigieuses de la haute couture. Quand j'en fis la remarque à Thatcher, il m'attira à l'écart, là où nous pouvions parler tout en ayant vue sur la foule.

— Je n'ai pas l'intention d'écrire votre mémoire à votre place, mais si vous observez ces gens d'un œil objectif, vous verrez qu'ils sont tous anxieux et vulnérables.

— Comment cela ?

Il eut un haussement d'épaules évasif.

— Prenez les femmes les plus âgées, par exemple. Même les plus riches se sentent menacées par les plus jeunes, dont les charmes attirent les regards de leurs maris. Tout le monde a le souci de son standing social, au point de convoiter telle ou telle table au restaurant, tel ou tel fauteuil dans un gala. Une déception dans ce domaine peut les conduire à la dépression. Vous pourriez commencer votre carrière ici, croyez-moi. Mais en attendant...

« Profitons du moment, conclut-il, en m'entraînant déjà vers la piste de danse.

Était-ce un tort de m'amuser autant ? Quand nous allâmes commander une autre consommation, j'optai pour une vodka et non pour un soda. Thatcher haussa le sourcil, mais il sourit et passa ma commande. Un peu plus tard, nous retournâmes danser. On se serait cru à une grande soirée, comme le réveillon du nouvel an.

— C'est comme ça tous les soirs ? vociférai-je.

— Pendant la saison, oui, hurla-t-il en réponse. Mais je ne sors pas tous les soirs. Vous avez entendu mes parents. Pour eux, je suis un accro du travail qui ne prend pas assez de distractions.

— On ne dirait pas, criai-je à pleins poumons.

Il se rapprocha de moi.

— Pour eux, quatre-vingt-dix pour cent de plaisir et dix pour cent de travail suffisent. Ici, tous estiment que la vie est trop courte, et cela justifie leur dévotion au plaisir. C'est comme une devise qu'on peut lire sur leur visage, entendre dans la musique : « La vie est trop courte. »

— Et ce n'est pas vrai ?

— Plus ils le répètent, plus elle raccourcit, commenta-t-il, et j'éclatai de rire en même temps que lui.

Pendant un moment, je me fondis dans la musique, puis je bus un autre verre et j'eus l'impression de m'enfoncer dans mon fauteuil. J'avais le plus grand mal à garder les yeux ouverts.

— Je vais vous raccompagner à l'hôtel, décida Thatcher. Je connais ce regard, je l'ai suffisamment vu.

— Quel regard ?

— Faites-moi confiance, insista-t-il en prenant ma main.

Il déposa de l'argent sur la table et me pilota vers la sortie. Dès que je me retrouvai dehors, j'eus l'impression de jaillir de l'antre de la folie. La musique résonnait toujours à mes oreilles, le monde semblait tout sens dessus dessous. Thatcher m'aida à prendre place dans la Rolls et démarra en trombe. L'air chaud de la nuit me fouetta le visage, fit voler mes cheveux. Thatcher me jeta un coup d'œil en coin.

— Alors, comment trouvez-vous la vie nocturne de Palm Beach ?

— Je vois pourquoi tout le monde a envie d'être riche et cherche à ignorer la réalité.

— Vraiment ? Après un si bref aperçu, vous en êtes arrivée à cette conclusion ?

— Je ne sais pas trop, avouai-je. Pour être franche, je suis trop fatiguée pour réfléchir.

Il rit tout bas et ne dit plus rien jusqu'à notre arrivée à l'hôtel. Et là, il insista pour m'accompagner jusqu'à ma chambre.

— Je ne veux plus qu'un vieux don Juan gâteux vous fasse des avances, vous comprenez. Surtout maintenant, où vous êtes totalement vulnérable.

— Pas du tout, protestai-je en trébuchant, évitant de justesse de m'étaler sur la moquette.

Il me prit par la main, me guida jusqu'à l'ascenseur. Deux minutes plus tard, nous étions arrivés devant ma porte. Je tirai ma clef de mon sac.

— Laissez-moi faire, dit-il en ouvrant la porte pour moi.

Nous échangeâmes un regard. Allait-il me proposer d'entrer avec moi ? Devrais-je le lui permettre ? Une fois de plus, je me retrouvai plongée dans une discussion entre moi et moi. L'une de mes voix familières me reprochait vertement d'entretenir cet espoir et me rappelait le véritable but de mon voyage. Ce fut Thatcher qui mit fin à ce combat muet.

— Vous feriez mieux de vous mettre au lit, me conseilla-t-il, et moi aussi. J'ai une déposition à neuf heures demain matin. Je devrais en avoir pour une heure et demie. Après ça, je passerai vous prendre pour le brunch de mes parents, d'accord ?

— Oui, acquiesçai-je. Merci pour cette soirée, j'ai passé un excellent moment.

— J'en suis ravi. On ne s'ennuie pas avec vous, ajouta-t-il.

Je souris malgré moi, et il effleura ce sourire d'un baiser léger, qui s'attarda un instant sur mes lèvres.

— Bonne nuit, chuchota-t-il.

Je lui fis signe de la main quand il s'éloigna, le suivis des yeux jusqu'au tournant du couloir et rentrai dans ma chambre.

Ma tête avait à peine touché l'oreiller que je dormais déjà.

***

Et je dormis beaucoup trop tard.

Ce fut Thatcher qui m'éveilla, en téléphonant de sa voiture pour me dire qu'il avait terminé sa déposition et qu'il était en route pour l'hôtel.

— Quoi ? m'écriai-je en consultant mon réveil. Oh, non !

— Je vous ai réveillée ?

— Oui, mais je serai prête. Je vous le promets.

Je me douchai et m'habillai à une vitesse record, en m'accablant de reproches. Je tenais beaucoup à retourner à Joya del Mar, où j'espérais trouver un moyen de revoir ma mère. Je me brossai les cheveux à la va-vite, les attachai comme ma mère avait attaché les siens la veille. Quand je me regardai dans le miroir, je me dis que n'importe qui pourrait voir la ressemblance qui existait entre nous. Était-ce mal de penser cela ?

Je passai un sweater bleu clair sans manches et une jupe ample. Au cas où il ferait du vent, je nouai les manches d'un cardigan de même couleur sur mes épaules, puis je glissai mes pieds dans mes sandales. Étais-je habillée de façon trop décontractée ? J'espérai que non, mais je n'eus pas le temps de m'attarder là-dessus. Thatcher frappait à ma porte.

— Incroyable, commenta-t-il en souriant.

Il portait un blazer bleu, un pantalon de coton blanc et des chaussures omnisports noires.

— Qu'est-ce qui est incroyable ?

— Je pensais vous trouver à moitié habillée, en pleine course contre la montre.

— Navrée de vous décevoir, ripostai-je.

Il m'étudiait avec une insistance curieuse, qui finit par me mettre mal à l'aise.

— Ne croyez-vous pas que nous devrions partir ? demandai-je pour rompre le silence.

Il hocha la tête, sur quoi je me hâtai de sortir et de fermer la porte. La façon dont son regard se posait sur moi, puis s'évadait ailleurs, me troublait étrangement. Je sentais mon pouls s'accélérer. Il garda le silence pendant tout notre trajet jusqu'à la porte de l'hôtel, et même après avoir démarré. Je finis par demander :

— Il y a quelque chose qui ne va pas ? Je ne m'impose pas chez vos parents, au moins ? Après tout...

— Oh ! non, coupa-t-il, loin de là. Ils adorent les étrangers intéressants et les nouvelles têtes. C'est la variété qui donne du piment à leur existence. Des gens différents, c'est un peu comme différents parfums de glace ou différentes recettes de cuisine. Expérimenter, voilà leur plus grand plaisir. Même ici, les gens finissent par se lasser les uns des autres, vous savez.

— J'avoue que vous m'intriguez, Thatcher. Comment pouvez-vous vivre et travailler dans un monde que vous respectez si peu ?

— Est-ce tellement inhabituel ? J'ai lu quelque part que quatre-vingts pour cent des gens détestent leur emploi et trouvent leur vie sociale insipide. Il n'est pas nécessaire d'être riche pour être malheureux, figurez-vous.

— C'est une façon assez drôle de voir les choses, admis-je en riant.

— Au moins je suis honnête avec vous, n'est-ce pas, *Isabel* ?

Sa voix s'était durcie, tout à coup, et presque glacée.

— Oui, je le reconnais. Et j'apprécie, croyez-le.

— Tant mieux. Alors permettez-moi de vous demander d'en faire autant.

— Pardon ?

Thatcher conduisit sans mot dire pendant plusieurs minutes, puis se gara un peu à l'écart de la route, à un endroit d'où l'on découvrait l'océan.

— Je suis en très bons termes avec tout le monde aux Brisants, commença-t-il, comme vous pouvez l'imaginer. J'y vais de temps en temps pour un déjeuner d'affaires, et très, très souvent pour bien d'autres raisons. J'ai plusieurs fois représenté l'hôtel et quelques-unes de ses hôtes de marque.

— Où voulez-vous en venir, Thatcher ?

— Je connais également le personnel de la réception, poursuivit-il. Et l'une des hôtesses, pour des raisons qui n'avaient sans doute rien de louable, je l'admets, m'a posé des questions à votre sujet ce matin. Qui vous étiez, comment je vous avais connue, etc.

— Vraiment ?

— Oui. Et en parlant de vous, elle ne mentionnait pas le nom d'Isabel Amou, mais celui qui figure sur votre carte de crédit.

— Ah...

J'eus l'impression qu'une masse de plomb me tombait dans l'estomac. Pourquoi n'avais-je pas pensé à cela ? Je détournai les yeux et laissai errer mon regard sur la mer.

— Qui êtes-vous ? Pourquoi êtes-vous ici sous une fausse identité ? interrogea Thatcher. Je suis désolé, mais je vous introduis chez moi, aux risques et périls de mes parents. Je dois savoir. Je ne vous prends pas pour une sorte d'escroc ou d'espionne quelconque, mais... vous comprenez ma surprise et ma curiosité, j'imagine ?

Je fis signe que oui.

— Eh bien ?

C'était trop tôt, pensai-je avec consternation. Trop tôt pour révéler la vérité à qui que ce soit, sauf à ma vraie mère. N'était-ce pas elle qui devait être la première à la connaître ?

Mais Thatcher attendait ma réponse. Je me jetai à l'eau.

— Vous aviez raison, hier soir, de supposer que mon père était psychiatre. Ce que vous ignorez, c'est qu'il était parmi les plus connus de notre pays.

— Était ? Il est mort, lui aussi ?

J'aurais voulu me mordre la langue. Pourquoi n'avais-je pas mieux observé ma mère adoptive, et toutes ses petites techniques pour fausser, transformer ou cacher la vérité ? Moi, il fallait toujours qu'elle m'échappe.

— Oui, confirmai-je. Mais je craignais, et le Dr Anderson aussi, que si je me présentais sous le nom de Willow De Beer, les gens se montrent moins coopératifs.

— Ça, c'est un peu dur à avaler, Willow.

— C'est vrai, pourtant. Vous vous demandiez pourquoi j'avais eu si peu de liens durables avec des hommes dans ma vie. La plupart, pour ne pas dire tous les garçons avec qui je suis sortie ou que j'ai tout simplement rencontrés, savaient qui était mon père. Ils s'attendaient à ce que je passe mon temps à les analyser, ou même à les critiquer. Je pourrais compter sur les doigts d'une seule main ceux qui sont venus à la maison et qui ont fait la connaissance de mon père. Et à chaque fois, ils devenaient nerveux comme s'ils se sentaient coupables, que ce soit d'une mauvaise action ou même d'une mauvaise intention.

Thatcher m'observa d'un air pensif.

— Et la même chose s'est passée à l'université, continuai-je sur ma lancée. Dans l'un de mes cours, on avait même mis au programme un livre de mon père.

Il n'avait toujours pas l'air convaincu. Je sentis la nécessité d'ajouter une petite vérité pour faire bon poids.

— Mon père a fondé et dirigé une clinique renommée, révélai-je. Les *Willows*.

Je vis ses yeux s'agrandir.

— Ah oui…

— Vous en avez entendu parler, n'est-ce pas ?

— En effet.

— Certains patients de cette clinique venaient de Palm Beach, ajoutai-je.

Son intérêt s'accrut sensiblement. Il avait compris.

— Grace Montgomery, proféra-t-il.

— Oui. Grace Montgomery. Si Linden savait qui je suis vraiment…

— Il risquerait de faire une combustion spontanée sous nos yeux, je suppose. Êtes-vous venue ici expressément pour interviewer Grace ?

— C'était l'un de mes objectifs, acquiesçai-je.

Et c'était certainement la vérité.

— Je vois. Eh bien, cela change tout.

— Je ne voulais pas vous mentir, Thatcher. Cela me mettait très mal à l'aise.

Il fit signe qu'il comprenait très bien.

— Palm Beach n'est pas exactement la capitale de la vérité, vous savez. Les gens se mentent à eux-mêmes encore plus qu'ils ne mentent aux autres.

— C'est la même chose partout ailleurs, Thatcher.

Le regard qu'il posa sur moi s'adoucit, je n'y vis plus trace de méfiance ni de reproche.

— Si vous le dites… En tout cas, j'aime mieux ça, déclara-t-il en redémarrant. Mais quand Linden Montgomery découvrira qui vous êtes, il sera dans tous ses états, je vous préviens. Il est complètement paranoïaque.

L'avenir lui donnerait-il raison ? J'aurais bien voulu le savoir.

***

Deux couples étaient présents au brunch des Eaton. Lord et Lady Thomas, tous deux âgés d'au moins soixante-dix ans, et George McCluster et sa femme, qui me fut présentée sous le nom de Dolly. Lord Thomas avait été membre de la Haute Cour de justice britannique. George McCluster, m'apprit-on, dirigeait l'une des agences immobilières les plus florissantes de Palm Beach. Je lui donnai dans les cinquante ans, mais l'âge de sa femme était plus difficile à deviner. Non seulement elle avait fait largement usage de la chirurgie esthétique, mais, à ma grande surprise, elle s'en vantait.

— Ma femme a eu la peau tirée si souvent et si fort, déclara George devant elle, qu'elle ne peut plus fermer les yeux, même pour dormir. N'ai-je pas raison, Dolly ?

— Ce n'est pas si terrible que ça, et je trouve que ce n'est pas cher payé. Je ne vois pas pourquoi il faudrait supporter d'avoir des rides, pérora-t-elle.

Thatcher m'adressa un clin d'œil et glissa :

— Tout le monde ne peut pas s'offrir la chirurgie esthétique, pourtant.

— Quelle sottise ! C'est une question de priorités. Dépenser moins pour autre chose, économiser pour ça. Cela devrait être remboursé par la sécurité sociale, d'ailleurs. On devrait prélever une cotisation spéciale directement sur le salaire des gens.

Asher Eaton fit mine de tracer de grandes lettres en l'air.

— Un beau projet pour la prochaine campagne présidentielle, claironna-t-il. Voter pour moi, c'est voter contre les rides.

Tout le monde éclata de rire.

Nous étions installés sur la terrasse de derrière, donnant sur la piscine. Le cuisinier des Eaton, Mario, faisait griller des homards. La salade, les petits pains et les toasts étaient déjà sur la table et sur une autre, étaient disposés les desserts. Bunny attira notre attention sur les truffes glacées, puis sur un gâteau au chocolat et aux framboises fraîches qu'elle nommait un Giandika.

— On a servi exactement le même au dernier gala du Ritz-Carlton, se plut-elle à souligner.

Nous buvions des mimosas, mélange de jus d'orange et de champagne. Quand les présentations furent faites, chacun s'empressa d'offrir son opinion sur la santé et la moralité.

— Selon moi, plus on est riche, plus on a de chances d'être bon, décréta Dolly McCruser. Regardez tout ce que nous donnons aux œuvres de charité. Pourrions-nous le faire si nous étions dans le besoin ?

— Beaucoup de gens fortunés ont tendance à l'avarice, j'en ai peur, dit tranquillement Lady Thomas.

Elle s'exprimait d'une voix feutrée, à peine audible, alors que Dolly McCluster ne pouvait parler sans s'époumoner.

— Avoir de l'argent élimine un des principaux motifs de crime, opina le père de Thatcher. Les gens riches n'ont pas besoin de voler, n'est-ce pas ?

Lord Thomas intervint à son tour.

— Je ne suis pas de votre avis, Asher. Les riches ne volent pas pour manger, ou pour se procurer une voiture de luxe, bien sûr. Mais j'ai connu et vu comparaître devant moi des gens très riches, coupables d'extorsion, de fraude et d'autres méfaits plus graves encore, je le crains.

Cette déclaration jeta un froid, et George McCluster se tourna vers Thatcher.

— Et vous, qu'en pensez-vous ?

— Je pense... je pense que je suis affamé, répondit-il, déclenchant l'hilarité générale.

— Toujours aussi diplomate, lui murmurai-je quand nous nous dirigeâmes vers la table.

Deux bonnes se tenaient derrière elle, prêtes à nous servir ; ce qui était plus qu'il n'en fallait, selon moi, étant donné que nous étions si peu nombreux.

— Je voulais éviter d'influencer vos conclusions, répliqua-t-il sur le même ton.

À table, la conversation passa des derniers cours de la Bourse aux derniers potins de Palm Beach. Les femmes s'occupaient beaucoup d'un petit scandale, survenu au cours d'un récent gala de charité. Une jeune personne s'était affichée dans un ensemble pantalon qui découvrait trop largement la taille. De sa voix retentissante, Dolly décréta :

— Un nombril n'est pas une chose particulièrement appétissante, vraiment.

— Cela dépend, commenta Asher.

Toutes les femmes se tournèrent vers lui, et il eut exactement le même sourire provocant que son fils.

— Cela dépend s'il est rentré ou proéminent, acheva-t-il, s'attirant les rires des hommes.

Pendant toutes ces conversations, Thatcher ne cessa de m'observer, étudiant mes réactions d'un œil amusé. Depuis que je lui avais dit une partie de la vérité, c'était comme si nous étions devenus complices, lui et moi. Un peu comme deux conspirateurs.

Nous n'avions pas encore goûté aux desserts quand Jennings apparut.

— Un appel pour vous, monsieur Eaton, dit-il à Thatcher.

— Ah bon ?

Il s'excusa et sortit pour aller répondre. Aussitôt, comme si sa présence avait empêché l'intérêt de se concentrer sur moi, tout le monde se mit à me bombarder de questions sur mon travail, ma maison, ma famille. Et en particulier, sur mes premières impressions de Palm Beach. J'essayai de faire preuve de la même diplomatie que Thatcher, qui revint très vite. Il annonça qu'il devait se rendre immédiatement au Palais de Justice.

— Maintenant ? s'écria sa mère. Et notre brunch ?

— Nous sommes en semaine, Mère. Tu as sûrement remarqué que les gens sont au travail. Un cas tout à fait imprévu vient de se présenter. Je ne serai pas long, mais je dois au moins faire un saut là-bas.

— Vous n'avez pas de pause-déjeuner ?

— Si, Mère, mais en général elle ne dure pas trois heures, rétorqua-t-il en riant.

— C'est absurde ! Et cette pauvre jeune femme qui est venue avec toi ? Doit-elle se plier à tes horaires de travail, elle aussi ?

— Elle peut rester, cela va de soi, offrit Thatcher à titre de compromis. Je ne fais qu'un aller-retour.

Sa mère dut accepter l'inévitable.

— Bon, si c'est comme ça... Je vous aurais fait reconduire à votre hôtel par mon chauffeur, s'il n'avait pas pu, ajouta-t-elle à mon adresse. Mais qu'on puisse renoncer à un Giandika tout frais, franchement, ça me dépasse !

Thatcher rit encore et me prit à part, pour me demander si je souhaitais rester.

— Oui, affirmai-je, le regard tourné vers la maison de la plage.

— Je reviens dès que possible. Désolé pour tout ça.

— Il n'y a pas de quoi l'être, je passe un très bon moment.

— J'en étais sûr, dit-il avec un grand sourire.

Puis, après un rapide baiser sur ma joue, il s'en alla.

Quand je me détournai pour rejoindre les autres, je vis que la mère de Thatcher ne nous avait pas quittés des yeux. Elle s'approcha, de moi, la mine radieuse.

— Allons faire quelques pas, suggéra-t-elle. Rien de tel qu'une petite promenade après un repas copieux.

D'ailleurs, ils sont tous en train de parler de la rénovation du yacht-club. C'est d'un ennui !

Nous nous engageâmes sur le chemin qui descendait vers la plage, et Bunny reprit :

— Thatcher vous apprécie beaucoup, c'est évident. Savez-vous que vous êtes la première jeune femme qu'il ait amenée chez nous depuis au moins deux ans ?

Je secouai la tête.

— Il ne vous a pas parlé de May Stone ?

— Non. Qui est-ce ?

— C'est sans doute mieux comme ça, soupira-t-elle. J'imagine que je n'aurais même pas dû mentionner son nom.

— Mais vous l'avez fait.

— Et il serait très fâché contre moi s'il le savait, répliqua-t-elle.

Un sentier courait parallèlement à la plage, et nous le suivîmes un moment. Bunny s'efforçait manifestement de se taire, mais son silence forcé ne dura pas.

— De toute façon, vous auriez fini par l'apprendre de quelqu'un d'autre, reprit-elle. May et lui étaient pratiquement fiancés, quand ses parents et elle ont été invités à passer une semaine sur le yacht d'un milliardaire grec. Il s'avéra que ce Grec avait un fils, qui s'était amouraché de May. Il l'a tout simplement achetée pour lui. Les Stone ont subitement acquis des terres du côté de la pointe sud et fait construire une des plus belles résidences de l'île.

— Pourquoi May a-t-elle accepté ?

— Elle vit comme une princesse sur son île privée.

— Elle ne devait pas aimer beaucoup Thatcher si elle s'est laissé acheter, commentai-je avec humeur.

— C'est exactement ce que je lui ai dit et répété, mais il ne voulait rien entendre. Je ne supportais pas de le voir aussi malheureux. C'est pour ça qu'il est devenu le travailleur enragé qu'il est, pas pour l'argent. Il n'en a pas besoin, Dieu merci ! Et comme je vous le disais...

« Vous êtes la première jeune femme qu'il ait amenée dans cette maison, depuis des années. Non qu'il n'ait jamais eu d'aventures, je sais qu'il en a eu. Mais à ma connaissance, il n'est jamais sorti plus de deux fois avec la même femme.

Je ne tenais pas plus que cela à me laisser entraîner sur ce terrain.

— Désolée d'apprendre tout cela, madame Eaton...

— Bunny, je vous en prie.

— Bunny. À vrai dire, je ne suis pas venue ici avec des idées romanesques. Loin de là.

— Mais, ma chère, la plus belle histoire d'amour est celle qu'on n'attendait pas, justement. Quand j'ai rencontré le père de Thatcher, j'ai pensé qu'il était le garçon le plus gâté pourri qui soit au monde. Je n'avais pas la moindre intention de l'épouser. Mais il avait de la suite dans les idées, et tellement de façons de me séduire. Un beau matin, j'ai découvert que j'étais amoureuse de lui. Quelle surprise, n'est-ce pas ? C'est la plus belle qui soit.

— C'est possible, admis-je sans enthousiasme.

Mais Bunny poursuivait son idée.

— Combien de temps comptez-vous rester à Palm Beach ?

— Probablement une semaine.

— Mais c'est tellement cher, aux Brisants ! Si vous décidiez de rester plus longtemps, cela vous coûterait une fortune. J'ai une idée, ajouta-t-elle, un peu trop vite pour que cette idée-là fût spontanée. Pourquoi ne pas habiter ici ? Nous avons tant de place dans cette maison, et nous n'attendons pas de nouveaux hôtes avant au moins un mois.

— Je ne sais pas si...

— Ce serait si amusant ! m'interrompit-elle. Nous inviterions des gens nouveaux tous les jours, ou presque, et vous pourriez les étudier et les questionner. Cela vous évitera toutes sortes de déplacements. Vous n'aurez même pas besoin de leur dire à quoi vous travaillez. Il suffira de les laisser parler.

— Mais vous ne me connaissez pas vraiment, madame Eaton.

— Bunny, rectifia-t-elle.

— Bunny. Comment pouvez-vous...

— Oh ! si, je vous connais. Je vous connais, il n'y a qu'à vous voir. Comment pourrais-je me tromper ? Asher sera si content !

J'allais refuser, mais elle ne m'en laissa pas le temps.

— En fait, vous devriez emménager demain. Pourquoi perdre un dollar de plus ?

— Je n'avais pas prévu de rester aussi longtemps. Je n'ai emporté que très peu de vêtements et...

— Eh bien, vous en achèterez d'autres. De quoi pourriez-vous avoir besoin ?

Je ne savais plus à quel saint me vouer. Ce qu'elle pouvait être obstinée, quand même ! Espérait-elle, à l'exemple des Stone, acheter une femme pour son fils ?

— Alors c'est entendu, décréta-t-elle avant que j'aie pu ouvrir la bouche.

J'allais refuser beaucoup plus fermement quand, au détour du chemin, nous nous retrouvâmes face à l'océan. Au bas de la pente, un chevalet de peintre était planté dans l'herbe haute, mais je ne vis personne à proximité.

— C'est sûrement le chevalet de Linden, observa Bunny.

— Mais où est-il ?

— Allez savoir. Peut-être à plat ventre dans le sable, en train de chercher des coquillages. Ne faites pas attention à lui, venez. Nous ferions mieux de rentrer.

— Je vous rejoins, dis-je en regardant toujours le chevalet.

Elle repartait déjà vers la maison et me cria :

— Ne vous attardez pas trop !

Je continuai à descendre et m'arrêtai devant le chevalet pour regarder le tableau qui s'y trouvait. C'était une esquisse à grands traits, dont la peinture était à peine commencée. Elle représentait un homme sur le seuil d'une maison, regardant une jeune femme au-dehors. Une jeune femme qui me ressemblait, j'en aurais juré. Derrière elle, dans l'océan, une autre femme se noyait.

Cette vision me glaça.

— Hé ! cria une voix.

En face de moi, Linden franchissait la crête de la colline. Je me retournai, le cœur battant à tout rompre, et remontai en courant vers le chemin tracé. Je ne cessai pas de courir avant d'avoir atteint la loggia, où tout le monde savourait les desserts. Mon apparition créa une certaine surprise.

— Vous vous sentez bien, ma chère ? s'enquit aussitôt Bunny.

— Oui, merci. Je… j'ai simplement besoin d'aller me rafraîchir à la salle de bains.

Là-dessus, je rentrai précipitamment dans la maison, suivie par des regards à la fois curieux et perplexes.

Dans la salle de bains, je me campai devant le miroir.

— Rentre chez toi, Willow De Beers, dis-je à mon reflet. Tu essaies de te raccrocher à quelque chose qui n'a jamais existé, qui n'existera probablement jamais.

— Je ne peux pas, répliquai-je à mon autre moi. Il faut que j'essaie.

— Pourquoi ?

Pourquoi ? Je méditai la question.

Le premier mot qu'un bébé prononçait était maman.

J'allais avoir dix-neuf ans et je ne l'avais encore jamais dit. Pas une seule fois.

Voilà pourquoi.

9

Une nuit dédiée à l'amour

— Je ne suis toujours pas sûre de faire ça, protestai-je, quand Bunny se précipita sur Thatcher pour lui annoncer que je restais.

— Mais si, vous en êtes sûre, voyons.

À l'entendre, elle savait mieux que moi ce que je pensais.

Lord et Lady Thomas étaient partis, les McCluster aussi. Et Asher s'était retiré dans son bureau pour téléphoner à un ami au sujet d'une partie de golf qui avait lieu le lendemain. Bunny m'avait fait visiter la maison, et en particulier l'endroit où j'habiterais. Elle n'avait pas manqué d'en souligner les avantages.

— Vous voyez la dimension de ces pièces, et combien les chambres d'amis sont loin des nôtres. Nous ne nous rendrons même pas compte de votre présence, et vous aurez toute l'intimité que vous pourrez désirer.

Elle n'exagérait pas. La structure au tracé fantaisiste semblait se poursuivre à l'infini, et la taille des pièces défiait toute comparaison. La chambre qu'elle me suggérait de prendre avait, selon elle, été dessinée par le célèbre Addison Mizner lui-même.

— Il ne construisait jamais une maison sans y imprimer sa marque personnelle, affirmait-t-elle.

La pièce mesurait facilement six mètres sur douze et comportait un coin salon, avec son ensemble home cinéma et sa chaîne hi-fi, et un véritable bureau de secrétaire. Elle était décorée en teintes à la fois chaudes et douces, saumon, beige et un vert très pâle que Bunny appelait céladon.

Elle me désigna un magnifique vase d'un bleu turquoise.

— Cette couleur est sa signature, le bleu Mizner. C'est comme s'il avait laissé ses empreintes digitales. Cela augmente encore la valeur de la maison, soupira-t-elle. Un de ces jours, nous pourrions l'acheter. Nous la louons en leasing, avec option d'achat.

Tout en l'écoutant, je continuais mon examen de la chambre. Ses hautes fenêtres étaient drapées de soie saumon, et deux portes-fenêtres ouvraient sur un balcon donnant sur la mer. La pièce maîtresse de ce décor était le grand lit au chevet sculpté, de ce fameux style espagnol qui était cher à Mizner, m'informa Bunny. Un très joli tapis cachait en partie le parquet ancien. Et le lustre s'accordait si parfaitement à l'ensemble que, selon moi, il devait dater de l'époque où l'on s'éclairait encore aux chandelles. On n'avait dû l'électrifier que bien plus tard.

La chambre avait une vue magnifique sur la plage et, bien plus important à mes yeux, sur la maison d'en bas. Je sortis sur le balcon pour mieux la voir, et Bunny suivit la direction de mon regard.

— C'était la chambre de Grace Montgomery, vous savez.

Je me retournai vivement.

— Ah oui ?

— La pauvre jeune femme est censée avoir été séduite dans cette pièce même, ajouta Bunny sur un ton dramatique.

Et elle s'approcha du lit, comme si elle voyait toute la scène se jouer à nouveau devant elle.

— Elle était étendue là, jeune, vulnérable et confiante. Kirby Scott était très beau et très séduisant, le genre d'homme à vous glisser la main sous la robe avant qu'on sache qu'il était là. Comment aurait-elle pu résister ? Elle a dû se sentir terriblement coupable, comme si elle avait volé l'amant de sa mère. C'est pour cela qu'elle a gardé si longtemps son secret, j'en mettrais ma main au feu.

« Je n'ai absolument rien changé, me fit-elle observer. Ni les draps, ni les oreillers, ni les taies d'oreiller.

À l'excitation qui perçait dans sa voix, je devinai que ces détails étaient pour elle un élément romanesque et attirant, comme si elle se trouvait sur le tournage d'un de ses feuilletons préférés.

Moi, c'était le contraire. Cela me donnait des frissons. Les troubles mentaux de ma mère pouvaient très bien avoir pris naissance dans cette pièce même. J'étreignis frileusement mes épaules et rentrai dans la chambre.

— Vous êtes certaine que tout s'est passé ici ?

— Oh ! oui. L'agent immobilier qui représentait les Montgomery à l'époque me l'a certifié. À Palm Beach, on est très friand de ce genre de révélations. Cela fait partie des mœurs et personne n'en est choqué.

Bunny finit par s'apercevoir que ce n'était pas mon cas. J'étais révulsée. J'avais presque l'impression d'avoir assisté à mon propre viol.

— Cela ne vous dérange pas, au moins ? Sinon, nous pouvons vous mettre dans une autre chambre. C'est juste que celle-ci est la plus jolie, je trouve, et elle a une vue splendide. Elle a également la meilleure salle de bains. Venez voir par vous-même, insista-t-elle, comme si elle essayait de me vendre la maison.

J'embrassai du regard les murs aux carreaux beige et blanc, le grand miroir ovale au-dessus du lavabo, le siège en marbre du cabinet de douche. Ce fut surtout le sol qui m'émerveilla : il semblait incrusté d'éclats de turquoise.

— Eh bien ? reprit Bunny. Cela vaut largement ce que vous avez aux Brisants, non ?

— Ce n'est pas ce qui me préoccupe, Bunny. Comme je vous l'ai dit, je suis venue pour travailler à mon…

— Oh ! je vous en prie, gémit-elle en agitant les mains devant elle, comme si elle chassait de la fumée. Ne me parlez pas de travail, vous allez me faire mourir d'ennui. Venez, je vais vous montrer notre chambre. Nous venons de la faire refaire, justement, par ce nouveau décorateur dont tout Palm Beach raffole.

« Celle de Thatcher est par ici, m'indiqua-t-elle d'un geste vers la droite, comme nous quittions la pièce. Il a son entrée particulière et quelquefois, nous ne le voyons pas d'une semaine. C'est à se demander s'il ne nous évite pas délibérément, parfois. Mais peut-être…

Elle me gratifia d'un grand sourire.

— Peut-être que ça va bientôt changer. Tant que vous serez là, je veux dire.

Je la suivis sans piper mot tandis qu'elle me vantait au passage chaque installation, objet, tenture ou meuble, sans oublier d'en mentionner le prix. Nous achevions ce tour du propriétaire quand Thatcher réapparut.

— Enfin ! l'interpella Bunny. Était-il vraiment nécessaire d'interrompre un brunch si réussi, pour courir à ce maudit palais de justice ?

— Oui, Mère. J'ai traité l'affaire en moins d'une

demi-heure. Et vous, qu'avez-vous fait pendant ce temps-là ?

— Papoté, répondit Bunny à ma place. Et avec le plus grand plaisir, encore.

— Je l'aurais parié.

— Je ferais mieux de retourner à l'hôtel. J'attends des messages, dis-je précipitamment, même si ce n'était pas le cas.

Bunny se fit cajoleuse :

— Alors faites vos bagages et revenez vite, ma chère. À quoi bon passer encore une nuit là-bas ? Vous serez bien mieux ici et votre travail avancera bien plus vite.

— Mère, intervint Thatcher, si tu lui laissais une chance de se décider toute seule ?

— J'essaie de lui faire remarquer les avantages évidents de cette solution, Thatcher. Rien de plus.

— S'ils sont si évidents, inutile de les souligner, rétorqua-t-il.

Elle parut méditer la question.

— Quelquefois, nous ne voyons pas les évidences qui nous aveuglent, proféra-t-elle d'un ton sagace, comme si elle citait un de ses adages favoris.

Puis elle me tendit une carte rose liserée d'or.

— Tenez, notre numéro de téléphone. Appelez-moi si vous avez besoin d'aide, en quoi que ce soit. N'hésitez pas.

— Elle n'a pas l'intention d'emménager ici avec ses meubles, Mère.

— Quoi qu'il en soit, gardez ceci, insista Bunny en désignant le carton rose.

Thatcher secoua la tête avec une mimique résignée.

— Ma mère est impossible, dit-il comme nous nous dirigions vers la porte.

Je me retournai vers Bunny.

— Merci pour cette invitation, Bunny. Et faites part de mes remerciements à M. Eaton, je vous prie.

— Vous feriez mieux de commencer tout de suite à l'appeler Asher, je vous préviens. Sinon, il va vous reprocher de lui donner l'impression d'être vieux.

Je promis de m'en souvenir.

— Lui donner l'impression d'être vieux ! singea Thatcher tandis que nous nous dirigions vers la Rolls-Royce. Ici, tout le monde s'accroche à ses illusions comme à sa vie même.

— Y compris les personnes présentes ?

Il grimaça un sourire et nous prîmes place dans sa voiture.

— D'où vient que je soupçonne d'avoir été le principal sujet de ces papotages ? demanda-t-il tout à coup.

— Votre mère se fait du souci pour vous, c'est tout.

Il haussa les sourcils avec ostentation.

— Bunny, se faire du souci ? Les gens ne se font pas de souci, à Palm Beach. Ils se contentent de calculer combien coûtera la solution du problème, et ils l'achètent. Vous n'avez pas vu le panneau à l'entrée de la ville ?

— Quel panneau ?

— Celui où il est écrit : « Laissez vos soucis à la porte. Souriez ou faites demi-tour. » Savez-vous qu'il n'y a ni hôpital, ni cimetière, à Palm Beach ? La maladie et la mort ne sont pas admises.

Je ris avec lui, puis je l'étudiai pendant quelques instants. J'avais envie de retourner à Joya del Mar et d'y rester, bien sûr. C'était pour moi une occasion inespérée. Je pourrais approcher ma mère de façon bien plus discrète, délicate et progressive. Toutefois, je ne voulais pas qu'on se méprenne sur mes motivations : je n'étais pas là pour m'adonner aux petits jeux amoureux de Palm Beach.

— Et si vous me parliez de May Stone ? demandai-je à brûle-pourpoint.

— Je le savais ! J'étais sûr qu'elle mettrait ça sur le tapis. Vous a-t-elle dit que ses parents l'ont vendue à un milliardaire grec, pour son fils ?

— Oui. Et ce n'est pas vrai?

— Bien sûr que non. May a toujours été imprévisible. C'était ce qui me plaisait chez elle... et qui me déplaisait aussi.

— Comment pouvez-vous être en contradiction avec vous-même à son sujet ? Vous étiez censé l'aimer.

Son beau regard bleu s'assombrit et son visage devint grave.

— La contradiction fait partie de toute relation amoureuse, et tout particulièrement du mariage. Chacun doit renoncer à une chose qu'il désire, accepter un compromis. May aurait dû sacrifier quelque chose de son impétuosité, de son côté imprévisible. Toute espèce de contrainte lui était insupportable. Elle prenait plaisir à choquer les gens, à défier les conventions, la mode, ou les désirs de son partenaire amoureux. Par exemple...

Thatcher sourit à ses souvenirs.

— Elle a conduit longtemps sa nouvelle voiture de sport sans plaques minéralogiques. Elle les enlevait tout le temps. Trois fois de suite, la police de Palm Beach l'a arrêtée pour ça. Elle collectionnait les contraventions et je passais mon temps à revisser les plaques. La quatrième fois, l'officier de patrouille savait à quoi s'attendre. Il avait un tournevis et les a fixées lui-même. J'adorais May pour son insouciance, ses façons désinvoltes, mais j'ai fini par m'en lasser.

— Pourtant vous lui avez offert une bague de fiançailles, n'est-ce pas ?

— Oui, mais elle ne l'a pas portée. Elle l'a prise en promettant qu'elle la mettrait quelquefois, c'est tout. Il lui est arrivé de l'avoir au doigt quand nous sortions, c'est vrai. Mais, avant la fin de la soirée, elle l'avait ôtée.

— Elle vous taquinait, pour s'amuser.

— Je crois que c'était d'elle-même qu'elle s'amusait, elle-même qu'elle provoquait. Parfois, j'avais l'impression d'être un simple spectateur qui l'observait des coulisses.

Thatcher m'adressa un regard appuyé.

— On parle de double personnalité, mais là… Je n'ai jamais su quelle May Stone je venais chercher, et quelquefois je ne le découvrais qu'en fin de soirée. Créer la surprise était son occupation favorite.

— Vous avez dû être très amoureux d'elle pour supporter tout ça, observai-je.

— Je l'ai cru. Mais maintenant, je me demande si je ne m'imposais pas tout simplement une espèce de torture.

— Pourquoi auriez-vous fait ça ?

Ses yeux reprirent instantanément leur éclat moqueur.

— Pour me laver de tous mes péchés amoureux, répondit-il sans l'ombre d'une hésitation.

— Là-dessus, je vous crois. C'est même la première fois que je crois ce que vous dites.

Il éclata d'un grand rire franc, puis conduisit un moment en silence.

— Vous devriez accepter l'offre de Bunny, dit-il enfin. J'ai un ordinateur dans mon bureau là-bas, et je ne m'en sers pratiquement pas. Vous pourriez l'utiliser. Le bureau est contigu à ma chambre dans ce que j'aime appeler l'aile extrême-orientale. En fait elle se trouve à l'extrémité est de la maison et elle est meublée dans le style oriental.

— Vous qui parliez de surprises… cette maison en est pleine, il me semble.

— Comment cela ?

— Bunny m'a dit que Grace Montgomery avait été séduite dans la chambre que j'occuperais.

— C'est une légende, affirma Thatcher avec conviction.

— Vous ne le croyez pas ?

Il parut un peu moins sûr de lui.

— Je n'en sais rien. L'exagération est une production régionale, ici. C'est comme ce jeu qui se pratique aux feux de camp… comment s'appelle-t-il, déjà ? Vous savez, quelqu'un murmure un secret à l'oreille de quelqu'un d'autre, qui le chuchote à son voisin en l'exagérant, le déformant… Et ainsi de suite jusqu'à ce qu'il revienne à son point de départ, totalement transformé.

— Je ne connais pas ce jeu, avouai-je.

Thatcher eut à nouveau ce haussement de sourcil incrédule, que je commençais à bien connaître.

— Comment est-ce possible ?

— Mon père m'a appris à m'en tenir à la vérité.

Le regard de Thatcher s'attarda un instant sur moi.

— Avant de partir, dit-il en baissant la voix, vous voudrez bien me l'apprendre à mon tour ?

Après cela, nous gardâmes le silence pendant presque tout le reste du trajet jusqu'aux Brisants.

Tu ne devrais pas te sentir si différente, me sermonnai-je, ni juger ta vie si singulière, comme si tu étais quelqu'un d'à part. Tout le monde a son secret, ses secrets. Les gens les plus riches, les plus favorisés par la chance ont les leurs, eux aussi. Tout le monde porte ce fardeau.

Chacun de nous est plus ou moins hanté. Il y a des fantômes en nous, des vérités que nous nous acharnons à repousser, de crainte qu'elles ne s'installent en nous à demeure, prêtes à jaillir à tout instant. Et à nous gâcher l'existence, en nous confrontant à une réalité que nous ne pouvons ni assumer ni regarder en face.

Je commençais à comprendre pourquoi les gens les plus fortunés tenaient tant à leurs illusions ici. Thatcher n'avait pas tort : ils se servaient de leur argent pour se fuir eux-mêmes. Ma mère et mon demi-frère, Linden, avaient perdu leur fortune. Les illusions étaient désormais au-dessus de leurs moyens. Ils ne pouvaient plus rien faire d'autre que de se regarder dans le miroir et de se voir tels qu'ils étaient vraiment, avec leur passé, leurs souvenirs, leurs souffrances et leurs échecs.

Peut-être pourrais-je changer cela. Peut-être parviendrais-je, d'une façon ou d'une autre, à changer cela pour eux.

Et par la même occasion, pour moi-même.

— Avez-vous des projets pour ce soir ? s'enquit Thatcher, comme nous arrivions aux Brisants.

— Non, aucun.

— J'ai une invitation pour une exposition... un artiste qui est censé faire des merveilles en peignant à la main des images numériques. Cela vous tenterait d'y aller ? C'est la même galerie qui expose quelques peintures de Linden, justement.

— Ah bon ?

— Il y aura un buffet sommaire, fromage et vin, mais nous pourrons aller dîner ailleurs ensuite. Dans un restaurant plus calme que celui d'hier, précisa-t-il. Un endroit au bord de la plage, avec pour seul décor la mer et le ciel.

Je ne me fis pas prier pour accepter.

— Cela me plairait beaucoup.

— Le vernissage commence à sept heures, je peux passer vous prendre dans ces eaux-là. La galerie n'est qu'à dix minutes de l'hôtel.

— Entendu, acquiesçai-je au moment où nous nous garions devant l'entrée.

Devançant le groom qui accourait déjà, Thatcher se pencha pour m'ouvrir la portière.

— Réfléchissez à la proposition de Bunny, d'accord ? Sérieusement, vous imaginez les frais d'essence que ça m'épargnerait ?

— C'est donc ça ?

Une lueur moqueuse traversa son regard.

— J'essaie de faire des économies d'énergie, c'est tout !

— Très bien, dis-je en mettant pied à terre. J'y réfléchirai.

En entrant dans le hall, l'idée me vint que je devrais m'acheter quelque chose d'élégant avant le retour de Thatcher. Et immédiatement, j'éprouvai le besoin de me justifier devant moi-même. « Non, tu n'es pas en train de te lancer dans une aventure amoureuse. Tu fais tout cela pour réussir ton entrée dans l'univers de ta mère », me rassurai-je.

Mais ma conscience protestait, me criait que je ne voulais pas voir la vérité. Est-ce que je me mentais à moi-même ?

Non, décidai-je. Mais en étais-je bien sûre ?

Dans la boutique de mode, j'essayai une robe noire sans manches, ras du cou et très ajustée, avec un simple pli d'aisance. Une perfection. Pour l'accompagner, j'achetai des sandales à hauts talons. Un instant, j'hésitai à prendre des bijoux fantaisie, puis j'y renonçai. Je préférai la sobriété la plus classique.

Mes achats terminés, je montai dans ma chambre pour me laver les cheveux. Je ne me sentais pas en forme, et j'avais les yeux battus. J'appelai le service d'étage et me fis monter un concombre glacé. Comme je l'avais souvent vu faire à ma mère adoptive, je le coupai en tranches fines que je posai sur mes paupières, puis je m'étendis sur mon lit.

Est-ce que je me montrais trop futile ? Après tout, quoi que je fasse, il n'y avait aucune raison de ne pas me montrer à mon avantage, non ? Comme je détestais ces contradictions ! Finiraient-elles jamais ? Thatcher avait l'air de dire qu'elles faisaient partie intégrante de la vie, et en particulier de toute relation. Peut-être en apprenais-je plus sur moi-même, ici, que je n'en avais eu l'intention.

Je mettais la dernière main à ma coiffure et à mon maquillage quand il frappa à ma porte.

— Bonsoir, dit-il en entrant, avant d'émettre un long sifflement admiratif. Vous êtes fabuleuse.

— Merci.

Il portait un pantalon noir et une chemise en soie noire, le col ouvert sous un blazer bleu outremer. Pieds nus dans ses mocassins noirs, souples et silencieux, il était à la fois soigné, détendu, et d'une extrême élégance.

Il parcourut ma chambre d'un coup d'œil et constata d'un air déçu :

— Vous n'avez pas fait vos valises, il me semble.

— Je ne suis toujours pas décidée. Je ne suis même pas sûre de rester longtemps à Palm Beach, d'ailleurs.

— Ah non ? Eh bien, voyons ce que je pourrais faire pour vous aider à vous y décider, dit-il avec son petit sourire en coin. Madame...

Il m'offrit son bras et je le pris en riant. Un couple d'un certain âge se trouvait déjà dans l'ascenseur quand nous y arrivâmes. L'homme était en smoking, et la femme si couverte de bijoux que je me demandai comment elle pouvait bouger. À cause de notre air jovial, sans doute, ils nous jetèrent un regard méfiant et même un tantinet désapprobateur. Thatcher m'adressa un clin d'œil.

— Ce soir, dit-il en entrant avec moi dans la cabine, j'aimerais que vous m'autorisiez à vous appeler par votre véritable nom.

Les regards du vieux couple se braquèrent sur moi, si vite et avec un tel ensemble que je faillis éclater de rire.

Thatcher sourit jusqu'aux oreilles.

— Ai-je la permission ?

— Oui, murmurai-je en lui décochant un regard de reproche, ce qui ne fit que l'amuser davantage.

Les deux autres échangèrent un coup d'œil furtif et se rapprochèrent l'un de l'autre, tout en s'éloignant le plus possible de nous. Quand les portes s'ouvrirent, Thatcher leur céda le passage, et ils se ruèrent dans le hall.

— Je ne vous savais pas si retors, observai-je.

— C'est plus fort que moi, je prends un certain plaisir à scandaliser les gens ; surtout les snobs qui se prennent un peu trop au sérieux.

— N'est-ce pas justement ce qui vous agaçait chez May Stone ? répliquai-je, comme un avocat cuisinant un témoin.

Mais c'était lui, l'habitué des interrogatoires, et il ne perdait pas facilement son aplomb. Il rétorqua sans hésitation :

— Pas du tout. May s'amusait à choquer n'importe qui, snob ou pas. Elle jouait la comédie sur son propre théâtre. D'ailleurs, ajouta-t-il en me pilotant vers la grande porte, nous devons respecter notre promesse d'hier soir.

— Quelle promesse ?

— De ne plus poser de questions personnelles, vous vous souvenez ? Plus de révélations sur le passé, profitons de l'« ici et maintenant ».

Hier soir, méditai-je, j'avais bien des raisons de souhaiter qu'il en soit ainsi. Ce soir, je n'en étais plus aussi sûre.

Il y avait déjà foule à la galerie quand nous arrivâmes, et presque tout le monde connaissait Thatcher. Il me présenta sous le nom d'Isabel Amou, en visite à Palm Beach. Rares furent ceux qui tentèrent d'en savoir plus sur mon compte, dès qu'ils apprirent que je venais de Caroline du Sud et d'une famille pas particulièrement riche. Thatcher me fit passer pour une de ses anciennes camarades d'université.

— Vous voyez comme c'est facile de créer une fiction ? me chuchota-t-il. Les gens ne demandent qu'à y croire.

Nous déambulâmes dans la galerie, le verre à la main, puis il m'emmena dans une salle adjacente pour me montrer les œuvres de Linden. Trois toiles en tout, chacune plus sombre et plus bizarre que la précédente.

Sur la première, un jeune homme ressemblant vaguement à Linden était étendu dans le sable, appuyé sur un coude et tourné vers quelqu'un d'autre couché près de lui, comme pour lui parler. Seulement, cet autre était un squelette allongé sur le dos. Tous les autres détails étaient parfaitement réalistes, et même d'une précision photographique. À part les couleurs crues, violentes et vibrantes, telles qu'on en voit dans ses cauchemars.

— C'est intéressant, admit Thatcher, cette idée d'introduire un élément surréaliste ou terrifiant dans un contexte réaliste. Vous ne trouvez pas ?

— Si, dis-je en passant au tableau suivant.

On y voyait une jeune femme marchant le long de la plage, tenant par la main un petit garçon qui s'enlisait littéralement dans le sable. Bien qu'il y fût déjà enfoncé à mi-corps, la jeune femme ne semblait se rendre compte de rien. Le soleil couchant plongeait dans un océan cramoisi, presque sanglant.

La troisième œuvre montrait un petit groupe de jeunes gens au bord de l'eau, mangeant et buvant, riant ou souriant. Et tout cela pendant que, devant eux, une femme qui ressemblait à ma mère se débattait dans les vagues, tendant les bras vers eux en un geste désespéré.

— Ce tableau-là n'est pas difficile à interpréter, commenta Thatcher.

— On sent de la colère dans chacun d'eux et on en est malheureux pour lui.

— Ici, les gens ne sont pas très enclins à la pitié, vous savez. Cela se vend mal. Ne restons pas là, décida-t-il en voyant mon expression. Je n'aurais jamais dû vous montrer ça, je ne voulais pas vous donner des idées noires. Vous êtes bien trop jolie pour ça.

J'esquissai un sourire et me détournai de lui pour qu'il ne vît pas ma tristesse. Ma mère partageait-elle cette terrible souffrance ? À quoi ressemblait leur univers, leur vie de tous les jours, dans la maison de la plage ? Avais-je réellement envie d'y pénétrer ?

Il nous fallut près de vingt minutes pour retraverser la foule en direction de la sortie. Tout le monde arrêtait Thatcher pour lui parler d'affaires en cours ; et de nombreuses jeunes femmes prenaient n'importe quel prétexte pour le retenir et lui adresser la parole. Il répondait poliment à chacun mais serrait fermement ma main, tout en poursuivant ses efforts pour nous dégager de cette presse. Quand nous nous retrouvâmes enfin dans la rue, il s'excusa.

— Je suis certain que vous auriez aimé rester, pour parler aux gens et réunir des informations utiles à votre projet. Mais ce soir, je suis d'humeur égoïste. Je ne vous partage pas.

— Cela me convient, figurez-vous. Ce n'est pas exactement le genre d'enquête que j'envisageais. Je ne suis pas sûre que ces gens se seraient montrés vraiment coopératifs, de toute façon.

— Alors ma mère avait raison, triompha Thatcher. Vous feriez mieux de venir à Joya del Mar, et de la laisser inviter des gens que vous pourriez rencontrer. Il vous serait alors facile, en leur faisant du charme, de leur tirer les vers du nez.

Je fus obligée de rire.

— Et pourquoi pas ? Nous verrons...

Nous quittâmes Palm Beach et roulâmes jusqu'à un endroit nommé Singer Island, où Thatcher me conduisit dans un restaurant tout proche de l'océan. La terrasse n'en était qu'à une centaine de mètres. À l'horizon, les étoiles semblaient tomber dans la mer. J'étais émerveillée.

— C'est vraiment beau, Thatcher. Merci de m'avoir amenée ici.

— Je savais que cet endroit vous plairait. Il y a très longtemps que je n'y étais pas venu.

— Et pourquoi cela ? m'étonnai-je.

— Pour savourer tout le charme des belles choses, il faut les partager avec quelqu'un de particulier. Ce n'est pas votre avis ?

— Sans doute, répondis-je prudemment.

Être en sa compagnie, dans un décor aussi romantique, me donnait l'impression de me tenir au bord d'un précipice. Si je me laissais aller, je tomberais dans l'obscurité mystérieuse de ses profondeurs. Cela m'attirait et m'effrayait tout à la fois.

Thatcher était beau, séduisant, doué d'une personnalité marquante, ce qui ne manquait déjà pas d'attrait. Mais je trouvais encore plus fascinant de le voir ici, dans cette nuit si chaude, le visage éclairé par la flamme dansante d'une chandelle, avec le bruissement tout proche du ressac et ce ciel flamboyant d'étoiles, comme au commencement des temps. J'étais entrée dans un conte de fées où la magie était aussi naturelle que l'éclat du jour. Où chaque mot prononcé entre nous devenait poésie, chaque son un fragment de symphonie, musique composée pour nous seuls comme si le monde, soudain, n'avait plus qu'une unique raison d'être : notre bonheur.

— Sans doute, répéta Thatcher. Curieuse réponse. *La beauté sans l'être aimé est comme une épée qui vous perce le cœur.* J'ai lu un jour cette phrase de Christina Rossetti, et je ne l'ai jamais oubliée.

Je détournai vivement les yeux. Il avait raison, bien sûr. Et c'était certainement ce qu'avaient enduré si longtemps mes parents, après avoir découvert leur grand amour qu'ils étaient contraints de cacher. Je ne pouvais que me désoler pour eux, et le cœur me faisait mal.

Thatcher avança vivement la main pour la poser sur la mienne.

— Je vous demande pardon. Je ne voulais pas me montrer aussi solennel et sérieux, surtout ce soir.

J'avais les yeux pleins de larmes, mais je parvins à répondre :

— Non, c'est très beau, et vous avez raison.

L'émotion m'étouffait. Je dus respirer un grand coup pour parvenir à me ressaisir et achever :

— Mais si j'en crois votre mère, vous ne vous êtes pas donné beaucoup de mal pour trouver quelqu'un avec qui partager la beauté ou le bonheur.

— Il y a beaucoup de choses que ma mère ignore à mon sujet, rétorqua-t-il, presque avec colère. Et je parie que la vôtre ne savait pas tout sur vous.

Je ne pus m'empêcher de rire.

— Oh ! non ! ça, c'est certain.

— Là, vous voyez. Bien, enchaîna-t-il en s'emparant de la carte des vins. Offrons-nous un cru spécial, ce soir. Nous avons à fêter le succès de ma dernière affaire, entre autres choses.

— Quelles autres choses ?

— Notre sincérité l'un envers l'autre, Willow. J'aime vraiment beaucoup ce nom. Il vous va bien mieux que votre pseudonyme.

Il me dédia son sourire conquérant, me buvant du regard à la lueur de la chandelle, jusqu'à ce que je m'en rende compte et baisse les yeux sur le menu.

Doucement, Willow De Beers, m'admonestai-je. Tu te penches un peu trop au-dessus du précipice.

Tu finiras par y tomber.

⁂

Après un délicieux dîner et une promenade sur la plage, nous revînmes à mon hôtel. Le repas, le vin, nos propos et nos rires tandis que nous marchions pieds nus dans le sable, en nous tenant la main… tout cela me laissait une sensation d'apaisement profond et doux que Thatcher semblait partager. Ni l'un ni l'autre ne se montra bavard pendant le trajet de retour. Ce fut à peine si nous échangeâmes quelques brefs regards et quelques sourires. Il m'avait embrassée deux fois sur la plage, et j'en gardais le goût sur mes lèvres. Prudence et conscience me fuyaient soudain, comme des rubans dénoués s'envolant de mes cheveux, emportés dans la nuit par le vent.

Même quand nous eûmes regagné l'hôtel, ce silence persista. Main dans la main, nous traversâmes le hall sans presque rien voir autour de nous. Dans l'ascenseur, nos regards impatients restèrent fixés sur les portes. Quand elles s'ouvrirent, mon cœur se mit à battre à grands coups. Et quand nous arrivâmes devant celle de ma chambre, Thatcher passa un bras autour de ma taille. J'ouvris. Et j'allais allumer quand, de sa main libre, il rabaissa lentement la mienne pour la ramener à mon côté.

Ce fut lui qui referma derrière nous. Et, dans l'obscurité, nous nous embrassâmes encore, un long baiser ardent qui me fit courir un frisson électrique le long du dos et tressaillir le bout des seins.

— Willow, Willow, dit-il dans un souffle.

Il me souleva dans ses bras, me porta jusqu'au lit. Je le vis commencer à se déshabiller et pendant tout ce temps, je ne fis pas le moindre mouvement. C'était presque comme si je regardais un film, ou quelque chose qui arrivait à quelqu'un d'autre.

Torse nu, il s'agenouilla pour m'embrasser, me souleva légèrement et abaissa la fermeture de ma robe. Il la rabattit sur mes épaules, puis la fit descendre le long de mes bras. Il entrait juste assez de lumière par les fenêtres pour faire étinceler ses yeux.

— Vous êtes si belle, chuchota-t-il.

Il effleura mes seins de ses paumes, les embrassa l'un après l'autre. Je gémis et me renversai sur les oreillers, laissant ses lèvres descendre lentement sur ma peau nue, toujours plus bas. En une affolante minute il m'avait entièrement dévêtue et quelques instants plus tard, nous étions nus tous les deux.

Je l'entendis ouvrir l'emballage d'un contraceptif.

— Nous sommes protégés, dit-il tout bas.

Je savais que c'était important, mais ces mots me firent l'effet d'une publicité. Il comprit que cela pouvait rompre le charme et me couvrit aussitôt de baisers, de caresses, avec une hâte fervente. Comme il sentait bon ! J'éprouvai un plaisir immense à passer mes doigts dans ses cheveux, pétrir ses épaules vigoureuses, me lover contre lui...

Notre échange amoureux fut d'abord lent et doux, puis s'intensifia, s'exalta jusqu'à me transporter hors de moi-même. Jusqu'à ce que je sente ma passion me soulever et me jeter contre lui, encore et encore, comme les vagues viennent sans fin se briser sur la plage. Mes cris s'élevaient et mouraient tour à tour, accompagnant dans son mouvement ce flux de pure joie physique. Je n'étais pas experte en l'art d'aimer. En fait, Allan était le seul autre homme avec qui j'aie eu des relations aussi intimes, mais Thatcher était différent. Il ne montrait aucune sorte d'égoïsme, se préoccupait de mon propre plaisir qu'il voulait égal au sien. Alors qu'Allan me donnait toujours l'impression d'être là pour assouvir ses désirs et, avec un peu de chance, d'en retirer ma part de bien-être.

Thatcher et moi ne nous séparâmes pas non plus de façon abrupte, ce qui se produisait toujours avec Allan. Il se retira sans hâte en me prodiguant ses baisers, ses caresses, et en me serrant contre lui comme s'il ne voulait plus jamais me quitter. Ce fut comme si je revenais lentement à moi-même, au lieu de subir une rupture brutale et d'être laissée là, sous le choc, pour m'en remettre comme je le pourrais.

Nous restâmes l'un contre l'autre sans nous parler, retenant notre souffle, mais sans nous lâcher la main. Finalement, ce fut lui qui rompit le silence.

— Je crois qu'on peut vraiment dire, dans certains cas, que deux êtres sont attirés comme par magie l'un vers l'autre, non ? Ce n'est pas ton avis ? insista-t-il avec une sorte de crainte, comme je ne répondais pas.

— Si.

Je le croyais, mais cela faisait lever en moi des émotions troublantes, où se mêlaient la peur et la culpabilité. Je pouvais presque entendre les questions de papa.

— Est-ce qu'il te plaît, Willow ?

— Oui, papa.

— Est-ce plus qu'un caprice passager ?

— Je pense que oui, papa.

— Te sens-tu différente avec lui ?

— Oh ! oui ! papa.

— As-tu l'impression qu'il ressent la même chose ? Que tu es quelqu'un de spécial pour lui ?

— Oui, oui, j'en suis sûre.

— Il faut parfois savoir prendre des risques avec les gens, Willow. Tu es de mon avis ?

— Oui, papa.

— Alors débarrasse-toi de cette culpabilité. Elle n'a rien à faire ici, semble-t-il. Tu es d'accord ?

— Oui, papa. Je suis d'accord.

La voix de Thatcher me fit presque sursauter.

— Que dis-tu ?

Avais-je parlé tout haut ?

— Rien, me hâtai-je de répondre.

Il se haussa sur un coude et, penché sur moi, laissa courir son index de mon nez à mes lèvres, puis jusqu'au creux de mes seins.

— Il m'a semblé t'entendre dire oui. J'espère que c'était une critique favorable de ce que nous venons de faire ? me taquina-t-il.

— Plus que cela. C'était une critique de la soirée entière.

Il étouffa un rire.

— Alors, j'ai réussi ?

— À quoi ?

— À te faire reconsidérer ta décision, au sujet de la proposition de ma mère ?

— Peut-être était-ce à cette question que j'ai répondu oui, le taquinai-je à mon tour.

Son visage s'éclaira et j'eus droit à un nouveau baiser. Il s'attarda encore une heure auprès de moi. Je lui promis que, dès que je serais prête le lendemain matin, mes valises faites et ma note réglée, je partirais pour Joya del Mar. Il devait passer la journée entière au tribunal, mais il promit de rentrer à temps pour dîner.

— Connaissant ma mère, ajouta-t-il, je suis sûr qu'elle aura prévu quelque chose de tout à fait spécial. Je l'appellerai dès que possible pour lui annoncer ton arrivée et lui demander de te laisser un peu de liberté, ne fût-ce que le temps de t'installer.

— Entendu, acquiesçai-je. Merci.

Malgré la chance qui s'offrait à moi et mon désir de rester près de lui, je ne me sentais toujours pas tranquille. Cela pouvait entraîner des erreurs de plus en plus graves, me semblait-il. Je me promis qu'à la moindre alerte en ce sens, ou dès que je me sentirais mal à l'aise, je m'en irais.

Peut-être ferais-je mieux de rentrer chez moi, d'écrire une longue lettre à ma mère et d'en rester là ? Ce serait sans doute plus raisonnable. Mais peut-être était-il déjà trop tard pour ça ? Je n'allais pas tarder à le savoir.

J'avais l'intention de faire la grasse matinée, de savourer mon petit déjeuner dans ma chambre, de prendre tout mon temps pour faire ma toilette et mes préparatifs, mais il n'en fut rien. À sept heures et demie, la sonnerie du téléphone fit voler mes projets en éclats. C'était Tante Agnès.

— Qu'est-ce que tu fabriques là-bas ? glapit-elle.

Il me fallut quelques instants pour reprendre mes esprits. J'avais passé une si bonne nuit, comme si je flottais sur un nuage, blottie dans la chaleur, la douceur et la sécurité.

— Tante Agnès ?

— Évidemment, qui croyais-tu que ce serait ? J'ai essayé de te joindre à ton appartement, puis j'ai appelé le bureau du doyen. J'ai appris que tu avais demandé une autorisation d'absence. Ou plutôt une autorisation de faire des sottises, devrais-je dire.

— Comment m'avez-vous trouvée ? demandai-je sans aménité.

— J'ai forcé cet homme, chez toi, à me donner l'information. Je l'ai menacé de recourir à la police s'il ne le faisait pas.

— Vous n'aviez pas le droit d'agir ainsi, Tante Agnès.

— Pas le droit ? Je dois à la mémoire de mon pauvre frère de veiller sur toi, Willow.

Se préoccuper ainsi de moi ne lui ressemblait pas du tout. Que voulait-elle, au juste ? Je posai la question sans détour.

— De quoi s'agit-il ? Pourquoi m'appelez-vous ?

— À cause de l'état de la maison, pour commencer.

— Quel état ?

— J'ai envoyé des gens là-bas chercher ce qui me revient, et le rapport que j'en ai reçu est absolument épouvantable. Ton soi-disant intendant s'est remis à boire.

— Non, protestai-je. C'est impossible.

— Eh bien c'est comme ça. Que fais-tu là-bas ? Et aux Brisants, encore ! Qu'est-ce que ça signifie ? Pourquoi as-tu quitté l'université ? Tu aurais pu m'en parler, d'abord, et me demander mon avis. Eh bien ?

— J'ai quelques questions personnelles à résoudre, Tante Agnès. J'ai besoin d'être seule.

— À Palm Beach ! Et aux Brisants ! Drôle de solitude, ma foi. Es-tu avec quelqu'un ? Eh bien ?

Son « eh bien » commençait à m'agacer. J'en avais assez de cet interrogatoire.

— Je ne tiens pas à discuter de tout ça au téléphone, Tante Agnès. Cela ne vous regarde absolument pas. Merci de vous être inquiétée pour moi.

— Quoi ! Et la maison, alors ? Cet homme est capable d'y mettre le feu !

— Je l'appellerai. Je suis sûre que la personne qui vous a parlé a beaucoup exagéré les choses. Il doit être très déprimé par la mort de papa, et chercher un peu de réconfort.

— Dans l'alcool ? Quelle sorte de réconfort peut-on trouver là ?

Je réprimai un soupir.

— Je vous en prie, Tante Agnès. Il est très tôt.

— Très tôt ? Il est presque huit heures. Quel genre de choses peux-tu tirer au clair là-bas, Willow ? Tu dois savoir qu'une jeune femme comme toi, avec ta fortune, devient une cible pour une foule de gigolos sans scrupules, surtout à Palm Beach. Tu n'as pas assez d'expérience pour faire face à ce type de situation. Ne signe aucun papier et n'épouse personne, surtout. Je devrais venir te rejoindre tout de suite, tiens !

C'était donc ça. Ma chère tante avait peur que je vende les bijoux de famille. Je la rassurai.

— Personne n'est en train de profiter de moi, Tante Agnès. Je ne suis pas là pour ça.

— Alors qu'est-ce que tu fais là-bas ? Pourquoi ne peux-tu pas le dire à ta tante ?

— Je ne suis pas encore prête à en parler, à qui que ce soit. Vous devez me faire confiance, insistai-je.

— Ton père serait très fâché contre toi, Willow.

Était-ce vrai ? Papa aurait-il désapprouvé tout cela, et surtout le fait que je rencontre ma mère ?

— Tu ferais beaucoup mieux de venir chez moi, Willow.

— Non, Tante Agnès. Merci d'avoir appelé.

— Willow...

Je raccrochai, puis décrochai à nouveau pour l'empêcher de rappeler. Je serais partie le jour même et elle ne pourrait pas me retrouver, pensai-je avec soulagement.

Non, personne ne pourrait me retrouver, tant que je ne me serais pas trouvée moi-même.

10

Amour ou folie ?

Maintenant que Tante Agnès avait troublé ma paix, telle une sorcière jetant ses mauvais sorts par téléphone, il me fut impossible de rester au lit. Je commandai mon petit déjeuner, puis je fis mes bagages. Toujours furibonde, je décidai d'appeler Miles pour mesurer la part d'exagération de toute cette histoire. Le téléphone sonna si longtemps que je me demandai si Miles allait répondre ou si elle l'avait déjà chassé de la maison. Enfin, il décrocha.

— Résidence De Beers, annonça-t-il après s'être éclairci la gorge.

On aurait pu croire qu'il venait de pleurer.

— Miles, est-ce que vous allez bien ? m'enquis-je aussitôt.

— Willow ? C'est vous ?

— Oui, Miles.

— Écoutez-moi bien, reprit-il dans un murmure rauque, sans me laisser le temps d'ajouter un mot. J'ai des nouvelles étranges et merveilleuses à vous donner.

— Quelles nouvelles ?

— Ces dernières nuits, j'ai entendu des bruits légers qui venaient du bureau de votre père. Au début, j'ai cru que ce devait être des souris, et j'ai posé des pièges. Mais je n'ai rien pris. Ce matin, je me suis levé avant l'aube et, le plus silencieusement possible, je suis allé dans le bureau. Vous ne devinerez jamais ce que j'y ai trouvé.

— Quoi donc ?

Je retins mon souffle. Avait-on cambriolé le bureau de mon père ? Ou était-ce Tante Agnès, voulant savoir pourquoi j'y avais passé tellement de temps, qui y était retournée pour tâcher de le découvrir ?

— L'ordinateur de votre père était allumé, reprit Miles. Et il fonctionnait. Il y avait des mots sur l'écran.

— Je ne comprends pas, Miles. De quoi parlez-vous ? Quelqu'un a-t-il fouillé dans les fichiers de mon père ?

— Non, non. Personne n'est entré dans la maison sans mon accord.

— Mais alors…

— Vous ne voyez pas, Willow ? Votre père termine le livre auquel il travaillait. Tout ce que vous aurez à faire, quand il sera fini, sera d'en tirer une copie et de l'envoyer à son éditeur.

Pendant un moment, je restai sans voix. Jamais je n'avais entendu Miles tenir ce genre de propos.

— Miles, êtes-vous bien sûr que l'ordinateur était allumé ?

— Oh ! oui, sûr et certain. J'ai vu la lueur qui venait de sa table de travail et j'ai regardé très attentivement.

— Avez-vous éteint l'ordinateur, Miles ?

— Non, je n'ai touché à rien. Je n'ai touché à rien dans cette pièce depuis… depuis la mort de votre père. Quand je suis revenu jeter un coup d'œil, il y avait de nouvelles lignes de texte à l'écran.

Cette fois, il fallait que j'en aie le cœur net.

— Miles, répondez-moi franchement. Est-ce que vous buvez ? Tante Agnès prétend que oui.

— Mais non, je vous assure. Je vais bien, Willow. Tout va bien.

— Très bien, Miles. Je vous appelle d'ici un jour ou deux pour vous faire savoir où vous pourrez me joindre.

— C'est merveilleux, me remercia-t-il. Merveilleux.

Je me souvins à temps des dispositions que j'avais prises avant mon départ, et je l'en informai.

— Miles, quelqu'un de l'agence immobilière Bells va venir à la maison au début de la semaine prochaine. Montrez-leur ce qu'ils veulent voir, et ils s'arrangeront avec vous pour la faire visiter aux acheteurs intéressés.

— Ils ont déjà appelé, Willow. Ils passeront lundi. C'est sans doute pour ça que votre père travaille si dur et si vite, ajouta-t-il, son excitation croissant à chaque seconde. Tout s'explique, maintenant. Il veut avoir terminé son travail avant que la maison ne soit vendue.

Que pouvais-je lui répondre par téléphone ? Je renouvelai ma promesse de l'appeler, puis je raccrochai.

Je devais bien m'avouer que je partageais l'anxiété de Tante Agnès à son sujet, à présent. Il ne fallait pas que je tarde à rentrer, je m'en rendais compte. Cette histoire d'ordinateur me faisait froid dans le dos. Car cette folie avait un sens, je savais que mon père avait laissé un livre inachevé. Je savais aussi que cette idée avait dû lui être odieuse, et que c'était sans doute la dernière chose à laquelle il avait pensé.

En même temps, je jugeai prudent d'appeler M. Bassinger, et j'eus la chance de le trouver à son bureau. Je lui demandai s'il pouvait passer à la maison et voir si tout allait bien. Je lui fis part de mon inquiétude, sans accuser Miles de boire, mais en mentionnant ce qu'il m'avait dit à propos de l'ordinateur. M. Bassinger savait lire entre les lignes.

— Je comprends, m'assura-t-il. Je vais m'occuper de ça.

— Merci. Quand vous souhaiterez me joindre, je serai à ce numéro, dis-je en lui lisant celui du carton rose de Bunny.

Il me promit de me rappeler dès que possible.

Mon petit déjeuner pris, ma toilette achevée, je descendis régler ma note. On chargea mes bagages dans ma voiture et je partis pour Joya del Mar. La voix chevrotante de Miles et son étrange récit restaient présents à mon esprit, tel un cauchemar particulièrement vivace. Je ne pouvais pas m'empêcher d'imaginer le fantôme de mon père, assis devant son ordinateur. Cette image s'attarda en moi, imprimée sur l'écran de mon imagination, jusqu'à mon arrivée à la propriété familiale de ma mère.

Une fois de plus, la voix impatiente et sèche de Jennings résonna dans l'interphone. Dès qu'il eut reconnu mon nom, les portes commencèrent à s'ouvrir. Et quand je descendis de voiture, il m'attendait.

— Je porterai vos bagages dans votre chambre, mademoiselle.

— Merci. Où est Mme Eaton ?

— Elle n'est pas encore levée, mais M. Eaton m'a laissé des consignes à votre sujet, m'informa-t-il. Quand vous serez installée, prendrez-vous une boisson fraîche sur la terrasse du fond ? Un thé glacé, peut-être ?

Il connaissait son métier, il fallait bien le reconnaître, même si j'avais rencontré des gens plus aimables que lui.

Oui, volontiers, acquiesçai-je. Ce serait très agréable.

— Très bien, mademoiselle, dit-il en s'effaçant devant moi.

Je rentrai dans la maison et pris le chemin de ce qui allait devenir ma chambre. Là, j'allai tout droit au balcon et contemplai la mer. C'était une journée vraiment splendide. Des nuages floconneux passaient, telles des bouffées de fumée, sur le ciel d'un bleu vibrant. Un élégant cruiser glissait sur l'eau comme sur un miroir de glace. Des yachts et des voiliers évoluaient par douzaines, faisant de l'océan une immense cour de récréation pour les privilégiés de ce monde.

Ce qui rendait si excitant le fait d'avoir cette scène comme toile de fond, c'est qu'elle changeait tout le temps. Il y avait toujours quelque chose d'intéressant à voir, la nature elle-même se renouvelait sans cesse. Un jour, pensai-je avec espoir, j'aimerais vivre au bord de la mer.

Jennings apporta mes bagages et me demanda s'il devait les défaire. Je refusai.

— Non merci, Jennings. Je m'en occuperai plus tard.

— Très bien. Votre thé glacé sera prêt dans quelques minutes, dit-il en s'en allant.

Une fois seule dans cette chambre où cette chose atroce était censée être arrivée à ma mère, j'éprouvai un étrange pressentiment : j'eus l'impression de dépasser une limite, en faisant intrusion dans un passé interdit. Papa, dans sa sagesse, avait sans doute eu raison de me tenir à l'écart de tout cela. Peut-être était-ce défier le destin que de venir ici pour tenter d'éclaircir le passé. Ce passé tortueux, douloureux, qui avait pris mes parents au piège d'un amour maudit et de mille promesses non tenues. Chaque baiser, chaque caresse était un engagement. Leur amour avait été si grand, si enrichissant qu'ils avaient dû en être les premiers surpris. Même un homme aussi intelligent, aussi intuitif que mon père avait succombé au désir de son cœur. Sinon, il n'aurait jamais entrepris ce voyage qui ne menait nulle part sauf à la déception, l'échec et la douleur. Et cela pas seulement pour lui, mais pour ma mère, à qui, j'en étais sûre, il n'avait jamais voulu faire de mal.

« Rentre à la maison, Willow, murmurai-je. Ne pose pas ta tête sur cet oreiller, ce soir. Qui sait quels cauchemars il recèle, quelles images vont hanter ton sommeil ?

« Rentre, Willow, rentre chez toi. Tu as bien assez de fantômes là-bas pour peupler tes rêves, n'y ajoute pas ceux qui errent ici. »

Perdue dans mes pensées, je quittai la chambre et ne m'aperçus même pas que j'avais atteint la loggia. Je ne m'en rendis compte qu'en entendant Jennings se racler la gorge derrière moi et m'apporter mon thé glacé sur un plateau d'argent.

— Merci, Jennings. À quelle heure Mme Eaton se lève-t-elle ?

— Cela dépend des jours… et de ce qu'elle a fait la veille, ce qui peut d'ailleurs se prolonger jusqu'au jour suivant.

— Je vois.

— Bien. Et si vous ne le voyez pas, vous vous en apercevrez très vite, ajouta-t-il, imperturbable. Désirez-vous autre chose, mademoiselle ? Des crackers, du fromage ?

— Non merci, Jennings.

— Très bien. S'il vous faut quoi que ce soit, je ne serai pas loin, m'assura-t-il.

Et il se retira dans le couloir, telle une statue prête à reprendre vie à l'appel de son nom.

De toute évidence, les domestiques de la maison n'avaient aucun respect pour leurs employeurs, ce qui ne devait pas beaucoup troubler ces derniers. D'après ce que j'avais pu voir, ils devaient se considérer comme une race à part, très au-dessus du commun des mortels. Palm Beach était vraiment un endroit unique en son genre. Et même si c'était sous un faux prétexte, j'avais finalement eu raison de venir ici. J'en ris toute seule et bus quelques gorgées de thé glacé. Puis je me carrai dans mon fauteuil pour contempler l'océan et réfléchir.

Moins d'une minute plus tard, Linden émergea de la maison, sa boîte à peinture à la main, portant son chevalet sur l'épaule gauche comme une lance. Il suivit le chemin qui menait à la plage et disparut dans un tournant. Mon cœur s'accéléra soudain. Je venais de comprendre que, si j'étais décidée à mettre mon projet à exécution, c'était l'occasion ou jamais. Si je ne la saisissais pas, autant rentrer chez moi sur-le-champ.

Je me levai, m'engageai dans le chemin descendant vers la plage et suivis les traces de Linden. Quand j'eus franchi le tournant, je l'aperçus de loin en train de dresser son chevalet. Il ne remarqua pas mon approche et je ne voulus pas le prendre par surprise. Je préférai m'annoncer.

— Salut ! lançai-je en m'avançant.

Il s'interrompit et me regarda, l'air plus curieux et surpris que mécontent, cette fois-ci.

— On dirait que nous ne serons jamais débarrassés de vous, dit-il en guise d'accueil. Du moins pas tant que nous aurons les Eaton comme locataires.

Sur quoi, il reprit l'installation de son chevalet. Je protestai sans me fâcher :

— Je ne suis pas le grand méchant loup, quand même. Vous vous trompez sur mes intentions.

— Naturellement, grommela-t-il. C'est encore moi qui ai tort.

J'ignorai délibérément le sarcasme.

— J'aime beaucoup votre travail.

Il pivota vers moi, le sourcil haut et la mine incrédule.

— Et où avez-vous vu mes œuvres, on peut savoir ? Les Eaton n'en ont aucune chez eux. Une des premières choses qu'ils aient réclamées en s'installant, c'est qu'on les débarrasse de mes tableaux. Bunny, comme elle se fait appeler, les trouve trop déprimants. Elle prétend qu'ils mettraient ses invités mal à l'aise. Pour être franc, ce sont les gens qu'elle reçoit que je trouve plutôt déprimants.

— Ah bon ?

Le ton de ma voix parut l'intriguer.

— Vous faites partie de leurs hôtes, maintenant ?

— J'en ai bien peur.

Il grimaça un rictus et, d'un geste sec, ouvrit la fermeture à glissière de son étui.

— À votre place, moi aussi j'en aurais peur. Où avez-vous vu mes œuvres ? À moins que vous n'ayez pris ce prétexte pour m'amadouer, bien sûr.

— Pas du tout. Je n'ai pas l'habitude de dire ce que je ne pense pas, m'indignai-je.

Cette fois, il se radoucit. Ce fut presque un sourire qui se dessina sur ses lèvres.

— Tiens donc. Voici que nous arrive une personne sincère dans le monde du mensonge, du faux-semblant et de la chirurgie esthétique.

— Pour votre gouverne, j'ai vu trois de vos toiles dans une galerie, hier soir.

— Ah ! fit-il, un peu désarçonné.

Puis son scepticisme reprit le dessus :

— Et alors ?

— Je trouve votre travail très intéressant. Surtout la façon dont vous introduisez une note surréaliste dans la réalité.

J'étais si nerveuse que je me raccrochais aux termes employés par Thatcher, en espérant que c'étaient les bons. Ce que je croyais, d'ailleurs.

Cette fois, Linden leva les deux sourcils.

— Vraiment ? Vous avez étudié l'art ?

— À l'université, oui.

— Quels sont vos peintres préférés ? lança-t-il, comme une question piège destinée à me tester.

— Je ne raffole pas de l'art abstrait, mais certaines œuvres de Mondrian me plaisent. Et j'ai même un poster de Jackson Pollock dans ma chambre, figurez-vous : *Moon Wooman.* Mon père adorait Salvador Dalí. Quelque chose dans vos tableaux me rappelle Dalí, en fait. Sans doute les couleurs.

Il me dévisageait, l'air si effaré que je demandai :

— Eh bien ? Qu'y a-t-il ?

— Rien, rien, s'empressa-t-il de répondre.

— Vous pensiez que je voulais seulement vous faire plaisir et que je ne connaissais strictement rien à l'art, c'est ça ?

— La plupart des gens d'ici n'ont rien dans le crâne, je les appelle des Trous Vides. Ils n'ont ni existence, ni substance. Même pas assez pour projeter une ombre, commenta-t-il avec amertume.

— Je l'avais remarqué.

— Remarqué quoi ?

— Dans vos peintures, à part la femme et l'enfant, les gens ne projettent pas d'ombre.

Cette fois, il sourit franchement.

— Vous me surprenez vraiment, mademoiselle... quel est votre nom, déjà ?

J'étais tellement prête à lui dire la vérité que, sur le moment, ma langue fourcha. J'émis un borborygme indistinct.

— Quel nom avez-vous dit ?

— Isabel, répondis-je lâchement.

— Ah oui, c'est vrai. Eh bien, Isabel, je reconnais que je suis plutôt impressionné.

— Merci. À quoi comptez-vous travailler, aujourd'hui ?

— Vous ne vous rappelez pas ce qu'a dit Thatcher ?

Je fis signe que non.

— Je m'installe et j'attends l'inspiration. Je jette ma ligne et, un beau jour, j'attrape quelque chose.

— J'espère qu'aujourd'hui sera un bon jour, alors.

Il hocha la tête et m'enveloppa d'un regard pensif.

— Combien de temps comptez-vous séjourner chez les Eaton ?

— Pas très longtemps. Peut-être quelques jours, peut-être une semaine. Cela vous dérangerait si je m'asseyais un moment ?

Il continua l'installation de son matériel, sans répondre. Je m'assis quand même. Et subitement il se retourna vers moi, le visage à nouveau sombre et rageur.

— Je ne comprends pas ce que vous venez faire ici. Que voulez-vous de nous ?

J'avais assez souvent vu mon père « désamorcer » les gens, comme il aimait à le dire, pour savoir comment réagir. Je haussai les épaules et souris, l'air aussi calme que possible.

— Pour être franche, Linden, je n'en sais rien moi-même. J'ai eu cette idée, mon projet a été approuvé, et maintenant je me démène pour qu'il prenne forme et sens.

Ma sincérité le prit par surprise. Ses traits crispés se détendirent, et je repris d'un ton très naturel :

— Ma théorie est que, dans la vie courante, nous avons déjà du mal à distinguer le réel de ce qui ne l'est pas ; mais que pour des gens qui mènent une vie à part, protégés par leur richesse et leur position sociale, la distinction est encore plus difficile. À supposer qu'ils s'en soucient, évidemment.

Pendant toute ma tirade, Linden ne m'avait pas quittée des yeux.

— Très bien, acquiesça-t-il. Vous avez piqué ma curiosité. Que vous a-t-on raconté sur nous, au juste ?

— À vrai dire, pas grand-chose.

Une ironie amère filtra dans la voix de Linden.

— On ne vous a pas dit que ma mère avait été violée par son beau-père, qu'elle en avait fait une dépression nerveuse et avait été placée dans une clinique psychiatrique, alors ?

Le cœur battant, je fixai résolument l'horizon, cherchant un soutien dans la tranquille beauté de l'océan.

— Si, on m'a dit quelque chose comme ça, mais ce n'est pas exactement le genre d'informations qui font l'objet de mon enquête.

— Ah ! Ce n'est pas ce genre d'informations qu'il vous faut, bien sûr. C'est tout à fait sans importance, en somme ?

— Mais pas du tout, j'essaie simplement…

— Avez-vous la moindre idée de ce que l'on peut éprouver quand des gens vous dévisagent en pensant : « C'est lui, le fils du violeur » ? Je vais vous le dire, ça vous évitera de chercher. On a un sentiment de non-identité, presque comme si on n'existait pas. Quand j'étais plus jeune, mais déjà assez âgé pour comprendre, je me suis souvent arrêté devant un miroir en m'attendant à n'y voir aucun reflet.

« Oh, bien sûr ! ma grand-mère a fait tout ce qu'elle a pu pour moi. Pendant presque toute ma vie, j'ai cru qu'elle était ma mère. On a dû vous dire ça aussi, non ? Nous sommes le sujet de conversation favori de tout ce beau monde, à l'heure du café. Je porte le nom des Montgomery, mais presque par charité. Je n'y ai pas droit. Je pourrais aussi bien me considérer comme un enfant adopté qui vient de retrouver sa vraie mère et de commencer à vivre avec elle.

Je restai muette pendant de longues secondes, toute à mes pensées. Comme nous nous ressemblions, tous les deux ! Pendant presque toute ma vie, ma mère adoptive m'avait laissée croire que j'étais la fille d'un violeur, moi aussi. Pouvais-je lui en parler sans tout révéler ?

— Je n'ai absolument pas l'intention de me mêler de tout ça, Linden, affirmai-je.

— Et de quoi comptez-vous vous mêler, on peut savoir ?

Son persiflage aurait pu me froisser, mais j'avais décidé de ne pas relever ses piques.

— Les Montgomery étaient très fortunés autrefois, n'est-ce pas ?

— Et alors ?

— Eh bien, votre mère a vécu dans la richesse et à présent, elle mène une existence toute différente. Je me suis dit que son expérience pouvait s'avérer pleine de ressources. Votre mère et vous avez totalement changé de mode de vie, et vous êtes en mesure d'établir des comparaisons.

Dans le regard de Linden, la fureur s'apaisa. Je pouvais presque la voir refluer, comme les vagues à marée descendante.

— Je vous ai déjà dit ce que je pensais de ces gens...

Il eut un geste méprisant vers la grande maison.

— Ils croient exister, compter, être importants parce qu'ils peuvent s'acheter des yachts et des propriétés, donner des réceptions et s'habiller chez les couturiers. Ma mère a plus de personnalité dans le bout de son petit doigt que chacun d'eux dans... non, même pas, qu'eux tous réunis !

— C'est bien pourquoi j'aimerais la rencontrer, plaçai-je en toute hâte.

Il me dévisagea, sourcils froncés.

— Qui êtes-vous ? Je ne parle pas de votre nom, je veux dire : d'où êtes-vous ? De quel genre de famille ?

— Je viens de Caroline du Sud. Je suis fille unique. J'ai perdu mes deux parents.

— Êtes-vous fiancée ou quelque chose comme ça ?

— Non. Et vous ?

Il éclata d'un rire étrange, presque dément, et qui se prolongea si longtemps que j'en frissonnai.

— Moi ? Vous plaisantez, je suppose. On m'évite comme la peste, dans cette ville ! Une fille, me prendre au sérieux ? Je vous en prie. Je sortais, avant, j'avais des amis, mais je suis devenu trop sauvage pour eux, semble-t-il. Ou trop amer, ajouta-t-il avec franchise. Je suis amer.

— Ma nounou disait toujours que l'amertume, c'est comme un animal qui se mange lui-même. Un épervier qui dévore son propre cœur. C'était très joli, en portugais. Elle était portugaise, expliquai-je. En fait, c'est pratiquement elle qui m'a élevée.

Plus je serrais de près la vérité, moins je sentais peser mes petits mensonges et mes cachotteries.

— Oui, eh bien moi c'est l'amertume qui me garde en vie, répliqua-t-il.

— Quelquefois, on est tellement malheureux qu'on croit impossible de vivre sans son malheur, commentai-je d'un ton sagace.

— C'est encore un dicton de votre nounou, ça ?

— Oui, en quelque sorte.

Il parut réfléchir et hocha la tête, comme s'il était parvenu à une conclusion.

— D'accord, je vais conclure un marché avec vous.

— Quel marché ?

— J'accepte de vous parler, de répondre à toutes les questions que vous voudrez. Je vous laisserai même voir ma mère.

— Et en échange, qu'est-ce que je devrai faire ?

Je retins mon souffle.

— Poser.

— Pardon ?

— Poser pour moi, pour que je puisse vous peindre. Mais pas nue, s'empressa-t-il d'ajouter. Quoique d'un point de vue artistique... vous feriez un modèle superbe. Vous êtes très belle. Toutefois, je vous vois plutôt...

Il marqua une pause comme s'il composait déjà son esquisse.

— Je vous vois plutôt en longue jupe flottante, assise dans le sable avec une jambe juste un peu découverte. Je vous aimerais pieds nus, les cheveux dénoués, dans une de ces blouses paysannes qui découvrent les épaules. Et sans bijoux ni maquillage. Vous, assise ici et regardant l'océan, c'est tout ce que je veux.

— Je n'ai pas ce genre de vêtements, objectai-je.

— Aucune importance, ma mère les a, elle vous les prêtera. Elle nous les prêtera, devrais-je dire. Je suis sûr qu'ils vous iront très bien. Alors ?

— Combien de temps devrai-je poser ? Est-ce que ça va durer… des heures et des heures ?

Pour la première fois, son rire fut chaleureux et sincère. Il eut l'air bien plus jeune, tout à coup.

— Pas plus de deux heures par jour pendant trois jours. Ça vous va ?

— Entendu, décidai-je. Marché conclu.

Ses yeux brillèrent, puis son regard dériva vers la mer.

— Mais pour l'instant, j'aimerais être seul, dit-il d'une voix changée, durcie, presque coléreuse.

C'était comme si une autre facette de lui-même, venue de son côté sombre, venait soudain de se manifester avec force.

Je me levai.

— Alors c'est d'accord. Quand pourrai-je voir votre mère ? osai-je demander.

— Demain, après notre première séance sur la plage. Je serai là vers dix heures, ce qui devrait vous laisser le temps de vous lever et de prendre le petit déjeuner.

— Et les vêtements ?

Linden réprima un petit sourire.

— Je les aurai avec moi. Vous pourrez aller vous changer de l'autre côté de la dune.

— Et votre mère ?

— Vous pourrez passer à la maison vers deux heures et demie. C'est le moment où nous prenons tranquillement une citronnade sur la terrasse, tous les deux. Ne lui parlez pas de notre marché, surtout, ajouta-t-il vivement.

— Entendu.

— Je ne voudrais pas qu'elle croie… je veux dire, elle pourrait ne pas comprendre.

— Mais vous allez lui emprunter une jupe et une blouse pour moi, lui rappelai-je.

Apparemment, il avait déjà tout prévu.

— Je n'ai pas dit ça. J'ai dit qu'elle nous les prêterait. Elle n'a pas besoin de savoir qu'elle le fait, précisa-t-il.

J'allais lui demander en quoi le secret était si important pour lui, mais je crus entendre papa me conseiller d'en rester là, d'être reconnaissante pour ce que j'avais obtenu, et de ne pas trop en demander. Chacun a sa fragilité, aurait-il dit.

— Très bien, alors à demain, dis-je en m'éloignant déjà.

Quand je me retournai, il était descendu jusqu'à la frange des vagues. Debout dans l'eau qui montait, il fixait l'horizon comme s'il y voyait quelque chose. Personnellement, je ne voyais rien, mais il est vrai que je ne regardais pas le monde avec les mêmes yeux que lui. Cela, j'en étais sûre.

⁂

Juste avant que je m'engage dans le chemin montant vers la ville, une corne de bateau résonna derrière moi et je pivotai vers l'océan. Un cruiser approchait de la côte en bondissant sur les vagues et quand il fut assez près, je reconnus le pilote. C'était Thatcher. À grand renfort de gestes, il me fit signe de descendre sur la jetée, située juste au-dessous de la maison d'en bas. Étonnée, amusée, je revins rapidement sur mes pas et arrivai au ponton presque en même temps que lui.

— Qu'est-ce que tu fais là ? lui criai-je à pleine voix. Je te croyais au tribunal.

— L'affaire a été ajournée, et mon client suivant se trouvait être le propriétaire de ce hors-bord. Je lui ai offert quatre heures de travail gratuit contre quatre heures de bateau. Allez, embarque !

— Tu veux que je monte à bord ? Mais… (Je me retournai vers la grande maison.) Je n'ai pas encore vu ta mère, aujourd'hui. Elle ne sait même pas que je suis là et…

— Elle doit être encore au lit. Allez, viens. Je n'ai que quatre heures.

— Mais…

Coupant court à mes protestations, il tendit le bras et m'aida à embarquer. Quelques secondes plus tard, nous filions sur l'eau à toute allure, en tressautant si rudement que je poussai un cri. L'écume giclait autour de moi.

— Je ne suis pas habillée pour ça ! hurlai-je.

— Accroche-toi, ça suffira.

C'était assez excitant, je ne pouvais pas le nier. J'en avais le souffle coupé. Quand il ralentit enfin, Thatcher riait de plaisir.

— Pas mal cet engin, non ?

— On dirait un avion qui rase l'eau !

— Il y a de ça. Tiens, dit-il en prenant mes mains pour les poser sur les commandes. Essaie-le.

— Moi ?

— Et pourquoi pas ? Allez, insista-t-il. Essaie, Willow. Prends des risques. Une fois de temps en temps, c'est plutôt amusant de défier le sort, non ?

À voir ses yeux intensément fixés sur moi, pénétrants, scrutateurs, j'eus l'impression qu'il savait tout. Avec hésitation, je changeai de place avec lui, puis je ne pensai plus qu'à écouter ses instructions. Quelques instants plus tard, je sentis le bateau vibrer sous moi de toute sa puissance. Cela faisait un peu l'effet de chevaucher une baleine. Être passager à bord de cette torpille des mers était déjà palpitant, mais la piloter… cela vous procurait une sensation de jubilation.

— Tu te débrouilles bien, commenta Thatcher. Pousse-le un peu.

Je secouai la tête mais il accéléra, et nous bondîmes littéralement, heurtant les vagues avec une telle violence que mon cœur entama une vraie partie de yo-yo dans ma poitrine. Au bout d'un moment, nous ralentîmes à nouveau pour adopter une vitesse de croisière plus tranquille.

— Je connais un coin génial pour déjeuner, annonça Thatcher en reprenant les commandes.

Je me carrai dans mon siège. Le vent malmenait mes cheveux, mais cela m'était bien égal. Les embruns, le soleil et la chaleur m'étourdissaient. Je me croyais emportée sur un tapis volant.

— Tu fais ça souvent ? demandai-je à Thatcher.

— Je naviguais beaucoup avant, mais ces temps-ci, cela ne m'arrive plus tellement. Je ne me souviens pas d'avoir fait une chose pareille un jour de semaine, ajouta-t-il avec un clin d'œil à mon adresse.

— Je dois avoir une mauvaise influence.

— Ou peut-être une bonne. Tu as entendu Bunny : je travaille trop.

Tout en bavardant, nous faisions de la route, et la côte commençait à disparaître.

— Où est cet endroit génial pour déjeuner ? plaisantai-je. À Cuba ?

— Tu verras bien.

Quelques minutes s'écoulèrent encore, puis Thatcher coupa les moteurs et, à ma stupéfaction, mouilla l'ancre.

— Mais… je ne comprends pas. Pourquoi as-tu stoppé ?

Il ouvrit les bras d'un geste large.

— Nous y sommes. Peut-on trouver un endroit plus tranquille, plus beau, plus intime ? C'est mon coin préféré, déclara-t-il en commençant à descendre l'échelle. Viens donc m'aider à préparer le déjeuner.

Je le suivis dans la coquerie où je trouvai du pain, de la viande, des fromages, du vin et des fruits frais. Thatcher savourait ma surprise.

— Eh bien, qu'en dis-tu ?

— C'est un vrai festin, déclarai-je.

Nous préparâmes des sandwiches, des coupes de fruits, et Thatcher déboucha le vin. Assise à table en face de lui, avec l'immensité de l'océan autour de nous, assez loin de la côte pour ne plus la voir, je me sentais vraiment dans un endroit spécial. De temps en temps un bateau passait, mais sans jamais s'approcher. C'était comme si d'invisibles murs nous séparaient du reste du monde.

Thatcher versa le vin et nous trinquâmes. Je ne pus m'empêcher de le taquiner.

— Si tu charmes toutes tes conquêtes comme ça, tu as dû remporter beaucoup de victoires.

— T'ai-je conquise, Willow ?

Le sérieux avec lequel il posa la question, l'air soudain plus grave, me mit sur la défensive.

— Je ne suis pas une forteresse, ripostai-je.

Il me sourit.

— Tu esquives la réponse, on dirait ? Tu as aussi peur de t'engager que moi, Willow. C'est ce qui me plaît chez toi, reprit-il sans me laisser une chance de me défendre.

— Et pourquoi ? m'étonnai-je.

— Il y a trop de femmes prêtes à se jeter à votre tête, ici. Sans défi, la conquête n'a plus aucun charme.

— Je ne me vois pas comme un trophée, Thatcher.

— Je ne dis pas que tu en es un. J'ai cette idée un peu vieux jeu que rien de ce qui est vraiment bien ne peut s'acquérir sans peine. On a trop tendance à croire que tout nous est dû. Surtout ici, insista-t-il. Tu as vu comment vivent mes parents : c'est comme ça que j'ai grandi. Tout ce que je pouvais souhaiter, je l'obtenais instantanément. Ma sœur aussi, et d'ailleurs... pour elle, rien n'a changé.

— Alors, comment en es-tu arrivé à cette nouvelle vision de la vie, si pleine de sagesse ?

Il haussa négligemment les épaules.

— Un coup de chance, je suppose.

Il se leva, ôta sa chemise et s'allongea sur le pont, un sourire béat sur le visage. Le balancement du bateau, l'effet du vin, la chaleur, pour moi tout contribuait à prolonger l'enchantement. Je me levai et vins m'asseoir près de Thatcher. On n'entendait que le cri des mouettes s'appelant l'une l'autre, le bruit étouffé d'un moteur au loin. Les nuages glissaient lentement vers l'horizon.

— Ma mère a raison, murmura-t-il. Je travaille trop. Dis-moi qui t'a envoyée ici, Willow. J'aimerais remercier ce quelqu'un-là, personnellement.

Jamais, pendant tout le temps de ma liaison avec Allan, je n'avais ressenti un désir comparable à celui que j'éprouvai à cet instant, quand mon regard et celui de Thatcher se nouèrent. Entre nous, l'air semblait chargé d'électricité. Une force attirait nos bouches l'une vers l'autre, de plus en plus, jusqu'à ce que je me penche sur lui et l'embrasse.

Il ne me prit pas dans ses bras. Il me plaqua contre lui comme pour me contraindre à aller, de moi-même, au-devant de son impatience amoureuse. Je ne sais pas si j'aurais été capable de lui résister, je n'essayai même pas. Je l'embrassai encore et il ceignit ma taille pour m'attirer à ses côtés.

— Tu sais, le provoquai-je en inondant son visage de baisers, que tu m'empêches de travailler à mon projet ?

Il répliqua sur un ton tendrement moqueur :

— Vraiment ? Je croyais que *j'étais* ton projet ? Dis-moi...

Sa voix baissa jusqu'au soupir.

— As-tu déjà fait l'amour en bateau, Willow ?

— À ton avis ? rétorquai-je.

Il rit et se remit debout en me soulevant dans ses bras.

— Mon avis c'est que, sans avoir fait cette expérience, je ne vois pas comment tu pourrais écrire un article sur la société de Palm Beach.

Cette fois non plus, je n'offris aucune résistance. Lentement, avec précaution, il m'emmena en bas dans la plus grande des cabines. Quelques secondes plus tard, nus tous les deux, nous nous abandonnions à la passion qui nous jetait l'un vers l'autre, encore plus fiévreusement que la veille. J'entendais bien, de temps à autre, la voix de la prudence me mettre en garde, et me harceler de questions. Comment avais-je pu me retrouver engagée dans une relation si intime avec un autre homme, et aussi vite ? Était-ce de l'amour ou de la folie ? Avais-je un besoin si désespéré de trouver quelqu'un d'autre, pour ne pas rester seule ? Étais-je trop vulnérable ? Ou le sort m'avait-il souri en m'accordant une faveur toute spéciale : quelqu'un qui m'aimerait vraiment, autant et plus peut-être que je ne l'aimerais moi-même ?

Un peu plus tard, nous sommeillâmes dans les bras l'un de l'autre pendant près d'une demi-heure. Thatcher m'éveilla d'un baiser.

— Nous ferions mieux de rentrer, maintenant. Je ne tiens pas à devoir plus de temps à mon client, il essaierait d'en tirer avantage. Il est de ces gens qui cherchent à profiter de tout.

Je m'habillai en hâte et, d'une allure bien plus sage qu'à l'aller, nous regagnâmes la jetée de Joya del Mar. En débarquant, j'eus l'impression de revenir sur terre après un voyage imaginaire.

— Je serai à la maison vers six heures, me dit Thatcher. Ne laisse pas Bunny t'entraîner dans je ne sais quoi d'extravagant, ce soir.

Je le lui promis en riant. Il repartit à vive allure, filant vers le large tel un prince charmant retournant dans un livre de contes, en me laissant me demander si tout cela n'avait été qu'un rêve.

En rebroussant chemin, j'aperçus Linden devant la maison de la plage, qui me regardait. Je m'apprêtais à lui faire signe quand il me tourna le dos et rentra brusquement. J'eus l'impression de recevoir une gifle.

La partie ne s'annonçait pas facile pour moi, méditai-je, ce serait même tout le contraire. J'allais devoir jouer serré.

11

Ces dames de Palm Beach

— Ma chère, je suis si heureuse que vous ayez pris la bonne décision, s'écria Bunny qui descendait, en m'apercevant dans la grande salle. Avez-vous déjeuné ?

— Oui.

Il était près de quatre heures de l'après-midi, et elle songeait seulement au déjeuner ?

— Tant pis ! Je suis désolée de n'avoir pas été là pour vous tenir compagnie, je déteste manger seule. Pas vous ?

Je faillis lui répondre que je n'avais pas déjeuné seule, mais je m'avisai qu'il valait mieux m'en abstenir. Thatcher se sentirait sûrement plus à l'aise si sa mère ignorait nos allées et venues.

— Aujourd'hui, je suis veuve de golf, annonça-t-elle en riant. Vous savez ce qu'on appelle les veuves du foot, je suppose ? Ces femmes qui ne voient pas leur mari pendant toute la saison de football. Eh bien, quand Asher se lance dans le golf, j'ai intérêt à me trouver des distractions ou à voir des amis. Sinon je reste toute seule à contempler les murs, en attendant qu'il veuille bien se souvenir de mon existence. Encore heureux que je n'aie pas épousé Michael Strentchild.

J'ouvris des yeux ronds, alors que, de toute évidence, Bunny s'attendait à ce que je rie, mais l'allusion m'échappait. Elle se chargea de m'éclairer.

— Strentchild, vous savez bien ? La plus grosse maison de coutellerie d'Amérique du Nord. Michael a divorcé récemment, ça s'est mal passé, et savez-vous ce qu'il a fini par faire ?

— Aucune idée.

— Il a fait imprimer le visage de sa femme sur toutes ses balles de golf, pour pouvoir lui cogner dessus. Asher dit qu'il n'a jamais lancé aussi loin, s'esclaffa Bunny. Vous pouvez mettre ça dans votre livre, si vous voulez.

— Mais je n'ai pas l'intention d'écrire un livre, Bunny.

Elle balaya l'objection d'un geste désinvolte.

— Enfin, vous voyez ce que je veux dire… mais peu importe. Est-ce que Jennings a bien pris soin de vous, pendant que je m'efforçais de sortir du lit ? Vous êtes bien installée ? Vous avez tout ce qu'il vous faut ?

— Tout est parfait, je vous remercie.

— Thatcher a appelé pour dicter ses ordres : pas d'invités ce soir. Je lui ai dit que cela vous faisait perdre du temps, que vous étiez justement là pour rencontrer des gens, mais il a été inflexible.

Bunny marqua une pause éloquente, qu'elle souligna d'un clin d'œil.

— Je crois qu'il veut vous garder pour lui tout seul, et ce n'est pas moi qui l'en blâmerai. Il se trouve que nous dînons chez les Carlson, Asher et moi. Je les inviterai un de ces soirs. Le père de Broderick Carlson dirigeait la Packard-Willis, sans doute la plus grande compagnie de transports routiers de toute l'Amérique du Nord. Ce sont des choses qu'il faut savoir, vous comprenez ?

Je hochai la tête, en essayant de paraître reconnaissante pour ce flot d'informations. Je ne fis que déclencher les clameurs affligées de Bunny.

— Mais qu'est-ce qui vous arrive ? Vous avez été sur la plage ? Vous êtes rouge comme un homard !

— Ah bon ?

— Ignorez-vous combien les rayons de soleil sont dangereux, surtout pour une femme ? Venez avec moi, que je vous passe une crème protectrice contre les ultraviolets. Allez, venez, insista-t-elle, en me prenant par la main pour m'entraîner dans l'escalier.

Je protestai de mon mieux.

— Mais vous n'avez toujours pas déjeuné, Bunny.

— Oh, la nourriture... quel ennui ! soupira-t-elle en me remorquant à sa suite.

Pendant tout le chemin jusqu'à sa chambre, elle me bombarda de conseils de beauté jusqu'à m'en saouler. Je commençais à me dire que Linden avait raison, même si ses jugements étaient plutôt sévères. Tout sonnait creux, ici.

— Et maintenant, regardez-moi, ordonna-t-elle en s'asseyant devant sa coiffeuse. Si vous ne saviez pas que j'étais la mère de Thatcher, pourriez-vous deviner mon âge avec précision ? Eh bien ?

— Non. Je veux dire... je vous aurais crue bien plus jeune.

— Exactement. Et ce n'est pas grâce à cette intervention de chirurgie esthétique, tout à fait anodine, que j'ai subie il y a deux ans. C'était juste une petite correction du côté des yeux. Non, c'est à ma peau, à mon teint que je dois cette allure de jeunesse.

« Tenez, dit-elle en ouvrant un pot de crème. Ceci vient de France, c'est une composition spéciale à base d'herbes, une recette secrète. Je me moque bien de l'avoir payée cinq cents dollars : ça marche.

— Cinq cents dollars !

— Et ceci, reprit-elle. C'est la lotion qui va avec. On se frotte avec chaque soir, avant de se coucher.

— Et combien coûte cette merveille ?

— Cinq ou six cents dollars, je ne sais plus. L'âge est surtout une attitude, en fait. Il faut penser jeune pour rester jeune.

Pour une fois, j'avais quelque chose à répondre.

— Oui, c'était aussi l'opinion de ma mère.

— Ah oui ? Vous voyez bien ! Quel âge paraît-elle ?

— Elle est morte il y a quelques années, dans un accident de voiture.

— Oh ! mon Dieu, comme c'est triste pour vous, déplora-t-elle.

Sur quoi, bannissant la moindre idée noire à peine était-elle apparue, elle enchaîna :

— En tout cas, elle avait raison, et je suis sûre qu'elle a eu l'air jeune jusqu'à son dernier jour. Allons, venez vous asseoir là et mettez de cette crème immédiatement, ordonna-t-elle en se levant. Nous vivons dans l'État du soleil, mais nous devons nous protéger de lui. J'ai quelques chapeaux à larges bords à vous prêter, de vraies merveilles.

Elle ouvrit la porte de sa penderie, aussi vaste qu'une chambre de dimensions ordinaires et qui comportait même un coin salon, avec la télévision.

— Sentez-vous libre d'emprunter tout ce que vous voulez, ma chère. En fait, je souhaite que vous considériez la maison comme vôtre, du moins tant que vous êtes ici, d'accord ?

— Je vous remercie.

— Alors c'est entendu. Enduisez-vous de cette crème régulièrement, insista-t-elle encore.

Un carillon se fit entendre, puis Jennings appela :

— Madame ?

Bunny alla à l'interphone et pressa un bouton.

— Oui, Jennings ?

— Vos invités sont arrivés.

— Ah, tant mieux ! Je craignais d'avoir à grignoter un en-cas toute seule. Dites-leur que nous arrivons, Jennings.

Sa consigne donnée, Bunny se retourna vers moi.

— J'ai quelques personnes à vous présenter, Isabel. Thatcher ne veut pas d'invités pour le dîner, mais il n'a rien dit au sujet d'un thé du soir.

— Un thé du soir ? répétai-je, intriguée.

— Oh ! ce que nous appelons ainsi n'est pas exactement ce qu'on servirait sous ce nom en Angleterre, sans doute. Pour nous, c'est l'équivalent d'un dîner léger, avec des petits sandwichs et des biscuits. Les sœurs Carriage et moi ne manquerions jamais notre thé hebdomadaire, c'est une tradition entre nous. Elles sont tellement mauvaises langues ! Aucun petit secret honteux ne leur échappe.

Bunny s'interrompit et me jeta une œillade complice.

— C'est une bonne idée que j'ai eue là, non ? Vous allez adorer ces deux femmes, elles sont l'essence même de Palm Beach. Elles ont épousé deux frères, qui sont morts à deux années d'intervalle. Et vous pouvez me croire, elles ne se remarieront que si elles trouvent deux frères à marier, deux partis convenables évidemment. Dépêchez-vous de descendre, conclut Bunny, hors d'haleine. Elles vous fourniront des informations palpitantes, j'en suis sûre.

Elle sortit là-dessus et je restai un moment tout éberluée, me demandant si, finalement, la ville entière n'était pas l'équivalent d'une clinique psychiatrique.

Je m'examinai dans le miroir et me massai le visage avec la fameuse crème. Cinq cents dollars le pot ? Peut-être que ça marchait, ou peut-être était-ce un attrape-nigaud pour gens riches. Chaque classe de la société avait ses escrocs. Ceux qui officiaient dans la bonne société de Palm Beach étaient simplement mieux éduqués que les autres, plus mondains et mieux habillés.

Quoi qu'il en soit, il fallait que je descende faire la connaissance des amies de Bunny, et jouer mon rôle dans la comédie que j'avais montée moi-même. Bientôt, tentai-je de me rassurer, j'aurais quitté la scène et réintégré le monde réel, celui de la vérité. Pour le moment, j'allais devoir endosser mon costume et m'exposer aux feux de la rampe.

Bunny donnait son thé du soir dans le salon où je les avais vus pour la première fois, Asher et elle. Quand j'entrai, l'une des sœurs Carriage prenait des poses de mannequin comme pour un défilé de collection. Elle avait des cheveux blond platine, coupés très court et frisés sur le front. Sa sœur, une brune au teint mat, portait elle aussi les cheveux court, mais tellement collés au crâne qu'on aurait dit un casque. Sans pouvoir deviner laquelle était la plus jeune, je leur donnai la soixantaine à chacune.

— Isabel ! s'exclama Bunny en riant, vous arrivez juste à temps pour voir Brenda dans son numéro de top-modèle.

Deux paires d'yeux bleus se braquèrent sur moi, ceux de Brenda d'un azur limpide et très doux, ceux de sa sœur tirant sur le gris acier. Elles avaient toutes deux le visage émacié, les traits durs, les lèvres minces et la peau tendue sur les pommettes. Mais Thelma avait quelque chose d'un peu plus sec que sa sœur, et le cou un peu plus long.

— Thelma, Brenda, voici notre invitée pour quelques jours, Isabel Amou.

— Comment allez-vous ? articula Thelma d'un ton pincé, tout juste poli.

Sa sœur s'avança pour me tendre la main, me dit bonjour… et poursuivit la conversation comme si ma présence, voire mon existence, n'avait pas la moindre importance à ses yeux. En tout cas moins que sa toilette qu'elle vanta complaisamment.

— Malgré ce qu'en pense Thelma, ce style fait fureur.

— Chez les adolescents, je suppose, marmonna sa sœur.

Du coup, Brenda se retourna vers moi :

— Et vous, Isabel ? Votre avis ?

Elle portait un ensemble très décontracté, longue tunique sur pantalon flottant, avec des sandales plates en cuir souple qui laissaient voir ses ongles argentés.

— Cela paraît très confortable, avançai-je prudemment.

— Oh ! pour ça oui, c'est confortable, et surtout très chic. C'est le style Maharani, que portent les Indiennes à la page, et je ne vois pas pourquoi ma sœur est si acerbe. Si nous n'expérimentions pas un style nouveau de temps en temps, que nous resterait-il à découvrir ? Nous avons passé l'âge des expériences sexuelles, n'est-ce pas ?

— Brenda ! lança Thelma d'un ton cinglant.

— Eh bien quoi, ce n'est pas vrai ? Pour moi, en tout cas. Je ne parle qu'en mon nom. Je suppose que certaines femmes de notre âge sont toujours sur la brèche, si j'ose m'exprimer ainsi.

— Tu sais bien que oui, répliqua sa sœur, qui pivota aussitôt vers Bunny. Pas plus tard qu'hier, je lui racontais ce qu'on venait de m'apprendre sur Casey Freyman et son jardinier. Ses jardiniers, devrais-je dire.

Brenda pouffa.

— Grand bien lui fasse ! Le Viagra est bénéfique aux femmes aussi, à ce qu'il paraît.

— Assieds-toi, espèce d'idiote ! la semonça Thelma. Crois-moi, Bunny, je passe le plus clair de mon temps à réparer les dégâts que ma sœur provoque dans cette ville, avec sa conduite infantile et ses cancans.

Bunny se garda bien de poursuivre sur ce sujet. Elle me désigna la chaise libre à côté d'elle.

— Isabel, venez donc vous joindre à nous, je vous en prie. Qu'aimeriez-vous boire ? ajouta-t-elle quand je fus assise. Un bloody mary ?

— Non, merci. Je préfère du thé glacé.

Il y en avait un pichet sur la table, mais Bunny ne fit pas mine de me servir à boire. Je tendais déjà le bras pour le faire moi-même, quand une femme de chambre se matérialisa devant moi, me versa du thé, puis disparut aussi vite qu'elle était apparue.

— Vos domestiques semblent surgir des murs, ne pus-je m'empêcher d'observer.

Bunny rit, mais Thelma haussa ostensiblement les sourcils et fit pivoter son buste pour me faire face.

— Vous êtes là pour disséquer la bonne société de Palm Beach, si je comprends bien. Pour nous observer au microscope.

— Disséquer n'est pas le mot que j'emploierais, madame. Je travaille à un sujet de thèse.

— Sur les gens riches, ajouta aussitôt Bunny.

Je dus admettre que oui, ce qui me valut une nouvelle remarque de Thelma.

— Je ne vois vraiment pas l'intérêt que ça présente, ma chère. La jeune génération est hypergâtée, égocentrique, dégénérée, quant à la nôtre… Elle ne pense qu'à s'efforcer de paraître jeune, comme vous pouvez le voir d'après la conduite de ma sœur. Chaque club est identique à celui dont vous sortez, chaque réception est la copie conforme de la dernière à laquelle vous venez d'assister.

Poussée par la curiosité, j'eus l'audace de lui demander :

— Si cela vous déplaît tant, pourquoi continuez-vous à vivre ici ?

Sa sœur éclata de rire.

— Et où pourrais-je vivre ailleurs qu'ici ? renvoya-t-elle aigrement. Presque toute l'Amérique est pourrie par le crime et la pollution.

— Et si elle s'en allait, qui inviterais-je à mes thés du mercredi ? s'alarma Bunny.

— Tu aurais vite fait de me remplacer, je ne m'inquiète pas pour ça.

En riant, Bunny reconnut que ce serait sans doute le cas. Thelma parut satisfaite et reporta son attention sur moi.

— D'où venez-vous ? questionna-t-elle abruptement.

— De Caroline du Sud.

— Mais encore ?

— D'une petite ville proche de Columbia, Spring City. Et je fais mes études à l'Université de Caroline du Nord.

— Comment êtes-vous arrivée ici ? s'acharna-t-elle.

Son insistance me choqua, Bunny s'en aperçut et tenta de s'interposer.

— Thelma, tu n'es pas détective privé, tout de même !

— Je… un ami de mon père… m'a donné quelques recommandations, bafouillai-je.

— Ah bon ? Et qui cela peut-il être ?

— Thelma !

— J'essaie simplement de participer à la conversation, par pure politesse, affirma Thelma.

Ce qui ne l'empêcha pas de mordre dans une allumette au fromage, laissant le champ libre à sa sœur.

— Est-ce que cette mode indienne est déjà en vogue, là-bas ? voulut savoir celle-ci.

— J'ai vu quelques femmes porter ce genre de tenues sur le campus, oui.

— Tu vois ? releva Thelma. Sur le campus. Je serais fort étonnée qu'il y ait des étudiantes de ton âge, Brenda.

— Ce style n'est pas seulement porté par les jeunes, Madeline me l'a certifié.

— Madeline dirait n'importe quoi pour vendre, trancha Thelma.

Puis elle s'en prit de nouveau à moi.

— Dans quelle branche des affaires est votre famille, au fait ?

— Mon père était médecin.

— Vraiment ? Il a pris sa retraite ?

— Il nous a quittés depuis peu.

— Oh ! s'exclama Brenda. Je suis désolée de l'apprendre.

Mais sa sœur poursuivit, impitoyable :

— Et votre mère ?

— Elle est morte il y a quelques années, dans un accident de voiture.

— Oh ! mon Dieu ! gémit Brenda. Es-tu vraiment obligée d'arracher ces tristes informations à cette jeune fille, Thelma ?

— Que je le fasse ou non ne change rien à la réalité des choses, Brenda. Ma sœur a toujours agi comme une autruche, commenta Thelma. Elle se cache la tête dans le sable.

— Bien sûr que non !

— Vous l'apprendrez sans doute par les commères de la ville, mais écoutez ceci. Quand le mari de ma sœur, Marshall Carriage, est mort dans son sommeil, elle n'en a rien dit à personne pendant trois jours. Même pas à moi.

Le visage de Brenda se fripa comme si elle allait fondre en larmes, mais sa sœur poursuivit :

— Je crois qu'elle s'attendait à ce qu'il ressuscite. Heureusement l'autopsie n'a révélé qu'une crise cardiaque, sinon il y aurait eu un joli scandale, acheva-t-elle, en braquant sur Brenda un regard qui aurait transpercé un blindé.

Sa cadette se défendit placidement.

— J'ai toujours observé que si on ignore le malheur avec une certaine constance, il finit par disparaître. As-tu déjà vu un oiseau mort ? Un jour il est là, le lendemain ou la semaine suivante, il y a des chances pour qu'il n'y soit plus.

— Je ne sais quoi l'aura mangé ou emporté, voilà tout !

— Possible, mais il n'est plus là, non ?

Thelma grimaça d'exaspération.

— Seigneur, donnez-moi la force de supporter ça ! Est-ce que cette fille ignore les difficultés de sa vie, elle ? Je lui ai posé des questions, elle m'a répondu. Est-ce qu'elle a inventé un roman pour dissimuler la vérité ?

— Et voilà ce que vous vouliez entendre, Isabel ! s'extasia Bunny, enthousiasmée. Comment vivre d'illusions, ou la saga de Palm Beach.

Une fois de plus, Thelma me fixa d'un œil soupçonneux.

— J'ai entendu parler de gens qui venaient ici sous un prétexte quelconque, alors qu'ils avaient de tout autres motifs. Un membre d'une famille riche les envoyait espionner, par exemple, pour tenter de déterminer s'il avait été floué dans un partage.

Bunny prit aussitôt ma défense.

— Ce n'est absolument pas le cas d'Isabel, voyons !

— Sans doute, admit Thelma. Mais les gens fortunés se doivent d'être prudents, par nécessité. Tu te souviens de ce que le braqueur Willie Sutton a répondu quand on lui a demandé pourquoi il dévalisait des banques ?

— Non. Qu'est-ce qu'il a répondu ?

— Exactement ceci : « Parce que c'est là que se trouve l'argent. » Ils viennent tous ici pour ça, Bunny. Franchement, vous êtes les deux faces d'une même pièce, ma sœur et toi.

— J'espère que c'est une pièce rare, plaisanta Bunny.

Derechef, Thelma me toisa d'un air inquisiteur.

— Malheureusement, ce n'est pas le cas de celle-ci.

— Je ne suis qu'une étudiante, madame Carriage, rien de plus.

Elle continua son examen et un silence s'établit, qui finit par devenir pesant.

— J'ai une idée ! lança soudain Bunny. Je vais donner une grande fête, samedi soir. Comme ça, Isabel pourra rencontrer des tas de gens d'un seul coup, ce sera plus simple pour elle.

— Une réception n'est peut-être pas la meilleure occasion de demander des confidences aux gens, suggérai-je.

— N'importe où ailleurs en Amérique, peut-être pas, mais ici c'est différent, déclara Thelma. Après quelques verres de champagne, ils n'auront plus rien à vous cacher.

Bunny était rayonnante.

— Alors c'est décidé, confirma-t-elle en tapant dans ses mains. Commençons par la liste des invités.

Restons en petit comité, disons cent à cent vingt-cinq personnes, pas plus.

Je crus avoir mal entendu.

— C'est ce que vous appelez être en petit comité ?

Thelma elle-même ne put se retenir de rire.

— Palm Beach est la capitale des fêtes et des réceptions, me rappela-t-elle. Ce qui pourrait sembler extravagant dans une ville comme Spring City ne ferait pas le moindre effet ici. Et je ne suis pas sûre que tu aies le temps de faire les choses en grand, acheva-t-elle à l'intention de Bunny.

— Nous y arriverons, compte sur moi. Nous aurons une tente, bien sûr, et tout sera disposé autour de la piscine. Je la ferai couvrir par un parquet de danse, comme les Cook pour leur réception, tu te souviens ? Et je veux une décoration de fleurs fraîches pour les sièges.

— Et des guirlandes de lumières un peu partout, suggéra Brenda.

— Bonne idée. Il y aura quatre buffets-bars, et je prendrai Maxim comme traiteur. J'irai là-bas dès demain matin discuter du menu. Si vous pouviez venir avec moi, toutes les deux, ce serait bien. Et pour la musique… nous aurons cet orchestre de vingt musiciens qu'avaient les Grafter à leur soirée.

— Dans un si court délai, tu ne les auras jamais, objecta Thelma.

— Asher doublera leurs tarifs, ou il s'arrangera, comme toujours. Et si ça ne marche pas, je ferai venir de New York ce chanteur noir qui fait fureur en ce moment, celui qui joue du piano. Je lui offrirai l'aller-retour en avion.

Brenda était aux anges.

— C'est fabuleux ! s'écria-t-elle, et ça tombe à pic. Nous n'avions rien d'intéressant à faire pour le weekend, n'est-ce pas, Thelma ?

— Nous n'avons jamais rien d'intéressant à faire le week-end, à ma connaissance.

Cela dit, Thelma resta un moment silencieuse. Son regard s'attarda sur Bunny, puis sur moi, pour revenir à Bunny qui finit par sourire.

— Eh bien, qu'est-ce que tu as ?

— Il y a quelque chose qui se trame, ici, Bunny. Je ne sais pas quoi, mais tu complotes quelque chose.

Bunny eut un petit rire nerveux.

— Vous faites partie de cette conspiration, accusa Thelma en s'adressant à moi.

— Si c'est le cas, je n'en sais rien moi-même, alors.

— C'est peut-être vrai, admit-elle, en m'étudiant d'un air si perspicace que j'eus un instant l'impression d'être nue. Et peut-être pas.

Bunny me jeta un coup d'œil furtif, un peu inquiet, comme si elle trouvait que Thelma était allée trop loin. Puis elle écarta ces pensées importunes et revint au grand sujet du moment : les préparatifs de la soirée.

⁂

Peut-être était-ce la pression nerveuse que j'avais subie pendant ce thé, ou les suites de cette escapade en mer avec Thatcher, mais j'étais morte de fatigue. Je demandai la permission de me retirer pour faire ce que je croyais être une petite sieste. Mais quand je m'éveillai il faisait déjà nuit, et je découvris qu'il était neuf heures passées. La lune jetait à travers l'océan, jusqu'à l'horizon, un ruban de lumière si étincelant que son éclat masquait celui des étoiles.

Je me demandai où était Thatcher, en me disant qu'il devait se poser la même question à mon sujet. J'avais l'esprit confus, un peu comme si j'étais droguée. Je passai dans la salle de bains et me lavai la figure à l'eau froide.

La maison était silencieuse, et je crus d'abord que Thatcher avait renoncé à m'attendre et qu'il était sorti. Mais en descendant, je l'aperçus qui sirotait un cocktail sur la terrasse de derrière, en chemise de soie blanche à manches courtes et treillis noir. Renversé dans son fauteuil, il contemplait ce même clair de lune qui m'avait tant impressionnée à mon réveil.

Pendant quelques instants, je restai en retrait, intéressée par l'air pensif avec lequel il regardait la mer. J'avais souvent étudié papa de cette façon, sans qu'il s'en doute. Je savais que ce n'était pas très correct, et je n'aurais pas aimé être observée à mon insu. Mais pour moi c'était le meilleur moyen de connaître vraiment les gens. De déchiffrer leurs visages à nu dans un moment de détente totale, quand ils n'étaient pas sur leurs gardes, ne jouaient aucun rôle et ne portaient aucun masque. Papa n'était qu'un homme après tout. Thatcher aussi n'était qu'un homme, mais Dieu qu'il était beau, et intelligent ! Non, ce n'était vraiment pas le premier venu.

— Bonsoir, dis-je en m'avançant à ses côtés.

En un clin d'œil, il fut debout.

— Bonsoir. Tu vas bien ? Je m'inquiétais pour toi. J'ai jeté un coup d'œil dans ta chambre en passant : tu étais si bien dans les bras de Morphée que je t'y ai laissée. Tu as fait la connaissance des sœurs Carriage, m'a dit Bunny ?

— En effet.

— Thelma peut être vraiment éprouvante, et Brenda est tellement puérile ! Elle monopolise l'attention comme une gamine de cinq ans. J'ai entendu parler de la fameuse soirée de Bunny, je suis navré. Je ne crois pas que ce soit le genre de chose qui t'intéresse.

— C'est sans importance, le rassurai-je.

Il tira un fauteuil pour que je puisse m'asseoir.

— Tu as faim ?

— Un peu.

— J'ai pensé que nous pourrions grignoter quelque chose ici, juste quelques spécialités mexicaines toutes simples. J'ai fait préparer des margaritas pour aller avec.

Les domestiques devaient avoir l'oreille collée aux murs dans cette maison, car à l'instant où Thatcher remplit mon verre, la bonne commença à servir.

— Quel genre de spécialités mexicaines ?

Il découvrit les plats l'un après l'autre.

— Juste deux ou trois petites choses, fajitas, enchiladas, burritos...

— C'est ça que tu appelles grignoter !

Il éclata de rire.

— Rien n'est petit chez nous, et surtout pas notre ego ! Au fait, j'allais oublier : il y a eu un coup de fil pour toi. Tiens, dit-il en tirant de sa poche de chemise un petit feuillet qu'il me tendit.

C'était un message de M. Bassinger. Il se bornait à dire que tout allait bien, mais que je devais le rappeler dès que j'en aurais l'occasion.

— J'espère qu'il n'y a pas de problèmes, Willow ?

— Non, M. Bassinger est l'avoué de la famille. C'est lui qui veille sur la propriété en mon absence.

— Je vois. Il doit être également un ami de la famille, pour prendre un intérêt si personnel à sa tâche.

— Oui.

Le regard de Thatcher s'attarda sur moi, comme s'il était en quête de vérités cachées. Je baissai les yeux sur mon assiette.

— Tout sent si bon et paraît si délicieux !

— Je suis sûr que ça l'est. Mes parents ont un chef cuisinier remarquable.

— Ils ont leur propre chef cuisinier !

— Que veux-tu, ma mère est plus douée pour les scandales et les intrigues mondaines que pour la cuisine.

Cette fois, ce fut moi qui éclatai de rire. Nous eûmes un dîner très agréable, en bavardant tranquillement. Thatcher me parla plus en détail de sa jeunesse, et un peu aussi de sa sœur, de sa famille et de ses voyages. Il se trouva qu'il était allé partout où j'aurais voulu aller moi-même. J'eus l'impression qu'il n'avait pas souvent voyagé seul, même si ce n'était pas toujours en compagnie de l'insupportable May Stone.

Après cela, nous allâmes nous promener sur la plage en nous tenant la main, et en nous embrassant de temps à autre. Quand il s'aperçut que mes yeux se fermaient tout seuls, il suggéra de rentrer nous coucher. Je voulus justifier ma fatigue.

— Trop de soleil et trop de margaritas, sans doute. J'en ai eu plus qu'assez pour aujourd'hui.

— Tant que tu n'en as pas assez de moi...

— Aucun risque, affirmai-je, et je vis ses yeux s'illuminer.

Nous reprîmes le chemin de la maison et il me ramena jusqu'à ma porte, m'embrassa une dernière fois et regagna son appartement. Avant d'avoir remonté le drap jusqu'à mon menton, je dormais.

Mais en pleine nuit je me réveillai en sursaut, comme avertie par un sixième sens, et jetai un coup d'œil au réveil. Deux heures du matin. La lune était partie, les étoiles resplendissaient de tout leur éclat. Je me levai avec lenteur, un peu comme une somnambule répondant à un appel. Attirée malgré moi vers le balcon, je sortis dans la nuit fraîche, et la brise de mer fit voler le bas de ma chemise de nuit. J'étais sur le point de rentrer quand, du coin de l'œil, j'aperçus un éclat de lumière. Je me penchai sur la rambarde.

Au début, je ne vis que cette lueur, qui paraissait se déplacer. Mais je compris bientôt qu'elle provenait d'une lanterne, que quelqu'un agitait doucement de droite à gauche. Mes yeux s'accoutumant à l'obscurité, je vis que c'était ma mère qui se tenait sur le ponton. Sa longue chemise blanche semblait absorber la clarté des étoiles et la rayonner.

Que faisait-elle donc ?

Je fouillai du regard l'océan ténébreux mais ne distinguai qu'un paquebot qui s'éloignait vers l'horizon, tout illuminé.

Qui pouvait-elle attendre ? Tout cela était si étrange…

Sans réfléchir, je rentrai dans la chambre, passai la robe de chambre et les mules que m'avait préparées Bunny et sortis en hâte. Il y avait des lampes allumées un peu partout dans la maison, mais tout était calme. Si calme que, par une fenêtre ouverte, je pouvais entendre le bruit du ressac. À pas feutrés, je descendis et me faufilai jusqu'à la terrasse du fond.

Là-bas la lanterne se balançait toujours. Le cœur battant, je m'engageai sur le chemin de la plage. Parvenue à mi-distance de la maison d'en bas, je m'arrêtai soudain. Qu'est-ce que j'étais en train de faire ? Pouvais-je surgir aux côtés de ma mère comme ça, sans crier gare, au beau milieu de la nuit ? Savait-elle seulement que j'étais ici ? Linden le lui avait-il dit ? Allais-je l'effrayer au point qu'elle s'enfuirait, honteuse d'avoir été surprise ainsi ? Dans ce cas, elle ne voudrait même pas me recevoir le lendemain, j'en étais sûre.

Je restai un peu trop longtemps plantée sur place à tergiverser. Quand je me remis en route, Grace avait déjà repris le chemin de chez elle. Je songeai un instant à l'appeler, mais je n'en fis rien. Je me contentai de ralentir le pas. Avant que je n'arrive en bas, elle avait disparu au coin de la maison.

Et maintenant que j'étais là, en vêtements de nuit et en mules moi aussi, je me sentais ridicule. Il ne me restait plus qu'à regagner ma chambre, même si j'avais peu de chances de me rendormir après tout ça. Je venais de repartir vers la grande maison quand un bruit tout proche m'arrêta. Je me retournai lentement et scrutai les ténèbres.

Je ne vis rien, et j'étais sur le point d'abandonner quand le même son me parvint, attirant mon regard sur un angle de la maison. Là, une silhouette sembla soudain se détacher du mur, ombre parmi les ombres, pour prendre une apparence tridimensionnelle. Une ou deux secondes plus tard, Linden s'avançait dans la lumière. J'en eus le souffle coupé. Je portai la main à la base de ma gorge et, tout en reculant, je parvins à proférer d'une voix sourde :

— Qu'est-ce que vous faites là ?

— J'allais me promener, répondit-il très vite. Et vous, qu'est-ce que vous faites là ?

— J'ai vu… j'étais sur mon balcon et j'ai aperçu votre mère, sur le ponton.

— Ma mère sur le ponton ? À cette heure de la nuit ? C'est ridicule. Vous avez dû rêver.

Il se rapprocha et je vis qu'il était en jean, sans chaussures, le torse nu sous son blouson bleu clair.

— Je suis certaine de n'avoir pas rêvé, m'obstinai-je.

— Et moi je vous dis que vous n'avez pas vu ma mère, vous m'entendez ? Vous ne l'avez pas vue.

— Il y avait quelqu'un là-bas, qui agitait une lanterne.

— Une lanterne, maintenant ? ironisa-t-il. Êtes-vous en train d'inventer une histoire pour l'écrire ensuite ?

— Non, j'ai vraiment...

— Je n'ai vu personne sur le ponton, affirma-t-il, catégorique. Et cela fait vingt minutes que je suis dehors. Vous avez déjà entendu ces histoires de marin, qui jurent avoir vu leurs femmes et leurs mères marcher sur l'eau, à des milles et des milles de la côte ? Regardez...

Il contempla longuement l'océan.

— Il y a tellement de reflets d'étoiles, il y a de quoi faire travailler l'imagination ou la tromper, mais rien de plus. C'est tout ce qu'il y avait.

— Vous devez avoir raison, murmurai-je.

— Bien sûr que j'ai raison. J'ai passé ma vie sur cette côte, je sais de quoi je parle. Vous feriez mieux de retourner vous coucher, croyez-moi.

C'était vrai, mais ma curiosité n'était pas satisfaite.

— Pourquoi êtes-vous dehors si tard ? Il est plus de deux heures du matin.

— J'ai toujours eu des insomnies, même enfant, expliqua-t-il. J'avais horreur de la sieste parce qu'avec moi, ça ne marchait jamais.

— Vous devez finir par être épuisé, non ?

— On peut être mort de fatigue et ne pas dormir, vous savez.

— Vous devriez peut-être voir un médecin, suggérai-je.

— Vous croyez que je n'ai pas essayé ? Tout ce qu'ils savent faire, c'est me prescrire des drogues. Ma mère me donne une tasse de lait chaud et ça m'aide un peu, mais à part ça il faut que je vive avec. C'est ma malédiction personnelle. Nous avons tous les nôtres, n'est-ce pas, Isabel ?

Même dans l'ombre, je pouvais constater l'intensité de son regard. Je ne fus capable que de hocher la tête.

— Vous devriez aller vous coucher, Isabel. Et n'oubliez pas notre marché, ajouta-t-il en tournant les talons.

Il repartit vers la maison en se tenant volontairement dans l'ombre, telle une créature de la nuit redoutant d'être vue.

Je me hâtai de rentrer, plus perplexe que jamais. Pourquoi soutenait-il que sa mère n'était pas dehors, sur ce ponton ? Se pouvait-il qu'il ne l'eût pas vue ? Avais-je tout imaginé ?

Comme je le craignais, je me tournai et retournai dans mon lit jusqu'aux premiers rayons du soleil, qui me forcèrent à ouvrir les yeux.

Avais-je rêvé tout cela ?

Ou avais-je bel et bien vu ma mère dehors avec une lanterne, et Linden errer furtivement dans l'ombre ?

Qui étaient-ils, cette mère et ce fils qui vivaient en ermites dans cette somptueuse propriété ?

Et combien d'eux-mêmes, quelle part d'eux-mêmes avais-je en moi ? Ma mère adoptive prétendait que j'avais forcément une maladie mentale qui finirait par se déclarer. Avait-elle raison ? Me retrouverais-je sur une plage en pleine nuit, comme Grace, à scruter sans fin l'obscurité ? Pour ma mère, peut-être que tout n'était que ténèbres, même les jours les plus radieux. Était-ce la destinée qui m'attendait, moi aussi ?

Pareille au lecteur terrifié par les derniers mots de la page, j'avais peur de la tourner, peur de continuer l'histoire.

Mais je savais que je n'avais pas le choix. Cette histoire était aussi la mienne à présent. Ces pages étaient celles qu'il me fallait lire. L'innocence était un trésor que j'avais perdu. J'en savais déjà trop et, tel un ogre affamé, j'avais hâte de me jeter sur toute vérité nouvelle pour la dévorer.

12

Linden

J'étais sur le point de me lever quand on frappa discrètement à la porte.

— Oui ? répondis-je d'une voix encore ensommeillée.

Thatcher avança la tête à l'intérieur et sourit.

— Désolée, Willow. J'aurais aimé prendre le petit déjeuner avec toi, mais je dois me rendre à Miami pour mon travail. Je serai parti presque toute la journée, mais je serais ravi de t'inviter à dîner. Si cela te tente, bien sûr.

— Je ne dis pas non.

Il jeta un bref coup d'œil dans le couloir, entra et vint m'embrasser.

— J'ai de la chance que tu sois la première personne que je voie ce matin, dit-il avec douceur. C'est un bon départ pour la journée. Bon, je dois y aller.

Il m'embrassa encore et, au moment de sortir, me recommanda :

— Ne laisse pas ma mère, ni aucune de ses amies, t'imposer leurs caprices, surtout. Fais ce que tu as envie de faire, sans te laisser entraîner dans quoi que ce soit, insista-t-il en refermant la porte.

Elle se rouvrit dans la seconde qui suivit.

— Je t'envoie Jennings pour commander ton petit déjeuner. À ta place, je le prendrais sur le balcon, suggéra-t-il. Savais-tu que Palm Beach avait le plus beau lever de soleil de toute l'Amérique ? Le rayonnement solaire est particulièrement énergétique, ici.

Je ne résistai pas au plaisir de le taquiner.

— Ah oui ? Tu travailles pour l'office du tourisme ?

— Beaucoup de gens prennent ces choses-là très au sérieux, Willow. Le rapport entre la nature, l'énergie, tout ça... Tu n'as jamais entendu parler du Feng-Shui ?

Je fis signe que non.

— C'est l'art de vivre en harmonie avec son environnement, qui vient de l'antique science chinoise des énergies naturelles. Il s'agit de tout harmoniser autour de nous, y compris l'aménagement intérieur de la maison et sa décoration. Selon les anciens taoïstes, qui ont découvert ces lois naturelles, le souffle vital qui traverse toutes choses...

— Le souffle vital ? l'interrompis-je, un peu perplexe.

— C'est une force vive invisible, qui anime aussi les organes du corps humain. Quand l'harmonie est présente, il circule plus librement et nous maintient en bonne santé, physiquement et mentalement. Ne lance pas Bunny sur ce thème, ajouta Thatcher en riant. Elle a déjà fait redécorer dix fois le living-room, selon les directives de ses gourous successifs.

Je réfléchis à ce que je venais d'entendre ; cette notion d'harmonie avec la nature me plaisait infiniment. Tout le monde était en quête de bien-être et de sécurité, même les plus riches d'entre nous. Au bout du compte, nous avions tous peur de nous retrouver seuls.

— Profite bien de ta journée, Willow. Imagine que je suis avec toi, ordonna Thatcher en ressortant, pour de bon cette fois.

Moi aussi, j'avais l'impression que ma journée avait bien commencé, je m'en voulais même un peu. Que m'arrivait-il ? Était-ce pour prendre du bon temps que j'étais venue ici ?

Le carillon de l'interphone m'empêcha de retomber dans mes discussions avec moi-même. C'était Jennings, pour savoir ce que je voulais pour le petit déjeuner. Je passai ma commande, me levai et sortis sur le balcon. Il faisait un temps radieux. En regardant du côté de la jetée, mes souvenirs de la nuit précédente me revinrent en mémoire. Aujourd'hui, peut-être, me dis-je avec espoir ; aujourd'hui, quand j'aurai pu parler un moment avec ma mère, peut-être comprendrai-je enfin ce qui m'arrive.

Je rentrai, le temps de prendre une douche rapide. Et j'étais à nouveau sur le balcon, en robe de chambre, quand la bonne apporta mon petit déjeuner. Peut-être était-ce l'effet de l'air marin, ou de ma nuit agitée, mais j'étais affamée. Je dévorai pratiquement tout ce qui se trouvait sur le plateau. Puis je revins dans la chambre pour m'habiller. En short, débardeur et sandales, je descendis le petit chemin pour aller remplir ma part du marché passé avec Linden.

Je le trouvai sur la plage, déjà prêt pour le travail. Il me jeta un regard bref et détourna les yeux.

— Je ne pensais pas que vous viendriez, grogna-t-il de sa voix revêche.

— Et pourquoi ça ? Je vous l'avais promis.

J'eus droit à un nouveau regard, furibond celui-là, et à une grimace carrément sarcastique.

— Ici, les gens promettent des tas de choses qu'ils n'ont pas l'intention de faire.

— Je ne suis pas d'ici, vous vous souvenez ? D'ailleurs nous avons conclu un marché. Dois-je comprendre que vous ne comptez pas le respecter ? Vous êtes d'ici, vous.

Ma repartie le laissa pantois. Je m'attendais à une réplique cinglante de sa part, mais subitement son visage s'éclaira.

— C'est bon, dit-il en désignant un grand sac en papier. Les vêtements sont là.

Je pris le sac et partis vers la colline pour me changer, comme il me l'avait suggéré la veille. La jupe et la blouse m'allaient comme si elles m'appartenaient, et j'adorai leur parfum de lavande. Quand je revins, je lus de l'approbation sur les traits de Linden, et peut-être plus que cela. Son regard glissa lentement sur moi, comme s'il s'appropriait mon visage, ma gorge, ma poitrine et ma taille. Puis, tout aussi lentement, il remonta, jusqu'à ce que nous nous retrouvions les yeux dans les yeux. Se pouvait-il qu'il ait reconnu en moi quelque chose de lui ? me demandai-je. Était-ce la raison de cet examen si minutieux ?

Son expression changea. Le mur qui se dressait entre nous s'effrita un instant, assez pour me permettre d'entrevoir un autre aspect de lui-même, bien moins rude.

— Vous êtes exactement comme je m'y attendais, dit-il enfin.

— Et à quoi vous attendiez-vous, au juste ?

— À quelqu'un de frais et d'innocent.

— C'est tout à fait moi, ça !

— En tout cas pour mon œil d'artiste, rétorqua-t-il sur un ton ambigu.

Sa remarque me crispa. Il était vraiment doué pour vous titiller les nerfs, décidément. Je ne cachai pas mon agacement.

— Où dois-je me mettre ?

— Asseyez-vous là, décida-t-il, en désignant une petite élévation sur la plage. Et regardez l'océan.

Je m'exécutai. Il m'étudia pendant quelques secondes, puis se rapprocha et posa les mains sur mes épaules.

— Vous permettez ?

— Mais bien sûr.

Il me fit pivoter légèrement, puis glissa les mains sous mes cheveux et les étala, en disposant les mèches à sa convenance. Cela fait, il recula pour juger de l'effet, donna une autre position à mes jambes et lissa la jupe.

— Vous êtes suffisamment à l'aise ?

— Pour le moment, oui. Mais je ne crois pas que je pourrai tenir comme ça pendant deux heures.

— Je ne vous le demande pas non plus. Vous pourrez faire une pause de temps en temps, m'assura-t-il.

Et il courut vers son chevalet comme s'il avait peur que je me sauve. Il se mit à l'œuvre avec frénésie, par mouvements vifs, capturant mon image et reproduisant ce qu'il voyait en lui-même.

— Désolé de vous avoir fait peur la nuit dernière, dit-il après dix minutes de travail.

J'ébauchai un geste pour me retourner, mais il m'arrêta.

— S'il vous plaît, gardez la pose aussi longtemps que vous le pourrez.

— Très bien. Navrée de savoir que vous avez des insomnies, je déteste que ça m'arrive. Le lendemain, je me réveille d'une humeur de chien.

— Moi c'est pareil, reconnut-il. Mais on vous dira que je suis toujours de cette humeur-là, j'imagine, que j'aie mal dormi ou pas.

— Non, vous croyez ? Je me demande pourquoi les gens auraient des idées pareilles.

— Très drôle. Après tout je suis comme je suis, dit-il en haussant les épaules.

— Cela vous arrive toutes les nuits ?

— Pratiquement. Au fait… J'aimerais mieux que vous ne parliez pas de cette rencontre. Certaines personnes pourraient y voir une preuve de folie héréditaire, surtout les Eaton.

— S'il y avait un rapport entre la folie et l'insomnie, observai-je, il y aurait beaucoup de malades mentaux, par ici.

— Et qui vous dit que ce n'est pas le cas ?

Changeant brusquement de sujet, Linden pointa le menton vers un sac blanc.

— Si vous avez soif, j'ai de la citronnade fraîche dans une bouteille isotherme.

— Je vous remercie.

Il se remit à la besogne. Du coin de l'œil, je le regardais travailler, si résolu et si absorbé qu'il semblait comme possédé. Les veines de ses tempes se gonflaient et de temps à autre, il se mordait la lèvre inférieure, si fort que je m'attendais à la voir saigner.

— C'est un très bel endroit pour travailler, observai-je après de longues minutes de silence.

— Je ne peins pas toujours ici. Quelquefois, je pars en voilier jusqu'à une petite baie où je peux vraiment savourer la solitude. Ici, je suis souvent dérangé par les bruits de la maison d'en haut, ou même par les invités des Eaton, qui ne se gênent pas pour venir voir ce que fabrique le peintre fou.

— Vous aimez être seul, Linden ?

Il me regarda comme si j'avais vraiment posé la question la plus inepte qui soit, ce qui ne m'empêcha pas de poursuivre :

— Il m'arrive d'aimer être seule, mais j'apprécie aussi la compagnie des gens. Il n'est pas bon d'être trop introverti, mais être incapable de supporter la solitude ne vaut pas mieux. C'est un peu comme si on avait peur. Peur que vos voix intérieures s'expriment tout haut si rien ne vient vous en distraire ou les étouffer.

— Vous parlez comme une étudiante en psychologie. C'est ça que vous êtes ?

— Oui, admis-je en souriant.

Il interrompit aussitôt son travail.

— Ce n'est pas pour ça que vous êtes venue ici, au moins ? Je veux dire... est-ce que quelqu'un vous a délibérément aiguillée sur nous, afin de...

— Oh ! non, protestai-je avec force. Mon sujet d'enquête est tout à fait différent, c'est pour mon professeur de sociologie.

Le regard de Linden se glaça et reprit tout son scepticisme.

— D'ailleurs, enchaînai-je aussitôt, je trouverais malhonnête d'analyser les gens à leur insu. Ce serait la pire espèce de trahison qui soit. Il faut gagner la confiance de ceux qu'on veut comprendre, surtout si on veut les aider.

— Comment pouvez-vous si bien savoir tout ça, si vous n'êtes encore qu'étudiante ?

— Mon père était psychiatre, annonçai-je.

— Ah, c'est donc ça ! (Il paraissait soulagé. Avait-il craint que j'aie compté parmi les patients des analystes ?) Je vous plains, conclut-il en se remettant à l'œuvre.

— Et pourquoi me plaignez-vous ?

— C'est déjà pénible d'aller voir un psy chez lui, mais... le supporter jour après jour, comme a dû le faire ma mère, ne doit vraiment pas être facile.

— Mon adolescence n'a pas été facile, en effet.

Il eut un hochement de tête compréhensif.

— Je veux bien le croire. Pour moi, c'était l'enfer.

— Et pourquoi ?

Cette fois encore, son regard laissa entendre que j'avais posé une autre question stupide. Il ne répondit pas : il était déjà au travail. J'observai les évolutions d'un voilier qui tirait des bords contre le vent. Le bourdonnement d'un moteur de hors-bord me fit un instant penser à Thatcher, puis mon attention dériva vers un planeur. Il remorquait une banderole publicitaire vantant les spécialités d'un restaurant. Dix ou quinze minutes passèrent encore, puis Linden s'interrompit, ouvrit son sac isotherme et en tira la citronnade.

— C'est le moment de faire une pause, annonça-t-il en m'en versant un verre.

— Merci.

Il se servit à son tour et vint s'asseoir près de moi.

— Êtes-vous déjà ensemble, Thatcher et vous ?

— Pardon ?

Il se détourna et, pendant un moment, il me fit penser à une corde de violon trop tendue, prête à se briser au moindre contact.

— Pourquoi faut-il que les femmes jouent toujours les effarouchées ? Vous savez très bien ce que je veux dire.

— Il n'y a pas que les femmes qui jouent à ce jeu-là, ripostai-je avec rudesse.

Puis je retins mon souffle. Allait-il se mettre en colère et tout planter là ? À ma grande surprise, il sourit.

— Vous avez raison. Les hommes aussi peuvent se donner des airs timides, et même tromper leur monde, en fait. Spécialement Thatcher.

— Vous ne l'aimez pas ?

Linden eut un rictus méprisant.

— Je ne me soucie pas assez de lui pour qu'il me plaise ou me déplaise, figurez-vous. Je sais simplement qui il est, comment il a été élevé et comment il gagne sa vie.

— Ne vous a-t-il pas aidés, votre mère et vous ?

— Si, mais pas par altruisme. Ce n'est pas rien d'avoir été l'avocat de la folle et de son fils, l'artiste qui travaille du chapeau. Il y a gagné de l'argent et de la notoriété, ça j'en suis sûr.

Cette tirade amère ne me parut pas convaincante.

— Je ne crois pas qu'il soit tel que vous le voyez, Linden. En fait, il se montre critique envers ce genre de personnes. Et même tellement critique, parfois, que je me demande pourquoi il continue à vivre ici.

— Le lui avez-vous demandé ?

— Oui.

— Et qu'a-t-il répondu ? Quelque chose comme : « Où voudriez-vous que j'aille ? »

Je fus bien forcée d'en convenir.

— Quelque chose comme ça, oui. Et vous ? Si vous détestez tellement cet endroit, pourquoi y restez-vous ?

Je m'attendais à un nouveau regard dédaigneux de sa part, mais je me trompais.

— Je reste pour ma mère, répliqua-t-il.

— Et elle ? Pourquoi reste-t-elle ?

— Parce qu'elle s'imagine...

— Quoi ? m'écriai-je d'une voix qui s'étranglait, en voyant qu'il laissait sa phrase en suspens.

J'ignore ce qui le décida à me parler. Peut-être perçut-il qu'un invisible lien nous unissait. Peut-être souffrait-il trop des secrets qui lui rongeaient le cœur, et aspirait-il à s'en délivrer. Papa comparait cela à une hémorragie mentale. Il disait que les gens avaient besoin de soulager leur souffrance. Son souci majeur était d'être présent quand ils en venaient là, et de leur inspirer suffisamment confiance.

— Elle pense… que quelqu'un de merveilleux va venir la chercher, révéla-t-il dans un souffle. Quelqu'un qui l'arrachera à tout cela, effacera des années et des années de souffrance. Elle rêve.

Je ne respirais plus qu'à peine. La brise caressait mon visage, faisait voler mes cheveux. L'écume avait un délicieux goût de sel sur ma peau. Et le chuchotement du ressac sur la plage était une berceuse qui chantait pour nous deux, nous apaisait et nous protégeait.

— C'est sa nouvelle folie, reprit Linden.

— Pourquoi dites-vous cela ? Pourquoi serait-ce une folie ? Chacun de nous rêve à des choses agréables et bienfaisantes.

Il hésita un instant avant de se tourner vers moi.

— Je vous ai menti, la nuit dernière. Elle était bien sur la jetée, vous ne l'avez pas imaginé. Et je suis sorti derrière elle pour être sûr qu'elle n'allait pas…

— Qu'elle n'allait pas quoi ?

— Faire plus que rester tout simplement là, en balançant sa lanterne.

Plus il me parlait, plus j'avais de questions à lui poser.

— Pourquoi fait-elle cela ?

— C'est quelque chose qui vient de son passé, une promesse que quelqu'un lui a faite, peut-être… Je ne suis pas sûr. Elle ne dira rien.

— Je ne comprends pas très bien, avouai-je à regret.

— Elle pense qu'il arrive. Qu'elle-même est comme un petit phare qui le ramène à elle et le guide vers son cœur. C'est complètement idiot, non ? grinça-t-il, retrouvant soudain son humeur agressive. Un bon sujet d'article ou d'étude, ou simplement de commérages autour d'un café.

— Non, Linden. Cela n'a rien d'idiot, je vous assure.

Ses yeux agrandis trahirent sa surprise.

— Qu'est-ce qui vous fait dire ça ?

— C'est juste un espoir, un rêve. Vous n'avez pas à redouter qu'elle se fasse du tort à elle-même, affirmai-je. Elle sort la nuit pour se maintenir en vie. C'est à cela que nous servent l'espoir et les rêves. Ils nous aident à survivre.

Il me dévisagea plus fixement encore. Puis, comme s'il se rendait compte qu'il m'acceptait dans son domaine privé, où nul n'était censé pénétrer, il détourna brusquement les yeux.

— Tout ça, c'est très bien, commenta-t-il, mais je n'ai plus ni rêves ni espoir.

— Bien sûr que si, sans cela vous ne seriez pas un artiste.

Cette fois, son regard brilla d'un éclat singulier, évoquant celui d'une lampe oubliée dans un coin que l'on vient tout à coup de retrouver et de rallumer. L'humeur sombre et la colère s'effacèrent de ses traits, tel un masque de glace qui soudain se mettait à fondre. Et sous le masque apparut un jeune homme capable d'aimer, de rêver, de travailler et de vivre. J'entrevis cela le temps d'un clin d'œil… et ce fut tout.

— Alors je ferais mieux de me remettre à l'ouvrage, déclara-t-il en sautant sur ses pieds. Pas d'objections ?

— C'est bon pour moi.

— Parfait. Merci.

Il reprit sa place au chevalet et une fois de plus, nous partageâmes un moment privilégié, unis dans la recherche de la même vérité. Linden faisait exactement ce que Thatcher avait dit qu'il ferait : il cherchait l'inspiration et la trouvait, mais cette fois avec moi, ou peut-être même… grâce à moi.

⁂

À midi, nous arrêtâmes. Il ne voulut pas me laisser voir son travail en cours, mais me promit de me le montrer à la fin de la prochaine séance. J'allai me changer puis il retourna chez lui, en m'invitant à venir à deux heures et demie pour rencontrer sa mère, comme convenu.

Asher et Bunny prenaient un café quand je rentrai, et tous deux parurent surpris de me voir.

— Mais où étiez-vous ? s'écria Bunny.

— Nous pensions que vous étiez partie pour une interview, expliqua son mari.

Je les mis au courant de mon marché avec Linden. Asher eut l'air amusé, mais Bunny s'assombrit.

— Je ne sais pas si elle devrait passer tellement de temps avec eux, Asher. Surtout avec Linden, et encore moins seule avec lui sur la plage.

— Oh, il est inoffensif, la rassura-t-il.

Mais elle tourna vers moi un visage affligé.

— J'espérais que vous m'accompagneriez à la réunion du comité de bienfaisance, nous préparons le bal pour une association de lutte contre le cancer. Il y aura des gens très bien et très riches, ce sera très agréable. Et vous apprendrez sûrement plus de choses que vous ne le feriez avec Grace Montgomery et Linden.

— C'est très gentil à vous de me le proposer, la remerciai-je, mais j'ai déjà pris rendez-vous avec eux.

Bunny agita la main comme pour chasser une bouffée de fumée.

— Pff ! Ils ne s'en souviendront même pas, ou cela leur sera bien égal, j'en suis sûre.

— Mais moi, je m'en souviens, et cela ne m'est pas égal, Bunny.

D'une voix à peine teintée de reproche, Asher intervint :

— Laisse-la mener ses recherches comme elle l'entend, Bunny.

— J'essayais simplement de l'aider, protesta-t-elle. Isabel est étrangère, ici. Elle ne connaît pas ces gens. Elle ne sait pas quels sont ceux qu'il faut voir et ceux qui ne comptent pas.

— J'apprécie beaucoup votre aide, affirmai-je. Merci.

— Alors vous venez ?

— Non, désolée. Cela ne m'est pas possible.

Une moue boudeuse gonfla les lèvres de Bunny.

— Il faut que j'aille me préparer, lança-t-elle en se levant. Je pars d'ici une heure, si jamais vous changez d'avis.

Asher la regarda sortir avec un sourire indulgent.

— Bunny est tellement habituée à ce qu'on lui cède, commenta-t-il comme pour l'excuser. Elle est plus fragile qu'une porcelaine et il faut la ménager, surtout en ce moment.

— Pourquoi surtout en ce moment ?

— Elle se sent... vieillir. Nous n'avons plus le droit de fêter son anniversaire : plus de vœux, plus de cadeaux, et surtout pas de réception. Pour ce qui est de mentir sur leur âge, les femmes d'ici sont pires que celles de Hollywood. Elle a même interdit aux enfants de Whitney de l'appeler Grand-mère. Ils doivent dire Bunny, comme tout le monde, ce qui à mon avis leur plaît beaucoup. Je crois que notre petite Laurel la voit comme un personnage de dessin animé, acheva-t-il en riant.

— Quel âge a Laurel ?

— Douze ans. Son frère Quentin en a quatorze. Un jeune homme très sérieux. Il n'est pas toujours facile avec Bunny, mais ils sont tous les deux très beaux et très doués. Vous les verrez samedi à la soirée, conclut Asher.

Jennings apparut et annonça d'un ton bref :

— Le déjeuner, monsieur Eaton.

— Ah, parfait. Mangerez-vous un morceau avec moi, Isabel ?

Asher se leva et arrondit le bras. Il était déjà en grande tenue bien qu'il fût encore tôt : veste sport bleu clair, cravate bleu marine sur une chemise blanche, pantalon blanc et chaussures de bateau. Inutile de se demander de qui Thatcher tenait son charme.

— Volontiers, merci.

Il eut un geste large qui embrassait à la fois la terrasse, la plage privée, la maison, la piscine et les jardins.

— Alors, que pensez-vous de tout ça ?

— Très impressionnant, on dirait plus un hôtel qu'une maison. Vous avez vraiment tout ce qu'il faut, ici.

— En effet. Quelqu'un a dit à propos des riches : « Peu m'importe la façon dont ils ont gagné leur argent, et celle dont ils le dépensent. Mais ils devraient au moins reconnaître qu'ils en profitent bien. »

Je joignis mon rire au sien. Dans une certaine mesure, j'aimais son manque de modestie vis-à-vis de l'argent : tant de gens cachaient leur richesse comme un secret honteux. Ils s'efforçaient toujours de justifier leurs dépenses, comme s'ils craignaient qu'on leur dérobe leur fortune, ou qu'on les haïsse à cause d'elle.

Ici, ce n'était certainement pas le cas. Je n'étais pas là depuis longtemps, mais j'avais pu voir les gens afficher leur richesse comme une décoration. Chacun s'efforçait de surpasser les autres en ce qui concernait les maisons, les toilettes, les voitures, et même les réceptions.

— Avez-vous toujours mené cette vie-là, Asher ?

— Ma foi... oui, acquiesça-t-il. Enfin, je suppose.

Nous n'étions que deux, mais comme d'habitude ce fut un véritable festin qu'on nous servit. Crevettes, salades, roast-beef, dinde, saumon, sans compter les desserts. Près du buffet, deux bonnes raides comme la justice n'attendaient qu'un signe de nous pour nous apporter aussitôt ce que nous avions choisi.

— Comment pouvez-vous manger autant chaque jour ? demandai-je sans cacher mon étonnement.

Une lueur malicieuse brilla dans les yeux d'Asher.

— Mon fils a émis ses critiques sur notre façon de vivre, on dirait. La liste de nos torts n'était-elle pas trop longue ?

Je tâchai de me montrer diplomate.

— Pas vraiment, non. En tout cas, il ne s'est pas attardé là-dessus.

— Ah non ? Alors ça viendra, j'en suis sûr. Ce garçon tient de mon grand-père : sérieux, ambitieux et aimant la compétition. Il a horreur d'occuper la seconde place et fait une dépression s'il perd un procès ou n'obtient pas le résultat qu'il visait.

« J'aime mieux vous prévenir tout de suite, ma chère. Il ne supporte aucun refus, et s'il jette son dévolu sur vous, il ne vous lâchera plus jusqu'à la fin des temps.

— À vous entendre, c'est un homme dangereux, commentai-je en riant.

Asher haussa les épaules.

— Il y a deux sortes de dangers, dirais-je, et les dangers physiques ne sont pas les plus redoutables. Si vous tenez à comprendre notre monde, laissez-moi vous offrir quelques sujets de réflexion. La plupart des problèmes qui empoisonnent la vie des gens, les riches peuvent s'en débarrasser en payant. Bunny ne s'est jamais tracassée pour des factures, par exemple. Mais il est vrai que certaines petites déceptions peuvent la rendre malade. Si le restaurant où elle déjeune avec ses amies n'a pas le vin qu'elle désire, c'est un drame. Tout est relatif. Et dans un autre ordre d'idée... Je ne vous ennuie pas au moins ?

— Pas du tout. Je suis tout oreilles.

Avec une satisfaction visible, Asher reprit son exposé.

— Si nos enfants ont des problèmes, nous payons des spécialistes pour les résoudre, professeurs, médecins, thérapeutes, sans que cela dérange le moins du monde notre routine. Si nos mariages capotent, nous engageons de bons avocats et nous partons sur la Côte d'Azur pour récupérer. Il arrive que nous ne laissions même pas la mort nous troubler.

Mon air sceptique ne passa pas inaperçu d'Asher, qui sourit.

— Écoutez donc l'histoire de cette femme richissime, très connue dans notre communauté. Son mari est mort l'année dernière, au début de ce que nous appelons ici la saison. Elle était tellement contrariée, à l'idée que son deuil lui ferait manquer certains événements mondains, qu'elle a conservé le corps dans la glace et différé les funérailles. Personnellement, je trouve cela plutôt comique, mais pour mon fils c'est quasiment criminel. Et pourtant…

Asher redevint brusquement sérieux.

— Je crois qu'il est très loin d'être aussi heureux que nous le sommes, Bunny et moi. Il rumine trop, il a quelques démons à exorciser. Quelquefois…

Le regard d'Asher dériva sur la maison de la plage, et c'est presque dans un murmure qu'il acheva :

— Quelquefois je me dis qu'il ressemble bien plus à Linden Montgomery qu'il ne l'imagine.

Il se tut, et je lus dans ses yeux qu'il guettait ma réaction à sa confidence.

— Je ne les connais pas assez ni l'un ni l'autre pour en juger, dis-je sans me compromettre.

Il eut un sourire approbateur.

— Excellente réponse. Très habile.

— Mais c'est la vérité, Asher.

— J'en suis certain, affirma-t-il. Mais je crains d'avoir parlé un peu trop comme Thatcher. C'est votre faute, aussi ! se moqua-t-il en me menaçant du doigt. Vous êtes trop sérieuse, Isabel. Trop axée sur votre objectif. Qu'attendez-vous pour profiter de nous ?

— Mais je le fais déjà. Votre hospitalité…

— Allons donc, ce n'est qu'une goutte d'eau dans l'océan. Sentez-vous libre de faire tout ce qu'il vous plaira. Bunny serait ravie de dévaliser les boutiques de mode avec vous, par exemple. Elle n'attend qu'un mot de vous pour ça.

Je fus incapable de dissimuler ma stupeur. Comment pouvait-on être aussi riche et se soucier si peu de se faire exploiter ? Qu'y avait-il d'amusant à cela ?

— Quelque chose me dit que vous cherchez à me corrompre, Asher Eaton, répliquai-je, ce qui le fit éclater de rire.

— Vous avez raison, il y a de ça. Les gens comme vous nous rendent tellement conscients de notre futilité, vous comprenez. Il nous faut vous corrompre, afin d'avoir meilleure opinion de nous-mêmes.

— Et voilà sans doute ce qui vous gêne chez Thatcher, hasardai-je.

— Bien vu. Vous devriez être psychologue. C'est sans doute aussi pourquoi Grace et Linden dérangent tellement Bunny, d'ailleurs. Grace lui fait peur.

— De quoi peut-elle avoir peur ? questionnai-je, retenant mon souffle.

— De tout perdre et de devenir pareille à elle… une ombre sur la plage, prisonnière de ses souvenirs. Savez-vous quelle est notre pire crainte, Isabel ? Le plus grand danger qui nous guette, nous les privilégiés de Palm Beach ?

— Non. Lequel ?

— La solitude, dit Asher, en regardant à nouveau vers la maison d'en bas. La solitude.

Je ne m'étais donc pas trompée, méditai-je. J'avais sans doute hérité de papa son instinct, sa finesse de perception. Mais qu'allais-je en faire ? C'était la grande question.

Une fois de plus, Asher s'excusa d'être si sérieux et il insista pour me montrer sa salle de jeux. Il me fit admirer son magnifique billard, son authentique machine à sous et sa piste de voitures de course électriques. Ses amis et lui pariaient des sommes folles sur ces courses, m'avoua-t-il. À l'en croire, l'un d'eux aurait perdu cinquante mille dollars en une soirée.

L'heure de mon rendez-vous approchait. Je demandai la permission de me retirer, remerciai Asher pour le déjeuner ; puis je gagnai ma chambre pour me changer et me rafraîchir, en vue de ce qui était mon seul but en venant ici : rencontrer et apprendre à connaître ma véritable mère.

Comme Linden l'avait promis, je les trouvai tous les deux sur la terrasse, bavardant tranquillement en prenant le café. Avant qu'ils ne m'aperçoivent, je m'arrêtai un moment pour les observer. Ma mère portait toujours la même robe d'intérieur. Comme la toute première fois que je l'avais vue, ses cheveux étaient tirés en arrière et elle n'était pas maquillée. Pourtant, une sorte de douceur paisible se devinait sur ses traits, un soupçon de sourire sur ses lèvres. Elle répondit d'un signe de tête à une chose que Linden venait de lui dire et tous deux restèrent silencieux, plongés dans la contemplation de l'océan. On aurait dit deux personnages d'un tableau.

— Re-bonjour, dis-je en m'avançant sur le chemin.

Ma mère parut surprise, bien sûr, mais j'eus l'impression – ou simplement l'espoir – qu'elle était également contente.

— Bonjour, renvoya Linden.

Cette fois, la surprise de ma mère s'accentua. Elle lui jeta un bref regard, comme si elle s'attendait à ce qu'il me chasse. Et comme il n'en faisait rien, elle se tourna vers moi.

— C'est toujours aussi agréable, ici ? demandai-je en m'approchant.

Linden rétorqua d'un ton revêche :

— Non. Nous avons des ouragans, de la pluie et des phlébotomes, une saleté de mouche des sables. Mais pas sur Worth Avenue, bien sûr. L'accès leur est interdit.

— Il n'y a aucune région qui n'ait ses désagréments, je suppose, dis-je sans quitter ma mère des yeux.

Elle en faisait autant, et n'avait pas cessé de sourire. Mais brusquement, une pensée triste lui traversa l'esprit et ce sourire plein de douceur s'effaça. Elle parut sur le point de se lever pour rentrer.

— Je ne voudrais pas troubler votre intimité, déclarai-je précipitamment. Mais je suis ici pour peu de temps, et il y a si peu de gens intéressants à qui je pourrais parler à propos de ma recherche. Je crois que j'ai tiré tout ce que je pouvais des Eaton, en fait.

Cette remarque parut enchanter Linden.

— Ça ne m'étonne pas, ils sont tellement creux ! C'est entendu, nous allons vous accorder quelques minutes de notre précieux temps. Que désirez-vous savoir ?

Ma mère avait l'air effrayée, à présent, et je sentis mon cœur s'emballer. Je ne voulais surtout pas lui donner l'impression que je représentais une menace quelconque. Je lui souris et regardai la chaise voisine de la sienne.

— Je peux ?

— Mais oui, mais oui, s'impatienta Linden.

Je m'assis sans plus de façons.

— Est-ce ici que vous avez passé votre enfance et votre jeunesse, madame Montgomery ?

— Évidemment, répondit Linden à sa place.

Je fis celle qui n'avait pas entendu. Et je gardai les yeux fixés sur ma mère, mon silence indiquant clairement que j'attendais sa réponse, dussé-je rester là jusqu'à la tombée de la nuit.

— En partie, dit-elle entre haut et bas, mais pas dans cette maison.

Linden intervint à nouveau, furibond :

— Elle sait déjà tout ça, Mère !

— J'imagine que vous deviez vous sentir comme une princesse dans son château, non ?

— Plutôt comme une prisonnière ! aboya Linden.

Elle lui jeta un regard appuyé, puis reporta son attention sur moi.

— Vous avez raison, je me sentais vraiment comme une princesse, autrefois. J'imaginais que la maison était un château fort avec des douves et des gardes sur les remparts, un endroit sûr où rien ne pouvait m'atteindre, même pas les microbes.

Linden émit un sifflement de dérision, secoua la tête et se tourna vers la mer en grommelant :

— Un château ! Une protection !

— Je ne suis pas née ici, reprit Grace. J'avais seize ans quand ma mère et moi sommes venues y vivre.

— Où viviez-vous, auparavant ?

J'avais l'impression d'avancer en terrain miné, redoutant à chaque pas de déclencher une explosion. Linden semblait sur le point d'entrer en combustion spontanée, comme d'habitude, et ma mère paraissait prête à fondre en larmes à tout instant. Un mot déplacé, ou même un regard, suffirait à mettre le feu aux poudres.

— Nous vivions dans ce que les gens d'ici appelleraient une maison assez modeste, à West Palm Beach, expliqua Grace. Ma mère était une très jolie femme qui venait de Norfolk, en Virginie. Mon père était officier de Marine. Il est mort dans un accident d'hélicoptère, quand j'avais quinze ans.

— Désolée de l'apprendre, dis-je avec sympathie.

— C'était un très bel homme, avec une brillante carrière devant lui. Ma mère l'appelait l'Amiral, car elle était convaincue qu'il le deviendrait un jour. Je m'en souviens très bien. Elle avait fini par lui donner ce nom quand elle me parlait de lui, et j'étais assez jeune pour croire qu'il avait vraiment ce grade. Il en riait et disait à ma mère de ne plus l'appeler comme ça, sinon je finirais par me vanter à l'école d'avoir un père amiral. Nous étions très heureux, alors, acheva-t-elle en souriant à ses souvenirs.

— Dans quelles circonstances êtes-vous venues habiter ici ? questionnai-je.

Si elle avait su que c'était sur ma propre famille que je me renseignais !

— Ma mère était une femme très indépendante et très déterminée. Il n'était pas question pour elle de se laisser dépérir comme une veuve de marin, oh ! non ! Un jour, elle a plié bagage et déménagé pour West Palm Beach. Elle avait déjà une certaine expérience de l'hôtellerie.

— Comme serveuse ! ricana Linden.

— Oui, elle était serveuse quand mon père et elle se sont rencontrés, mais elle était aussi capable de diriger. Elle a pris un emploi de serveuse dans le restaurant d'une de ses amies, un des meilleurs restaurants de West Palm Beach. Et c'est là qu'elle a rencontré Winston Montgomery, le grand-père de Linden.

— Il n'a jamais été mon grand-père, tint à rectifier Linden.

— Il l'est de nom, et surtout parce qu'il a toujours été bon pour moi. Dès le début, il m'a traitée comme sa propre fille. Je ne me suis jamais sentie indésirable ni inférieure à qui que ce soit. Pas avec Papa Winston, comme je l'appelais.

— Papa Winston, marmonna Linden entre ses dents.

— Il a donné à ma mère tout ce qu'elle désirait. Il ne savait pas quoi faire pour la rendre heureuse. C'est pour elle qu'il a agrandi la maison. Mais il était plus vieux qu'elle, et ma mère n'a jamais été complètement acceptée par la société de Palm Beach. Notre nom figurait dans le catalogue Sears à cause de mon beau-père, mais…

— Le répertoire du gratin, coupa Linden.

— Le *Who's Who,* en quelque sorte. Mon beau-père était assez riche et influent pour que personne n'ose ouvertement snober ma mère, mais on la snobait quand même.

— Une chance pour elle, ironisa Linden.

— Winston est mort quand j'avais vingt-deux ans, et après cela… ma mère a eu une liaison pendant quelques années.

— Elle sait tout ça, bougonna Linden. N'est-ce pas que vous le savez ?

— Pas vraiment. Mais je ne suis pas ici pour vous extorquer des souvenirs pénibles, madame Montgomery.

— Comme c'est gentil, railla Linden.

Ma mère me dévorait des yeux, ce qui finit par me gêner. J'évitai son regard pour poser la question suivante.

— Si vous deviez nommer cinq ou six choses qui vous ont manqué, quand votre famille a perdu sa fortune et sa position, laquelle placeriez-vous en premier sur la liste, madame Montgomery ?

Linden ne dit mot, visiblement aussi intéressé que moi par sa réponse. Elle laissa passer quelques secondes et me sourit :

— Ne pas avoir conscience de soi-même.

— Vous voulez dire que maintenant, vous ne savez plus exactement qui vous êtes ?

— Pas du tout, répliqua-t-elle. Quand nous faisions partie de tout cela, je ne me suis jamais demandé qui j'étais, et ma mère non plus, je crois. Nous nous sentions définis par ce que nous possédions. Mais ces choses-là vont et viennent, passent de mode ou disparaissent. Non, insista-t-elle, c'est maintenant seulement que j'ai conscience de moi-même. Quand on a tout cela, c'est comme...

Elle chercha un instant les mots justes.

— Comme être sous le feu des projecteurs. C'est excitant, grisant même, mais on ne regarde jamais rien, jamais vraiment, et surtout pas soi-même.

— Devant son miroir, ma mère se demandait souvent ce qui était arrivé à la femme qui avait regardé en arrière. Je m'en souviens très bien, parce que cela m'est arrivé à moi aussi.

— Quand les lumières se sont éteintes, nous nous sommes retrouvées dans la pénombre, mais nous avons pu voir ce que nous n'avions jamais vu jusque-là, dit-elle rêveusement. Je crois que nous avons vu celles que nous étions auparavant, et que nous avions perdues.

Elle eut un petit rire léger.

— Comprenez-moi bien, je n'ai rien contre la richesse. J'ai été tour à tour riche et pauvre, et la richesse est préférable. Ce que je désapprouve, c'est le fait d'être tellement fasciné par son faste et son éclat. Parce que, alors, on oublie qu'on est tout simplement un être humain comme les autres. C'est plus facile à oublier ici qu'ailleurs, sans doute.

— Ni hôpitaux, ni cimetières, murmurai-je, plus pour moi-même que pour être entendue.

Mais ils m'entendirent, et ma mère sourit.

— Oui, je crois que vous comprenez. Mais je dois m'excuser, je me sens un peu fatiguée tout à coup. Ravie de vous avoir rencontrée, dit-elle en se levant. J'espère que vous reviendrez.

— Ce serait un grand plaisir pour moi.

— Pour moi aussi.

En disant cela, ma mère jeta un coup d'œil à Linden, qui me parut aussi surpris par sa réaction que je l'étais moi-même. Il inclina la tête en signe d'assentiment.

— Oui, oui, marmonna-t-il. Va te reposer, Mère.

— Bonne journée à vous, me lança-t-elle en partant.

Nous la regardâmes rentrer dans la maison, puis je me levai à mon tour. J'avais l'impression d'avoir dissipé un pan de brouillard et exploré un peu de mon passé, caché depuis si longtemps.

— Merci, dis-je à Linden en m'éloignant déjà.

Mais il me rattrapa aussitôt.

— Je ne comprends pas pourquoi elle a fait ça.

— Quoi donc ?

— Pourquoi elle vous a raconté tout ça. Elle n'en avait pas parlé depuis des années. Et cette réponse qu'elle vous a donnée... Elle avait tout ça dans la tête depuis longtemps, j'en suis sûr, mais elle ne m'en avait jamais rien dit.

— J'en suis très reconnaissante, croyez-le.

Linden eut un sourire inattendu.

— Je ne cherchais pas à provoquer votre gratitude, mais à vous dire combien j'apprécie ce qui vient de se passer. C'est grâce à vous, Isabel. Vous avez quelque chose de spécial. Je crois que c'est cela qui m'a donné envie de vous peindre.

Je secouai la tête mais n'eus pas le temps de protester. Il prit ma main et attacha sur moi un regard si intense que mon cœur manqua un battement.

— Je veux que ce soit le meilleur de tous mes tableaux, et ce sera le meilleur. Viendrez-vous en voilier avec moi jusqu'à ma baie, demain ?

— Mais vous avez déjà commencé sur la plage ! me récriai-je.

— Aucune importance. Le tableau est là, dit-il en pointant le doigt sur sa tempe. C'est là-bas que je travaille le mieux. Je suis très bon marin, vous savez ? Meilleur que Thatcher, croyez-moi.

— Ce n'est pas ça qui me tracasse.

— C'est quoi, alors ? s'enquit-il impatiemment.

Je réfléchis quelques instants.

— Rien. C'est entendu, je serai ravie d'aller voir votre baie.

Le visage de Linden s'illumina.

— Magnifique ! Personne, personne n'a jamais réussi à faire parler ma mère comme ça, répéta-t-il en retournant vers la terrasse. À demain matin !

Sur ce, il courut vers la maison comme s'il avait des ailes aux pieds, me laissant tout simplement plantée là.

D'où me vint la bizarre impression, tout à coup, de n'être entourée que de sables mouvants ?

13

Couleur locale

Il était sept heures moins dix, et je me préparais à sortir pour aller dîner avec Thatcher. Il avait appelé pour prévenir Jennings qu'il viendrait me prendre à sept heures et demie.

M. Bassinger aussi avait téléphoné. Redoutant que quelque chose soit arrivé à la maison ou à Miles, je le rappelai dès que Jennings m'eut transmis son message. À peine avait-il dit « allô » que je demandai :

— Y a-t-il quelque chose qui ne va pas, monsieur Bassinger ?

— Votre tante Agnès m'a appelé pour me parler de certaines choses qu'elle trouve inquiétantes.

— Et lesquelles ?

— Elle est convaincue que vous êtes à la merci d'un coureur de dot, Willow, qui cherche à profiter de votre vulnérabilité. Elle a menacé d'engager un détective privé pour vous retrouver et vous surveiller. Je l'en crois tout à fait capable, vous savez.

— Si elle fait ça, je ne lui adresserai plus jamais la parole, répliquai-je, indignée.

J'avais presque honte de m'informer au sujet de l'histoire invraisemblable de Miles, mais je le fis.

— Quand vous êtes passé à la maison, monsieur Bassinger, vous avez jeté un coup d'œil dans le bureau de mon père, je suppose ?

— Bien sûr. Aucun appareil ne fonctionnait, et Miles ne m'a pas parlé d'ordinateurs. Ce devait être un rêve, qu'il a déjà oublié. J'ai eu un entretien avec lui et je l'ai informé des dispositions prises par votre père pour assurer son avenir. Il ne manquera de rien quand la maison sera vendue.

— J'en suis heureuse, dis-je avec soulagement.

— Tout va bien pour vous, n'est-ce pas, Willow ? Je serais navré d'apprendre qu'il y ait la plus petite miette de vérité dans les propos de votre tante.

— Ne vous inquiétez pas, monsieur Bassinger. Elle ne pourrait pas se tromper plus lourdement sur ce que je fais ici.

— C'est en rapport avec les papiers que je vous ai remis ? voulut-il savoir.

— Oui.

— J'ignore ce qu'ils contenaient, naturellement, mais je suis certain d'une chose. Votre père n'aurait voulu à aucun prix être la cause d'autres malheurs pour vous, Willow.

— Je sais. Merci, monsieur Bassinger. Au revoir.

C'était mon plus grand souci, justement. Allais-je rendre ma mère encore plus malheureuse, et moi aussi par la même occasion ?

Je sursautai en entendant frapper à ma porte et criai d'entrer. C'était Thatcher. Il avait l'air à la fois inquiet, perplexe et contrarié.

— Je croyais que tu ne devais passer me prendre qu'à sept heures et demie ? observai-je, un peu gênée.

J'étais encore en robe de chambre et toujours pas coiffée.

— Tu n'es pas en retard, rassure-toi. C'est juste que... Bunny m'a téléphoné pendant que je revenais de Miami. Elle m'a dit ce que tu faisais avec Linden Montgomery.

— Je vois.

— Tu poses pour lui ?

— Oui, mais quelle importance ? Pas nue, m'empressai-je d'ajouter, croyant deviner ce qui l'inquiétait.

— Encore heureux ! Mais à part ça, je ne crois pas que tu devrais fréquenter de trop près ce garçon, Willow. Il est loin d'être équilibré. Je veux dire… il n'y a qu'à voir son travail et sa façon de se comporter.

— Je comprends. Ne te fais pas de souci pour ça.

— Mais je m'en ferai quand même, s'obstina-t-il. C'est moi qui vous ai mis en rapport, après tout. Je me sens en partie responsable des conséquences.

Son insistance renforça ma détermination.

— Je crois que je saurai quand je devrai prendre mes distances, Thatcher. Il n'y a pas lieu de t'inquiéter.

— Très bien, capitula-t-il. Je t'aurai prévenue. Maintenant il faut que j'aille prendre une douche et me préparer, s'excusa-t-il en marchant vers la porte.

Mais au moment de sortir, il fit soudain volte-face.

— En fait, à entendre Bunny, je crois qu'elle était surtout froissée que tu aies préféré la compagnie de Linden à sa réunion du comité de bienfaisance pour la préparation du bal. Elle estime que tu manques une excellente occasion. Je lui ai dit de ne pas se tracasser, que je t'en offrirais une autre ce soir.

— Comment ça, ce soir ? De quoi parles-tu ?

— En fin de journée, j'ai reçu une invitation pour la soirée de Hope Farris, sur son yacht. Hope a soixante-dix-sept ans, c'est l'héritière de l'empire Farris de la fourrure. Elle a été mariée cinq fois et j'ai eu l'honneur de dresser le contrat de son dernier mariage. Il a duré quatorze mois. Ce soir, elle célèbre la réussite d'un nouveau divorce.

Devant mon haussement de sourcils, Thatcher ajouta :

— On a récemment cité dans la presse sa déclaration à ce sujet. « Pour quelqu'un comme moi, échapper à un mauvais mariage sans y perdre plus qu'une Rolls-Royce usagée, c'est un succès. » Si je m'en souviens si bien, expliqua-t-il avec un sourire d'orgueil, c'est que cette réussite est mon œuvre.

Mon étonnement redoubla.

— Célébrer un divorce ? À quoi bon se marier une cinquième fois, si les quatre premières ont mal tourné ?

— C'est un autre jeu de Palm Beach, commenta-t-il en haussant les épaules. Alors, qu'en dis-tu ? Ce sera très divertissant.

— Mais une soirée sur un yacht ! Je ne sais pas si j'ai de quoi m'habiller pour la circonstance.

— Avec une robe noire et un rang de perles, une femme peut aller partout selon Franklin Noyce, le gourou local du bon ton. Et tu as déjà la robe noire.

— Mais pas les perles, objectai-je.

— Bunny en a bien assez. Si on les enfilait bout à bout, le fil irait d'ici jusqu'en Europe ! N'aie pas l'air si ennuyée, voyons. Tu vas t'amuser et rencontrer assez de gens du gratin local pour recueillir toutes les informations qu'il te faut.

— Entendu, acquiesçai-je.

D'ici un jour ou deux, du moins je l'espérais, je serais en mesure de lui dire la vérité, de mettre fin à toute cette mascarade. Serait-il fâché ou content ? Il comprendrait, j'en étais sûre. S'il se souciait réellement de moi, naturellement.

Dès qu'il fut sorti, je me consacrai à mes derniers soins de beauté devant ma coiffeuse. Il ne s'écoula pas vingt minutes avant que Bunny ne fasse une entrée en fanfare dans ma chambre, le cou littéralement entortillé de perles.

— Je viens au secours de la beauté en détresse ! clama-t-elle, avec un tel enthousiasme que j'éclatai de rire.

— Ce n'est pas drôle, Isabel. Je suis très sérieuse. Mettez votre robe, ordonna-t-elle, et nous verrons quel collier conviendra le mieux.

J'enfilai ma nouvelle robe noire en protestant :

— Je ne suis pas très portée sur les bijoux, vous savez.

— Bien sûr que si ! Toutes les femmes aiment les bijoux. En rêve si elles ne peuvent pas se les offrir, en vrai si elles en ont les moyens, c'est la seule différence. Nous sommes sur terre pour porter les joyaux de la terre. Les pierres précieuses ne sont pas faites pour être enfermées dans des coffres-forts, mais pour faire valoir notre beauté. C'est comme ça ! conclut-elle d'un ton définitif.

Puis elle recula pour mieux m'examiner.

— Avec les cheveux relevés de cette façon, il vous faut les boucles d'oreilles assorties au collier, décréta-t-elle. Je crois que j'ai celles qui iront parfaitement avec celui-ci. Vous vous y connaissez en perles, ma chère ?

— Ma mère en avait beaucoup, mais je n'y ai jamais fait très attention, je l'avoue.

— Quelle pitié ! s'écria Bunny, l'air vraiment désolée. Enfin, il est toujours temps de faire votre éducation. Que pensez-vous de ce collier ? Si je me souviens bien, il a coûté quatorze mille dollars, et ces boucles d'oreilles dans les six ou sept mille.

Je les repoussai du geste, elle et toutes ses perles.

— Non, merci. Je ne me sentirais pas très à l'aise avec toute cette fortune sur moi.

— Oh, je vous en prie ! implora Bunny avec une moue dépitée. Prenez au moins celui-ci, alors, ce sont des perles de culture.

Elle ôta un second collier de son cou et me le tendit.

— Vous connaissez la différence entre les perles de culture et les autres, au moins ?

— Non, mais je sens que je ne vais pas tarder à la connaître.

— Les perles naturelles se forment par hasard, quand l'huître ne peut se débarrasser d'une particule gênante qui a pénétré dans sa chair. Elle l'isole en l'enrobant de nacre qu'elle secrète, couche après couche. Il faut des années pour que ce grain de substance irritante se change en une perle au lustre satiné.

— Et les perles de culture ? demandai-je, plus intéressée que je ne l'aurais cru.

— Pour celles-là, on introduit intentionnellement le corps étranger dans l'huître, en général un grain de nacre, pour déclencher le processus. C'est une opération très délicate, d'où la valeur des perles. Mais ne vous inquiétez pas, tous mes bijoux sont assurés, précisa-t-elle avec satisfaction. Alors, lequel des deux ?

Finalement, je me décidai pour le second collier.

Bunny se retira très satisfaite et me fit envoyer les boucles d'oreilles assorties. À sept heures et demie précises, Thatcher arriva. Il avait grande allure dans son smoking, et la mine éblouissante. Il resta longtemps immobile dans l'embrasure, à m'examiner en silence, au point que je finis par me demander s'il ne cherchait pas une excuse pour éviter de m'emmener. Peut-être me trouvait-il un peu terne pour festoyer avec la brillante et richissime société de Palm Beach.

— Eh bien ? finis-je par m'enquérir. Qu'y a-t-il ?

— Grands dieux, Willow, tu es absolument merveilleuse.

Il le dit avec une telle sincérité que j'en eus le souffle coupé. Pendant un moment, je fus incapable de proférer un mot. Il me semblait que mes pieds ne touchaient plus terre.

— C'est grâce aux perles de ta mère, expliquai-je, ce qui me valut un sourire amusé.

— Sûrement pas. Pour une fois, c'est la femme qui met les perles en valeur, et pas le contraire.

— Et d'où tires-tu ces beaux compliments, Thatcher Eaton ?

Son sourire s'effaça.

— De mon cœur, Willow, dit-il simplement. De mon cœur.

Il m'embrassa tendrement, puis m'entraîna par la main.

— Viens, allons éblouir la haute société de Palm Beach.

Je croyais rêver. J'étais aux côtés d'un homme séduisant et beau, à qui tout réussissait. Je portais des bijoux de grand prix. Nous montions dans une Rolls-Royce décapotable pour aller faire la fête sur un yacht, par une belle et douce nuit de Palm Beach. Et tout cela m'arrivait à moi, Willow De Beers. L'étudiante qui, à peine quelques jours plus tôt, attendait le week-end pour se rendre à une surboum arrosée de bière au club d'Allan. Je me prenais vraiment pour une princesse.

— Je me sens un peu nerveuse, Thatcher, avouai-je. C'est la première fois que je vais à une soirée sur un yacht.

— C'est une fête comme une autre, après tout. Juste un peu plus brillante, avec un peu plus de tout. Plus de domestiques, plus de faste et de clinquant.

Les Allemands boivent de la bière quand ils s'amusent, les Français du vin. À Palm Beach, on boit du champagne, voilà tout. Une étudiante en sciences humaines devrait comprendre ça, conclut-il avec un clin d'œil.

Il avait beau dire, et présenter tout cela comme très ordinaire, pour moi ce n'était pas si simple ; et ce le fut encore moins quand nous nous garâmes sur le port. Dès que la musique nous parvint et que nous vîmes les lumières, les femmes couvertes de diamants et les célébrités mêlées à l'assistance, je renonçai à feindre l'indifférence. Mes jambes tremblaient pour de bon quand je gravis la passerelle qui reliait la jetée au pont, où une charmante hôtesse d'accueil nous attendait. Elle nous tendit des flûtes à champagne.

— Bonsoir, nous salua-t-elle. Bienvenue à bord.

Un orchestre de six musiciens jouait sur le pont. Divers buffets proposaient un choix fabuleux de rôtis, homards, crevettes, dindes rissolées, faisans… pratiquement tout ce que l'on pouvait souhaiter de plus savoureux pour ce genre de festivités. Côté crudités, outre d'innombrables salades, une table présentait un assortiment de légumes qui semblaient arriver tout droit de la campagne. On se serait cru sur un marché de village. Sur une autre table, dans des corbeilles, était offert un éventail complet de toutes les espèces de pain qu'on pouvait désirer.

— Trouvons Hope Farris et allons nous mettre quelque chose sous la dent, suggéra Thatcher. Je meurs de faim.

La foule était telle que nous étions pratiquement coude à coude avec les gens, et je répliquai en riant :

— Si nous arrivons jusqu'aux buffets. Quelle presse !

— Tant mieux pour Hope. Une réception où on ne se bouscule pas est un échec mondain. Mes parents ont envoyé au moins deux cents invitations.

— Deux cents ! Ta mère m'avait parlé d'une centaine d'invités, cent vingt-cinq au maximum.

— C'est ce qu'elle espère, dans un délai aussi court, mais sait-on jamais ?

Nous fîmes halte dans une zone de calme relatif, d'où Thatcher examina l'assistance. Il fit signe à quelqu'un, sourit à quelqu'un d'autre et commenta :

— Bon mélange. Je vois des dizaines de fils de famille, quelques nouveaux riches et un nombre suffisant de vieux barbons de la classe dirigeante, piliers de la tradition. Tu vois cette vieille dame en fauteuil, avec sa tiare en diamants ? C'est la comtesse von De Myer. Son titre de noblesse est authentique et elle vit dans un château en Belgique. Et ces deux hommes, là-bas…

D'un geste discret de la tête, il me désigna deux élégants gentlemen, identiquement minces, identiquement bronzés, arborant deux moustaches noires pratiquement identiques elles aussi, de même que leurs coupes de cheveux. Ils se tenaient un peu à l'écart, fumaient les mêmes cigarillos longs et fins, et souriaient aux jeunes femmes qui passaient devant eux.

— Oui, je les vois.

— Ce sont ce que nous appelons des escorteurs. Ils n'ont pas un sou vaillant, même s'ils paraissent riches. En échange de sorties et de repas gratuits, ils accompagnent les femmes seules dans les réceptions comme celles-ci. Certains s'arrogent le titre de duc ou de baron, mais tout le monde sait à quoi s'en tenir là-dessus, et aussi que leurs poches sont vides.

J'ouvris des yeux ronds.

— Mais si tout le monde sait que ce sont des imposteurs, pourquoi une femme comme il faut voudrait-elle être vue en leur compagnie ?

— Une femme se doit d'avoir *quelqu'un* à son bras, et tant mieux si cet homme a fière allure. Les gens qui donnent des fêtes aiment avoir un certain nombre d'escorteurs pour inviter les femmes seules à danser, leur faire la conversation, ce genre de choses. C'est un peu comme dans les croisières organisées où l'on engage des cavaliers pour faire danser les passagères.

« D'ailleurs, fit observer Thatcher, il est toujours possible qu'on ne devine pas qui ils sont. Nous sommes en plein dans ton sujet d'études, non ? Illusion et réalité.

Pourquoi me rappelait-il sans cesse la raison présumée de mon séjour ici ?

— C'est vrai, admis-je un peu nerveusement. Oh, non ! Voilà les sœurs Carriage !

— Nous essaierons de les éviter, bien que ce ne soit pas facile sur un yacht. Mais où donc est Hope ?

Il tendait le cou pour tâcher de voir entre les têtes, sinon par-dessus.

— Tu ne la trouves pas ?

— Non, pas encore. Mais j'ai entendu parler de certaines réceptions, du genre de celle-ci, où les hôtes ne se montraient pratiquement pas avant la fin de la soirée.

— Mais pourquoi ?

Thatcher haussa les épaules.

— Certains ont horreur de donner ces sortes de fêtes, mais ils auraient peur de perdre leur rang dans la vie mondaine s'ils s'en dispensaient.

— Le rang et la position sociale sont-ils si importants ?

— Finalement... (Le regard de Thatcher pétilla de gaieté), je crois comprendre pourquoi tout le monde a tellement peur de la mort, ici. Dans l'au-delà, il y a de fortes chances pour qu'ils n'aient plus d'importance du tout.

— Thatcher ! Je pensais que vous ne veniez pas, cria une voix dominant le brouhaha ambiant.

Une grande femme filiforme aux cheveux d'un noir d'encre, moulée dans un fourreau de soie cramoisi, fendit la foule et tendit une main sèche alourdie de bagues. Ses yeux, d'une ravissante nuance vert jade, étaient les seuls éléments de son visage qui ne devaient rien à la chirurgie esthétique. Sa peau était tirée sous les oreilles, son nez remodelé, ses lèvres gonflées au collagène. Seules les rides qui creusaient la base de son cou trahissaient son âge réel.

— Hope, voyons ! répliqua Thatcher. Comment aurais-je pu ne pas venir ?

Elle rit et se pencha pour lui donner deux simulacres de baisers, en principe un sur chaque joue, mais qui se perdirent en l'air.

— J'aimerais vous présenter Isabel Amou, reprit Thatcher. Elle nous arrive de Caroline du Sud.

Hope Farris me tendit sa main chargée de diamants.

— Ah, oui ! On m'a déjà longuement parlé de vous, ma chère.

— Les sœurs Carriage ? s'enquit vivement Thatcher.

— En effet. Elles sont mieux informées que la CIA. Amusez-vous bien, tous les deux. Au buffet des desserts, j'ai deux œuvres d'art ludique et cinétique de Tania Morgan. Il semble que mes invités masculins les apprécient tout particulièrement, s'égaya Hope. Je me demande bien pourquoi. Oh, voilà Donald !

Là-dessus, notre hôtesse s'évanouit dans la foule.

— Que veut-elle dire avec ses œuvres d'art ludique et cinétique ? demandai-je à Thatcher.

Il haussa les sourcils et me pilota vers le buffet des desserts, autour duquel on se pressait. Une fois sur place, je vis deux femmes nues entièrement enduites de ce qui ressemblait à de l'argent liquide, assises dos à dos, les bras le long du corps et les jambes croisées. Pas un de leurs muscles ne remuait, même pas leurs paupières, à croire qu'on les avait collées. On aurait dit deux presse-livres humains.

D'après les propos de nos voisins, il semblait que toutes les dix minutes elles se levaient pour échanger leurs places, méritant par là leur qualité d'œuvres d'art cinétique.

— C'est comme la relève de la garde à Buckingham Palace, nous confia un élégant quinquagénaire au crâne dégarni. Ne manquez surtout pas ça.

— Je crois que nous allons plutôt nous attaquer aux victuailles, riposta Thatcher en me poussant vers le buffet.

Nous venions de prendre place à une table quand deux couples d'un certain âge s'approchèrent de nous. Thatcher esquissa le geste de se lever, mais le plus petit des deux maris l'arrêta.

— Restez assis, je vous en prie. Vous vous souvenez de Mitch Rosewater et de son épouse Brownie, je suppose ?

— Mais certainement, affirma Thatcher en se levant quand même pour serrer la main du plus grand des deux hommes et saluer sa femme. Nous nous sommes rencontrés chez les Pullman, je crois ?

— Oui. Une réception plutôt languissante, si je puis dire, comparée à celle-ci !

— J'aimerais que vous fassiez la connaissance d'Isabel Amou, qui vient d'arriver de Caroline du

Sud, débita Thatcher pour la deuxième fois de la soirée. Isabel, permettez-moi de vous présenter Tom et Melinda Dancer. Tom est avocat, lui aussi.

Tom me serra la main, et je sentis peser sur moi le regard de sa femme. Elle me fixait avec une attention si aiguë que je me demandai si j'avais de la sauce sur le bout du nez. Elle finit par en venir au fait.

— Vous séjournez chez Asher et Bunny Eaton à Joya del Mar, si je ne me trompe ?

— En effet, mais comment le savez-vous ? On parle de moi dans les journaux ou quoi ?

Tout le monde rit de ma repartie, mais Melinda avait son idée en tête.

— Avez-vous déjà rencontré Grace la dingue et son énergumène de fils ? Franchement, Thatcher, poursuivit-elle sans attendre ma réponse, je ne sais pas ce qu'attendent vos parents pour leur acheter la propriété et se débarrasser d'eux. Avec un cinglé comme Linden qui rôde dans les parages, je ne dormirais pas tranquille. Et qui sait ce que Grace pourrait faire, un de ces jours ? Elle serait capable de mettre le feu à la maison, ou je ne sais pas quoi encore.

— N'exagère pas, Melinda, intervint Tom Dancer. Je suis certain qu'il n'y a rien d'aussi grave, n'est-ce pas, Thatcher ?

— Non. Ils restent chez eux la plupart du temps, et...

Thatcher me jeta un bref regard avant d'achever :

— Tant qu'ils continueront comme ça, il n'y aura pas de problème.

— N'empêche que j'aurais du mal à dormir la nuit, s'entêta Melinda.

Ce fut plus fort que moi, il fallut que je m'en mêle. Je lançai avec une pointe d'agressivité :

— Ce n'est pas une femme dangereuse, bien loin de là.

— Ainsi, vous l'avez rencontrée ? s'enquit aussitôt Melinda.

— Oui.

— Alors vite, racontez-nous tout. Cela fait des années que personne ne l'a vue. À quoi ressemble-t-elle ? Est-il vrai qu'elle se promène pieds nus dans de vieilles défroques, qu'elle a perdu ses dents et qu'elle a des mouches de sable plein les cheveux ?

— Absolument pas. En fait, c'est une des femmes les plus séduisantes que je connaisse. Une femme naturellement belle, sans le secours de la chirurgie esthétique ou du maquillage, me fis-je un plaisir de préciser.

Sous ce rapport, il était clair que Melinda et Brownie avaient largement contribué à préparer une retraite cossue à leur chirurgien. Les deux femmes échangèrent un regard désappointé.

— Vraiment ? Et… s'exprime-t-elle de façon intelligible ou tient-elle des propos incohérents ?

Je m'aperçus que j'avais rougi et répondis sur un ton déjà plus calme :

— J'ai trouvé sa conversation très intéressante et sa compagnie très agréable.

— Vraiment ? répéta Melinda, avec une moue à la fois incrédule et déçue.

— Oui, vraiment. Je n'ai rencontré personne à Palm Beach d'aussi agréable à fréquenter. Vous ne savez pas ce que vous perdez en ne l'invitant pas à vos réunions, je vous assure.

Les deux amies pouffèrent de rire et Melinda déclara :

— J'ai l'impression que vous avez beaucoup de choses à apprendre sur Palm Beach à cette jeune personne, Thatcher.

— Elle apprend, rétorqua-t-il, elle apprend. Moi qui ai vécu ici toute ma vie, j'apprends encore, figurez-vous.

Cette fois, tout le monde s'esclaffa.

— Bon, amusez-vous bien tous les deux, dit Tom Dancer d'un ton bonhomme. Thatcher, je vous appelle dans le courant de la semaine pour discuter de ce parcours de golf.

— Entendu. Enchanté de vous avoir rencontrés, ajouta courtoisement Thatcher.

Dès qu'ils s'éloignèrent de notre table, un rire hystérique monta du petit groupe en réponse à une remarque de Melinda. Je crus deviner qui en faisait les frais et soupirai.

— Les gens sont vraiment cruels ici, Thatcher, tu ne trouves pas ?

— Peut-être. Et peut-être pas plus qu'ailleurs. Au moins, ceux-là ne passent pas leur temps à se tirer dessus.

— Pas à coups de revolver, non, mais en paroles ils ne ratent pas la cible.

— Pour quelqu'un qui vient à peine de faire la connaissance des Montgomery, tu les défends avec beaucoup de véhémence, Willow. J'en ai été aussi surpris que ces gens. Tu es sûre de ne pas t'engager un peu trop avec Linden ? s'enquit-il une fois de plus.

Je repoussai mon assiette et contemplai la foule de mégamillionnaires, leur étalage de pierreries, leurs vêtements de stylistes en vogue. S'ils avaient pu se promener avec l'étiquette du prix accrochée au cou, ils l'auraient fait, ironisai-je à part moi.

Du côté des desserts, des applaudissements indiquèrent que les femmes en argent liquide venaient à nouveau de changer de place. L'orchestre joua plus fort. Des rires fusèrent autour de nous. Je me sentis comme prise de vertige et Thatcher s'en aperçut.

— Qu'est-ce qui ne va pas, Willow ?

— Je ne sais pas. Je n'ai plus très faim, tout à coup. C'est la surabondance de choses à choisir qui m'accable, sans doute. Je commence à croire qu'on peut vraiment être trop riche.

— Pas ici, affirma-t-il. La relative sécurité, l'immense richesse, le temps radieux, cette ville étincelante et ses boutiques de luxe, tout cela donne la sensation de vivre au-dessus du reste du monde, Willow. Ce qui n'est finalement pas si déplaisant.

— C'est comme la dépendance à la drogue, je trouve.

Les yeux de Thatcher pétillèrent.

— Et c'est mal, selon toi, d'être accro à des choses agréables ?

— Je ne sais plus quoi penser de toi, Thatcher. Tu es si négatif à propos de ce genre de vie, et pourtant…

— Et pourtant j'en profite et j'y participe ?

— Exactement.

Il reprit soudain tout son sérieux.

— Rien n'est aussi simple, Willow. Nous avons tous nos contradictions, et toi aussi, tu as les tiennes. Et tes secrets, ajouta-t-il. N'est-ce pas vrai ?

J'évitai délibérément son regard.

— Fais attention, reprit-il. Les secrets ont une façon bien à eux de vous étouffer le cœur, comme un serpent s'enroule autour d'un arbre, et d'en chasser toute joie.

Sur ce, il se remit à manger avec appétit, et moi à grignoter sans enthousiasme.

— Tu veux partir ? demanda-t-il tout à coup.

— Pour aller où ?

— Nous promener sur Worth Avenue, ou n'importe où ailleurs.

— Mais tu as envie de rester ici, Thatcher. Il y a des gens que tu veux voir, je le sais.

— Pas vraiment, et partir me tente assez. Nous pourrions aller manger une glace, par exemple.

— Tu nous vois marcher dans les rues, ou nous asseoir chez un glacier, dans cette tenue ?

— La belle affaire ! Cela ne choquerait personne, ici. On ne nous remarquerait même pas.

— Et Hope Farris ? Ne va-t-elle pas être froissée que nous partions si tôt ?

— Elle ne se rendra même pas compte de notre absence, affirma-t-il en se levant. Allez, viens.

Je me levai à mon tour. Nous nous frayâmes un chemin dans la cohue, descendîmes vivement la passerelle et rejoignîmes la voiture. Dix minutes plus tard, nous roulions dans Worth Avenue. Nous étions silencieux, et je réfléchissais à la réflexion de Thatcher. Il avait sans doute raison, nous avions tous nos contradictions, et il n'y avait rien d'anormal à cela. C'était même sans doute une bonne chose. Qui voudrait être totalement prévisible ?

C'était justement le problème avec la plupart des gens que j'avais connus jusque-là : ils étaient si prévisibles…

Il n'y avait rien d'étonnant à ce que Thatcher soit tombé amoureux de May Stone. Rien d'étonnant non plus à ce qu'il soit si malheureux de l'avoir perdue, en dépit de tous ses efforts pour le cacher.

***

Une fois loin de tous ces gens riches et célèbres, Thatcher parut nettement plus détendu. Nous nous garâmes et partîmes arpenter les rues, la main dans la main, en faisant du lèche-vitrines. Thatcher me désigna ce qu'il appelait le bar à chiens. Une sorte de bassin plat en forme de croissant et pavé de tuiles rouges, avec un robinet d'argent pour abreuver d'eau fraîche les toutous de luxe, à colliers signés Chanel et paniers de chez Gucci.

— La plupart des gens ne traitent pas aussi bien leurs propres enfants, commentai-je.

— Pour la plupart de ces gens-là, les chiens *sont* leurs enfants. D'ailleurs, le commerce des animaux de compagnie fleurit partout, pas seulement ici, souligna Thatcher, assumant une fois de plus la défense de l'indéfendable.

Nous finîmes par atterrir chez un glacier de Peruvian Avenue où, malgré ce qu'avait affirmé Thatcher, il me sembla que les gens nous regardaient d'un air bizarre. Et pourtant, je prenais plus de plaisir à être là que je n'en avais ressenti à aucun autre moment de la soirée, sur le yacht. Je l'avouai à Thatcher.

— Peut-être que tu as quelque chose contre les riches, voilà tout.

— Absolument pas, protestai-je. Et je ne suis pas venue ici pour faire de la contestation sociale.

— Non, je ne le crois pas non plus. Quand vas-tu enfin me révéler la vraie raison de ta présence ici, Willow ?

Je faillis avaler ma glace de travers.

— Que veux-tu dire ?

— Je crois que tu le sais très bien, mais peu importe. Quelle que soit cette raison… je suis heureux qu'elle t'ait conduite ici, acheva-t-il précipitamment.

Je fus sur le point de tout avouer d'un coup, et j'allais vraiment le faire. Mais à cet instant, la serveuse apparut pour savoir si nous désirions autre chose. Nous lui dîmes que non et Thatcher paya l'addition.

Nous retournâmes à la voiture sans échanger un mot, mais en s'asseyant au volant, Thatcher éclata de rire.

— Qu'y a-t-il ? m'étonnai-je.

— Je pense à la tête que ferait Bunny si je lui racontais ce que nous avons fait ce soir, et où tu as exhibé ses perles.

Je fus obligée de rire moi aussi, et cette fois sans aucune arrière-pensée. Cela me fit un bien fou.

À notre retour, ses parents n'étaient pas là, bien sûr. Ils étaient allés à une autre soirée.

— Fatiguée ? s'enquit Thatcher.

— Non.

— Tu ne connais toujours pas mon appartement, je crois ?

— Serait-ce une invitation à voir ta collection d'œuvres d'art ?

Il se défendit avec force.

— Pas d'art ludique et cinétique, en tout cas ! La seule œuvre d'art qui m'intéresse, c'est toi.

— Vraiment ?

— Oui, confirma-t-il sans sourire. Vraiment.

Main dans la main, nous montâmes à l'étage et suivîmes le couloir jusqu'à chez lui. Là, nos préliminaires amoureux furent lents et indécis, comme si ni lui ni moi ne savions vraiment ce que nous voulions. Il m'embrassa dans le cou au moment où je me penchais sur son bureau pour examiner les photographies encadrées qui s'y trouvaient. Sur l'une d'entre elles, on le voyait à bord d'un voilier aux côtés d'une longue fille mince et brune, tous deux en short et coiffés d'une casquette de marin. Je soulevai le cadre d'argent guilloché.

— Est-ce May Stone ?

— Oui, dans les tout premiers temps, quand nous venions de nous rencontrer. Si j'avais su ce que je sais aujourd'hui !

Cette dernière remarque, me sembla-t-il, m'était particulièrement destinée.

— Elle est très jolie, et même plus que cela. Ravissante.

— Ce qui prouve que l'adage a raison : la beauté du visage est parfois trompeuse.

Là encore, j'eus l'impression qu'il m'adressait une menace voilée. Je ripostai :

— Si tu as d'aussi mauvais souvenirs d'elle, pourquoi gardes-tu sa photo sur ton bureau ?

— Ma foi… (Je devinai au son de sa voix qu'il souriait). C'est une assez bonne photo de moi, tu ne trouves pas ?

— En effet, dis-je en reposant le cliché à sa place.

Thatcher me fit pivoter vers lui, m'empoigna les épaules et me regarda bien en face.

— Écoute, Willow, je ne vais pas te mentir et prétendre que je n'ai aimé personne avant toi. Et si tu me disais que tu n'as jamais eu de relation sérieuse avec un autre, j'aurais tendance à en douter. Mais si nous portons notre passé en écharpe comme un péché honteux, nous ne découvrirons jamais qui nous sommes maintenant. J'ai eu des sentiments amoureux pour quelqu'un d'autre, c'est vrai, mais ceux que j'éprouve à présent pour toi sont beaucoup plus forts. Est-ce donc si grave que ça ?

— Non, répondis-je dans un souffle.

Je vis ses yeux sourire.

— Alors jetons nos souvenirs par-dessus bord et naviguons d'un cœur léger, veux-tu ?

Il m'embrassa, longuement, âprement, presque avec désespoir. J'aurais voulu faire marche arrière, freiner l'élan qui nous poussait l'un vers l'autre. J'étais trop engagée dans ce que j'étais venue faire ici, à présent. Mais Thatcher était de ceux pour qui le mot « non » n'existe pas, la moindre tentative de refus ne faisait que renforcer sa détermination. Je fus comme soulevée, puis emportée par le flot de sa passion. Son désir amoureux devint le mien.

Quelques instants plus tard nous étions nus sur son lit, étroitement enlacés, nous raccrochant l'un à l'autre comme deux naufragés dans la tempête. Et plus tard, bien plus tard, tels deux nageurs épuisés qui ont enfin regagné le rivage, nous nous reposâmes l'un près de l'autre, apaisés. Quand Thatcher s'endormit, je me levai, me rhabillai sans bruit et retournai dans ma chambre.

Je me sentais coupable tout à coup, et pas seulement parce que j'avais fait l'amour avec Thatcher, une fois de plus. C'était plutôt comme si je me reprochais d'avoir perdu mon cap, de m'être éloignée de mon but. Ce n'était vraiment pas le moment de tomber amoureuse. J'avais l'impression d'être une adolescente en classe, surprise à passer un billet au garçon dont elle est éprise, et que le professeur gronde parce qu'elle n'écoute pas la leçon.

Seulement cette fois-ci… le professeur, c'était moi. Rien n'aurait pu m'en faire prendre conscience plus vivement que ce qui se passa quand je fus prête à me mettre au lit.

Une fois en chemise de nuit, je m'approchai de la porte-fenêtre donnant sur le balcon pour tirer les rideaux.

Et cette nuit encore, elle était là.

Ma mère.

Sur le ponton, balançant sa lanterne dans le noir.

Attendant, selon la promesse reçue jadis, l'avènement de son rêve.

14
Au pied du mur

Le lendemain matin, Thatcher laissa un message m'annonçant qu'il se rendait à Jupiter Beach pour affaires et m'appellerait dans la journée. Tout comme la veille, quand je descendis après avoir pris mon petit déjeuner, je trouvai la maison vide et parfaitement tranquille. Apparemment, Bunny et Asher avaient encore prolongé leur nuit de fête.

Comment des gens pouvaient-ils passer une si grande part de leur vie à s'amuser, sans rien faire d'autre ou presque ? Cela restait un mystère pour moi. N'étaient-ils pas fatigués de voir toujours les mêmes têtes, de répéter les mêmes choses, de manger la même nourriture ? J'aurais pu jurer que ni Asher ni Bunny n'étaient jamais entrés dans la cuisine pour se faire un sandwich au beurre de cacahuète et à la confiture. Avec une maison pleine de domestiques, et des hommes bien choisis pour gérer leurs affaires et les décharger de tout souci, que faisaient-ils, à part chercher des moyens de se distraire ? Il ne fallait pas s'étonner si tout le monde, ici, s'ingéniait à fuir cette chose redoutable entre toutes : l'ennui.

Mais fallait-il pour autant dénigrer la richesse ? Je connaissais des gens qui auraient volontiers couru le risque de s'ennuyer pour entrer dans le cercle des privilégiés. Peut-être avaient-ils raison, peut-être avais-je tort ? Peut-être...

Et voilà, je recommençais à discuter avec moi-même ! Je me sentais nerveuse, ce matin. Je n'avais pas dit à Thatcher que j'avais accepté d'aller en bateau avec Linden jusqu'à sa baie. Il aurait tenté de m'en dissuader, j'en étais sûre. Mais il aurait aussi fait des reproches à Linden, réduisant mes efforts à néant ; et cela juste au moment où je commençais à me faire accepter dans l'univers de ma mère. Si je voulais conserver la confiance de Linden, je n'avais vraiment pas le choix.

Il n'avait pas oublié. Il m'attendait, et pas en jean usé assorti d'un tee-shirt en loques, cette fois. Il portait la tenue classique du plaisancier, y compris la casquette, et je devinai que cela ne devait pas lui arriver souvent. Son sourire plein d'espoir fit résonner en moi un signal d'alarme.

— Tout ce dont nous avons besoin est déjà à bord, annonça-t-il, y compris le déjeuner. J'ai pensé que vous aimeriez quelque chose de différent. Différent de ça, précisa-t-il en levant le menton vers la grande maison. Quelque chose de tout simple.

Et comme je ne réagissais pas, il ajouta :

— Du bon pain, du fromage, du vin. Mais si vous ne voulez pas, ce n'est pas grave, affirma-t-il en notant mon hésitation. J'ai cru que ça vous plairait, c'est tout.

— Mais je trouve ça très bien, Linden. C'est juste que je ne voulais pas prendre trop de temps sur votre journée.

— Prendre trop de temps sur ma journée ? releva-t-il en riant. Pour moi, les jours, les semaines et les mois n'ont plus la moindre importance. Le temps passe et c'est tout. Ma mère doit toujours me rappeler quel jour on est, et même quel mois, certaines fois.

Nous étions arrivés au ponton, auquel était amarré un voilier de dimensions modestes. Il ne devait pas dépasser les trois mètres cinquante de long.

— Mon yacht, ironisa Linden. Rien à voir avec le cruiser que pilotait Thatcher. C'est tout ce qui reste de la flotte des Montgomery, j'en ai peur.

Je m'informai prudemment :

— N'est-ce pas risqué de s'en servir pour aller si loin ?

— Les drakkars des Vikings faisaient le double de longueur, ou peut-être un peu plus, et c'est avec ça qu'ils ont traversé l'Atlantique. Je suis bon marin, poursuivit-il. Meilleur que Thatcher. J'ai grandi sur cette plage, sur cet océan, pendant qu'il menait la belle vie. Mais si vous vous sentez moins en sécurité avec moi qu'avec lui, c'est bon. Restons-en là, conclut-il abruptement.

Quel fichu caractère il avait, décidément ! Un rien suffisait à le faire exploser. Je me hâtai de rattraper ma maladresse.

— Non, non, voyons ! Je suis certaine que vous êtes bon marin, je posais la question par simple curiosité. Je ne connais rien à la navigation.

— Alors comment pouvez-vous savoir si je suis bon marin ?

Sa riposte ne parvint pas à me décourager.

— Mettons que je suis un peu médium et n'en parlons plus, Linden. D'accord ?

— D'accord, admit-il sans pouvoir retenir un sourire. D'accord, allons-y.

Je lorgnai du côté de la maison de la plage.

— Votre mère sait que je pars avec vous, j'imagine ?

Je vis ses yeux s'assombrir, son front se plisser. Lui aussi regardait la maison.

— Oui. Allons-y, répéta-t-il d'un ton bref.

Il monta à bord, me tendit la main pour m'aider à embarquer, puis me désigna un banc.

— Vous pouvez vous asseoir là, une personne suffit pour la manœuvre. Vous n'aurez qu'à profiter de la promenade.

— Qu'a-t-elle dit ? voulus-je savoir.

— Qui ça ?

— Votre mère. Vous l'avez mise au courant de tout ça, n'est-ce pas ? De mes séances de pose aussi ?

En silence il détacha l'amarre, déborda du ponton et hissa la voile. Ma question demeura en suspens. Une longue minute avait dû s'écouler quand il se décida enfin à répondre.

— Je ne lui ai pas parlé du tableau, non. Elle s'est vraiment prise d'amitié pour vous, on dirait. Je crois que vous lui plaisez beaucoup.

— Comment ça, vous croyez ? C'est oui ou c'est non ?

— Juste après votre conversation, je l'ai interrogée à votre sujet, révéla-t-il.

— Et ?

— Elle a souri comme je ne l'avais pas vue sourire depuis longtemps et dit que vous étiez charmante. Elle m'a même posé des questions sur vous.

— Vraiment ? Que voulait-elle savoir ?

— Depuis combien de temps vous séjourniez chez les Eaton. J'ai répondu que je ne savais pas au juste. Ensuite…

— Ensuite ?

Linden prit le temps de s'asseoir à la barre.

— Ensuite j'ai mentionné notre sortie en mer et elle a eu l'air très soucieuse.

— Ah bon ? Qu'est-ce qui pouvait bien l'inquiéter ?

Il eut une moue dubitative.

— Aucune idée. Je le lui ai demandé, mais elle a secoué la tête sans répondre et elle est allée dans sa chambre. Elle n'est pas revenue là-dessus et moi non plus. Elle a peut-être peur que je m'attache à quelqu'un d'autre et la quitte, suggéra-t-il. Ce que je ne ferais jamais. Je veux dire... je pourrais m'attacher à quelqu'un d'autre, se reprit-il vivement. Mais je ne la quitterais pas.

« Et voilà ! cria-t-il comme une risée gonflait la voile. En avant !

Notre allure n'avait rien à voir avec la vitesse du cruiser, naturellement. Mais me trouver si proche de l'eau, recevoir des giclées d'écume en pleine figure, sentir le vent, rebondir sur les vagues était tout aussi excitant, sinon plus.

Linden paraissait tout à fait dans son élément. Il n'était plus le même. Son visage rayonnait, ses yeux reflétaient le bleu de l'océan et du ciel. Il n'avait plus son air d'enfant perdu, fragile et déprimé. Il bouillonnait d'énergie et de vie, et ce changement n'était pas sans effet sur moi.

Je n'avais jamais réellement compris comme c'était merveilleux de naviguer, de se sentir porté par l'eau, caressé par le vent. Je poussai un cri de joie quand Linden vira si serré que le voilier resta comme suspendu en équilibre instable, prêt à se retourner, avant de se redresser sur sa quille.

Ma réaction le fit rire.

— C'est autre chose qu'un yacht pour milliardaire, non ? Sur un voilier on est au contact des choses, on participe, on est relié. Vous comprenez ça ?

— Oui.

Son visage s'éclaira.

— Je le savais. J'en étais sûr !

Il paraissait si content tout à coup, et de lui et de moi, que je recommençai à me poser des questions. Avais-je tort d'être avec lui comme aujourd'hui, de lui offrir une compagnie amicale, de l'aider à apprécier ce dont il savait si mal profiter dans sa vie de tous les jours ? Pourquoi cette cloche d'alarme ne voulait-elle pas se taire dans ma tête ? Je lui imposai silence. Tout irait bien, décidai-je. Il n'y avait rien de mal dans tout ça. Je ne courais aucun danger.

Je m'adossai à mon siège, rassurée.

— Regardez ! criai-je à Linden en lui désignant un couple de skieurs nautiques.

Ils nous firent signe de la main et virèrent, envoyant une gerbe d'écume dans notre direction.

— Espèces de frimeurs ! vociféra Linden à leur adresse, bien qu'il n'eût aucune chance d'être entendu.

Nous vîmes des hors-bord, des voiliers par douzaines et un luxueux paquebot qu'il me montra du doigt.

— Il va sûrement vers Fort Lauderdale, expliqua-t-il en criant de plus belle.

Le vent brouillait nos voix, mais que m'importait ? Le bruit de son souffle à nos oreilles, le froissement de l'eau contre la coque et le cri des mouettes étaient les seules choses que j'avais envie d'entendre.

Soudain, Linden tendit le bras vers la côte et mit le cap sur une petite crique. Elle était nichée entre deux longues plages bien entretenues mais s'enfonçait profondément vers l'intérieur, dissimulée entre deux avancées rocheuses.

— Linden Bay ! annonça-t-il en riant.

Quelques minutes plus tard, nous accostions. Il sauta dans l'eau peu profonde, tira le voilier au sec et tendit les bras pour me prendre par la taille. J'avais enlevé mes tennis et je m'attendais à devoir patauger, mais j'avais sous-estimé la force de ses bras minces. Il me porta jusqu'à la plage, ses lèvres si proches de ma joue qu'elles la frôlaient presque.

— Alors, qu'en dites-vous ? C'est beau, n'est-ce pas ?

— Oui. Très beau.

Il m'indiqua un rocher pas très éloigné.

— Nous nous installerons là-bas, décida-t-il, avant de retourner vers le bateau pour y prendre son matériel.

— Avez-vous besoin de mon aide ?

— Non, ça ira. Contentez-vous de profiter de tout ça.

J'aimai le contact de l'eau fraîche, celui du sable sous mes pieds. Quelques mouettes curieuses descendirent en piqué pour mieux nous voir, puis repartirent d'un coup d'aile, en poussant des cris qui ressemblaient à des rires. Je déposai mes tennis sur le rocher, regardai Linden planter son chevalet, puis il alla chercher le reste de ses affaires. En revenant, il me tendit le sac en papier contenant les vêtements que j'avais portés la veille.

Instantanément, nous nous aperçûmes qu'il n'existait aucun endroit où je pouvais m'abriter des regards. Linden haussa les épaules.

— Aucun problème, je vous tournerai le dos. Quant à ces gens, là-bas... (Il désigna du geste les bateaux qui évoluaient au large)... Ils sont trop loin pour voir quoi que ce soit. Ça ira comme ça ?

— Ça ira.

Il s'agenouilla dans le sable. Tandis qu'il se penchait sur sa boîte à peintures, je troquai mon corsaire et mon chemisier contre la jupe et la blouse paysanne.

— J'ai fini ! annonçai-je.

Il se retourna, me sourit et m'expliqua où il voulait que je m'installe.

— Comment pouvez-vous me peindre en deux endroits différents ? m'étonnai-je.

— Le fond n'est pas très important. Ce qui compte, c'est vous.

Je repris la pose et parcourus du regard la petite crique. Elle semblait intacte, totalement préservée. Mais comment avait-elle pu le rester, sur l'un des bords de mer les plus surexploités du monde ? Le plus simple était de le demander.

— Comment se fait-il que cette baie soit restée ignorée, Linden ?

— Elle n'est pas exactement ignorée. Simplement, le propriétaire de l'endroit ne l'a jamais mise en valeur. Ce qui ne va pas durer longtemps, j'imagine. J'ai entendu dire qu'il était mort et que la famille s'arrachait les dépouilles. Je ne serais pas surpris de voir un hôtel pousser tout d'un coup en plein milieu de la plage. Prête ?

— Prête à quoi ? Je n'ai pas grand-chose à faire.

— Oh si ! Contemplez la mer et gardez cette pose magnifique, m'indiqua-t-il. Autrement dit, détendez-vous et soyez vous-même.

J'attendis qu'il eût travaillé une cinquantaine de minutes avant d'ouvrir la bouche.

— Comment pouvez-vous être certain que votre mère était soucieuse à propos de notre sortie en mer, Linden ?

— Je sais toujours quand quelque chose la tracasse. Nous sommes si proches ! La plupart du temps, je devine son humeur avant qu'elle ne s'en rende compte elle-même. Ne vous inquiétez pas pour ça, tout s'arrangera quand elle me verra revenir. Quand elle sera sûre que je n'ai pas pris le large avec la première jolie femme qui m'adresse la parole.

Je préférai ne pas relever ce propos-là.

— Comment passe-t-elle ses journées ?

— Elle lit, regarde un peu la télévision, vraiment très peu, s'occupe de moi et de la maison. Ce qui n'est pas rien. Je ne l'ai jamais entendue dire qu'elle s'ennuyait.

— Elle ne va jamais nulle part ?

— Non.

— Même pas au cinéma ou au restaurant ?

Il interrompit son travail.

— Désolée, m'excusai-je aussitôt. Je ne voulais pas vous déconcentrer.

— Ce n'est pas grave. Non, ma mère est très introvertie, comme moi, je suppose. Ce qui ne fait pas de moi un malade mental, souligna-t-il. C'est moi qui me charge des courses indispensables. Cela nous convient très bien.

— Elle reçoit des coups de fil d'anciens amis ou des visites, sans doute ?

Linden eut un rire sans joie.

— D'anciens amis ? Elle était déjà indésirable avant d'avoir ses problèmes, alors quand elle est revenue, vous imaginez ! Pourtant… (Il réfléchit quelques secondes.) Il est venu quelqu'un une fois, je me rappelle.

— Qui ça ?

— Quelqu'un de l'endroit où elle a été envoyée en traitement, répondit-il en se remettant au travail.

— Son médecin, vous voulez dire ?

Je retins mon souffle. Se pouvait-il que mon père soit venu ici, finalement ?

— Non, pas son médecin. Ils ne s'intéressent plus à vous quand ils ne peuvent plus tirer profit de vos problèmes de santé, commenta-t-il amèrement.

— Alors qui était-ce ? Un autre patient de la clinique ?

— C'est possible. Ma mère n'a pas voulu m'en parler, mais je me souviens que ça n'a pas été une visite agréable. Quand cette femme est partie, ma mère a fait une crise dépressive qui a duré plusieurs jours. Alors peut-être vaut-il mieux qu'elle ne renoue pas avec ses anciennes relations, vous ne croyez pas ?

— Cela aurait-il pu être une infirmière de la clinique, à votre avis ?

Il haussa les épaules.

— Ça se peut. Je n'en sais rien. J'ai pensé que c'était peut-être une visite médicale de contrôle, mais ma mère m'a affirmé que non et je n'ai jamais revu cette femme. Elle n'était pas d'ici, ça j'en suis sûr, et elle avait un prénom peu commun. Nadine.

Nadine Gordon, déduisis-je. L'infirmière qui avait des soupçons, celle que le Dr Prentice croyait amoureuse de mon père. Elle était donc venue ici, mais pourquoi ? Linden n'en savait pas plus que moi là-dessus.

Il s'était remis à l'œuvre, comme si sa peinture était pour lui un moyen d'échapper à une réalité qu'il méprisait tellement. Je le regardai s'absorber dans son travail, les traits tendus par son application, et je gardai le silence. Je ne voulais pas rompre sa concentration. Quelque vingt minutes plus tard, il parut se rendre compte qu'il s'était évadé dans son univers et en émergea d'un coup, l'air tout étonné par le résultat de ses efforts.

— Wouaoh ! Vous avez été géniale, comme modèle. Vraiment. Vous savez comment un artiste reconnaît la qualité de son modèle ?

— Non. Comment ?

— C'est quand on est tellement immergé dans l'instant, dans l'inspiration, qu'on en oublie la présence du modèle. Je sais que ça peut sembler contradictoire, ou même idiot, mais c'est comme si je voyais au-delà de vous. À l'intérieur de vous. Au plus secret de votre cœur et de votre âme. Et pendant ce laps de temps, tout le reste cesse d'exister pour moi. C'est quelque chose qui passe de vous à moi ou à travers moi jusqu'à la toile. Vous comprenez ?

— Je crois que oui, dis-je rêveusement. Ce doit être assez excitant, du moins pour vous.

— Ça l'a été. Merci.

Il posa son pinceau et vint s'asseoir à mes côtés, les jambes croisées. Puis il inspira longuement, savourant avec une sorte de jubilation la vivacité de l'air marin.

— C'est une journée comme on en connaît peu dans toute son existence, pleine d'impressions singulières et rares qu'on ne retrouvera jamais. Il n'y a aucune raison pour que tous les instants de la vie se ressemblent, mais c'est malheureusement souvent le cas, du moins pour moi. C'est seulement quand je peins que je m'élève au-dessus de la médiocrité ; ou quand j'ai la chance de rencontrer quelqu'un comme vous et de vous associer à mon travail.

Arrivé là, Linden reprit son souffle et s'avisa soudain qu'il n'en avait jamais autant dit.

— Seigneur, quel bavard je fais ! s'exclama-t-il. Je vous demande pardon.

— Il n'y a pas de quoi, je vous assure. J'ai eu le sentiment que vous m'aviez invitée à entrer dans votre univers, à voir et à sentir les choses à votre manière personnelle, celle d'un artiste. Merci de m'avoir fait partager cela.

Il attacha sur moi un regard appuyé.

— Vous êtes quelqu'un de remarquable, vraiment. Il me semble que vous sortez tout droit de mes rêves. C'est un peu comme si… comme si nous étions de la même famille spirituelle. Vous ressentez cela aussi, n'est-ce pas ?

Je cherchai désespérément une réponse, un moyen d'échapper à cet instant bien trop chargé d'émotion, mais les mots me manquèrent. Prenant mon silence pour un assentiment, Linden posa ses lèvres sur les miennes.

Comme si je venais de recevoir une décharge électrique, je le repoussai rudement en arrière et m'écartai de lui.

Choqué, exposé, son désir mis à nu, il rougit violemment et si rapidement que cela m'effraya. Puis le sang se retira de son visage.

— Je suis donc si répugnant que ça ? persifla-t-il, la voix rageuse.

— Non, bien sûr que non ! C'est juste que... je ne m'y attendais pas.

— C'est vrai. J'oubliais. Vous êtes en train de devenir le dernier passe-temps de Thatcher Eaton, donc chasse gardée, interdite aux gens de mon espèce.

— C'est faux, Linden. Je ne suis le passe-temps de personne.

Les coins de ses lèvres s'abaissèrent en un rictus amer.

— Mais certainement, et vous maîtrisez parfaitement la situation. Exactement comme les autres, toutes celles qu'il a fait défiler dans cette maison... jusqu'à sa chambre. Vous avez déjà été dans sa chambre, n'est-ce pas ?

— Je n'ai pas envie de discuter de cela maintenant, Linden.

— Bien sûr que non, grinça-t-il, le regard noir.

Un regard qui semblait connaître et mesurer toute la fausseté, tous les mensonges, toutes les trahisons du monde.

Le voir ainsi me serra le cœur. Devais-je lui dévoiler la vérité, ici et maintenant ? Lui expliquer pourquoi nous ne pouvions pas nous aimer ? Avais-je le droit de le faire avant même d'avoir parlé à ma mère ? Peut-être ne voulait-elle pas qu'il sache la vérité, ou même que personne ne la connaisse. Alors que fallait-il faire ?

J'étais désespérée, et je me sentais terriblement stupide. Comment n'avais-je pas prévu cela ? Comment avais-je pu croire que je pourrais l'éviter ?

À présent, Linden était debout face à l'océan, les poings aux hanches, et la colère montait en lui comme le mercure dans un thermomètre.

— Linden, je vous en prie…

— Ce n'est rien, j'ai juste perdu le fil. Ce sont des choses qui arrivent, bougonna-t-il.

Sur quoi il entreprit de ranger son matériel.

— Mais qu'est-ce que vous faites ? Nous avons encore beaucoup de temps, non ? Vous ne voulez pas terminer ce portrait ?

— Désolé, je ne peux pas travailler quand je suis de cette humeur-là. Mais j'ai tout dans la tête, rassurez-vous. J'ai enregistré l'image et je pourrai la reproduire quand j'en aurai besoin. Ne vous inquiétez pas, vous avez rempli votre part du marché.

Il acheva d'emballer ses affaires avec une telle brusquerie que je ne me risquai pas à essayer de l'en empêcher. Puis il chargea le tout dans le bateau.

— Linden…

— Changez-vous, s'il vous plaît, coupa-t-il en me tournant le dos. J'ai envie de rentrer.

— Je ne voulais pas vous blesser, croyez-le. Je ne voulais vraiment pas.

— Bon, d'accord.

— Je peux tout vous expliquer. Peut-être pas tout de suite, mais je le ferai et vous comprendrez. Je vous le promets.

— Changez-vous, répéta-t-il, toujours sans me regarder.

J'obéis sans perdre une seconde et lui tendis les vêtements. Il les fourra dans le sac et jeta celui-ci dans le bateau.

— Allons-y, maintenant !

Il me souleva d'un geste brusque mais cette fois, il garda la tête tournée de côté jusqu'à ce qu'il m'ait déposée à bord. Puis il mit le voilier à flot et s'y hissa à la force des bras. Je soupirai.

— Quel dommage de laisser perdre une si belle journée, Linden !

— Et après ? J'en ai perdu bien d'autres ! rétorqua-t-il en saisissant la barre.

Et il vira de bord, laissant derrière nous son petit paradis.

Je regardai en arrière et vis la baie s'éloigner, de plus en plus, jusqu'à ce que la pointe rocheuse la dérobe à ma vue. Tout s'effaça en un clin d'œil, comme s'évanouissent tant de moments précieux de notre vie.

⁂

Le retour me parut deux fois plus rapide que l'aller, comme si le vent était en colère, lui aussi. Quand il eut amarré le bateau, Linden me tendit la main pour m'aider à débarquer. Il n'avait pas desserré les dents.

— Voulez-vous que je revienne poser demain matin, Linden ?

— Non, pas la peine. Ne perdez pas davantage de temps avec moi, répliqua-t-il d'une voix morne, dans un accès aigu de pitié pour lui-même.

J'aurais tant voulu lui poser la main sur l'épaule pour le réconforter, lui promettre que bientôt, très bientôt il comprendrait... mais je n'osai pas le toucher. Il m'avait tourné le dos et arborait une attitude à la fois défensive et menaçante, les épaules remontées, tel un épervier prêt à fondre sur sa proie.

Comme je m'en revenais vers la grande maison, j'aperçus ma mère qui m'observait de sa terrasse. Nous échangeâmes un long, très long regard, puis elle se détourna et rentra dans le hall. Je me promis d'aller la voir avant la fin de la journée, de lui dire enfin qui j'étais. Sans pouvoir l'expliquer, pourtant, j'avais le sentiment qu'elle savait déjà. Une mère pouvait-elle distinguer son enfant de n'importe qui d'autre au monde, le reconnaître même si elle ne l'avait jamais vu ? Existait-il un lien magique entre eux, que rien ne pouvait rompre ni cacher ?

J'allais bientôt le savoir et cela provoquait en moi une certaine excitation, mais aussi de la frayeur.

J'avais presque atteint le jardin de derrière quand je m'entendis interpeller.

— Eh bien, où étiez-vous passée ?

Bunny et Asher étaient sur la terrasse, attablés devant un petit déjeuner.

— Vous n'avez tout de même pas été faire du voilier avec Linden ? demanda Bunny.

— Il se trouve que si, et c'était très agréable. C'est un excellent marin.

Tous deux échangèrent un regard stupéfait, puis consterné, et Bunny revint à la charge.

— Comment pouvez-vous être aussi familière avec Linden Montgomery ?

S'imaginait-elle que je commençais à trouver du charme à Linden, alors qu'elle tendait ses filets pour Thatcher et moi ?

— Il est tellement seul, expliquai-je. À mon avis, son attitude agressive n'est qu'une façade. Si les gens voulaient simplement se montrer bons envers lui…

— Et comment pourraient-ils l'être ? Il ne répond pas quand on lui parle, ni même quand on le salue. Je l'ai présenté à plusieurs de mes amis sur la plage et ils n'ont eu droit qu'à un grognement de sa part. Tout le monde pense qu'il est fou. Et quand on met en parallèle ses œuvres d'art et sa conduite, on est forcé d'en convenir.

« J'espère que vous suivrez mes conseils et cesserez de le fréquenter. Il ne peut rien vous apporter d'utile pour votre travail, d'ailleurs.

— Au contraire, objectai-je. Sa mère et lui m'ont fourni les informations les plus intéressantes que j'aie pu recueillir ici.

Bouche bée, elle braqua un regard désemparé sur Asher, qui me sourit.

— Je comprends ce qu'elle fait, Bunny. Elle rassemble tout un éventail d'opinions et de points de vue. Un bon enquêteur doit savoir gagner la confiance de ceux ou celles qu'il interroge, n'est-ce pas, Isabel ?

— Exactement, confirmai-je.

Cela parut soulager Bunny. Elle laissa retomber la main qu'elle tenait crispée sur sa gorge, et Asher offrit avec à-propos :

— Que diriez-vous d'une tasse de café ou d'un mimosa ?

— L'air a dû vous creuser l'appétit, insista Bunny.

Sans me faire prier, je pris place à la table.

— Je prendrais volontiers un café.

Instantanément, la bonne émergea de l'endroit où elle se tenait, derrière la porte-fenêtre, et remplit une tasse pour moi.

— Notre soirée s'annonce plutôt bien, m'informa Bunny. Plus de cent personnes ont déjà répondu positivement, et le téléphone n'arrête pas de sonner. J'ai obtenu l'orchestre que je voulais, et quand vous verrez le menu, vous serez aussi emballée que moi. J'ai également quelques surprises, des invités de marque et quelques stars de cinéma.

— Vous n'en avez jamais assez de tous ces divertissements et de toutes ces fêtes ?

— Bien sûr que non ! se récria Bunny. C'est la saison, des gens viennent du monde entier pour se retrouver, renouer d'anciennes relations, se tenir au courant des nouveautés… Pour rien au monde nous ne manquerions un seul de ces rendez-vous mondains, n'est-ce pas, Asher ?

— Gloria Van de Mere est venue en ambulance au gala donné pour les femmes battues, déclara-t-il en guise de réponse. Elle sortait de l'hôpital et s'est rendue au bal en fauteuil roulant, accompagnée de son infirmière.

— Et savez-vous que son père…

C'en était trop pour moi. D'une oreille distraite, je les écoutai pérorer sur leurs invités, énumérer les compagnies qu'ils possédaient, citer les noms des héritiers des grands empires commerciaux, dévidant un véritable catalogue de la richesse et du pouvoir en Amérique.

— Tous ces gens vont se bousculer à notre porte, et pour vous voir, ma chère, souligna Bunny d'un ton significatif. Asher, Thatcher et moi vous présenterons à tout le monde, et vous pourrez choisir qui vous voudrez rencontrer.

— Je suis fatiguée rien que d'y penser !

J'avais parlé sérieusement, mais cela les fit rire de bon cœur. Peu après, je me rendis dans ma chambre pour me changer, et Thatcher appela pour me prévenir qu'il ne pourrait pas se libérer pour dîner. Je lui dis de ne pas s'inquiéter pour moi et que je comprenais très bien.

— Qu'as-tu fait de ta journée ? s'enquit-il d'un ton soupçonneux.

— J'ai profité du beau temps. Et aussi mis en ordre les informations que j'ai déjà réunies.

— Bien. Je n'aimerais pas me sentir responsable de t'avoir fait manquer ton enquête, plaisanta-t-il.

Mais je détectai une note soucieuse dans sa voix. J'eus l'impression qu'il avait déjà parlé à Bunny, qui lui fournissait un rapport détaillé de mes allées et venues. Peut-être n'était-ce pas une si bonne idée d'habiter ici, finalement.

À deux heures et demie pile, je me mis en route pour la maison de ma mère. J'espérais la trouver sur la terrasse, en train de prendre le thé avec Linden, mais une fois dépassé le tournant, je dus me rendre à l'évidence. Il n'y avait personne. Déçue, je continuai jusqu'à la plage et m'arrêtai face à l'océan, toute songeuse. Pouvais-je aller tout simplement frapper à sa porte et lui demander de m'accorder un entretien ? Je n'eus pas à hésiter longtemps : le son de sa voix, derrière moi, me fit pivoter sur moi-même.

— Isabel Amou...

Elle était là, pieds nus et les cheveux flottants, dans une robe blanche sans manches, un léger châle blanc sur les épaules. Je ne trouvai qu'un mot à dire : bonjour.

Elle me dévisagea pendant quelques secondes, sourit avec douceur et croisa les bras sous la poitrine.

— Faisons quelques pas, suggéra-t-elle en amorçant un mouvement vers sa gauche.

Je me hâtai de la rejoindre, le cœur battant à grands coups, si émue que je m'attendais presque à m'affaler sur la plage comme un vieux chiffon.

Quand nous eûmes ainsi marché près d'une minute, elle demanda :

— Comment va votre père ?

Je m'arrêtai net et elle en fit autant, puis se tourna face à moi.

— Vous savez qui je suis ?

— Bien sûr. D'abord, je l'ai reconnu en vous à la seconde même où je vous ai vue, et ensuite...

Elle eut un rire léger.

— Il y avait votre nom. Il y a longtemps, j'ai entendu parler d'une nounou qui s'appelait Isabella, et que l'enfant dont elle s'occupait avait surnommée Amou.

Je me souvins soudain de sa lettre à papa. Inconsciemment sans doute, je m'étais servie de ce nom avec l'espoir de me trahir moi-même.

— Oui, murmurai-je. Il vous l'avait dit.

— Et vous m'avez balisé la piste.

— Est-il resté en relations suivies avec vous ?

— J'ai quelques lettres, admit-elle avec un sourire plein de douceur, en se rappelant le moindre mot qu'elles contenaient, j'en aurais juré. C'était moins facile pour moi de lui écrire, mais j'ai fait ce que j'ai pu. Est-ce lui qui vous a envoyée ?

— Pas directement, non, mais il souhaitait que nous finissions par nous rencontrer un jour, du moins je le crois.

— Souhaitait ?

Elle s'était figée d'appréhension.

— Quand ? demanda-t-elle en retenant son souffle.

— La semaine dernière.

Elle jeta un regard en direction de la mer, vif et bref, comme si elle attendait que lui vienne de là un signe de confirmation.

— Comment ?

— Une crise cardiaque absolument imprévue, expliquai-je d'une voix qui s'étranglait.

Elle baissa la tête et se remit à marcher, sans mot dire. Je la suivis sans chercher à rompre le silence. Un long moment s'écoula.

— Il y a longtemps de cela, reprit-elle d'une voix lointaine, nous avons inventé un jeu. « Un jour, m'a-t-il dit, je ne serai plus capable de me maîtriser. Je ne tiendrai plus compte des conséquences et je viendrai te retrouver. » Je savais que c'était plus un souhait qu'une promesse, mais je suis entrée dans le jeu.

— Et moi je t'attendrai, lui ai-je répondu. Je ne cesserai jamais de t'attendre. Et une nuit, tu viendras.

— J'arriverai en bateau. Tu verras la lumière grandir et briller de plus en plus, à mesure que j'approcherai.

— Et je serai sur la jetée avec une lanterne pour te guider, ai-je dit encore.

« C'était stupide, sans doute, surtout pour nous qui savions à quel point les chimères peuvent devenir dangereuses. Mais c'était notre petite extravagance à nous, notre façon de flirter avec l'interdit, le bonheur défendu.

Elle s'interrompit et tourna vers moi un visage grave.

— Vous ne devez jamais le juger mal pour ce qui s'est passé entre nous à la clinique. Pour nous, ce n'était plus une clinique, je n'étais plus sa patiente et il n'était plus mon médecin.

— Je sais. J'ai lu son journal.

— Son journal ? (Elle eut un sourire ému.) Votre père tenait un journal ?

— Oui. J'ai été presque plus surprise en apprenant son existence qu'en le lisant.

— Peut-être me laisserez-vous le lire un jour.

Je ne promis rien. Je n'étais pas sûre de savoir ce que je devais faire. Mon père avait-il voulu qu'elle le lise ? Était-il certain que je la découvrirais ? Elle parut comprendre mon indécision et poursuivit son chemin en silence, les joues mouillées de larmes. Je me retournai vers sa maison.

— Avez-vous parlé à Linden aujourd'hui, depuis que nous sommes revenus de notre sortie ?

Elle s'arrêta, fit signe que non et je vis qu'elle s'efforçait de se dominer.

— Il faut que je lui dise, je le sais. Il ne comprendra pas. Il a déjà tellement souffert à cause de moi. Cela m'est odieux d'ajouter encore à son fardeau, mais... je sais que je dois le faire, acheva-t-elle avec un soupir à fendre l'âme.

Puis elle reprit possession d'elle-même et son visage s'éclaira.

— Vous êtes aussi belle que dans ses descriptions. Ils vous ont très bien entourée, lui et cette nourrice portugaise. Je sais à quel point votre mère adoptive était désagréable. Il ne l'a pas dit dans ses lettres, mais je l'ai lu entre les lignes. Il ne voulait pas que je me sente coupable, et il adoucissait les choses dans ses lettres, j'en suis sûre.

— Amou était comme une mère pour moi. Bien plus qu'elle.

— J'en suis heureuse. Mais je sais aussi combien il était douloureux pour lui de vous voir grandir.

— Pourquoi cela ? m'étonnai-je.

— Il m'écrivait combien vous lui faisiez penser à moi. Combien c'était difficile pour lui de devoir cacher l'intensité de son amour pour vous, de crainte que votre mère adoptive ne soupçonne la vérité. Quand il était contraint de se montrer distant avec vous, parfois, il détestait cela.

— Moi aussi, avouai-je. Mais depuis quelque temps nous nous étions beaucoup rapprochés l'un de l'autre.

— J'en suis bien contente.

Elle aussi se tenait sur la réserve, et je crus deviner pourquoi. Tout comme mon père avait dissimulé ses sentiments devant ma mère, elle ne voulait pas se montrer familière avec moi avant d'avoir parlé à Linden. Je conservai le ton poli d'une visiteuse pour ajouter :

— J'aimerais passer plus de temps avec vous aussi, pour que nous apprenions à nous connaître, que nous ayons de vrais rapports de mère à fille.

— J'aimerais beaucoup, moi aussi. Vous n'êtes pas à l'université ?

— Si. Mais j'ai demandé une autorisation d'absence quand j'ai lu le journal de papa et appris qui vous étiez pour moi.

Elle eut un sourire fugitif.

— Ah ! Et que pensent les Eaton de tout ça ? Leur avez-vous expliqué la véritable raison de votre séjour ici ?

— Surtout pas ! Ils croient que je travaille à un projet d'études, comme je vous l'avais dit tout d'abord. Le Dr Price et moi sommes les seuls à savoir ce qu'il en est vraiment.

— Et quelqu'un d'autre encore, observa-t-elle.

— Nadine Gordon ?

— En effet, confirma-t-elle, non sans surprise. Comment le savez-vous ? Figurait-elle dans le journal de votre père, elle aussi ?

— Non, c'est le Dr Price qui m'en a parlé. Mais aujourd'hui Linden m'a dit qu'elle était venue vous voir, il y a déjà un certain temps. Pour quelle raison ?

— Elle espérait me faire chanter. C'était une femme méprisable, jalouse, cruelle envers les patients et tout spécialement envers moi.

— Et alors, qu'avez-vous fait ?

— Je l'ai jetée dehors.

J'en aurais fait autant, pensai-je avec admiration. Décidément, elle était loin d'être la pauvre épave à la dérive que les bonnes âmes se plaisaient à imaginer.

— J'aurais cru qu'elle essaierait plutôt de faire chanter mon père, pas vous.

— C'est bien ça l'ironie de l'histoire. Elle aimait réellement votre père. Elle n'a pas pu se résigner à lui faire du tort, alors qu'elle prenait tant de plaisir à me tourmenter. Mais telle que je la connais, elle a très bien pu lui extorquer de l'argent, conclut-elle.

— Ça, je n'en sais rien.

— Cela n'a plus beaucoup d'importance à présent...

À nouveau, son regard s'évada vers la mer.

— Rien de tout cela n'a plus d'importance, sauf une chose : la façon dont cela peut vous affecter, Linden et vous.

— J'aimerais être son amie, sa sœur si je le peux. S'il me le permet.

Elle m'observa avec une attention soutenue, puis jeta un coup d'œil derrière elle, vers la maison.

— Il y a longtemps que j'aurais dû lui parler : cela aurait été tellement plus facile pour nous tous. Certains secrets sont comme des cancers, ils finissent par vous dévorer le cœur et l'âme.

Je me mordis les lèvres en m'efforçant de refouler mes larmes. Ces secrets-là, papa en avait souffert lui aussi, j'en étais sûre. Pendant longtemps, et sans pouvoir les partager.

Grace me sourit, caressa mes cheveux, et soudain toute la retenue qu'elle s'imposait parut fondre.

— Rien que te regarder réveille en moi tant de merveilleux souvenirs de ton père, Willow. Oui, merveilleux, comme le nom qu'il t'a donné. Personne n'a su tout ce qu'il avait de particulier, à part nous deux. Il en a été si heureux ! Je vois son sourire dans ton sourire, la même lumière dans tes yeux. Je suis vraiment heureuse que tu sois venue me voir, Willow. Même après tout ce temps.

— Mais je vous... je t'ai apporté de mauvaises nouvelles. J'avais peur de te faire de la peine, et je t'en ai fait.

— Oui, mais c'est fini maintenant. C'en est fini des mauvaises nouvelles, répéta-t-elle, presque comme si elle adressait une prière au ciel.

Je lui rendis son sourire.

Derrière nous, une mouette cria lugubrement, comme si elle avait entendu ses paroles et savait que le sort n'avait pas assouvi sa soif de larmes. Pas tout à fait.

Pas encore.

15

Marée montante

Ma mère renouvela sa promesse de tout dire à Linden le soir même. Si tout se passait bien, elle nous réunirait tous les trois le lendemain, m'assura-t-elle. Je la mis au courant de la réception des Eaton. Elle en avait déjà entendu parler par certains des domestiques, qui éprouvaient nettement plus de sympathie pour elle que pour leurs patrons.

Je me figurais que les Eaton seraient restés chez eux pour se reposer, en prévision de leur grande soirée, mais non. Ils étaient allés à un dîner, laissant pour consigne à Jennings de me servir tout ce que je voudrais.

— Tout ce que vous voudrez, insista-t-il. Le chef est à vos ordres.

Mes ordres furent vite donnés.

— Je n'ai pas très faim, Jennings. Du fromage, des crackers et des fruits me suffiront, avec un peu de café. Je dînerai dans ma chambre.

— Très bien, mademoiselle, acquiesça-t-il en s'inclinant.

Je me retirai dans ma chambre, allai m'asseoir sur le balcon et contemplai pensivement la maison de la plage, en me demandant ce qui s'y passait. Quand et comment ma mère avait commencé ses révélations, et comment Linden réagissait. J'étais sur des charbons ardents et, quand le téléphone sonna, je sautai littéralement hors de mes chaussures.

C'était encore Thatcher.

— Juste pour savoir ce que tu deviens. Comptes-tu aller en ville et voir des gens ?

— Non. Je me contente de prendre une collation dans ma chambre, sur le balcon en fait.

— Je viens te voir dès que j'arrive, me promit-il.

— C'est très gentil. Ne t'inquiète surtout pas pour moi.

— Mes parents voulaient t'emmener avec eux, mais je ne les ai pas laissés faire, avoua-t-il. Je ne veux pas te partager. Tu risquerais de rencontrer un prince de l'industrie et de me laisser tomber comme une vieille chaussette.

— Comme prince de l'industrie, n'importe quelle fille se contenterait de toi, ripostai-je, et il éclata de rire.

— Il faut que je rejoigne les autres, maintenant. Il y a cinq millions de dollars en jeu.

— Pff ! De la petite monnaie, plaisantai-je.

— Voilà qui est parler en vraie fille de Palm Beach, bravo. Je pense que la réunion ne va plus durer très longtemps, maintenant, et je ne suis qu'à quelques minutes de voiture.

— Si tu te dépêches de régler cette affaire, tu as une chance de partager mon fromage et mes crackers, le taquinai-je.

— Mmm ! Voilà la meilleure raison d'en finir qu'on m'ait donnée de toute la journée.

Il eut un petit rire heureux, et c'est en riant moi aussi que je lui dis au revoir.

Cet échange de propos futiles avec lui m'avait remonté le moral et je me sentais tout à fait détendue. Quand Jennings apporta mon dîner, j'allai m'installer sur le balcon. Tout en grignotant mon fromage et mes crackers, je m'avisai soudain que, trop occupée ou préoccupée sans doute, je n'avais pas pensé une seule fois à mes camarades d'université. Je fus tout aussi surprise de la rapidité avec laquelle j'avais relégué Allan au fin fond de ma mémoire émotionnelle. Sans doute, supposai-je, parce qu'à chaque fois que je pensais à lui je me sentais furieuse et déçue.

Quand j'étais petite, papa disait toujours qu'il fallait jeter ses mauvais souvenirs et ses mauvais rêves dans un trou noir et les y enterrer. « Il faut d'abord visualiser le trou, me recommandait-il. Ensuite, savourer le plaisir d'y jeter un à un tous les souvenirs indésirables. » Quelquefois, ça marchait vraiment.

Ce soir, j'aurais bien voulu que ce soit le cas. C'était un soir idéal pour cela. Les ténèbres venues de l'horizon semblaient accourir de la mer, noyer la plage et se hisser en rampant vers la maison. De gros nuages blêmes roulaient dans un ciel bas, voilant et dévoilant tour à tour les étoiles. Sur les brisants, l'écume rejaillissait bien plus haut qu'à l'ordinaire, signe certain qu'un orage approchait. Si l'océan avait pu hurler, pensai-je avec un frisson, il l'aurait fait.

Et pourtant la pluie ne vint pas, la menace tourna court. Les nuages se déchirèrent en longues banderoles argentées, bientôt chassées par le vent d'ouest, et la splendeur des constellations flamboya de nouveau dans le ciel. J'étais si fascinée par la majesté du spectacle que j'aurais pu m'endormir là, en le contemplant. Le claquement brutal d'une porte, en dessous de moi, m'éveilla de ma songerie. Je me penchai au balcon et regardai vers la maison d'en bas, d'où était venu le bruit.

Quelques instants plus tard, Linden apparut, marchant rapidement vers la plage en gesticulant, comme s'il soutenait un débat violent avec lui-même. Malgré la distance, je pouvais voir qu'il avait les cheveux en bataille et l'air égaré. Il s'arrêta, leva les yeux vers la grande maison et sur moi, me sembla-t-il, puis s'élança en avant et disparut au tournant du chemin.

Que s'était-il passé entre ma mère et lui ? Comment s'y était-elle prise pour lui parler ? Que lui avait-elle dit à mon sujet ?

Je regardai à nouveau vers la maison de la plage, mais Grace ne sortit pas pour le rappeler. Vraiment inquiète maintenant, je descendis l'escalier quatre à quatre et me précipitai sur la terrasse de derrière. En bas, je ne vis aucun signe de Linden et soudain, j'eus peur pour lui. Je me rappelai dans quel état de choc j'avais lu le journal de mon père, combien cela m'avait bouleversée. Mais, pour Linden, entendre cette vérité de la bouche de sa mère et maintenant seulement, tant d'années plus tard, avait dû être doublement traumatisant. Il fallait lui faire comprendre qu'il n'était pas seul, que je partageais sa stupeur. Sans plus réfléchir, je m'élançai sur ses traces.

En progressant péniblement dans le sable, je parvins bien au-delà des limites de la propriété, mais je ne le vis pas. J'appelai, tendis l'oreille, mais il ne répondit pas et je rebroussai chemin. Parvenue à l'endroit où j'avais pour la première fois posé pour lui, j'aperçus quelque chose dans le sable et m'en approchai : c'étaient ses vêtements. Je pivotai sur moi-même et scrutai l'océan.

Il me fallut un certain temps pour distinguer sa tête qui émergeait de l'eau, montant et descendant avec les vagues. Je courus jusqu'au bord de mer et criai son nom, de toutes mes forces. Ou bien il ne m'entendit pas ou bien il ne voulut pas m'entendre. Puis je vis sa tête disparaître, et j'eus l'impression que mon cœur se décrochait.

— Linden !

Du côté de la maison, il n'y avait toujours personne en vue. Je me mis à tourner sur moi-même comme une folle, appelant à l'aide à grands cris. Tout était noir autour de moi, on distinguait à peine quelques formes sombres d'arbres ou de buissons. À quoi bon m'égosiller dans ces ténèbres ? À nouveau, je fouillai l'océan du regard et vis la tête de Linden refaire surface. La panique s'empara de moi. Je me dépouillai de mes vêtements à une vitesse record et j'entrai dans l'eau.

Nous avions une piscine à la maison et j'étais bonne nageuse. Mais nager dans l'eau calme d'une piscine était tout autre chose que d'affronter la houle, surtout quand l'océan était aussi agité que ce soir. Sous l'effet conjugué de mes efforts et de la peur, je fus très vite à bout de souffle. J'avalai de l'eau, crachai, suffoquai. Mais je continuai à me diriger vers Linden, ou du moins vers l'endroit où je l'avais vu pour la dernière fois. Pendant un long moment, je ne le vis plus du tout, et quand je me retournai, je m'aperçus que j'avais nagé vraiment très loin.

J'appelai et appelai encore. J'étais ballottée comme un bouchon mais je persévérai dans ma recherche, jusqu'à ce que je sente le froid de la peur me courir le long du dos. J'étais hors d'haleine. Et ce fut presque machinalement, poussée par le seul instinct de conservation, que je repris la direction de la côte.

Affolée, hors de moi, je battais désespérément des bras pour ne pas couler, quand je sentis quelque chose s'enrouler autour de ma taille et me tirer en avant. Terrorisée, je commençai à me débattre contre cette chose, pour m'apercevoir que c'était Linden qui me maintenait à flot.

— Qu'est-ce qui vous prend ? vociféra-t-il. Arrêtez de vous débattre. Calmez-vous et nagez lentement.

Il me maintint jusqu'à ce que mes mouvements aient retrouvé un rythme régulier, puis nous revînmes côte à côte vers la plage où, enfin, je pus reprendre pied. Je hoquetai, crachai de l'eau salée, respirai un grand coup et, finalement, me retournai vers lui. Nous étions nus, la peau luisante à la faible lueur des étoiles.

— Qu'est-ce que vous fabriquiez ? demanda rudement Linden.

— Je croyais... que vous étiez en train de vous noyer.

— En effet, je me noyais. Mais l'océan n'a pas voulu de moi.

En trébuchant, il regagna la plage et s'affala dans le sable. Je marchai aussi vite que je pus vers mon tas de vêtements et commençai à me rhabiller.

— Vous aviez l'intention de me sauver ? railla Linden. Comme ça, toute seule ?

— J'essayais, oui.

— Encore une bonne âme qui veut sauver le monde ! Vous avez vu que vous n'étiez pas de taille à lutter contre l'océan, dans ce coin.

Brusquement, Linden passa du persiflage à un ton presque mélancolique.

— Il faudra t'y faire, Willow. Oui, je sais ton vrai nom, maintenant. Eh bien, Willow, il semble que le destin s'acharne sur nous deux. Tu as autant de chances de l'en empêcher que de faire reculer la mer.

— Je n'en crois rien, répliquai-je.

— Ah non ? Eh bien, d'après ce que j'ai appris de ma mère... de notre mère, devrais-je dire, c'est parce que tu n'as pas eu le temps de t'en rendre compte. Tu n'as pas subi la malédiction assez longtemps pour savoir que le destin s'amuse avec nous, à nos dépens. Qu'il joue à égarer nos cœurs, nos pensées, nos émotions. Et qu'il peut même aller jusqu'à nous accorder une miette de bonheur afin que, lorsqu'il la reprend, nous mesurions l'étendue de notre perte et l'horreur de notre sort.

« Bienvenue dans la famille, Willow !

Sur ce dernier sarcasme, il me tourna le dos pour aller chercher ses vêtements.

— Je ne crois absolument rien de tout ça, Linden ! criai-je à travers la flaque d'obscurité qui nous séparait. Et je sais que tu n'y crois pas non plus.

Il eut un rire grinçant.

— Ensemble, poursuivis-je en me rhabillant tant bien que mal, nous pouvons donner un sens à tout cela. Nous pouvons établir entre nous trois la compréhension, l'espoir et l'amour.

— Je t'en prie, Willow, tu ne sais pas de quoi tu parles. Ne me rends pas plus malade que je ne le suis déjà. Les meilleurs moyens d'y arriver, ce sont les faux espoirs et les rêves idiots dégoulinants d'eau de rose. Il suffit d'écouter l'océan, ajouta-t-il en se rapprochant de moi. Chaque fois que tu te croiras capable de changer le cours des choses, viens ici la nuit et tu entendras ce que les hommes et les femmes entendent depuis que le monde est monde. Le même chant, le même rugissement de rire. La voix du destin. S'emporter contre lui, c'est comme donner des coups de pied dans un mur.

— Non, m'obstinai-je.

Il m'empoigna par les épaules et me fit pivoter vers lui ; je plaquai le chemisier que je tenais en main sur mes seins nus. Pendant quelques secondes, il me dévisagea sans rien dire. Puis il me fit à nouveau pivoter, de façon à ce que je sois tournée vers la grande maison. Je pus voir qu'il y avait de la lumière à l'étage.

— Il y a longtemps de cela, notre mère a été violée dans cette même maison. Pas séduite, violée. Et c'est de ce viol que je suis né. J'en suis marqué, souillé, pourri, tu comprends ? Le sang de cet homme coule en moi. Des années plus tard, comme tu le sais, notre mère a été violée une seconde fois, alors qu'elle était tout aussi vulnérable, et tu es née.

— Non, protestai-je avec vigueur, c'est faux. Cela ne s'est pas passé comme ça.

— Et tu es née, répéta-t-il. Alors tu vois, nous nous ressemblons vraiment beaucoup, non ? Peut-être devrions-nous oublier que nous sommes frère et sœur. Peut-être devrions-nous plonger, nous aussi, dans la luxure dont nous sommes sortis.

— Non, refusai-je quand il m'écarta les bras, m'obligeant à découvrir ma poitrine.

Il me toisa et jeta rudement :

— Peut-être devrions-nous montrer ce que nous sommes ici, tout de suite, sur cette plage.

Mon cœur battait à tout rompre, je n'avais même pas la force de dégager mes bras. Je n'eus pas à le faire. Il me libéra brusquement et je me dépêchai de remettre mon chemisier.

— Qu'est-ce que ça changerait, de toute façon ? Qu'est-ce qui pourrait changer quoi que ce soit dans tout ça ? marmonna-t-il en s'en allant.

J'enfilai mes sandales et courus après lui.

— Linden, écoute ! Il ne s'est rien passé de tel à la clinique de mon père. Pas du tout.

Il pressa le pas comme s'il me fuyait, pour prendre la direction de chez lui, et je renonçai à le poursuivre. J'émergeai bientôt dans les lumières de la propriété, mes vêtements trempés plaqués sur les seins. Un instant, je fus tentée de rattraper Linden, puis j'y renonçai. Je me préparai à regagner la grande maison, mais je m'arrêtai net.

Devant moi se tenait Thatcher, les yeux agrandis de stupeur.

— Qu'est-ce qui vous est arrivé à tous les deux ? ironisa-t-il. Vous êtes tombés par-dessus bord ?

— Non.

— Je ne le pensais pas non plus. J'espère que vous vous êtes bien amusés, au moins, lâcha-t-il en me tournant le dos pour rentrer chez lui.

— Thatcher, attends !

Il s'arrêta et pivota pour me faire face.

— C'est drôle, quand même. Je croyais que ce serait plutôt toi qui aurais quelques surprises, ici, et qu'est-ce qui se passe ? Toutes les surprises sont pour moi. Cela ne paraît pas très équitable, qu'en dis-tu ?

— Tu ne comprends pas, Thatcher. Je ne suis pas venue ici pour les raisons que je t'ai données. Je ne suis pas là pour étudier la bonne société de Palm Beach.

Il eut un sourire ambigu.

— Je m'en doutais un peu, Willow. Si c'est bien ton nom, à moins que ce ne soit encore une surprise ? Alors, sais-tu quelque chose que j'ignore sur les qualités personnelles de Linden Montgomery ? Ou as-tu un penchant pour les tarés du genre sinistre ? Le sexe est plus piquant avec eux ? Un peu canaille ? Eh bien ? aboya-t-il, les lèvres blanchies par la fureur.

Parle ! À moins que tu ne sois du genre qui n'aime pas raconter ? J'en ai connu deux ou trois, comme ça. En fait je croyais connaître tous les genres possibles, mais ça, c'était avant de te rencontrer.

Les larmes roulaient si vite sur mes joues que j'aurais pu aussi bien être sous la pluie. J'avais la gorge nouée à me faire mal. Thatcher continuait à déverser sa rage.

— Ce qui me froisse le plus, c'est d'avoir été si honnête et si sincère avec toi. Je me sens complètement idiot. Mais c'est comme ça que vous aimez nous voir, vous, les femmes : à notre désavantage. Ce n'est pas vrai ?

Je secouai la tête.

— Thatcher...

— Ne te fatigue pas, m'arrêta-t-il en levant la main. Je ne croirais pas un mot de ce que tu dirais, de toute façon.

Il repartit vers la maison, en marchant plus vite encore qu'avant. Je n'avais pas eu le temps de faire un pas que la porte d'entrée claquait derrière lui.

J'étais consternée. J'avais réussi à tout gâcher. Linden était plus déprimé, plus ulcéré que jamais. Ma mère était murée dans sa tristesse et sa déception, sachant que mon père ne viendrait plus jamais. Et par ma faute, Thatcher avait repris l'attitude cynique à laquelle il avait renoncé, quand nous nous étions connus et aimés. Quand il avait commencé à croire à quelque chose de plus grand que nous-mêmes.

Je ferais mieux de rentrer, raisonnai-je. De reprendre ma vie d'avant comme si le journal de papa n'avait jamais existé, ou que c'était un roman écrit par quelqu'un d'autre. Allan avait sans doute été le plus intelligent de nous deux, après tout, et j'aurais sans doute mieux fait de suivre ses conseils. Maintenant, même pour ça, il était trop tard. Il fallait rentrer, partir d'ici tout de suite. J'écrirais à ma mère plus tard, pour tout lui expliquer.

J'entrai dans la maison et montai dans ma chambre, où je me dépêchai de me changer, puis je commençai à faire mes valises.

Ma décision était prise. Si je trouvais un vol pour chez moi, je prendrais une chambre d'hôtel près de l'aéroport. Je ne me donnerais même pas la peine de téléphoner. J'irais à l'aéroport et tenterais ma chance.

Je m'assis au bureau et rédigeai une lettre de remerciement aux parents de Thatcher, en les priant d'excuser mon départ soudain. Je me contentai d'ajouter que je ne pouvais faire autrement. J'étais certaine que leur soirée serait un grand succès, et je le leur dis. Puis, quand je fus prête, j'appelai Jennings. Il parut surpris à la vue de mes valises mais ne posa aucune question. Je lui tendis ma lettre.

— S'il vous plaît, Jennings, veillez à ce que ce message parvienne à M. et à Mme Eaton.

— Certainement, mademoiselle. Désirez-vous que je descende vos valises jusqu'à votre voiture ?

— Ce ne sera pas nécessaire, Jennings.

— Alors je les déposerai dans le hall, insista-t-il.

Je suppose que, selon le code qui s'appliquait au personnel de la maison, il aurait perdu la face en ne descendant pas mes bagages lui-même. Je fis signe que c'était d'accord, et il se retira. Je pris le temps d'effacer les dernières traces de mes larmes avant de descendre à mon tour.

En arrivant au bas de l'escalier, j'obliquai vers la terrasse. Je voulais jeter un dernier regard à la maison de la plage. Je m'attardai là, hésitante, ne sachant trop si j'allais oui ou non aller faire mes adieux. Cela ne ferait que compliquer les choses, estimai-je, et les rendre encore plus douloureuses pour ma mère dans l'immédiat. Finalement, arrivée à la conclusion qu'une lettre suffirait, je me détournai pour m'en aller.

Et je vis Thatcher, tranquillement assis dans le grand fauteuil de jardin. Pendant tout ce temps-là il m'avait observée.

— Où vas-tu ? me demanda-t-il.

— Je rentre chez moi.

— Et où cela, chez toi ? Tu peux me dire la vérité, maintenant.

— Comme je te l'ai dit, en Caroline du Sud. Presque tout ce que je t'ai dit était vrai, Thatcher.

— Hum !

— Mais si, répliquai-je avec fermeté. Je regrette que tu aies refusé de m'écouter, en te persuadant que j'étais menteuse et malhonnête, mais tu ne sais pas tout.

Il grimaça un sourire incrédule.

— Et ton père et ta mère sont vraiment morts ? questionna-t-il comme si j'étais un témoin à la barre, et lui le brillant avocat de l'accusation.

— En effet.

— Et ton père était psychiatre ?

— Oui.

— Et justement celui qui soignait Grace Montgomery ? Tu as dit qu'elle était pensionnaire dans sa clinique.

— Tout cela est vrai, Thatcher.

Son sourire se glaça.

— Et vraiment commode pour toi. Comment t'y es-tu prise ? Tu as mis la main sur le dossier de Grace, ou quoi ?

— En quelque sorte, mais ce n'est pas cela qui m'a amenée ici, Thatcher. Je ne cours pas après l'argent.

Je ne suis pas venue pour jouer ce que vous appelez le grand jeu de Palm Beach. Rien ne pourrait m'être plus indifférent que ça, si tu tiens à le savoir. Je ne suis pas aussi riche que la plupart des relations de tes parents, mais je suis loin d'être pauvre. Et je n'ai certainement pas besoin de me vendre pour conquérir un droit de cité dans ce petit monde artificiel. Et tu sais quoi ?

Je n'eus pas à me forcer pour sourire avant d'achever :

— Maintenant que j'en ai vu ne serait-ce qu'une partie, j'ai bien envie de soumettre ce projet d'enquête à mon professeur de psychologie, au prochain semestre, et de revenir pour la faire.

— D'accord, je veux bien te croire. Ton père était le psychiatre de Grace Montgomery, une résidente de sa clinique. Quel rapport avec ta venue ici pour nouer des relations intimes avec Linden ?

J'avais déjà fait quelques pas en direction du hall, mais je m'arrêtai net et le dévisageai. Je lus de la colère sur ses traits, mais aussi du chagrin. Son regard disait qu'il se sentait trahi.

— Je ne suis pas venue pour nouer des relations avec Linden, en tout cas pas celles que tu suggères. Je suis venue ici, Thatcher, pour rencontrer et apprendre à connaître ma véritable mère.

Il haussa les sourcils.

— Ta véritable mère ? Je ne comprends pas.

— Quand mon père est mort, on m'a remis un journal qu'il avait écrit et confié à son avocat, un ami très proche, avec la consigne de ne me le donner qu'après sa mort. Je l'ai lu. Et j'ai appris ainsi que Grace Montgomery et lui étaient tombés amoureux quand elle était à la clinique.

Thatcher ne put cacher sa stupeur.

— Qu'est-ce que tu dis ? Ton père a eu une liaison avec sa patiente, et elle a été enceinte de toi ? Grace Montgomery ?

— Oui. Mais si tu lis son journal et si tu parles avec Grace, tu comprendras que cela ne s'est pas passé comme on pourrait le croire. Il n'était pas le genre de médecin qui profite de la faiblesse d'une patiente. Elle est restée à la clinique plus longtemps que son état le nécessitait, parce qu'elle l'aimait, et qu'il l'aimait lui aussi.

— Alors... tu es en train de me dire que Linden Montgomery est ton... ton demi-frère ?

— Exactement. Ce soir, notre mère lui a appris la vérité, ce qui a été pour lui un choc terrible. Il était tellement déprimé qu'il a essayé de se noyer. Je l'ai vu par hasard et j'ai voulu le tirer de là, mais pour finir, c'est lui qui a dû venir à mon secours.

Thatcher ne mettait plus ma parole en doute, à présent. Il était suspendu à mes lèvres.

— Pourquoi était-il si malheureux de t'avoir comme demi-sœur ? Ah, je vois ! Tu es la plus jolie et la plus sympathique jeune femme qui lui ait accordé une journée de son temps depuis... depuis des années.

— Je n'ai réussi qu'à blesser tout le monde en venant ici, constatai-je avec tristesse. On m'avait bien dit de renoncer à ce projet, mais je n'ai pas pu. C'est ce que j'essayais de te dire quand tu m'as vue remonter de la plage, Thatcher. Je regrette de t'avoir fait du mal. Au revoir.

Je m'éloignais déjà mais il me rappela.

— Attends une seconde ! Grace sait-elle que tu t'en vas ?

— Non. Je comptais lui écrire d'ici un jour ou deux.

— Cela ne me semble pas très correct. Tu débarques ici sans crier gare, et maintenant tu te sauves en catimini !

Je me mordis les lèvres, sans parvenir à les empêcher de trembler.

— C'est trop... trop douloureux. Je ne peux pas en supporter plus.

Thatcher se leva et s'approcha lentement de moi.

— J'étais très en colère quand je suis retourné dans ma chambre, tu le sais. J'ai fait les cent pas en fulminant contre toi, contre mes parents, contre tout et n'importe quoi, puis je me suis calmé. J'ai passé en revue tout ce qui s'était passé, plutôt dix fois qu'une, et je me suis dit qu'il y avait sûrement une autre explication pour tout ça. Je refuse de m'arrêter aux apparences, et je suis descendu pour te parler.

« Je suis content de l'avoir fait, ajouta-t-il en souriant. Et toi tu ne vas nulle part, Willow. Surtout maintenant que je connais la vraie raison de ton intérêt pour Linden.

J'ouvris la bouche pour protester, mais il m'arrêta.

— Tu es venue ici dans un but précis, et tu ne dois pas t'en aller avant de l'avoir atteint. Tu ne peux pas faire irruption chez ta mère comme ça, pour une journée, dire bonjour et au revoir, ravie de vous avoir connus. Le choc de ton arrivée, si brutal qu'il ait pu être, sera effacé par l'amour que tu as fait entrer dans cette maison. Je suis certain qu'une fois calmé, Linden se rendra compte de la chance qu'il a d'avoir une sœur comme toi.

— Tu le penses vraiment ?

— Oui, même s'il entre un certain égoïsme dans ma réaction. Je n'ai pas envie de te voir partir, Willow. Je crois que je ne le voudrai jamais.

Il fit un dernier pas vers moi, essuya mes larmes avec son mouchoir, m'embrassa sur les deux joues et me prit dans ses bras.

— Juste une chose, souffla-t-il en me serrant contre lui.

— Laquelle ?

— Ne disons rien à mes parents pour l'instant, surtout pas avant leur grande soirée, d'accord ?

Un millier de clochettes d'alarme se mirent à tinter au plus profond de moi. Je m'écartai de lui.

— Pourquoi, Thatcher ?

— Fais-moi confiance. Moins ils en savent, mieux cela vaudra pour nous. Ils ont vécu si longtemps préservés de tout chagrin, de tout souci, qu'un rien suffit à les bouleverser. Prêter le flanc aux commérages serait la fin de tout pour ma mère : elle ne s'en remettrait pas. Imagine ce que les sœurs Carriage feraient d'une information pareille !

Malgré son sourire enjôleur, mon malaise persista.

— Je suis fatiguée de mentir, Thatcher, et je me soucie comme d'une guigne des sœurs Carriage.

— Tu auras tout le temps de parler après la soirée, me rassura-t-il. Ici, comme tu le sais, la vérité a un goût amer. Les gens ne la supportent qu'à petite dose. La tricherie et l'illusion leur paraissent beaucoup plus faciles à digérer.

Sur ce, il alla chercher mes valises et se retourna :

— Alors ? Tu viens ?

Mes deux voix intérieures avaient déjà repris leur débat, l'une me pressant de partir et l'autre m'incitant à rester. Mon indécision ne passa pas inaperçue à Thatcher.

— Tu peux toujours partir, Willow. C'est facile. Revenir l'est quelquefois beaucoup moins.

Cela mit fin au débat. Je m'en retournai sans hâte vers l'escalier. J'espérais ne pas avoir commis une nouvelle erreur de jugement, plus grave encore que les autres.

*
**

Thatcher et moi passâmes la nuit ensemble, dans ma chambre cette fois. Il me posa une infinité de questions. Le fait que je lui aie dit la vérité semblait avoir libéré son besoin de s'occuper de moi, de tout savoir sur moi. Je lui décrivis mon enfance, lui fournis de plus amples détails sur Amou, et surtout sur ma mère adoptive et sa sévérité. Il désirait aussi en savoir davantage sur mon père, et sa liaison avec ma mère l'intriguait.

« J'ai l'impression qu'ils s'aimaient vraiment, commenta-t-il, et qu'ils ont beaucoup souffert. Je crois que cela m'aide à mieux comprendre Grace, sa façon de se comporter, sa réserve et son repli sur elle-même. Je l'ai toujours bien aimée. Je détestais les médisances cruelles que les gens colportaient sur son compte, et c'est pour cela que j'ai voulu l'aider dans ses problèmes administratifs. Je suis assez fier d'avoir pu lui être utile. Et crois-moi si tu veux…

Thatcher libéra un soupir désabusé.

— J'ai même fait quelques tentatives pour devenir l'ami de Linden, figure-toi. En fait, c'est moi qui ai organisé ses expositions en ville, ce qu'il ignore. S'il l'avait su, il n'aurait pas permis qu'on accroche ses toiles ni qu'on les vende. Il n'accepte l'aide de personne, et surtout pas celle des gens de Palm Beach.

« Une fois, j'ai voulu aller naviguer avec lui, et il a failli accepter. Quand je l'ai fait monter à bord, pour lui demander son avis sur le bateau, on aurait dit qu'il discutait avec quelqu'un d'autre, à l'intérieur de lui. Un second Linden, qui a gagné la partie, malheureusement : il l'a empêché de venir.

— Cela m'arrive aussi, avouai-je.

— Quoi donc ?

— De discuter avec moi-même. De dialoguer, plutôt.

— Tiens donc ! Serait-ce une marque de famille ? railla gentiment Thatcher.

Mais je n'étais pas tellement certaine qu'il plaisantait.

— Cela ne t'arrive jamais, à toi, d'argumenter avec toi-même ?

— Tu veux dire... que nous sommes tous un tantinet schizophrènes, c'est ça ?

— Oui.

— Je n'y crois pas trop, pour ma part. Ou plutôt... si, j'y crois. Non, je n'y crois pas. Si, j'y crois...

Je l'interrompis d'une tape sur le bras.

— Arrête de te moquer de moi, Thatcher Eaton.

Il rit et m'attira tout contre lui. Nous nous embrassâmes et, quand je m'écartai de lui, je vis qu'il avait fermé les yeux et arborait un sourire satisfait.

— À quoi es-tu en train de penser, Thatcher Eaton ?

— J'imaginais combien j'aurais été malheureux si quelqu'un m'avait appris que tu étais ma sœur. Je crois que j'aurais nié la vérité et risqué l'inceste.

— Espèce d'idiot ! ripostai-je, avant de lui tendre mes lèvres.

Cette nuit-là, nous restâmes ensemble jusqu'au matin.

Nous prîmes le petit déjeuner sur la loggia, puis il partit pour son bureau où il avait un travail à finir, et je me préparai à passer la journée avec ma mère et

Linden. Les parents de Thatcher dormaient toujours. Mais avant que je parte pour la maison d'en bas, le personnel chargé des installations arriva et commença la mise en place des tentes, des tables, des illuminations et de la décoration florale. En peu de temps, ils furent une bonne douzaine à s'activer. Comment les Eaton pouvaient-ils dormir avec tout ce remue-ménage ? Cela me dépassait, mais Jennings paraissait dominer parfaitement la situation. De toute évidence, il en avait vu d'autres.

Je trouvai ma mère sur sa terrasse, en train de boire un café en regardant la mer. Elle sourit en m'apercevant, mais son sourire s'effaça très vite, remplacé par une expression soucieuse.

— Bonjour, la saluai-je. Linden est encore au lit ?

— Oh ! non ! il s'est levé très tôt, pratiquement au petit jour. Il est parti en voilier pour cet endroit tranquille où il aime aller peindre.

— Cette plage qu'il appelle Linden Bay, je vois, dis-je en prenant un siège.

— Veux-tu du café ?

— Non, merci. T'a-t-il dit que nous nous étions rencontrés hier soir, après que tu lui as parlé de… du passé ?

— Non.

J'hésitai. Pouvais-je évoquer la conduite suicidaire de Linden ? Je choisis de ne pas le faire.

— Je l'ai vu marcher sur la plage et je l'ai rejoint.

— Il a été très malheureux, me confia Grace, et il a pris tout cela très mal. Il m'a fait sentir que je l'avais trahi en ne lui révélant pas la vérité plus tôt. J'aurais dû, bien sûr. C'était mal de lui laisser ignorer si longtemps un pareil secret.

— Tu ne pouvais pas savoir que je viendrais.

— Non, mais cela faisait partie de mon passé, et par conséquent du sien.

— Il y a certaines choses qu'une mère a le droit de garder pour elle, avançai-je. Parce que ces choses n'appartiennent qu'à elle, d'abord, et aussi parce que c'est une femme.

Cette réponse lui plut.

— Et que seules deux femmes pourraient comprendre, approuva-t-elle avec un sourire complice.

— Pourquoi ne serait-ce pas la même chose pour les hommes, pour un père ? Le fait d'être parents ne vous interdit pas d'avoir une vie privée, vos rêves, votre jardin secret.

Grace désigna l'océan d'un bref mouvement de la tête.

— Il est tellement émotif, tout cela est encore trop récent pour lui. Ton père disait souvent qu'il faut reléguer nos émotions au placard et régler nos problèmes par l'intelligence et la réflexion. Tout paraissait toujours si simple, avec lui ! J'avais fini par croire que ça l'était vraiment. Cela faisait partie de l'univers illusoire que nous nous étions créé, j'imagine...

Elle s'interrompit, le temps d'un sourire, et reprit aussitôt :

— Mais ne parlons plus de moi, pas avant que tu sois fatiguée de me raconter ta vie. Je veux tout savoir. Quand tu as eu ta première dent, fait ta première bêtise ; la première fois que tu as mis du rouge à lèvres, que tu es tombée amoureuse... Tout, absolument tout.

— Par où dois-je commencer ?

Ma mère se carra confortablement dans son fauteuil.

— Par le commencement. Tes tout premiers souvenirs, sans omettre un seul détail. Tout est important.

J'éclatai de rire.

— Mais ça n'en finira jamais !

— J'espère bien, dit-elle en se penchant pour effleurer ma joue. J'espère bien.

⁂

Quand je la quittai, quelques heures plus tard, Linden n'était toujours pas rentré.

— Il passe souvent toute la journée dehors, m'expliqua ma mère en me voyant soucieuse. Et avec la soirée des Eaton qui s'annonce, on ne risque pas de le voir beaucoup dans les parages.

— Je reviendrai le voir plus tard, je te le promets.

— Bien. Peut-être que, si nous parlons tranquillement de tout ça, tous les trois...

Sa voix s'éteignit, tel un rêve évanoui impossible à ressaisir.

— Oui, répondis-je à son souhait informulé.

Puis je regagnai la grande maison où Bunny papillonnait, faisant pleuvoir des ordres sur ses domestiques comme on jette du riz sur des nouveaux mariés. Elle m'apprit qu'Asher était dans le grand salon, en train de regarder un match de basket à la télévision « comme s'il n'avait rien de mieux à faire ». Ce qui était le cas, selon ce que je pouvais voir. Bunny elle-même ne faisait rien de plus que se démener pour paraître occupée. Tout reposait sur les épaules des domestiques et des employés, qui s'en tiraient très bien. Ils savaient comment prendre leur patronne et la contenter, c'était manifeste. Il n'y avait qu'à les voir cacher leur sourire derrière leur main pour le comprendre.

Tout à coup, Bunny s'avisa de ma présence et fonça droit sur moi.

— Qu'allez-vous porter ce soir ? Pas la même petite robe noire ?

— C'est ma seule toilette un peu habillée, Bunny.

— Oh ! mon Dieu, j'aurais dû vous poser la question plus tôt ! Nous serions passées chez Monique pour vous acheter une toute nouvelle création de Paris. Portez mes plus belles perles, au moins, et ne vous tracassez pas pour elles. Vous ne quitterez pas la propriété, il n'y a rien à craindre.

— Entendu, capitulai-je, pour en finir et avoir la paix.

Dix minutes plus tard, une bonne m'apportait les perles dans ma chambre.

Pendant que je me reposais en vue de la réception, je téléphonai à la maison. La sonnerie retentit sans fin, mais Miles ne décrocha pas, et je ne voulais surtout pas déranger M. Bassinger. J'aurais dû rentrer plus tôt et m'occuper de tout moi-même. Peut-être Miles était-il sorti pour des courses, ou peut-être dormait-il ? Je me promis de le rappeler dans l'heure suivante.

Mais je ne le fis pas. Je m'absorbai dans mes préparatifs, puis Thatcher vint voir comment je m'en tirais. Et presque aussitôt après, nous descendîmes pour accueillir les arrivants. Limousines, Rolls-Royce et Mercedes se succédaient. L'orchestre jouait déjà. Les domestiques circulaient avec des plateaux de champagne et de hors-d'œuvre. Les femmes resplendissaient dans leurs toilettes haute couture et leurs bijoux. Tous ces gens se comportaient comme s'ils ne s'étaient pas vus depuis des années, ce qui était loin d'être le cas. D'après leurs propos, je pouvais deviner que la plupart d'entre eux se voyaient au moins deux fois par semaine.

Finalement, je fis la connaissance de la sœur de Thatcher, Whitney, et de son mari, Hans. Ce dernier avait vingt ans de plus que sa femme, et cet écart d'âge était cruellement visible. Hans était gros et presque chauve, avec à peine quelques mèches de cheveux jaunes plaquées sur son crâne tavelé. Plus grande que lui, et même un tantinet plus grande que Thatcher, Whitney avait un visage long et maigre aux lèvres minces, et chacun de ses rares sourires semblait forcé. Son maintien était raide, l'expression de ses yeux, pourtant joliment découpés, critique et sévère. À la voir balayer la foule du regard, on avait l'impression que sa tête pivotait d'un mouvement mécanique. Il était difficile de croire que cette femme, à l'aspect si revêche, fût la fille de ce couple aimable et insouciant.

— Ma mère m'a beaucoup parlé de vous, dit-elle en me tendant une main froide, à l'étreinte vigoureuse et virile. La plupart des choses qu'elle m'a dites sont tout à fait fantaisistes, j'en suis sûre.

— J'ignore tout de ses propos, répliquai-je, mais je tâcherai de mériter les plus flatteurs.

Thatcher éclata de rire. Whitney haussa les sourcils et son intérêt pour moi parut s'accroître. Hans se montra aimable et poli, mais son attention fut très vite accaparée par le buffet, et aussi par quelques amis qu'il reconnut dans l'assistance. Leurs enfants, Laurel, la nièce de Thatcher et son neveu Quentin, se tinrent derrière eux pendant la durée des présentations. Quentin était pratiquement le clone de son père, mais Laurel semblait davantage tenir du côté Eaton de la famille, nettement plus fin. Comme je m'y attendais un peu, tous deux paraissaient se trouver là par obligation, et il était clair qu'ils s'ennuyaient ferme depuis leur entrée dans la maison. Ils ne pouvaient que constater, à leur vive déception, qu'ils étaient les seuls adolescents présents.

Je fus présentée à tellement de gens et tellement rapidement que la tête me tournait. Asher semblait ravi de me montrer partout, de même que Bunny et Thatcher. J'avais l'impression d'être la pauvre Cendrillon changée en princesse. Bunny parvint même à me mettre dans l'embarras, en annonçant que je portais ses perles. Je vis Whitney secouer la tête et chuchoter à l'oreille d'une autre femme, dont l'expression critique refléta aussitôt la sienne.

Thatcher vint enfin à mon secours en m'entraînant dehors d'abord, puis sur la piste de danse installée au-dessus de la piscine. Sous les illuminations et le flamboiement des étoiles, avec les vingt musiciens qui semblaient jouer pour nous seuls, je me sentis emportée dans ses bras. C'était comme si nous ne touchions plus terre. Quand je regardais autour de moi, je vis tous les regards converger sur nous, celui de Whitney, le plus envieux de tous, peut-être. Asher et Bunny rayonnaient. Ils faisaient penser à de hauts dignitaires qui auraient enfin déniché, sinon créé, la femme idéale pour leur prince. Puis, peu à peu, d'autres couples nous rejoignirent et je pus enfin danser librement, sans me sentir l'objet de l'attention générale.

Le buffet fut aussi somptueux que possible : homard frais, crevettes, filets de bœuf en sauce, préparés selon les recettes des plus grands restaurants de France ; légumes si richement accommodés que je ne les reconnaissais plus les uns des autres ; et un buffet de poissons et de fruits de mer allant du saumon au calamar. Quant à la table des desserts, d'une longueur phénoménale, elle était couverte de pâtisseries alléchantes, et visiblement surchargées de calories.

— On doit grossir rien qu'à les regarder, dis-je en riant à Thatcher.

Il était plus beau que jamais, heureux, enjoué. Le plus beau cadeau qu'il m'était possible de lui faire, je le lui avais fait un peu plus tôt, en lui disant la vérité. Il me le fit comprendre quand il se pencha sur moi pour murmurer :

— Willow, tu es la première fille avec qui je n'aie pas besoin d'être toujours sur mes gardes, ni de porter un masque. Merci de me faire confiance.

Ses paroles me remplirent de joie. Nous échangeâmes un baiser furtif sans cesser de danser. Je ne m'attendais pas à prendre un tel plaisir à une soirée aussi fastueuse et ostentatoire, mais j'aurais voulu qu'elle ne finît jamais. Que pour Thatcher et moi le temps cesse de couler, que la terre elle-même s'arrête de tourner. Que cette merveilleuse nuit dure toute ma vie.

Mais toutes les nuits s'achèvent, et les étoiles s'évanouissent dans la lumière du jour.

Quand Thatcher et moi, en tournoyant, atteignîmes le bord du parquet de danse, je pus distinguer la jetée au-delà de l'éclat des lumières.

Ma mère était là, balançant sa lanterne. Mon cœur manqua un battement, et je serrai si fort le bras de Thatcher qu'il s'arrêta.

— Qu'y a-t-il, Willow ?

— Quelque chose est arrivé. Grace, dis-je d'une voix sourde en pointant le menton vers la jetée.

Je lus son inquiétude dans son regard. Nous nous éclipsâmes discrètement et courûmes rejoindre ma mère.

— Grace, appela-t-il comme nous remontions le ponton à la hâte. Qu'est-ce qui ne va pas ?

Elle se retourna, les yeux noyés d'angoisse.

— Linden.

Elle n'eut pas à nous dire ce qui s'était passé. Je le dis pour elle.

— Il n'est pas rentré.

16

Recherches

— Qu'est-ce que tu racontes, Thatcher ? s'écria Bunny. Nous ne pouvons pas appeler les garde-côtes maintenant, en pleine réception ! Est-ce que tu as oublié qui se trouve ici ?

Thatcher avait pris ses parents à part, dans le bureau, pour les mettre au courant de ce qui se passait.

— Il est quelque part là dehors, peut-être blessé, observa-t-il calmement.

Asher secoua la tête, les yeux rivés au plancher.

— Bien sûr que non ! insista Bunny. C'est tout à fait son style de disparaître comme ça. Il ne tourne pas rond, tu le sais bien. Nous serons la risée de la ville si nous réagissons. Il n'est pas question d'interrompre une soirée pour une histoire pareille. Cela rappellerait aux gens qui sont les propriétaires, ce qui serait très embarrassant.

Je parvins tout juste à contenir mon indignation.

— La vie d'un homme est peut-être en danger, Bunny. Grace est folle d'inquiétude.

— Et alors ? Elle doit l'être tous les jours, avec un fils comme lui ! Asher, tu vas dire quelque chose oui ou non ?

Asher Eaton leva les yeux sur son fils.

— Il est parti toute la journée, dis-tu ?

— Depuis le lever du soleil, selon Grace.

— C'est sûrement très exagéré, grommela Bunny. Cette pauvre femme ne doit avoir aucune notion du temps.

Cette fois, je ne me contins plus.

— C'est faux ! lui renvoyai-je avec véhémence.

Je vis ses yeux flamboyer de colère.

— Puis-je savoir ce qui s'est passé, pour que vous défendiez si ardemment ces deux malades, tout à coup ?

Thatcher et moi échangeâmes un bref coup d'œil, qu'elle surprit cependant. Sa méfiance s'accrut encore.

— Eh bien, Thatcher ? Que se passe-t-il, à la fin ?

Il me jeta un nouveau regard furtif avant de répondre.

— Nous sommes simplement inquiets pour la vie de quelqu'un, Mère.

— Je crois que Thatcher devrait donner ce coup de fil, Bunny, suggéra fermement Asher.

Elle croisa rageusement les bras sur sa poitrine.

— Laissons Grace Montgomery appeler elle-même. Au moins, nous pourrons toujours rejeter le blâme sur elle quand tout le branle-bas se déclenchera.

— Je ne comprends pas comment vous pouvez être aussi cruelle, Bunny. C'est une mère qui s'inquiète pour son fils, qui pourrait très bien courir un grand danger.

Je n'avais pas pu m'empêcher d'intervenir. Elle n'eut pas l'air d'apprécier.

— Vous venez juste de rencontrer cette femme, ça se voit. Vous ne la connaissez pas aussi bien que nous.

— Si, justement, répliquai-je, lasse jusqu'à l'écœurement de jouer la comédie. Je la connais très bien.

— Ah oui, et comment cela ? Comment pourriez-vous savoir quoi que ce soit de valable sur ces gens-là ?

— Je les connais.

Elle ébaucha une moue dédaigneuse, comme pour me faire sentir que je ne savais pas de quoi je parlais, mais je lançai tout à trac :

— Je vais vous dire comment. Il se trouve que Grace Montgomery est ma vraie mère.

Une bombe explosant dans la pièce n'aurait pas produit plus d'effet sur Bunny. Les yeux parurent lui jaillir de la tête. Son visage s'empourpra. Ses mains voletèrent jusqu'à sa gorge et elle recula, comme si je venais de la gifler. Avec un hoquet de stupeur, elle se tourna vers Asher, qui me jeta un regard tout aussi effaré.

— Grace Montgomery est votre mère ?

— Oui. C'est la véritable raison de ma venue à Palm Beach. Je n'ai appris la vérité sur elle que tout récemment, et j'ai désiré la connaître.

Bunny leva les yeux au plafond. Ses paupières papillotaient comme si elle était sur le point de se trouver mal.

— Oh ! mon Dieu ! Et tout cela arrive le soir de ma réception !

— Calme-toi, Mère, conseilla Thatcher d'une voix apaisante. Assieds-toi, je vais te faire apporter un peu d'eau.

Il la fit asseoir, tandis qu'Asher allait à la porte pour appeler une bonne et lui demander un pichet d'eau fraîche. Encore un peu vacillante, Bunny redressa la tête et leva les yeux sur moi.

— Comment Grace peut-elle être votre mère ?

— De la seule manière possible, répondis-je tranquillement. Mon père et elle se sont aimés, voilà tout.

— Je ne comprends pas. Qu'est-ce que… comment…

— Mon père était le médecin-chef de la clinique où elle est entrée, expliquai-je. C'est là qu'ils sont tombés amoureux.

— Le psychiatre a eu une liaison avec elle ? Tu le savais, Thatcher ?

Il secoua la tête.

— Non. C'est-à-dire… pas jusqu'à aujourd'hui.

— Aujourd'hui ? Oh ! mon Dieu, mon Dieu… aujourd'hui !

— Thatcher, il faut prévenir les garde-côtes, lui rappelai-je. Tu les appelles ou je m'en charge ?

— Descendez chez votre soi-disant mère et faites-le ! glapit Bunny. Nous tromper de cette façon, vous faire passer pour ce que vous n'êtes pas, profiter de notre hospitalité… Me laisser donner cette réception pour vous présenter à… à… Mon Dieu ! gémit-elle en plaquant à nouveau les mains sur sa gorge. L'ancien gouverneur des îles Vierges est là !

Thatcher s'efforça de la raisonner.

— Ne te mets pas dans cet état, Mère, voyons.

La femme de chambre fit son entrée avec un plateau chargé de tout le nécessaire, et Thatcher versa un verre d'eau fraîche à sa mère. Elle le but d'un trait et se renversa en arrière, les yeux clos.

— Je descends téléphoner, Thatcher, lui annonçai-je en m'en allant.

— Je te rejoins tout de suite.

— Je crois que je vais avoir une attaque, s'écria Bunny en saisissant le bras de son fils. Tu imagines le scandale ? Son père était le psychiatre de cette femme ! Va chercher Whitney, Asher. Elle saura mieux que moi ce que je dois faire. Dépêche-toi ! ordonna-t-elle comme il m'emboîtait le pas.

Un instant plus tard, juste avant que chacun de nous parte de son côté, il s'excusa :

— Je suis désolé. Le choc a été trop fort et pour elle, il tombait au pire moment qui soit.

— Sincèrement, je ne crois pas qu'il y ait eu un bon moment pour elle, observai-je. Et vous ?

Il ne répondit pas, et je courus jusqu'à la maison de la plage pour téléphoner. Moins d'une demi-heure plus tard, la vedette des garde-côtes accostait au ponton, et je sortis avec Grace pour aller leur parler. Là-haut, leur arrivée n'était pas passée inaperçue des invités, provoquant un certain émoi. L'orchestre s'était même arrêté de jouer. Pendant toute la durée de notre attente, j'avais espéré que Thatcher nous rejoindrait, mais il n'était pas venu.

Grace expliqua la situation au capitaine, et je fis de mon mieux pour lui décrire l'endroit où je pensais que Linden était allé. Il promit de procéder à des recherches approfondies et, par téléphone, demanda immédiatement un hélicoptère. Dix minutes plus tard, le puissant projecteur de l'appareil balayait la plage. Ce fut comme un signal d'arrêt pour les festivités. Multimillionnaires, P.-D.G., politiciens, stars du petit et du grand écran, tous commencèrent à fuir la scène du drame.

— C'est comme le naufrage du Titanic, murmurai-je. Ils détalent tous pour sauver leur réputation de la noyade.

Ma mère sourit et reporta son regard sur les lumières de la vedette. Nous étions sur la loggia, rivées à nos fauteuils, attendant un coup de téléphone, un signal des garde-côtes ou encore le retour du voilier.

Finalement, je vis Thatcher venir dans notre direction.

— Désolé, s'excusa-t-il. Nous avons dû faire venir le Dr Anderson pour prescrire un sédatif à ma mère. Elle est incapable de faire face à une crise, importante ou pas.

Pour moi, rien n'excusait Bunny et je ne le lui cachai pas.

— Je n'ai jamais connu quelqu'un d'aussi gâté, elle ne pense qu'à elle-même, accusai-je. C'est vous tous qui l'avez rendue comme ça, Thatcher.

— C'est sans doute vrai, mais tu sais...

Il jeta un coup d'œil oblique à ma mère avant d'achever :

— Nous devons tous vivre avec ce que nous avons créé.

— Pas toujours, objectai-je. Quelquefois nous pouvons changer les choses.

Il hocha la tête, mais sans conviction, et tourna le regard vers la mer.

— Toujours pas de nouvelles ?

Ma mère poussa un soupir.

— Pas encore, non. Comment ne l'ont-ils pas encore trouvé, ou au moins découvert ce qui lui était arrivé ? Il n'a pas pu aller bien loin, à bord d'un si petit bateau.

— Il est parti très tôt ce matin, dit Thatcher avec douceur. Il a eu le temps de faire de la route.

— Je boirais bien quelque chose de frais, annonça Grace en guise de réponse. Quelqu'un d'autre a soif ?

— Non, merci, refusa Thatcher.

Je fis simplement signe que non et la regardai rentrer dans la maison.

— C'est elle qui est censée être mentalement instable, et c'est à elle que nous avons assené froidement la vérité. Cela ne te semble-t-il pas un peu bizarre,

Thatcher ? Un peu injuste, même, que les riches et les privilégiés soient toujours si bien protégés ?

— Je ne cherche pas à excuser mes parents, Willow. Ils sont ce qu'ils sont. Rien de tout cela n'a d'importance pour le moment.

Sur ce point, je fus d'accord avec lui.

— Qu'est-il arrivé à Linden, d'après toi ?

— Il a pu aller trop loin, ou bien accoster quelque part, cacher le bateau et partir au hasard. Il en est tout à fait capable, et comment savoir ? Les recherches ne sont pas faciles, la nuit.

— Je me sens tellement responsable ! me lamentai-je.

Thatcher vint s'asseoir à mes côtés.

— C'est stupide. Tu n'es strictement pour rien dans sa façon de se conduire. Tu n'es pas venue ici pour lui faire du mal, ni à qui que ce soit d'autre, d'ailleurs.

— Mais les bonnes intentions ne changent rien, Thatcher, c'est le résultat qui compte.

— Ce n'est pas à un avocat qu'il faut dire ça, plaisanta-t-il. Le jugement se fonde à quatre-vingt-dix pour cent sur l'intention.

— Si tu veux. En attendant, je ne peux plus retourner là-bas, je vais m'installer ici, avec elle. J'irai chercher mes affaires plus tard.

— Personne ne te chasse, Willow.

Je haussai les sourcils.

— Je ne crois pas que tes parents m'inviteront à partager leur brunch, demain.

— D'ici un jour ou deux, ils n'y penseront plus et...

— Mais moi, si, affirmai-je. Laissons aller les choses, Thatcher, du moins jusqu'à ce que tout cela soit fini.

— Comme tu voudras.

Il se carra dans son fauteuil et nous gardâmes le silence, suivant du regard le pinceau lumineux de l'hélicoptère. Brusquement, il s'éteignit, l'appareil vira et s'éloigna. Quelques minutes plus tard, nous entendîmes le téléphone sonner dans la maison. Thatcher et moi échangeâmes un regard et attendîmes, retenant notre souffle.

Ma mère sortit de la maison et s'avança, les yeux fixés sur moi.

— C'étaient les garde-côtes. Ils l'ont retrouvé pas très loin de cette baie. Le bateau était pris dans les algues et les rochers.

— Comment va-t-il ?

Grace avala sa salive.

— Il souffre d'un choc à la tête. Il était conscient mais dans un état de confusion totale. On n'a pas pu m'en dire plus. La vedette l'emmène à Fort Lauderdale où il sera hospitalisé.

— Allons-y, décida aussitôt Thatcher. Je vous y conduis toutes les deux.

Je pris la main de ma mère et nous le suivîmes jusqu'à sa voiture. J'attendis que Thatcher eût démarré pour lui demander :

— Qu'est-ce qui a bien pu se passer, à ton avis ?

— Des tas de choses. Il a pu être renversé par une vague en accostant et heurter le bordage. Ou être surpris par une saute de vent, et recevoir la bôme en plein front. Dans la nature ou au grand large, un homme seul est toujours en danger.

— Linden a toujours été seul, fit observer ma mère. Dans la nature ou ailleurs.

J'étreignis doucement sa main et nous gardâmes le silence jusqu'à l'hôpital.

Linden était déjà en salle d'urgence, aux mains de l'équipe médicale. Nous attendîmes anxieusement que l'interne s'approche de nous.

— Je suis sa mère, se présenta Grace en toute hâte. Comment va-t-il ?

— Il a fallu lui faire près de cinquante points de suture. Il a une fracture du crâne et une commotion cérébrale. Les tests préliminaires ont révélé un hématome subdural.

— Qu'est-ce que ça veut dire ? interrogea ma mère, alarmée.

— La blessure provoque un amas sanguin entre la membrane extérieure et la membrane intérieure du cerveau, expliqua l'interne. Ce qui crée une pression que nous devons réduire.

— Comment ?

— Par une intervention chirurgicale, je le crains, Madame. J'ai envoyé chercher le Dr Parker Thornberg, un neurochirurgien de grande valeur, et très réputé.

— En effet, acquiesça Thatcher, j'ai entendu parler de lui.

L'interne lui adressa un sourire affable.

— Il sera là dans très peu de temps, pour confirmer le diagnostic.

— Puis-je voir mon fils ? demanda ma mère.

— Vous pouvez. Mais je dois vous prévenir qu'il souffre d'amnésie temporaire, ce qui n'est pas inhabituel en pareil cas.

— Vous voulez dire... qu'il ne sait plus qui il est ?

— Il est très désorienté, oui.

— Peut-être qu'en la voyant, la mémoire lui reviendra ? suggéra Thatcher.

— Peut-être.

La réponse de l'interne se voulait optimiste, mais son regard était franchement dubitatif. Grace s'éloigna avec lui, puis s'arrêta pour se retourner sur moi.

— Pour le moment, je crois qu'il vaut mieux que j'y aille seule, Willow.

— Bien sûr, l'approuvai-je.

Et je m'affalai sur une chaise, les mains sur les genoux, tordant fébrilement les doigts dans mon angoisse. Thatcher s'efforça de me réconforter.

— Tu n'as aucun reproche à te faire, Willow, ni rien à voir avec tout ça. Il a toujours été impulsif, irascible et obstiné, je te l'ai dit. Tu as entendu Grace, dans la voiture : il a l'habitude d'être seul et en plus, il était hors de lui.

J'exhalai un long soupir désolé.

— Et moi qui croyais apporter le bonheur et l'espoir avec moi, quand je suis venue ici ! Tout ce que je souhaite, c'est de ne pas les avoir rendus encore plus malheureux.

— Ta venue aurait dû être une chose merveilleuse... et c'est une chose merveilleuse, me rassura-t-il.

Je me renversai sur le dossier de ma chaise. Je me sentais si lasse, tout à coup, terrassée par une fatigue venue du plus profond de mon être. J'avais l'impression que, si je posais la tête sur un oreiller, je m'endormirais pour ne plus jamais me réveiller. Comme j'aurais voulu être encore cette petite fille qu'Amou serrait dans ses bras, consolait, berçait de chansons douces, de paroles de réconfort et de promesses. Comme elle me manquait !

Je fermai les yeux et m'endormis bel et bien. Quand je les rouvris, Thatcher se tenait à l'entrée de la salle d'attente et discutait avec un homme en complet bleu marine, de haute taille et d'allure distinguée. Ils échangèrent une poignée de main, puis Thatcher revint vers moi. Je me redressai aussitôt et me frottai vigoureusement les paupières.

— Qui était-ce ?

— Le Dr Thornberg. Ils vont opérer Linden aussi tôt que possible. Il croit pouvoir soulager considérablement la pression exercée sur le cerveau, et réparer les dommages physiques ; mais il a mentionné... l'éventualité de ce qu'ils appellent des troubles nerveux post-traumatiques, acheva Thatcher en baissant la voix.

Tous ces termes m'étaient familiers, j'aurais dû comprendre instantanément mais j'avais la tête vide, tout à coup. Je m'entendis demander :

— Et qu'est-ce que ça signifie, exactement ?

— Qu'après une expérience qui a mis sa vie en danger, une personne peut avoir certains problèmes psychologiques, Willow. Ce qui complique les choses...

Il jeta un coup d'œil dans le couloir, pour s'assurer que ma mère n'était pas dans les parages.

— C'est la personnalité de Linden, et les problèmes qu'il avait déjà avant l'accident. Ils pourraient s'aggraver et s'amplifier. Mais ce n'est qu'une possibilité, insista-t-il. Et à quoi bon imaginer le pire ? Attendons, et on verra plus tard ce qu'il conviendra de faire.

— Ma pauvre mère, murmurai-je, accablée.

Thatcher m'entoura les épaules de son bras, me serra brièvement contre lui, et nous retournâmes nous asseoir pour attendre Grace. Elle revint environ une demi-heure plus tard, pour nous dire à peu près ce que nous savions déjà : on préparait Linden pour l'intervention. Les médecins estimaient qu'elle pourrait durer plusieurs heures. On nous fit passer dans la salle d'attente de l'U.S.I., l'Unité de Soins Intensifs, et Thatcher alla nous chercher du café.

Je m'assis aux côtés de ma mère et m'efforçai de la réconforter.

— C'est ma faute si tout est allé de travers, se désola-t-elle. J'aurais dû comprendre qu'un jour tout se saurait. Que cela te serve de leçon, Willow. Les secrets ne se laissent pas enterrer pour toujours. Ils peuvent hiberner, comme les ours, mais quand leur temps est venu, ils refont surface, et l'on n'a réussi qu'à retarder l'inévitable. La douleur qu'on a mise de côté n'a fait que s'accroître, et elle revient vous assaillir plus violemment que jamais.

— Ne te fais pas de reproches, dis-je avec douceur. Rien de tout cela n'est ta faute.

— À qui la faute, alors ? À toi, pour avoir voulu connaître ta vraie mère ? Ou à ton père, pour m'avoir tant aimée ? Linden a peut-être raison de croire que le destin s'amuse avec nous. Pauvre Linden, où en est-il à présent ? Il s'est égaré dans un labyrinthe et se débat pour en sortir. Il doit avoir si peur et se sentir si seul !

Les larmes roulaient sur ses joues, je ne savais plus comment la consoler.

— Il va s'en tirer, tu verras. Tout ira bien, nous ferons ce qu'il faut pour ça.

Elle me sourit à travers ses larmes.

— Tu ne sais pas à quel point tu viens de me rappeler ton père, à l'instant. Cela m'a ramenée des années en arrière.

— J'en suis heureuse. J'ai souvent l'impression qu'il est près de moi, surtout quand j'ai le plus besoin de lui.

Elle effleura mes cheveux d'un geste affectueux, et presque aussitôt, Thatcher revint avec nos cafés. Nous nous préparâmes à une longue attente.

Des heures plus tard, comme prévu, le Dr Thornberg réapparut. Il nous annonça que tout s'était bien passé.

— Y aura-t-il des effets secondaires ? s'enquit vivement ma mère.

Thatcher et le médecin échangèrent un regard. Le Dr Thornberg répondit sans se compromettre :

— Nous verrons.

— Oui, acquiesça ma mère d'une voix éteinte. Nous verrons.

On lui permit de voir Linden, bien qu'il fût encore en salle de réveil. Je la regardai l'embrasser, lui parler à l'oreille, puis je la pris par les épaules et nous quittâmes l'hôpital.

Le jour allait se lever, les étoiles s'effaçaient. Un calme étrange régnait sur la propriété. Les décorations de la fête, les illuminations, les tables et les chaises, le parquet de danse, tout était encore là. Rubans et ballons dégonflés voletaient mollement dans la brise du matin.

— Nous avons tous besoin de dormir, fit observer Thatcher. Je suppose que je suis dans le même état que mes parents, quand ils rentrent d'une de leurs soirées prolongées. Nous allons nous lever à la même heure, pour une fois.

— Je vais faire un saut là-haut pour aller chercher mes affaires, Thatcher. Je ne veux pas laisser ma mère seule en ce moment.

Il m'approuva d'un signe de tête.

— Je passerai un peu plus tard. Appelez-moi si vous avez besoin de quoi que ce soit, Grace.

Elle le remercia, et je pris avec lui le chemin montant.

— Je regrette pour ma mère, Willow, s'excusa-t-il. Pour tout ce qu'elle a pu te dire.

— Franchement, c'est le cadet de mes soucis à présent, Thatcher.

— C'est juste, convint-il. Je comprends.

J'allai chercher mes affaires et nous nous séparâmes.

Quand je revins à la maison d'en bas, ma mère m'indiqua la meilleure chambre d'amis, puis nous nous embrassâmes et elle alla se coucher. J'étais certaine qu'à peine au lit j'allais couler à pic dans le sommeil, mais ce ne fut pas le cas. Je restai les yeux grands ouverts dans le noir, à me demander comment tout avait pu arriver aussi vite, et ce que j'allais faire ensuite. Une voix intérieure me conseilla de laisser les choses suivre leur cours et de me reposer.

« Tu ne peux rien y faire maintenant, disait cette voix, qui évoquait singulièrement celle de mon père. Mets tes pensées en attente, et ne t'inquiète pas. Les bonnes choses comme les moins bonnes, tout sera encore là demain matin à ton réveil. Cela, tu peux en être sûre. »

Je fermai les yeux en m'efforçant de ne penser à rien.

Le sentiment d'une présence m'éveilla. Ma mère se tenait sur le seuil de ma chambre, les mains crispées sur la poitrine. Elle était déjà habillée.

— Que se passe-t-il ? m'inquiétai-je en me dressant sur mon séant.

— Je dormais quand j'ai cru entendre Linden m'appeler. J'ai téléphoné à l'hôpital et on m'a dit qu'il était réveillé, mais toujours très désorienté. Il doit avoir très peur, il faut que j'y aille, Willow.

— Bien, je serai prête dans dix minutes.

— Je peux très bien appeler un taxi, protesta-t-elle. Tu n'as presque pas dormi.

En fait, il ne s'était pas écoulé plus de quatre heures depuis que je m'étais couchée, mais je la rassurai.

— Je me sens très bien, ne t'en fais pas. Je ne pouvais pas dormir, de toute façon.

— Je vais faire un peu de café, dit-elle en s'esquivant, tandis que je m'aspergeais la figure d'eau froide. Je me coiffai d'un coup de brosse et m'habillai. Le café m'attendait.

— J'ai fait griller quelques toasts, annonça Grace. J'ai pensé qu'il valait mieux avoir quelque chose dans l'estomac.

Je grignotai un toast à la confiture, avalai quelques gorgées de café. Quelques minutes plus tard, nous quittions la propriété dans ma voiture.

Linden était toujours dans un état critique, bien sûr, et une seule de nous fut admise à le voir. Je me servis un autre café à la machine et m'assis pour attendre. À peine vingt minutes plus tard, Grace émergea de l'U.S.I., la mine défaite.

— Comment va-t-il ? m'alarmai-je.

Elle secoua la tête.

— Il n'a pas semblé me reconnaître, ses yeux n'exprimaient rien. D'après l'une des infirmières, il a marmonné des choses bizarres.

— Lesquelles ?

— Il voulait savoir pourquoi il y avait tellement de squelettes dans la chambre, l'infirmière comprise. On dirait qu'il se croit dans un de ses propres tableaux.

— Ne te mets pas martel en tête pour ça, Mère, il sort du bloc opératoire. Attends de pouvoir parler au médecin.

Elle fit un signe d'assentiment, l'air terriblement lasse tout à coup, et terriblement faible.

— Nous devrions rentrer, déclarai-je. Et toi, tu devrais essayer de te reposer pour de bon.

— Je me reposerai ici, Willow. Mais toi, rentre.

— Non. Je ne te quitterai pas dans ces conditions-là.

Un sourire détendit ses traits fatigués.

— Nous nous connaissons à peine, Willow, et tu t'es déjà montrée meilleure avec moi que des gens que j'ai connus toute ma vie.

— Il va falloir t'y habituer, répliquai-je, et son sourire fit place à un rire léger.

Sur mon insistance, elle accepta d'aller prendre quelque chose de chaud à la cafétéria, ce qui nous fit du bien à toutes les deux. Quand nous retournâmes à l'U.S.I., le médecin s'y trouvait. Il s'avança pour nous parler. En gros, sa conclusion était que Linden *pourrait* souffrir d'effets post-traumatiques nécessitant des soins, mais que les suites *pourraient* également être insignifiantes.

— Ou peut-être pas, objecta ma mère.

Le praticien en convint.

— C'est une possibilité, oui. Mais chaque chose en son temps, madame Montgomery. Attendons qu'il se remette. Ensuite, nous verrons au jour le jour ce qu'il conviendra de faire.

Il me jeta un regard inquisiteur, comme s'il se demandait qui j'étais.

— Je suis sa sœur, expliquai-je.

— Ah, très bien. Il a quelqu'un pour le soutenir, c'est très important. Cela peut beaucoup l'aider, ajouta-t-il en s'éloignant d'un pas pressé.

Ma mère soupira, puis retourna auprès de Linden pour un moment. Quant à moi, je m'effondrai sur le canapé de la salle d'attente où je m'endormis presque instantanément. Je m'éveillai en sentant quelqu'un me tapoter le bras et levai les yeux : c'était Thatcher.

— J'étais sûr de vous trouver ici quand j'ai vu que ta voiture n'était plus là, Willow. Comment va-t-il ?

Je lui rapportai les propos du médecin.

— Au moins, il a été franc, commenta-t-il. Et

comme l'a dit Shakespeare, toutes choses sont dans la main du temps.

— Ne le sommes-nous pas tous ? renvoyai-je d'un ton revêche.

Je me sentais horriblement lasse, tout à coup, irritable et dégoûtée de tout. J'éprouvais le besoin urgent de rentrer à la maison. Je voulais me retrouver chez moi, sur mon propre terrain, me sentir proche de mon père. Je me souvins brusquement que j'avais appelé là-bas et que Miles n'avait pas répondu.

— Il faut que je donne un coup de fil, dis-je à Thatcher, qui me tendit aussitôt son portable.

Puis il alla se chercher un café. J'attendis longtemps, et la sonnerie retentit indéfiniment, en vain. Cette fois, il n'y avait plus aucun doute : quelque chose n'allait pas. Je fouillai précipitamment dans mon sac pour trouver le numéro de téléphone de M. Bassinger. Quand Thatcher revint, j'étais en train de l'appeler à son bureau, et sa secrétaire nous mit aussitôt en communication.

— Willow, enfin ! s'exclama-t-il. J'attendais votre coup de fil.

— Vous m'avez donc appelée ?

— Hier, dans l'après-midi. On ne vous a pas transmis le message ?

Je levai les yeux sur Thatcher.

— Non. Que se passe-t-il, monsieur Bassinger ?

— Je crains que ce ne soit pas de bonnes nouvelles. Miles nous a quittés.

— Comment cela ? Vous voulez dire qu'il est parti ?

— Non. Il est mort, Willow. Il semble que votre tante Agnès soit venue régulièrement jeter un coup d'œil là-bas, heureusement si je puis dire. Il n'était pas mort depuis longtemps, pas même une journée. Je suis arrivé juste après la police et l'ambulance. On l'a trouvé dans le bureau de votre père, la main crispée sur une poignée de feuilles blanches et les yeux ouverts, comme en état de choc. Il s'agissait bien d'une crise cardiaque. Ironie du sort, ils sont morts tous les deux de la même façon, mais dans le cas de Miles c'est moins surprenant. Compte tenu de la vie qu'il a menée, je veux dire.

« Je fais nettoyer la maison. Des acheteurs potentiels voulaient la visiter hier, mais il fallait d'abord que le travail soit fini, et maintenant il va falloir annoncer la mort de Miles. Où êtes-vous en ce moment ? Quels sont vos projets ?

— J'ai changé d'adresse, expliquai-je, avant de lui communiquer le numéro de téléphone de ma mère. Je ne sais pas encore combien de temps je vais rester, mais je vous rappellerai bientôt. Qu'envisagez-vous pour les funérailles de Miles ?

— Votre père avait tout prévu. Les obsèques auront lieu après-demain. Je suis vraiment navré de ce qui arrive, Willow. Tous ces malheurs qui se succèdent...

Si vous saviez à quel point, faillis-je répondre. Mais je me contentai de le penser.

— La mort de mon père a été un crève-cœur pour lui, monsieur Bassinger. C'était son meilleur ami. J'aurais dû le comprendre.

— Vous ne pouvez pas sauver le monde, Willow, et maintenant vous avez un devoir à remplir. Vous devez vous occuper de vous-même, afin de réaliser le rêve de votre père et le vôtre. Ne me laissez pas sans nouvelles. Et si vous avez besoin de quoi que ce soit, appelez-moi, insista-t-il.

Je le remerciai et pris congé de lui. Un regard suffit à Thatcher pour comprendre que les nouvelles n'étaient pas bonnes.

— Qu'est-il arrivé ? s'enquit-il, alarmé.

Je lui appris la mort de Miles, dont une circonstance le frappa.

— Pourquoi serrait-il ces feuilles vierges dans sa main ?

— Je crois qu'il y voyait quelque chose que les autres ne pouvaient pas voir. Ce qui ne veut pas dire que cela n'y était pas, d'ailleurs.

— Pardon ? Je ne comprends pas.

— Moi non plus, dis-je en me levant pour accueillir ma mère.

— Il se repose mais il a toujours l'esprit confus, nous apprit-elle. Pour l'instant, ses propos sont assez incohérents. Il lui faudra du temps pour récupérer, j'en ai peur !

Thatcher lui sourit avec sympathie.

— Alors il est important de prendre soin de vous, Grace. Vous avez besoin de repos, afin de restaurer vos forces.

— Oui, c'est un bon conseil. Pour toi aussi, Willow.

— Je vais devoir partir pour quelques jours, Mère, lui annonçai-je. Il faut que je rentre à la maison.

Je lui avais déjà parlé de Miles et de l'amitié qui l'unissait à mon père. Elle devina.

— Miles ?

Je hochai la tête.

— Il vient de mourir.

— Oh ! je suis désolée. Cela te fait beaucoup de choses bien lourdes à porter, Willow. Rentre chez toi, et règle toutes les formalités légales qui t'incombent. Tu devrais également reprendre tes études, je trouve. Je suis sûre que ton père n'approuverait pas que tu laisses tout en plan.

— Mais pas du tout, c'est juste que…

— Non, m'arrêta-t-elle avec fermeté. Je ne vais pas bouger d'ici, et vu les circonstances présentes,

Linden non plus. Savoir que tu sacrifies tant de choses pour moi ne pourrait que me rendre encore plus malheureuse.

— Je ne fais rien que je n'aie envie de faire, affirmai-je.

Ma mère sourit.

— Je sais, mais cela ne signifie pas que ce soit bon pour toi. Imagine que ton père soit assis là, près de nous, en train de nous écouter. Que te conseillerait-il de faire, à ton avis ? Écoute cette voix, Willow, dit-elle avec douceur. Cette voix qui parle en toi.

Je cherchai le regard de Thatcher. Il le garda un long moment rivé sur moi, puis détourna les yeux.

— Ramène-moi à la maison, me demanda ma mère. J'ai vraiment besoin de sommeil.

— Entendu.

— Il faut que j'aille régler une ou deux choses à mon cabinet, dit précipitamment Thatcher. Je reviens aussitôt que possible.

Son portable sonna et, tandis qu'il répondait, je glissai mon bras sous celui de ma mère. C'est en nous appuyant l'une contre l'autre que nous marchâmes jusqu'à l'ascenseur.

— Il n'y a pas très longtemps que tu connais Thatcher, observa-t-elle pensivement.

— Non, pas longtemps.

— C'est un garçon très brillant, je l'ai toujours su, et un homme très bien malgré son milieu social. Mais nous n'avons pas toujours la force de lutter contre ces choses-là, et elles finissent par déteindre sur nous.

— Je sais.

Un sourire attendri monta jusqu'à ses yeux.

— Tu es une jeune femme intelligente et fine. Je vois bien la façon dont vous vous regardez, tous les deux. Quelquefois, il ne faut pas attendre longtemps pour que se tisse, entre deux êtres, une sorte de lien magique. Cependant…

Elle parut se replonger dans ses souvenirs et reprit d'une voix songeuse :

— Cependant la magie ne suffit pas toujours. N'oublie pas cela, et tout ira bien pour toi.

Disait-elle vrai ?

J'aurais bien aimé pouvoir en être sûre.

17

Retour à la maison

Il n'y avait plus rien que je puisse faire dans l'immédiat, je ne tardai pas à le comprendre, et je réservai aussitôt pour le prochain vol de retour. Je ne voulais pas que Miles soit enterré sans qu'il y ait quelqu'un pour le pleurer. Ma mère prit ses dispositions pour ses allées et venues entre chez elle et l'hôpital, et m'assura que tout se passerait au mieux.

— Tu serais surprise de savoir combien de gens me proposent leur aide, Willow, et cela tous les jours.

— Je n'en serais pas si surprise que ça, en fait.

Elle rit, mais reprit très vite son sérieux.

— C'est quand même bizarre que les gens soient obligés de cacher leur vraie nature et leurs bons côtés. Ils ont peur d'être renvoyés, si jamais les Eaton apprenaient à quel point ils se montrent serviables et gentils avec moi. Je ne supporterais pas de causer des ennuis à qui que ce soit, mais je n'arrive pas à les empêcher de m'aider.

— Tant mieux, commentai-je. C'est très bien comme ça.

Je partais en début de soirée, ce qui nous laissait quelques heures de libres. Nous dînâmes frugalement sur la terrasse, en bavardant à bâtons rompus. Je poursuivis la description de mon enfance, et celle de notre propriété en Caroline du Sud.

— Ton père l'adorait, se remémora-t-elle. Et je l'imaginais merveilleuse, un peu comme un paradis interdit.

— Je sais. Je me sens partagée au sujet de sa vente. Elle est bien trop grande pour moi toute seule, et en même temps si pleine de souvenirs... J'aurais l'impression de trahir papa si je la vendais.

— Non. Il voudrait que tu te sentes bien et libre de mener ta vie comme tu l'entends, j'en suis certaine. Comme tu l'as dit, cette maison ne serait plus la même sans lui, et maintenant sans Miles. Fais ce que je n'ai jamais su faire, Willow. Coupe les ponts. Si je l'avais fait...

Elle promena un regard rêveur sur la plage et la propriété.

— Les choses auraient sans doute été différentes, reprit-elle, mais j'ai horreur des regrets. Pas toi ? Les regrets vous obsèdent. Fais tout ce que tu pourras pour les éviter, même si cela doit te coûter quelques erreurs, de l'argent ou du temps. Donne-toi la satisfaction d'avoir essayé. Explore, expérimente et n'aie jamais peur. La vie est dure pour les timorés, surtout ici, mais j'imagine que c'est la même chose ailleurs.

« Malheureusement, les gens égoïstes, agressifs et odieux arrivent toujours à leurs fins, en tout cas trop souvent. N'aie pas peur de les remettre à leur place, dit-elle en levant les yeux sur la grande maison. Ils te traiteront comme une de leurs possessions, si tu ne leur montres pas tout de suite qui tu es.

— Cela ne m'arrivera jamais, je te le jure.

— J'en suis certaine, rétorqua-t-elle avec un grand sourire.

J'attendais toujours que Thatcher se montre, mais il ne vint pas et ne téléphona pas non plus. Je finis par me dire qu'il valait mieux l'appeler moi-même à son bureau, pour l'informer des dispositions que j'avais prises pour rentrer. Je fus mise presque instantanément en communication avec lui.

— J'ai été retenu par une réunion interminable, m'expliqua-t-il. J'ai dû m'occuper d'une affaire que je croyais réglée, mais qui ne l'était pas. Je passerai là-bas le plus vite possible.

Je lui indiquai l'heure de mon vol.

— Si tôt ? Enfin, tu reviendras ! lança-t-il avec insouciance.

Était-ce pour alléger sa déception ou pour toute autre raison ? Cette réponse me parut plutôt désinvolte.

— Je reviendrai voir ma mère, oui, répliquai-je sur un ton lourd de sens.

— Tant mieux. Il faut que je te quitte, maintenant, je dois retourner à cette réunion. Bon voyage, Willow.

Un peu refroidie par cette conversation, je téléphonai à M. Bassinger pour l'informer de mon arrivée. Il m'annonça qu'il serait à l'aéroport et me conduirait à la maison.

— Ne vous dérangez surtout pas pour moi, protestai-je.

— Cela ne me dérange pas. Je profiterai du trajet pour vous mettre au courant des questions légales que j'ai réglées.

Je le remerciai et regagnai la terrasse pour aller dire au revoir à ma mère. En passant, je m'arrêtai sur le seuil de la pièce qui servait d'atelier à Linden. Un tissu noir voilait le chevalet, et j'eus la curiosité de savoir si le portrait qu'il cachait était le mien. Je me sentais un peu coupable de commettre une telle indiscrétion, mais j'étais sur le point de partir, et ce fut plus fort que moi. J'entrai dans la pièce et tirai l'étoffe.

Pendant quelques instants, je restai pétrifiée devant le portrait. Ce n'était pas le mien : c'était celui de ma mère. À croire que Linden avait toujours su la vérité, depuis le début, et qu'une vision prophétique avait guidé son travail.

Je me hâtai de recouvrir la toile et de sortir.

— Il est temps que je m'en aille, dis-je à ma mère. Il faut que je rende la voiture, entre autres choses.

— Appelle-moi.

— Tous les jours, lui promis-je.

— Si je ne suis pas là, je serai à l'hôpital, jusqu'à ce qu'on lui permette de rentrer.

— Surtout, prends bien soin de toi, lui recommandai-je.

— Toi aussi, Willow.

Nous nous étreignîmes avec force, comme si nous ne devions jamais plus nous revoir. Aucune de nous ne voulait être la première à lâcher l'autre, mais finalement ce fut elle qui me libéra. Elle m'embrassa sur la joue, me sourit et rentra précipitamment dans la maison.

Je pleurais en remontant le sentier avec mes valises, pour les charger dans ma voiture. Je n'étais encore qu'à mi-parcours quand j'entendis Bunny m'appeler. Elle venait de la terrasse, un verre de champagne à la main, et ses traits avaient déjà repris leur expression de gaîté puérile.

— Vous nous quittez ? feignit-elle de s'étonner.

— Oui, pour un moment. J'ai pas mal de choses à régler en Caroline du Sud.

— Cela vaut sans doute mieux pour vous, de toute façon. Ici, tout le monde connaît votre histoire à présent. Il a bien fallu que j'explique pourquoi ma fête était gâchée, n'est-ce pas ? Et puis, ce qui est fait est fait. Partir est une bonne idée. Vous seriez marquée par l'histoire de votre famille, ici, et une jeune femme comme vous n'a pas besoin d'un pareil boulet à traîner.

— Merci pour ce conseil stupide, répliquai-je.

Elle recula comme si j'avais fait claquer un fouet sous son nez.

— Si vous trouvez mon conseil stupide, c'est que vous n'êtes pas à moitié aussi intelligente que je le croyais. Laissez-moi vous en donner un autre, qui n'a rien de stupide, celui-là. Ne vous figurez pas que Thatcher vous attendra, ni qu'il vous regrettera, ni rien de ce genre. Je ne permettrai pas qu'il gâche sa vie, sa réputation et une carrière brillante, en épousant une Montgomery !

Je posai mes valises, raidis l'échine et me rapprochai d'elle.

— Je ne suis pas une Montgomery. Mon nom est Willow De Beers, et mon père était l'un des plus éminents psychiatres des États-Unis. Ce qui est arrivé à ma mère est tragique, mais ne la rend en aucune façon inférieure à vous, ni à qui que ce soit de votre famille, Bunny.

« Quant à Thatcher, s'il n'est pas capable de savoir tout seul ce qu'il veut faire de sa vie, ni qui il veut épouser, je ne tiens pas à ce qu'il m'appelle. Et ce n'est certainement pas moi qui courrai après lui, sachez-le.

Bunny eut sa petite moue d'enfant gâtée.

— C'est ridicule ! N'importe quelle femme serait…

— Je ne suis pas n'importe quelle femme, renvoyai-je la tête haute, en tout cas pas n'importe quelle femme d'ici. Bonsoir, Bunny… ou devrais-je dire bonne fête ?

Là-dessus j'empoignai mes valises, tournai les talons et poursuivis mon chemin, en souhaitant être à la hauteur de mes belles déclarations.

« Tu ne t'en crois pas capable ? interrogea en moi la voix de mon père. — Si, m'entendis-je répondre. — Alors tu le seras. Combats le moindre doute à l'instant même où il surgit, et terrasse-le. »

Je lançai mes valises dans le coffre, montai en voiture et partis sans me retourner, même quand je dus attendre l'ouverture des grilles. Désormais, je ne voulais plus regarder que droit devant moi.

L'avion prit un peu de retard au décollage, mais le vol se passa sans incident. M. Bassinger m'attendait à l'aéroport. Il me souhaita la bienvenue, prit mes bagages et nous allâmes directement à sa voiture. Je compris instantanément qu'il avait quelque chose d'important à m'apprendre.

— Vous n'êtes pas venu simplement pour m'accueillir, n'est-ce pas, monsieur Bassinger ? Qu'est-ce qui ne va pas ?

— Je voulais vous éviter la surprise, commença-t-il. Votre tante Agnès est chez vous. Elle a appris la nouvelle, pour Miles, et m'a fait téléphoner par son avoué. Légalement, elle n'a strictement aucun droit à la parole, mais elle est fort capable de semer la perturbation. Elle a fouillé partout pour essayer de découvrir ce que vous étiez allée faire à Palm Beach. Je ne vous demande pas de détails là-dessus, mais je ne voudrais pas qu'elle conteste la moindre décision que nous prendrons pour la gestion de vos biens.

— J'aimerais pouvoir vous dire ce que je suis allée faire là-bas, monsieur Bassinger. C'est ce que mon père aurait souhaité que je fasse, du moins je le pense depuis que j'ai lu ses papiers.

— Si vous estimez que cela n'a rien à voir avec ce dont nous parlons, je ne veux rien savoir, déclara-t-il fermement.

— Rien ne s'y oppose, monsieur Bassinger. Vous étiez son ami et son confident, et maintenant vous êtes le mien.

— J'en suis très touché, répondit-il avec émotion.

Sur quoi je lui racontai tout.

— Je savais que le mariage de votre père n'était pas heureux, dit-il après m'avoir écoutée attentivement. Je ne juge personne. Rien de tout cela ne change quoi que ce soit à notre affaire, Willow. Ne laissez pas votre tante vous persuader du contraire.

Pendant le reste du trajet, il me fournit tous les détails concernant les funérailles de Miles ; puis il m'assura qu'il viendrait me chercher le lendemain matin, pour me conduire au salon funéraire. Cela me fit une impression étrange de rentrer chez nous sans être accueillie par Miles. Il y avait de la lumière un peu partout, mais on n'en ressentait pas moins comme un grand vide, une atmosphère de désolation partout présente. C'était comme si le cœur de la maison l'avait quittée.

M. Bassinger m'aida à porter mes bagages jusqu'à la porte.

— Tout ira bien, le rassurai-je. Ne vous inquiétez pas pour moi, et merci pour tout.

Il me sourit, me dit bonsoir et s'en alla.

Je ne sonnai pas pour m'annoncer. J'ouvris la porte avec ma clé, entrai, et appelai :

— Tante Agnès ?

Quelques instants plus tard, elle apparut en haut de l'escalier, en robe de chambre avec un filet sur la tête. Son visage enduit de crème avait un air macabre, sous la lumière des lustres.

— Eh bien, lança-t-elle en abordant la descente. Il était temps que tu rentres ! J'ai eu des employés toute la journée pour nettoyer. Tu n'imagines pas dans quel état ce malade avait mis la maison. Un vrai désastre !

— Qu'est-ce qu'il avait fait ?

Elle arqua les sourcils sous son masque de crème.

— Ce qu'il avait fait ? Il y avait de la nourriture un peu partout, et même sur un plateau dans la chambre de ton père, comme s'il l'avait monté pour lui. C'est une chance qu'il n'y ait pas de rats. Le bureau de ton père était en pagaille, avec des papiers qui traînaient un peu partout, quant à la cuisine...

Tante Agnès dut interrompre sa tirade pour respirer.

— La cuisine était pleine de piles d'assiettes qui montaient jusqu'au plafond, de détritus éparpillés sur le sol, de fonds de casseroles en train de pourrir sur la cuisinière. C'est tout juste si je n'ai pas dû faire désinfecter la maison, l'équipe des services d'hygiène est passée il y a quelques heures. J'ai trouvé les fenêtres et les portes grandes ouvertes en arrivant. N'importe quelles bêtes auraient pu entrer, même des serpents.

« Et si des acheteurs étaient venus visiter ce matin ? glapit-elle avec indignation. Comment as-tu pu t'en aller en laissant cet homme seul ici ? Qu'es-tu allée faire à Palm Beach ? Pourquoi tout ce mystère à propos de ce voyage ? Pourquoi as-tu quitté l'université en plein semestre ?

Elle me mitraillait de questions, dans l'espoir évident de m'arracher des réponses. Elle en fut pour ses frais.

— Eh bien ? s'emporta-t-elle, exaspérée par mon silence. Pourquoi me dévisages-tu avec cet air effaré, comme si c'était *moi* qui ne tournais pas rond ?

Je m'avisai subitement que mon secret n'en était plus un. Maintenant que les Eaton connaissaient mon identité et la véritable raison de mon voyage à

Palm Beach, l'histoire n'allait pas tarder à se répandre. Qui sait ? Elle faisait peut-être déjà la une des potins mondains de Palm Beach, à présent. Combien de temps faudrait-il pour que tout le monde soit au courant ? Je n'avais plus aucune raison de me taire, au contraire. Ce serait un soulagement de ne plus rien avoir à cacher. Je gratifiai ma tante d'un sourire presque sadique.

— Il faut que nous ayons un entretien, Tante Agnès, et le plus tôt sera le mieux. En fait, cette fois-ci je suis plutôt contente que vous ayez décidé de fourrer votre nez dans mes affaires.

Encore toute fière de ce qu'elle avait fait dans la maison depuis son arrivée, elle prit cela pour un compliment.

— Je comprends que tu sois contente ! Peut-être tiendras-tu compte de mes conseils, maintenant.

— Peut-être. J'ai encore tellement de conseils à recevoir, répliquai-je, énigmatique.

Elle me fixa d'un œil méfiant.

— Tu ne vas pas m'annoncer que tu t'es mariée à Palm Beach, au moins ?

— Pas du tout. Je ne suis pas non plus fiancée.

— Tant mieux. D'ici un jour ou deux, j'espère avoir tout remis en ordre et rentrer chez moi. Le mariage de Margaret Selby approche, et Dieu sait quelles responsabilités j'ai sur les bras ! Les jeunes gens d'aujourd'hui sont bien trop frivoles pour faire les choses correctement. J'étais déjà mariée à son âge, avec une maison à diriger. En ce temps-là, on n'avait pas le temps de s'amuser ! soupira-t-elle en s'écroulant dans le fauteuil qui avait été celui de papa.

Elle me parut toute petite, assise là, comme une enfant qui chercherait à passer pour une adulte. C'était si drôle que j'en souris jusqu'aux oreilles.

— Qu'est-ce qui te fait rire ? s'irrita-t-elle.

— Rien.

J'ôtai ma veste, m'installai sur le canapé en face d'elle et un long silence s'établit entre nous.

— Eh bien ? demanda-t-elle enfin. J'aimerais me coucher tôt, si possible. Je suis épuisée par tout ce que j'ai dû faire, autant qu'à la pensée de tout ce qu'il me reste à faire. De quoi s'agit-il ?

— Comme vous le savez, ma tante, et comme vous me l'avez si souvent rappelé par toutes sortes de réflexions ou d'allusions, je suis une enfant adoptée. Ma mère était une patiente de la clinique de papa.

— Bien sûr que je sais tout ça. Crois-tu que ton père m'aurait caché de telles informations ? J'étais son unique sœur, en qui il avait toute confiance. Il me disait beaucoup plus de choses qu'à ta mère. Et alors ?

— Ma mère adoptive, rectifiai-je.

— Peu importe. À quoi bon remuer sans arrêt toute cette boue ?

— À rien, sinon qu'il ne s'agit pas de la même boue, comme vous dites, mais d'une nouvelle.

— Mais de quoi parles-tu, Willow De Beers ?

Cette fois encore, je souris.

— Vous ne pouvez pas savoir à quel point vous venez de lui ressembler, à l'instant même, en me rappelant mon nom de famille comme s'il était gravé sur mon front.

— Eh bien, elle avait quand même quelques qualités, bien que sa famille ait perdu sa fortune. Elle était de bonne naissance, sinon je me serais opposée beaucoup plus fermement à ce mariage. Et après ? Te rappeler que tu as reçu le nom d'une vieille famille respectable et appréciée n'est pas un crime. Tu as eu beaucoup de chance que mon frère ait été aussi charitable.

— Parce que vous pensez qu'il a agi simplement par charité ?

Tante Agnès rajusta sa robe de chambre et s'agita dans son fauteuil.

— Évidemment, par pure charité. Venons-en au fait, veux-tu ? Cette crème commence à sécher, il faut que je l'enlève. Je t'écoute.

— Eh bien, je suis heureuse de vous apprendre que si mon père a voulu que je vive dans cette maison, il avait une tout autre raison que la charité, et bien plus forte. On ne m'a pas donné le nom de De Beers par générosité, ma tante. Je suis une De Beers par ma naissance.

Tante Agnès ouvrit des yeux ronds. Ses paupières battirent, ses joues se creusèrent. On aurait dit que tout l'air de ses poumons était aspiré vers le bas de son corps.

— Qu'est-ce que tout cela est censé signifier ? proféra-t-elle d'une voix rauque.

— Que mon père, votre frère, était réellement mon père, et pas seulement de nom.

Une fois de plus, elle eut l'air d'un ballon qui se dégonfle.

— Es-tu en train de me dire que mon frère a fait un enfant à l'une de ses patientes ?

— C'était bien plus que cela, ma tante. Ils s'aimaient vraiment, et en fait elle est restée à la clinique plus longtemps que son état ne l'exigeait. Quand elle a accouché, il m'a amenée chez lui. Ma mère adoptive n'a jamais su la vérité.

Tante Agnès bondit sur ses pieds.

— Quelle vérité ? Une histoire scandaleuse répandue par une malade mentale, et que tu as prise pour parole d'Évangile ? Si tu laisses filtrer ne fût-ce qu'une allusion à qui que ce soit au sujet de cette histoire grotesque, je...

— Tante Agnès, intervins-je tranquillement, il ne s'agit pas d'une histoire inventée par une patiente. C'est de papa que je la tiens.

— C'est un mensonge ! glapit-elle. Un mensonge éhonté que tu répands toi-même pour... pour te donner plus d'importance dans la communauté ou alors... pour justifier le fait que tu hérites de tout ceci ! Mon frère n'a jamais dit une chose pareille, et tu le sais.

— Il ne l'a jamais dit, en effet.

Elle se détendit un peu et se rassit.

— Parfaitement.

— Il l'a écrit, annonçai-je.

— Quoi !

— Il a tout consigné dans une lettre et un journal qu'il a confiés à M. Bassinger pour me les remettre après sa mort. Ce que M. Bassinger a fait. J'ai entrepris des recherches sur ma véritable mère et découvert qu'elle vivait à Palm Beach, voilà pourquoi j'y suis allée. Elle m'a beaucoup parlé de papa et d'elle, et je lui ai décrit ma vie. Nous sommes rapidement devenues très proches.

Tante Agnès me dévisagea, pétrifiée.

— Ton père a écrit un journal... et M. Bassinger est au courant de tout ça ?

— Parfaitement. Il n'a jamais ouvert l'enveloppe cachetée, mais puisque tout Palm Beach connaît l'histoire et qu'elle risque de se répandre comme une traînée de poudre, j'ai jugé plus prudent de tout lui dire. Et à vous aussi, bien entendu. N'est-ce pas merveilleux ? Je suis vraiment du même sang que vous et votre famille, toute votre famille, les cousins compris. Tout le monde, ma tante ! m'écriai-je avec une joie délibérément exagérée.

Les coins de sa bouche s'affaissèrent et sa lèvre tomba. Elle plaqua une main sur sa poitrine.

— Je… je crois que vais me trouver mal.

— Voulez-vous un verre d'eau, Tante Agnès, ou quelque chose de plus fort, peut-être ? proposai-je avec sollicitude.

Une sollicitude tellement outrée qu'elle ne pouvait pas ne pas s'en rendre compte, mais elle était sous le choc ; et aussi tellement absorbée par ses soucis qu'elle n'y vit que du feu.

— Comment ? Oh ! oui, un verre d'eau. Volontiers, gémit-elle en se renversant brusquement en arrière, comme si son corps ne lui obéissait plus.

Quand je revins de la cuisine avec son verre d'eau, elle était toujours dans la même position, fixant le mur en face d'elle d'un regard aveugle.

— Tenez, c'est pour vous.

Elle posa les yeux sur moi, puis sur le verre, s'en empara et commença à boire.

— Merci, dit-elle entre deux gorgées. Comment Claude a-t-il pu faire une chose pareille ?

— Une chose merveilleuse, à mon avis. Il était vraiment très amoureux, et elle aussi.

— Amoureux. Comment peut-on tomber amoureux d'une désaxée ?

— En ce qui concerne les maladies mentales, Tante Agnès, votre éducation me semble assez limitée, répliquai-je calmement. Toutes sortes de gens souffrent de névroses. Ma mère avait de bonnes raisons d'être déprimée, au point d'avoir eu besoin d'une aide médicale. Et alors ? La maladie mentale est une maladie comme une autre. Est-ce qu'on méprise quelqu'un parce qu'il a besoin d'un pontage ou d'une ablation de la vésicule ? Vous êtes malade, vous avez besoin de soins médicaux, et voilà tout.

— Ce n'est pas du tout la même chose.

— Seulement pour les ignorants, ma tante.

— Arrête de dire ça ! J'ai reçu une excellente éducation. Oh ! mon Dieu, mon Dieu ! se lamenta-t-elle. Et il faut que cela tombe justement maintenant. Tout Palm Beach est au courant, dis-tu ?

— Ça ne m'étonnerait pas.

— Et... qui est cette femme ? Est-ce qu'elle est hospitalisée, là-bas ?

— Il n'y a pas d'hôpitaux à Palm Beach, Tante Agnès, et pas de cimetières non plus. Les gens riches et les célébrités n'aiment pas qu'on leur rappelle ces choses déplaisantes : la maladie et la mort. Ils préfèrent les maintenir à distance.

— Eh bien, elle est dans un hôpital des environs, alors ! riposta-t-elle, exaspérée par mon calme et ma bonne humeur.

— Non. Elle vit dans sa luxueuse propriété de famille, un domaine de plusieurs millions de dollars, avec son fils.

— Parce qu'elle a aussi un fils ? Ne me dis pas...

— Non. Papa n'est pas son père.

— Dieu soit loué pour ses moindres bienfaits, marmonna-t-elle. Combien cette femme a-t-elle eu d'enfants, et de combien d'hommes ?

— Seulement deux, ma tante. Et le premier n'a pas été engendré par consentement mutuel.

Tante Agnès ouvrit des yeux effarés.

— N'a pas été quoi ?

— Elle a été violée par son beau-père, annonçai-je carrément.

— Grands dieux ! Le scandale ne finira donc jamais ? Nous n'oserons plus nous montrer nulle part.

— Tout ira bien, affirmai-je avec philosophie. Bon, je crois que je vais m'installer, prendre une douche et me préparer quelque chose à manger. Venez-vous à l'enterrement de Miles, demain ?

— À l'enterrement de Miles ? Certainement pas. Je... je terminerai ce que j'ai à faire ici, balbutia-t-elle, encore mal remise du choc. Ensuite je... je rentrerai chez moi.

— Excellente idée, approuvai-je en prenant le chemin de la porte.

Au moment de sortir, je me retournai : ma tante n'avait pas bougé. Elle continuait à fixer le mur, serrant son verre avec une telle violence que les veines saillaient sur sa main.

J'empoignai mes valises et montai dans ma chambre.

⁂

Avant de me coucher, j'appelai ma mère et j'appris que l'état de Linden s'améliorait, mais qu'il était toujours « un peu dans le brouillard ».

— On lui a recommandé un psychothérapeute, ajouta-t-elle. Il va venir le voir demain matin.

— C'est une bonne chose. Je suis certaine que cette personne pourra l'aider, Mère.

— Je l'espère. Cela me brise le cœur de le voir comme ça.

— Il va se remettre, affirmai-je.

Puis je me tus, hésitant à poser la question qui me brûlait les lèvres. Mais apparemment ma mère lisait dans mes pensées, même par téléphone. Ce fut elle qui demanda :

— Est-ce que Thatcher t'a appelée ?

— Non, pas encore. Tu l'as vu ?

— En revenant de l'hôpital j'ai vu que sa voiture était là, mais je ne lui ai pas parlé. Ils doivent donner un grand dîner, j'ai l'impression. Il y a au moins une demi-douzaine de voitures. Et toi, comment ça va ?

— Ça ira. Je crois que je devrais rester ici pour m'occuper de mes problèmes et des décisions que je dois prendre.

— Absolument, Willow. Et je t'en prie, reprends tes études. Ne laisse pas tout en suspens à cause de moi, implora-t-elle. Je ne pourrais pas supporter de me sentir responsable d'une chose pareille.

— Je vais y réfléchir, ne te tracasse pas.

— Et moi je vais mettre mes soucis dans un trou et les enterrer, promit-elle, répétant le conseil que lui avait donné papa.

Je souris pour moi-même et lui dis au revoir, puis je me mis à déambuler dans la maison. Tout m'y rappelait Amou, papa et même ma mère adoptive, tels qu'ils m'apparaissaient dans mon enfance, quand je ne soupçonnais pas encore les troubles et les mystères qui me guettaient au-dehors. Je finis par me retrouver dans le bureau de mon père et m'assis dans son fauteuil. Ses papiers et ses livres avaient été empilés un peu partout, sans doute dans une tentative de Tante Agnès pour endiguer le désordre laissé par Miles.

Pauvre Miles, pensai-je avec tristesse.

Je restai ainsi, plongée dans mes souvenirs de lui, jusqu'au moment où la pendule miniature sonna minuit. Et je m'aperçus alors que Thatcher n'avait toujours pas téléphoné. Je refusai de m'attarder là-dessus et, sentant la fatigue s'abattre brusquement sur moi, je montai me coucher. Je m'endormis presque immédiatement. Je ne m'éveillai qu'au matin, tirée de mon sommeil par des bruits de voix et d'aspirateurs qui montaient d'en bas. Dehors aussi, on s'activait. J'allai à ma fenêtre et aperçus Tante Agnès, distribuant ses ordres à une nuée d'employés comme un planteur à une armée d'esclaves. Les jardiniers tondaient et taillaient, des laveurs de vitres astiquaient chaque fenêtre, ma tante avait même engagé des peintres pour repeindre les rambardes et les volets. J'enfilai ma robe de chambre et descendis à la cuisine.

Je buvais mon café dans le coin déjeuner quand ma tante rentra, hurlant à l'équipe des femmes de ménage d'aller briquer les meubles et les planchers « jusqu'à ce qu'ils brillent comme des miroirs ».

— Vous ne croyez pas que vous en faites un peu trop, Tante Agnès ? demandai-je sèchement.

— Si j'en fais trop ? J'ai eu des cauchemars la nuit entière en pensant à ce qu'aurait éprouvé mon père, s'il avait trouvé la maison dans cet état en rentrant chez lui. C'est une demeure de style, qui ne doit pas être vendue en dessous de son prix.

« Je n'ai pas eu l'occasion de t'en parler hier, mais l'agent immobilier a rappelé. Il compte venir demain avec un acheteur potentiel. Ils ne peuvent pas faire attendre les gens indéfiniment, sinon ils risquent de manquer la vente.

Je répliquai d'un ton abrupt :

— Pourquoi vous faire tant de souci à ce sujet, Tante Agnès ? C'est moi que tout cela concerne, après tout.

— Pourquoi ? Tu crois que je pourrais dormir en sachant que la maison de mon père a été pratiquement volée par un acheteur habile, qui aurait profité de ce qui s'était passé ici ? C'est toujours une propriété De Beers, quand même. Comment tu gaspilleras l'argent de la vente, peu m'importe. C'est une question de fierté familiale, et je ne suis pas surprise que cela te semble curieux. Vous, les jeunes d'aujourd'hui, vous n'avez plus le sens des vraies valeurs ni de la transmission du patrimoine. Tout est jetable et remplaçable, à vos yeux.

— C'est faux, ripostai-je d'une voix tranchante, du moins en ce qui me concerne. Quant aux autres jeunes, je ne peux pas parler en leur nom.

— Possible, mais dans quelques années tu me remercieras, tu verras.

Sur ce, très satisfaite de sa réplique, ma tante retourna surveiller les travaux, tandis que j'allais me préparer pour l'enterrement.

M. Bassinger fut exact au rendez-vous, et sa première question porta sur la façon dont s'étaient passées les choses entre ma tante et moi. Je lui répétai ses propos, et plus particulièrement ses réactions. Il m'écouta sans cesser un instant de sourire.

— Eh bien, ce n'est pas moi qui lui reprocherai de présenter la propriété sous son meilleur jour, Willow. Elle a beaucoup de valeur et elle est très convoitée. Pour l'instant, votre tante ne peut rien espérer en retirer, c'est certain. Mais s'il vous arrivait quelque chose, Dieu vous en garde, elle et son clan y planteraient leurs griffes et s'en arracheraient les morceaux. J'ai vu cela plus d'une fois, vous savez. Un héritage change les relations, et souvent la famille est prête à tout pour s'assurer des droits légaux sur les biens. C'est très courant.

— Je compte rester en bonne santé et vivre longtemps pour éviter cela, je vous le promets.

— J'espère bien ! répliqua-t-il en riant.

À la chapelle de l'organisation funéraire, nous étions les seuls assistants, lui et moi. Le prêtre récita les psaumes de circonstance, puis il évoqua le fardeau que nous avons tous à porter dans notre court passage sur cette terre, qui est souvent plus une épreuve qu'une agréable traversée. Il savait par M. Bassinger combien Miles avait été dévoué à mon père, et il parla d'amour et de loyauté. Quand les larmes commencèrent à rouler sur mes joues, il me sembla que c'était aussi sur mon père et sur moi-même que je pleurais.

Nous suivîmes le corbillard jusqu'au cimetière, où mon père avait acheté une concession pour Miles, non loin de la sienne. Quand tout fut terminé, j'allai dire une prière sur la tombe de papa. Et je lui exprimai ma gratitude pour m'avoir laissé son journal, afin que j'aie une vraie mère, finalement.

Tout cela me laissa très faible et très lasse. En rentrant à la maison, je montai directement me coucher et dormis jusqu'à une heure avancée de l'après-midi. Je n'avais pas très faim, mais je descendis me faire des toasts et du thé. À l'heure du dîner, tous les travailleurs étaient partis et Tante Agnès était prête à partir, ses bagages déjà déposés dans le hall. Elle surgit à la porte de la cuisine pour m'annoncer :

— J'ai fait tout ce que j'ai pu ici, maintenant il faut que je rentre. J'ai demandé à l'agence de m'informer des offres, afin que je puisse t'envoyer mes avocats pour te conseiller.

— J'ai mon propre avocat et conseiller, Tante Agnès. Ne vous donnez donc pas tant de mal.

— Cela ne me donne aucun mal de m'occuper de la maison de mon père, rétorqua-t-elle vivement. Quels sont tes projets, maintenant ?

— Je ne sais pas encore.

Thatcher n'avait toujours pas appelé, et j'envisageais de reprendre mes études.

— Si la vente se fait rapidement, il faudra que je m'occupe des meubles ; à moins qu'ils ne soient vendus avec la maison, évidemment.

— Tu peux les faire envoyer chez moi, proposa ma tante. J'ai de la place et je pourrai garder tout ça pour toi.

Ma première pensée fut que si j'acceptais, je ne reverrais probablement jamais le moindre objet en sa possession.

— Je vous remercie, répondis-je évasivement.

— Je te suggérerais fortement, dorénavant, de m'appeler avant de prendre la moindre décision pour en discuter avec moi, Willow. Même si tu as retrouvé ta prétendue mère, tu n'en restes pas moins une jeune fille sans expérience des questions matérielles.

— Je saurai me tirer d'affaire, affirmai-je.

Avec une moue méprisante, elle rejeta vivement la tête en arrière.

— J'ose espérer que tu n'auras pas à le faire, ma fille. Et, s'il te plaît, ne te crois pas obligée d'assister au mariage de Margaret Selby.

Sa voix était rude, son sourire mince frisait le sarcasme. Je m'étais attendue à quelque chose de ce genre. Elle devait être terrorisée à l'idée que j'apporte le scandale avec moi et gâche les réjouissances. Je pris un malin plaisir à la maintenir sur le gril.

— Je ne vois pas cela comme une obligation, Tante Agnès.

— Néanmoins nous… enfin, je me rends compte de tout ce qui pèse sur toi en ce moment, et je suis sûre que Margaret Selby comprendrait.

Je lui renvoyai un sourire de la même cuvée que le sien.

— Elle comprendra, j'en suis certaine. Surtout quand vous lui aurez tout expliqué, Tante Agnès.

— C'est cela. Eh bien, appelle-moi, comme je te l'ai dit. Et au fait... qu'as-tu fait de ce journal que mon frère aurait soi-disant écrit ?

— Pas soi-disant, ma tante. Il l'a écrit, c'est un fait.

— Eh bien alors, où se trouve-t-il ?

— En sécurité, dans mes affaires.

— Qui d'autre que toi l'a lu ?

— Personne.

Elle parut quelque peu soulagée.

— Si jamais tu décidais de t'en défaire...

— J'aimerais mieux brûler la Bible, soyez-en sûre.

— J'essayais seulement de t'aider, se récria-t-elle. D'éviter davantage de cancans et de scandale.

— C'est trop tard, ma tante. Il faudra vous y faire.

Elle prit son air impérieux et ses paroles crépitèrent comme des balles :

— Tu prends tout ça de très haut pour l'instant, Willow, mais tu le regretteras un jour, je te préviens. Tu ignores jusqu'où peut aller la méchanceté des gens, quand ils ont l'occasion de nuire à ceux qu'ils envient. N'attends aucune compréhension ni aucune indulgence de personne. Pour l'instant, tout cela te paraît fascinant et romantique, mais c'est loin d'être le cas. Ce n'est qu'un bon prétexte à clabauder et à barboter dans la boue.

« Tu es une fille de bonne famille, Willow, et une brillante carrière t'attend, du moins je l'espère. Rien de tout cela ne jouera en ta faveur, quand il sera temps pour toi d'entrer dans le monde du travail et des affaires. Et crois-moi...

Tante Agnès leva son index long et osseux et l'agita :

— Tu peux te moquer de moi aujourd'hui et mépriser mes conseils, mais en temps voulu, tu verras les choses comme moi et tu regretteras ta conduite.

Ma tante s'interrompit, reprit son souffle et poursuivit en plissant les paupières :

— C'est le fardeau des aînés d'essayer de guider les jeunes et de devoir assister, impuissants, à leurs folies et à leurs erreurs. Tu as le choix : passer ta vie à ruminer tes regrets, ou alors m'écouter, bien agir et t'en féliciter.

« Ce n'est sans doute pas ainsi que mon frère t'aurait parlé, mais mon cœur me dit qu'il m'aurait approuvée.

— Je prendrai mes décisions moi-même, Tante Agnès, m'obstinai-je.

Son regard se durcit.

— Comme tu voudras, conclut-elle en tournant les talons.

Puis elle retraversa le hall et sortit de chez moi en claquant la porte. L'écho de ses menaces résonna longtemps à mes oreilles.

J'étais seule, enfin, et libre de pleurer. Tous ceux que j'avais aimés étaient morts, ou très loin de moi. Ma mère, nouvellement découverte, était accablée de tristesse et de problèmes. Thatcher m'apparaissait comme ces ballons de fête emportés par le vent, qui s'en vont dériver dans le lointain.

Il ne me restait plus qu'à emballer mes plus précieux souvenirs. Bientôt, très bientôt, je devrais partir d'ici et me jeter à la mer, moi aussi, comme Linden. J'ignorais où le vent me mènerait, ou s'il gonflerait ma voile. Mais peut-être, comme Linden, n'avais-je pas d'autre choix que de croire en quelque chose de plus grand que moi-même. Le sort, le destin… ou un bon ange qui me sourirait, m'empêcherait de dériver trop loin ou de m'approcher trop dangereusement des récifs.

Brusquement, il se mit à pleuvoir. De gros nuages noirs s'amassèrent, plongeant la maison tout entière dans une atmosphère humide, sombre et froide. La pluie fouettait les vitres comme si la nature réclamait mon attention, me rappelant que le monde pouvait être cruel et que les menaces de ma tante n'étaient pas seulement les paroles d'une femme aigrie.

Puis l'horloge miniature de mon père sonna, les coups retentirent dans la maison vide. Ils m'informaient que l'heure était venue où le tapis volant allait m'emporter, me rapprocher de plus en plus des réponses que je cherchais. Deux questions surtout m'importaient.

Qui suis-je ?

Que va-t-il advenir de moi ?

Épilogue

Le couple qui vint visiter la propriété fit une offre le lendemain. Les négociations s'engagèrent, et pour cela comme pour la suite, je m'en remis entièrement à M. Bassinger. Deux jours plus tard, le couple acceptait notre contre-proposition et la maison était vendue.

Tout devait être réglé très vite. Je ne disposais que d'un mois pour libérer les lieux, choisir ce que je gardais et ce qu'il fallait mettre au garde-meubles. Les acheteurs revinrent examiner le mobilier et décidèrent de le garder, excepté celui du bureau de papa. La femme souhaitait rafraîchir le décor en optant pour des bois plus clairs, ce qui me convenait. J'envisageais de transporter tout le contenu du bureau chez moi, plus tard, quand j'aurais une maison.

Je passai le plus clair de mon temps au grenier, à marquer ce qui était destiné aux œuvres de charité, et ce qui devait être mis au garde-meubles. J'emballai tous les livres de papa et la plupart de mes effets personnels dans des cartons.

Chacun des dix jours qui suivirent, je téléphonai à ma mère. Linden se rétablit suffisamment pour être ramené chez lui, mais il souffrait toujours de certains troubles mentaux. Il avait de fréquents trous de mémoire, surtout en ce qui concernait ce qui lui était arrivé. Il ne se souvenait pas d'être sorti en voilier et ne pouvait fournir aucune explication sur les causes de l'accident. Ce qui n'avait rien d'anormal, répétaient les médecins à ma mère. Après une expérience aussi traumatisante, il n'était pas rare que les gens évitent par tous les moyens d'y penser. Malgré tout, ma mère me confiait ses inquiétudes.

— Il est très irritable et semble incapable de se concentrer sur quoi que ce soit. J'ai essayé de lui faire reprendre la peinture, mais il ne fait que regarder fixement son matériel et son chevalet. Il reste presque toute la journée assis en face de l'océan, les yeux fixés sur l'eau. Et il a perdu du poids, naturellement.

— Est-ce qu'il se souvient de moi, ou parle de moi ? voulus-je savoir.

— Non, Willow, je regrette.

— Apparemment, il n'est pas le seul à m'avoir oubliée.

Ma mère marqua une pause avant de répondre.

— Je crois que Bunny ne sait pas quoi inventer pour que Thatcher sorte avec une autre femme, en fait. Elle a donné trois grands dîners et une garden-party depuis ton départ, et à chaque fois j'y ai vu des jeunes femmes.

— Ah oui ? Eh bien, je leur souhaite bonne chance.

Ma mère ne fut pas dupe de cette fausse désinvolture.

— Thatcher est passé me voir, reprit-elle. Il a pris des nouvelles de Linden, mais en réalité il venait pour me parler d'autre chose.

— Vraiment ?

— Les Eaton ont fait une offre pour la propriété, ils se portent acquéreurs. J'ai le sentiment qu'ils sont prêts à payer très cher pour se débarrasser de nous, commenta-t-elle.

— Et que comptes-tu faire ?

— Cela représente beaucoup d'argent. Linden et moi pourrions vivre à l'aise n'importe où ailleurs. Je ne suis pas certaine qu'il prendrait ça très bien, par exemple. Il risque d'avoir une réaction très négative. J'ai demandé à Thatcher de patienter jusqu'à ce que Linden soit suffisamment rétabli et capable de supporter le choc. Les médecins sont de cet avis.

— Et qu'a dit Thatcher ?

— Qu'il était d'accord, mais je ne suis pas sûre que les Eaton se montreront très patients. Leur bail expire dans trois mois, et ils devront le renouveler ou acheter.

— Mais tu n'es pas obligée de vendre, n'est-ce pas ?

— Si je vends, il faudra que ce soit au prix convenu avec eux, mais je n'y suis pas obligée, non. Sauf que je ne peux pas rembourser l'hypothèque ni payer l'entretien de Joya del Mar sans percevoir de loyer, m'expliqua-t-elle. La propriété serait saisie et elle leur reviendrait de toute façon. J'ai l'impression que je n'ai pas vraiment le choix.

Je méditai quelques instants sa réponse.

— Thatcher est-il le seul avocat auquel tu aies eu affaire ?

— Non. Il y en a un autre, plus âgé, M. Kasten. Mais il est sur le point de prendre sa retraite, je crois.

— Et as-tu la moindre idée du coût de l'entretien ?

— Pour tout le domaine, tu veux dire ?

— Oui.

Ma mère dut reconnaître qu'elle n'en savait rien.

— Mais j'ai un comptable, s'empressa-t-elle d'ajouter. Leo Ross. En général je me contente de signer ce qu'il me dit de signer.

— J'aimerais que mon avocat l'appelle, ainsi que le

tien, et qu'ils discutent ensemble de la situation. Si cela te convient, bien sûr.

— Oui, mais... dans quel but ?

— J'ai une idée, il faut d'abord que j'y réfléchisse. Préviens-les qu'un monsieur Bassinger va leur téléphoner sans délai, d'accord ?

Elle hésita.

— Je ne sais pas trop. Je ne veux pas que tu fasses quoi que ce soit qui aille contre tes intérêts, Willow.

— Aucun risque, c'est pour ça que j'ai un avocat. Alors ?

Après un silence, et visiblement sans enthousiasme, ma mère finit par me donner son accord. Dès que la conversation prit fin, j'appelai M. Bassinger et lui fis part de mon intention.

— Je vais m'occuper de ça tout de suite, me promit-il. Mais je vous préviens, Willow. Si cette idée vous vient d'une simple impulsion, et qu'elle s'avère déraisonnable, je vous le dirai. Et je vous déconseillerai vivement cette entreprise, même s'il s'agit de votre véritable mère dans cette affaire.

— C'est bien ce que j'attends de vous, Monsieur Bassinger.

— Alors c'est entendu, conclut-il.

Deux jours plus tard, il rappelait pour me demander de venir le voir à son cabinet.

— Je n'ai pas vu la propriété, bien sûr, commença-t-il. Aussi ai-je dû m'en remettre à ce qui m'a été rapporté, et que m'ont confirmé des amis de Palm Beach qui la connaissent. D'après ce qu'ils disent tous, il apparaît que si ces gens qui ont une option pour l'acquérir à un prix convenu l'achetaient, ils ne feraient pas autre chose que la voler.

— C'est bien ce que je soupçonnais.

— D'autre part, votre mère ne pourrait pas la mettre en vente sans qu'ils aient la priorité pour l'acquérir au prix fixé. Cela fait partie de leur accord, vous comprenez ?

C'était parfaitement clair.

— Donc, son seul choix possible est de rester propriétaire des lieux jusqu'à la fin du bail, à l'issue duquel l'option devient caduque, c'est bien cela ? résumai-je.

M. Bassinger sourit.

— Votre sens des affaires est beaucoup plus développé que celui de votre père, semble-t-il.

— Papa détestait s'occuper de toutes ces questions matérielles, en effet. Elles l'ennuyaient au plus haut point.

— Eh bien, heureusement pour lui – et pour vous – il avait de très bons conseillers, un excellent directeur commercial et agent d'affaires ; et maintenant, avec la vente de votre propriété familiale...

— Oui ? l'interrompis-je anxieusement.

— Si vous touchiez des intérêts sur les revenus de Joya del Mar, étant donné l'explosion du marché immobilier là-bas, cela pourrait s'avérer un excellent investissement. Vous pourriez subvenir à l'entretien de la propriété tout en étant très à l'aise, à condition de ne pas adopter le style de vie de Palm Beach, évidemment.

— Pour ça, il n'y a aucun risque, le rassurai-je.

Il eut un sourire amusé.

— « Ne jamais dire jamais », Willow, c'est ma devise... si vous voyez ce que je veux dire.

— Je vois.

— Êtes-vous sûre que c'est vraiment ce que vous souhaitez ? Croyez-vous que ce soit la meilleure chose pour votre mère, votre demi-frère et vous-même ?

— J'en suis sûre. Et je crois, non, je suis certaine que c'est ce que papa aurait voulu me voir faire, M. Bassinger.

— C'est possible. Il était beaucoup plus romantique qu'il n'en avait l'air, observa-t-il pensivement.

Puis, après quelques instants de réflexion, il ajouta :

— Entendu, je vais examiner tout ça en détail. Je vous rappellerai d'ici un jour ou deux et vous pourrez prendre une décision définitive.

— Merci, monsieur Bassinger.

— Ces gens... Comment s'appellent-ils déjà ? (Il baissa les yeux sur ses papiers.) Ah ! oui ! Ces Eaton ne vont pas vous porter dans leur cœur, Willow.

— Ils s'en remettront. Ils se verseront du champagne, organiseront une réception et oublieront leurs ennuis. La tristesse, la déception et l'échec n'ont pas droit de cité, là-bas. Toute personne surprise en train de froncer les sourcils est immédiatement arrêtée par la Police des Plaisirs.

Les yeux de M. Bassinger pétillèrent.

— D'où me vient cette impression que vous prenez tout cela avec une certaine malice, Willow ?

— Franchement, je ne vois pas.

Il éclata de rire, et ce fut dans un état de surexcitation optimiste que je quittai son bureau. Je brûlais d'impatience d'être à la maison, pour appeler ma mère et lui faire part de mes intentions.

— Et ton avocat a jugé cela prudent ? s'étonna-t-elle.

— Mieux que prudent. C'est une très bonne affaire, d'après lui.

— Est-ce vraiment ce que tu souhaites, Willow ? Si je pensais, ne fût-ce qu'un instant, que tu te sens obligée de faire tout ça pour ton père ou pour moi, je serais consternée.

— C'est vraiment ce que je veux, affirmai-je d'un ton péremptoire. Si cela te convient, bien sûr.

— Comment une chose aussi merveilleuse pourrait-elle ne pas me convenir ?

— Et à Linden ?

La voix de ma mère se chargea de tristesse.

— Il n'est pas encore en état de réfléchir à tout cela, j'en ai peur.

— Il se rétablira. Je serai là pour l'y aider. Je sais que je peux lui faire du bien.

Tous les étudiants en psychologie se croient déjà capables d'aider les autres, pensai-je aussitôt après avoir parlé. Je n'aurais pas dû faire cette promesse, mais je n'avais pas pu m'en empêcher. Ma mère, elle, ne mit pas ma parole en doute.

— Oh ! je te crois, Willow ! Alors c'est d'accord, que ton avocat se charge de tout et qu'il appelle mon comptable. Ensemble, nous pouvons peut-être lutter contre les forces qui veulent nous détruire.

— Oui, approuvai-je en souriant. Nous pouvons et nous le ferons.

Dès que j'eus raccroché, j'appelai M. Bassinger pour lui demander de conclure cette affaire le plus rapidement possible.

Je fus très occupée durant les jours suivants. J'achevai d'emballer et de mettre au garde-meubles les souvenirs de famille les plus précieux, et tout ce que contenait le bureau de papa. Dès qu'elle apprit la vente, Tante Agnès téléphona. Je ne l'avais pas rappelée mais elle avait ses informateurs. J'avais à peine prononcé « allô » qu'elle passait à l'attaque :

— Pourquoi ne m'as-tu pas prévenue tout de suite ?

Je feignis de n'avoir pas reconnu sa voix.

— Tante Agnès ?

— Oui, c'est moi. Alors ?

— Vous prévenir ? demandai-je d'un ton candide. À quel sujet ?

— De la propriété, voyons ! Comment peux-tu te poser la question ?

— J'ai eu tellement de choses en tête ces jours-ci, Tante Agnès. Je vous demande pardon. Et, au fait, dites à Margaret Selby que je ne pourrai pas assister à son mariage, finalement. Je dois retourner à Palm Beach pour affaires.

— Quelles affaires ?

— Oh ! simplement quelques investissements, rien de bien important, dis-je avec désinvolture.

— Des investissements ? Dans quoi ?

— Mais dans l'immobilier, bien sûr. C'est le meilleur placement qu'on puisse faire de nos jours, Tante Agnès. Je m'étonne que vous l'ignoriez.

— Je le sais très bien. De quel genre de biens s'agit-il ? De bureaux ?

— Non. Ne vous tracassez pas avec tout cela, ma tante. Vous avez bien assez à faire chez vous, avec le mariage et tout ce qui s'ensuit. Je m'en tirerai. J'ai M. Bassinger pour me conseiller, vous savez bien.

Elle marqua une brève pause, le temps d'assimiler l'information, puis demanda :

— Pourquoi retournerais-tu là-bas, où tout le monde connaît ton histoire et… celle de ta véritable mère ?

— Papa m'a appris à ne jamais fuir ni me cacher, mais à affronter mes problèmes sans me laisser intimider. C'est un bon conseil, vous ne trouvez pas ?

— Non ! aboya-t-elle. J'aimerais mieux vivre là où personne ne m'en veut et où personne ne se moque de moi.

— Il n'existe sans doute aucun endroit pareil au monde, Tante Agnès.

C'est à elle que je pensais en disant cela, mais l'allusion lui échappa. Elle continua sur sa lancée, affirmant avec assurance que je ferais bien mieux de venir vivre avec elle. Son argument majeur était qu'avec mon héritage, nous pourrions remettre sa propriété en état et y vivre à l'aise. En temps voulu, elle me présenterait des jeunes gens de bonne famille, bien établis... et comme Margaret Selby, je me marierais. J'avais la nausée rien qu'à l'entendre.

Je la remerciai, en m'efforçant de rendre mon refus aussi définitif que possible. Mais elle ne voulut rien savoir, bien sûr. Et une fois de plus elle affirma qu'elle avait raison, que je finirais par l'admettre et reviendrais vers elle un jour.

— Je serai là pour toi, prête à t'aider, me promit-elle. Par respect pour mon pauvre frère.

— C'est très gentil de votre part, Tante Agnès. Je vous souhaite une réception de mariage très réussie.

Là-dessus, je raccrochai, avec le sentiment d'avoir coupé le dernier lien qui me rattachait à ma vie d'avant.

Il était temps de prendre un nouveau départ.

Mais je ne voulais pas pour autant renoncer à ma carrière et à mes études, et mon premier soin fut de me renseigner sur les universités qui pouvaient me convenir. Je sélectionnai Florida Atlantic, à Jupiter, ville située à quarante minutes de voiture de Palm Beach. Par téléphone, j'appris que cette faculté offrait bien le programme d'études qui m'intéressait. Puis je fis le nécessaire pour que mon dossier universitaire soit transféré à Florida Atlantic, où je m'inscrivis pour le semestre suivant. Avec le sentiment d'avoir pris solidement ma vie en main, ainsi que l'avenir de ma mère, de Linden et le mien, je me consacrai à ce qui me restait encore à faire.

Je décidai de garder la vieille Mercedes de mon père. Il en avait toujours pris grand soin, et elle paraissait pratiquement neuve. Dès que l'argent de la vente fut viré sur mon compte, je chargeai tout ce que je pus dans la voiture et fis expédier le reste à l'adresse de ma mère – la mienne, désormais.

— J'arrive ! lui annonçai-je au téléphone. Je pars pour Palm Beach demain matin.

— Je t'avoue que je suis assez emballée par tout cela, Willow. J'ai appris la nouvelle à Linden, et j'ai vu s'allumer une lueur d'intérêt dans ses yeux. Ils brillaient vraiment.

— C'est très bon signe.

J'entendis ma mère soupirer.

— Mais il est retombé aussitôt dans son état dépressif, malheureusement. La lueur s'est éteinte.

— Nous la rallumerons. Je m'y emploierai jusqu'à ce que j'y arrive.

— Je sais. Et je t'en suis reconnaissante, dit-elle avec chaleur.

Puis, après une pause imperceptible, elle ajouta :

— Thatcher a appelé, ce matin. Il venait d'avoir mon comptable au téléphone et il était sous le choc. « Je ne peux pas vous garantir que mes parents resteront vos locataires », a-t-il dit. J'ai répondu que je ne m'attendais pas à ce qu'ils le restent, et qu'en fait je ne tenais plus à louer la propriété.

— Et comment a-t-il réagi ?

— Il pensait que j'avais perdu la tête, bien sûr, et il a essayé de me convaincre que je commettais une grave erreur. Ensuite…

— Quoi d'autre ? m'alarmai-je, percevant son hésitation. Il ne t'a pas menacée, au moins ?

— Oh ! non. Il s'est exprimé avec beaucoup de douceur et de sollicitude. En parlant de toi, je veux dire.

— Vraiment ?

Je ne voulais pas m'avouer que, sur un simple signe d'intérêt de sa part, j'étais prête à courir vers lui, et pourtant…

Pourtant mon cœur se mit à battre à grands coups.

— Et toi, que lui as-tu dit ?

— Je lui ai demandé pourquoi il ne s'adressait pas directement à toi. Il a répondu qu'il en avait l'intention, mais qu'il voulait te laisser le temps de te remettre de tout ça et de te réadapter. Il ne pense pas que tu vas revenir ici, du moins pour un moment, je le sais. Il en a paru très triste. Pour finir, il a marmonné qu'il allait t'appeler bientôt.

— Il aura une sacrée surprise, pensai-je à haute voix.

Je perçus un sourire dans la voix de Grace quand elle répondit :

— Oui, ça je l'imagine sans peine.

— Bon, alors à très bientôt, Mère.

— À très bientôt. Et bonne route, Willow.

J'avais beaucoup pensé à Thatcher depuis mon retour à la maison. Chaque fois que le téléphone sonnait, je m'attendais à ce que ce soit lui, pour s'excuser de n'avoir pas appelé plus tôt, à cause de son travail ou sous tout autre prétexte. Je m'étais même préparée à me montrer compréhensive et à lui cacher ma déception. Après tout, ses parents et surtout sa mère avaient dû le tenir sous pression, j'en étais sûre. Je me le répétais à chaque sonnerie, mais ce n'était jamais lui.

Jusqu'à mon dernier soir dans la maison, j'attendis cet appel. Mais la sonnerie se tut définitivement après celui de M. Bassinger, pour m'annoncer que tout était réglé. Mes comptes étaient en ordre, mes investissements effectués ; l'enregistrement officiel de mes droits sur la propriété n'était plus qu'une question de temps.

La dernière chose que je fis, et la plus pénible de toutes, fut d'aller jeter un dernier regard dans le bureau de mon père, entièrement vide.

Le voir ainsi, dépouillé de ses meubles, avec ses étagères nues, rendait sa mort affreusement définitive. C'était comme un point à la fin d'une phrase, une porte qu'on ferme, une lumière qui s'éteint. Tout ce qui avait été lui, qui avait conservé son souvenir vivace pour mon esprit et mes sens, avait déserté la pièce. Cette pièce qu'il avait peuplée de tant de pensées, tant de rêves, et sans doute tant de regrets.

— Adieu, papa, soupirai-je. J'espère que je fais ce qui t'aurait plu, ce qui te plaira. C'est trop dur pour moi d'être ici sans toi. Je vais rejoindre la seule personne vivante qui se rappelle encore le son de ta voix, de ton rire, aussi intensément que moi, et qui les chérit autant que moi. Nous t'avons pour partager ta présence, pour nous rapprocher. Merci pour cela, papa.

Je m'attendais à ne pas dormir, mais je dormis, moins pour me reposer de mes fatigues que pour fuir. Pour m'empêcher de penser, de m'angoisser, de me désoler. Je me levai presque en même temps que le soleil. Quand je franchis pour la dernière fois le seuil de la maison, je pris une grande inspiration et balayai la propriété du regard. Une si grande partie de moi-même, de ce que j'étais devenue, avait pris naissance ici. Les couloirs gardaient encore l'écho de la voix d'Amou, je pouvais même entendre le bruit de mes pas d'enfant dans l'escalier. À présent, il était temps de refermer la porte sur tout cela.

Je me hâtai vers ma voiture, mis le contact et jetai un dernier regard derrière moi. En imagination, je les vis tous là, venus sur le perron pour me dire au revoir en agitant la main. Miles, Amou, et papa bien sûr. Tous arboraient un sourire de fierté, m'encourageaient à suivre mon chemin, me disaient de ne pas avoir peur et de croire en moi-même. Pourtant, à la pensée de ce qui m'attendait, je ne pus m'empêcher de ressentir une sorte de fébrilité inquiète. Tant de questions se présentaient à moi, qui attendaient toujours leur réponse.

Quelle serait vraiment notre vie commune, à ma mère et à moi ? N'était-ce pas une lourde erreur de m'être servie de ma fortune pour que nous restions à Palm Beach ?

Linden m'accepterait-il comme sa sœur, et lui apporterai-je l'espoir ? L'aiderais-je à reprendre confiance en lui et en la vie ?

Thatcher serait-il transporté de surprise et de joie en me voyant, et en prenant conscience de tout ce que j'avais accompli ?

D'une façon ou d'une autre, chacun de nous souffrait de solitude, méditai-je. Les gens riches et renommés n'étaient pas réellement différents du commun des mortels. Ils pouvaient s'entourer de luxe et de paroles, mais en fin de compte, la seule chose capable d'apporter un véritable réconfort était la musique du cœur. Et cette chose-là ne pouvait pas s'acheter.

Cette musique était le seul vrai présent que nous puissions échanger, le don qui mettrait fin à la peur de la solitude.

Une phrase du journal de mon père me revenait à l'esprit, par laquelle il tentait d'exprimer la force de ses sentiments pour ma mère, sa certitude qu'il s'agissait bien d'un grand et merveilleux amour.

« Tout ce que je sais, écrivait-il, c'est que jamais, jamais je ne pourrais être heureux si elle ne l'est pas, et je sais qu'elle ressent la même chose pour moi. »

C'était bien là cette musique du cœur que nous pouvions nous offrir l'un à l'autre, le talisman qui nous préserverait de la solitude.

Papa l'avait cherchée si longtemps, une grande partie de sa vie, et il l'avait perdue.

Je me jurai que si je devais la trouver, moi aussi, je ne la perdrais jamais.

— Crois-tu la trouver un jour ? interrogea la voix de papa.

— Oui, je dois croire que j'en suis capable, papa.

— Alors tu la trouveras, l'entendis-je répondre.

Et pendant tout le trajet, cette voix m'accompagna, répétant inlassablement :

— Alors, tu la trouveras.

Impression réalisée par

BUSSIÈRE

GROUPE CPI

à Saint-Amand-Montrond (Cher)
pour le compte des Éditions France Loisirs
en octobre 2004

N° d'édition : 41763. — N° d'impression : 044428/1.
Dépôt légal : octobre 2004.

Imprimé en France